孟郊研究

齋藤　茂著

汲古書院

妻に

目 次

孟郊研究

序章　孟郊の位相

一　中唐期と孟郊

唐は近體詩が様式として完成し、詩が内容、形式ともに最も大きく發展した時期である。科擧の試驗科目にも詩賦が課せられ、社會進出を志す士人階層の人々は、こぞってこれに取り組んだ。それゆえに數多くの詩人が現れ、自らの個性を主張する様々な試みが繰り廣げられた。傑出した詩人を數え上げるだけでも、優に十指に余る。そのように稔り多く、かつ三百年の長きに及ぶ唐の時代の中で、どの時期、どの人物に焦點を合わせるかは、あるいは研究者としての資質を問われる判斷であるかもしれない。ただ、時代の文學の本質は、後世高い評價を得た文學者によって體現されているとは限らない。まして次の時代との關わりを考慮すれば、士大夫の集團的な活動や、社會の底流の動きにも目を配る必要がある。

社會的、制度的に見た場合、唐代は安史の亂の前後で大きく變化することが指摘されているが、それは文學の面においても同様であった。八世紀後半から九世紀前半にかけてのいわゆる中唐期には、復古主義が強まり、士人層が自らの文學様式を模索したことから、古文、詞、傳奇小説といった新しい文學が擡頭してきたことは周知の通りである。詩においても從來にない新しさ、個性が追求され、韓愈と白居易の二人を中心として、數多くの文學者たちの豊かな活動が展開された。その中で、私は孟郊という一人の奇矯な詩人に光を當て、彼を鏡として中唐という時代、ひいては古典詩歌の流れを覗いてみようと思う。孟郊（七五一～八一四）は字を東野といい、當時の多くの詩人達と同様、寒門の士族の家柄であった。父親の庭玢は崑山縣の尉であったが、祖父より以前は名も官職も明らかではない。その事跡の概略は後の略年譜を見てもらいたいが、彼も父祖同様、官界にあっては不遇のうちに一生を過ごした。しかし、韓愈が「薦士」詩（『昌黎先生集』巻二）で「空に横たわりて硬語を盤まらせ、妥帖　力は奡を排す（横空盤硬語、妥帖力排奡）」と評した言語感覺や、韓愈らと行った聯句、およびその晩年に集中的に作られた連作詩などによって、彼の作品は個性派の多い當時の詩壇にあっても、ひときわ目を引く存在となっているのである。

中唐期は一般に士人をめぐる情況が大きく變化した時期と見ることができる。科擧が行われるようになったことで、士人の處世の仕方は前代と大きく變化したが、とくに安史の亂後には科擧受験が誰の目にも出仕の登龍門として受け止められるようになった。また節度使を始めとして、地方に有力な人材を集める傾向も生まれ、有力な文學者を中心とした詩會、文酒の會も盛んになっていった。その結果、士人達は血縁によるネットワークだけでなく、地縁、科擧受験をめぐるネットワークも形成するようになり、それらの繋がりを自らの處世に生かそうとした。第一章で整理するが、孟郊の場合も叔父の孟簡を出世頭とする血縁ネットワーク、皎然、陸羽、及びその詩會の一員であった陸長源らを含めた地縁ネットワーク、さらに科擧受験を通じて知り合い、官僚社會で手を差しのべてもらった韓愈、李觀らの科擧ネットワークを有していた。

但し、こうしたネットワークが形成されても、構成員すべてがその恩恵に浴するわけではなかった。大量の科擧受験者が生まれ、官僚社會內部での軋轢が高まった結果、科擧に落第すればもとより、及第を果たしても不遇なままに置かれる例は少なくなかった。血族でも、同じ出身地でも、そして同年及第者の間でも、成功者と失敗者が生まれた。

同じ寒門の家柄であっても、朝官として一定の出世をする者と、地方官としても滿足なポストを得られない者とに分かれ、結果として文學の才能と現實の社會的處遇に大きな開きが生ずることも珍しくなかったのである。それ故に地位に惠まれない側に強い不遇感が生まれ、作品にも反映されていった。これは寒門の士人にも出世の道が開かれたかに見えた中唐期の一つの特徵であり、不遇を詠うにしても前代までの作品とは自ずから性格が異なっていた。そして敢えて文學に沒入し、必ずしも社會的な支持を得られなくとも、自らの個性を強く主張する態度が生まれ、それが身の不幸と引き替えに文學的成就を求める態度として、一定の理解を得るようになっていた。詩作によって自らの價値を訴えようとする姿勢が評價され、敢えて文學至上主義的な態度を取ることも人々の共感を生んだ。孟郊、賈島らが苦吟派と稱され、一定の評價を得たのも、そうした社會的風氣によるものであろう。

また地緣ネットワークに關連して言えば、中唐期には所謂文壇のあり方も變化し、文學潮流を生み出す場が從來の宮廷、王族のサロンから士人たちの文學グループへと移ったことが擧げられる。大曆期には浙東に鮑防らの集團、浙西に顏眞卿、皎然らの集團が生まれ、元和期には韓愈のグループ、白居易のグループが形成されて、社會的にも大きな影響力を持った。宮廷での文酒の會が失われたわけではないが、むしろ文人官僚の私邸や地方の有力者の元に多くの詩友が集まるという構圖ができたのである。その意味では人材の供給源が多樣化してきたことも忘れられない。南北朝以來、五姓を中心とした中原の世族が人材を供給していたが、唐代の後半になるとその分布に廣がりが見えてくる。「破天荒」の語で知られる劉蛻を始め、荊南、福建、廣西などの遠方からも、科擧を通じて官僚社會に加わり、文學的な才能を披瀝する人々が現れるのである。そもそも安史の亂で江南に避難した士族が多かったから、相對的に長江流域及びそれ以南の地域の重要度が增したことがその背景にあるだろう。

士人たちのネットワークが形成されたことで、文學作品の傳播のあり方も自ずから變化が生まれたと見られる。從來は宮廷や王族の文壇で評判を取ることが、廣く作品を知られる主要な道であったが、集團の中で評判を取って、それが他のネットワークを通じて廣まって行くという道も可能になった。つまりは文學作品に關心を持つ人々が大幅に增えたのである。そして、白居易の作品が巷でも愛好されたことが象徵的であるように、詩作に對する關心は士大夫層を越えて廣がっていた。色街や交易商人などの間にも、享受者のみならず、詩作の擔い手が生まれていた。そして白居易が「元九に與うるの書」(『白氏長慶集』巻四五)で、「今僕の詩の、人の愛する所の者は、悉く雜律詩と長恨歌已下に過ぎざるのみ。時の重んずる所は、僕の輕んずる所なり」と不滿を漏らすように、そうした巷の評價は自ずから別の基準で計られていた。しかし、そうした價値の多樣性こそが中唐期の大きな特色であり、樣々な試みを可能にしたのである。

二　孟郊詩の個性とその評價

それでは孟郊は、どのような傾向を持つ文學作品によって、この多彩な中唐詩壇にその位置を占めたのだろうか。次に孟郊の文學の特質として擧げられる點を整理しておきたい。まず殘されている作品を見てみると、文章がほとんど無いことに氣付く。「維摩詰を讃う」「常州の盧使君に上るの書」「又た上る養生の書」の三篇が『孟東野詩集』(1)巻一〇に附載されるのみで、個性を窺いうる數量ではないし、出來映えも優れるとは言い難い。文章を書かなかったのではなく、結果として殘らなかったのだろうが、詩作が五百餘首殘っているのとは對照的であり、文章はその本領ではなかったと見て良い。趙璘『因話錄』巻三に「韓文公は孟東野と友とし善し。韓公は文至高、孟は五言に長ず。時に孟詩韓筆と號す」と言うように、孟郊の個性は五言詩において發揮されたと考えるべきだろう。

さてその詩であるが、詩體に大きな偏りが見られる。それは大半が古體詩で、近體詩が極めて少ないことである。近體と見られるのは現存する五〇四首の中で八首だけであり、內譯は五律が六首、五排律が一首、七絕が一首である。これは近體が得意でなかったとも言えるが、むしろ律詩が盛んとなった唐代後半に敢えて古體詩を志向し、その再評價を求めようとした態度の表れと見るべきだと思う。先行する大曆十才子の作品には近體詩も多く、孟郊が若年時に私淑した皎然の作もまた同樣である。彼らに學ぶつもりなら、近體に長じることも可能だったはずであり、やはり意圖的に古體を志したと見て良い。かつ彼の作品、とくに樂府詩に「古薄命妾」「古樂府雜怨」（共に卷一）など「古」と題する作品が目立つことも注意すべきだろう。また「列女操」（卷一）など、古風な詠い振りでありながら、樂府題としては新しい作品も少なくないが、これは當時新題樂府が注目を集めていたことを意識したのではないかと思われる。こうした「古」を新しい時代に見直そうとする態度は、もとより彼の思想的側面の表れであり、大曆期以來の復古運動とも關わることでもある。この點は第三章において、「元魯山を弔う十首」（卷一〇）を中心に檢討するので、詳しくはそちらを見て戴きたい。中唐という變革の時代において、詩によって「古」の意義を唱えるという彼の試みは、しかしながら社會的には大きなうねりを起こすことなく終わったように見える。それは彼の主張が必ずしも時代の好尙に添うものではなかったことが主因であろうが、自らの主張を論理的に說いていない點にも一因があるだろう。孟郊は論理的な文章を殘さなかっただけでなく、詩においてもその主張を分かり易く示すことは無かった。彼の詩は論理的な構築力に乏しく、觀念的、情緖的な言葉が一方的に投げ出されている印象を與える側面が有り、そうした作風が讀む人々の理解を遠ざけた可能性は否定できない。ただ、觀念的であるにせよ、繰り返し復古を訴え續けたことが讀者に強い印象を殘し、そうまでして「古」を唱える彼の姿勢に一定の評價を與え、引いては彼の文學全體に對する評價に繫がったことも、また見逃せない。

論理的に自らを主張するという點についてさらに言えば、當時は韓愈を筆頭として文學（詩）をめぐる議論が盛んになされたにもかかわらず、孟郊には文學論も見られない。彼の作品の中で文學に關する議論に近いものを捜してみると、次の「任載、齊古二秀才の洞庭より宣城に遊ぶを送る（送任載齊古二秀才自洞庭遊宣城）」詩（巻七）の序が見出される。(2)

文章とは賢人の心氣なり。心氣樂しめば則ち文章正しく、心氣悲しめば（原文は「非」であるが、下文を參考に改めた）則ち文章正しからず。當に正しかるべくして正しからざるは、心氣の僞りなり。賢か僞りかは文章に見わる。一直の詞は衰代に禍い多し。賢に曲詞無し。文章の曲直は心氣に由らず、心氣の悲樂も亦た賢人に由らず、時に由るが故なり。（下略）

ただし、冒頭を見ると文章論のようだが、實際は「心氣」（思想や感情の意だろう）について説くもので、しかも「賢人」「僞」「曲直」などの語が前提も無く竝んでいて、論旨が分かり難い。詩の方はと言えば、もはやこの序の內容とは直接關わらず、任、齊二人を仙客に見立てて「宣城に遊ぶ」という事實關係を修飾的に述べるに止まっている。やはり孟郊は論理的に說くということが不得手であったと言わざるを得ない。孟郊の文學に對する考え方として注目されるのは、第三章の「盧殷を弔う十首」（巻一〇）の項で檢討するように、「詩人」の語を意圖的に使う點にあるが、しかしそれも明瞭な概念規定を行っているわけではない。こうしてみると、彼の思考は回路が閉鎖的で、論理性に乏しいものであったと言え、それが詩においても一種の分かり難さに繫がっているように思われる。

さてその詩の全般的な特徵に戻ろう。用いる詩體は古體詩、とくに五言古詩が大部分を占めているが、一方では長編の作品が無く、四十數句が最長であることも注目される點である。周知のように、韓愈の「南山詩」（『昌黎先生集』巻一）を始め、當時五言古詩の長編は少なくないし、白居易も七言歌行や五言排律の長編を多數殘している。したがって孟郊も長編の制作を試みていて不思議はないのだが、すべてが中編どまりであったことは、やはり彼の個性として受け止めるべきだろう。先にその詩が論理的構成力に乏しいと指摘したが、その點とも絡んで、一つの作品を長く續けることを得意としなかったのだと思われる。第三章で改めて取り上げるが、彼が連作を自らの形式として選び取ったのも、長編が得意でなく、詩作における固有のスパンが相對的に短かったことが一因だったのであろう。

孟郊詩の個性を言うならば、獨特な詩語の使い方を第一に擧げるべきだろう。第三章の「石淙十首」（巻四）の項で比較的詳しく検討するが、孟郊の詩語には前例の見出せないものが非常に多い。中でも安定した熟語の一部を同じ意味の他の文字に入れ替え、意味を類推させつつ生硬な印象を與える例が目立つが、その大半は、恐らく孟郊による造語と見られる。こうした詩語の運用力は、韓愈との聯句において切磋され、連作詩の中でさらに磨かれた印象がある。ただ、詩語の中には感覺的に修飾語が被せられていたり、奇拔さを求めて讀み手の意表に出ようとしたために、意味が取りにくくなっているものも少なくない。孟郊自身も難解さは承知の上で、敢えて獨自の詩語を獲得しようとしたのであろう。彼の意圖は後世の詩人たちに理解されたのか、『佩文韻府』には孟郊の用例が予想以上に多く採録されている。一つの模範として受け入れられたということだろう。蘇軾は「孟郊の詩を讀む」詩（『蘇軾詩集』巻一六）の其二で「我は孟郊の詩を憎むも、復た孟郊の語を作す」と詠うが、『佩文韻府』に據って見ても宋人の使用例は多く、その詩語が彼等に受け継がれていったことが窺える。(3)

獨特な詩語を驅使して導かれた彼の個性として、これも忘れてならない點は、加害者の相貌を帯びた自然像を生み出したことである。詳しくは第三章で検討するが、連作詩を中心に、霜露や寒風、冷たい月光や凍った波などが、草木や動物、そして彼自身を傷つけ苛むものとして再三詠われている。孟郊の感性には、劍に代表されるような、鋭く、硬く、かつ冷たく輝くものを好む傾向があり、また本來澄明で冷涼な自然を愛していたと見られる。しかし、その晩年に後嗣となる幼子を立て續けに亡くし、かつ肉體的、精神的に衰えたことが主たる原因となって、彼を取り巻く自然がその相貌を變え、寒冷で鋭利な存在となって身に迫るというイメージが生み出されているのである。とりわけ、峽谷が龍に變じて旅人を飲み込もうとすると詠う「峽哀十首」（巻一〇）は、恐らく三峽の旅そのものが虛構であるために想像力を飛翔させ易かったのだろうが、自然が惡者の姿をとって立ち現れるという孟郊獨特のイメージが最も効果的に描き出された作品となっている。李肇の『唐國史補』（巻下）に「元和の風は怪を尙ぶ」と記すが、(4) こうした不氣味な自然像を生み出した孟郊は、元和期の詩風の一翼を擔ったと言えるだろう。詩語にしても、また自然像にしても、彼の特徴が最もよく表れているのは聯句と連作詩である。本書はそれぞれに第二、三章を充て、この點の檢討に重點を置いた。

さらに詩の用韻についても、ここに簡單に纏めておく。(5) 孟郊の近體詩八首については『廣韻』の規定に外れる例は無い。古體詩は七言古詩が二五首、雜言體が四首、殘りの四六七首が五言古詩であり、ここではこれら古體詩の押韻について簡單に整理したい。この四九六首のうち、換韻格は三〇首と少なく、基本的には一韻到底格である。使用されている韻は、通攝、止攝、臻攝、山攝、梗攝の韻が多く、個別の韻目を擧げれば、東韻（獨用）、微韻（獨用）、眞・諄韻（同用）、先・仙韻（同用）、歌・戈韻（同用）、陽・唐韻（同用）、侵韻（獨用）が多い。しかしこれは一般的な傾向と合致することで、孟郊の用韻の特徴と言えることではない。

むしろ注目すべきは、『廣韻』の規定に外れる使用例が見られることで、それは平・上・去の別を越えて通押する例と、攝を越えて通押する例である。前者については、上・去通押が七例見え、その五例は上聲字が全濁音字であるが、後の二例は淸音字と次淸音字で、上聲と去聲の調音値が近づいてきていた當時の情況を反映することと判斷できる。また平・上の通押が四例、平・去の通押が七例見られ、その中には孟郊の個人的な誤用、あるいは偏旁讀みによる誤用と認められるものもあるが、『集韻』には平聲音、もしくは去聲音を併記していて、當時の口頭の發音によって通用させたと見られる例も少なくない。小川環樹氏が「（古體詩の）自由な押韻の態度は、中唐に入っていっそう進み、韓愈や白居易の古詩は、さらに通押の範圍がひろくなり、明らかに現實の發音にもとづいた場合も認められる。韓愈の詩以外の韻文（墓誌銘などの押韻）においても、いちじるしい。古文と古詩とは、その點でも共通の主張に立つというべきであろう」と指摘される、當時の新しい傾向が孟郊においても認められると言えよう。後者の異攝通押では、『廣韻』では臻攝に屬する元韻とそれに相配される諸韻が、山攝の韻とも通押していることが注目される。宋代の等韻圖では、元韻とそれに相配される諸韻は山攝に屬するようになるが、孟郊の場合は、臻攝に屬する隋代から山攝に屬する宋代へと移る、その中間的な情況を示しているからである。また臻攝に關して付言すれば、文韻と欣韻の通用例が見られることも擧げておきたい。この兩韻は『廣韻』では同用の規定であるにも關わらず、實際には通用される例が極めて少ない。孟郊の場合は眞韻などを含めた通押の例であるが、ともかく『廣韻』の同用の規定を裏付ける例が見られることは特筆するに足るであろう。但し全體的に見れば、孟郊の古詩の押韻は當時の一般的な情況を反映する内容と總括できる。

次に孟郊に對する後世の評價を見ておきたい。孟郊に對する評價は、唐代においては概ね高かった。それには最も親しかった友人であり、當時の文壇に大きな影響力を持った韓愈の評價が關わっていることは否めない。しかし、韓愈が「孟東野を送るの序」（『昌黎先生集』卷一九）で「唐の天下を有つや、陳子昂、蘇源明、元結、李白、杜甫、李觀は皆其の能くする所を以て鳴る。其の存して下に在る者、孟郊東野は始めて其の詩を以て鳴る。其の高きは魏晉より出づ、懈らざれば古に及ばん、其の他漢氏に浸淫せん」と言い、李觀が「梁補闕に上りて孟郊崔宏禮を薦むるの書」

（『全唐文』巻五三四）で「孟の詩の五言の高處は、古に在りても上無し、其の平處を有つや、下に兩謝を顧みる」と言うのは、友人故の褒辭という側面を考慮したとしても、孟郊に對する評價の高さを物語るものである。世俗の好尚とは合わない詩であっても、模範とすべき古代の詩を繼承するものとして受け止められていたのである。また韓愈の「士を薦む」詩の「空に横たわりて硬語を盤まらす」のように、その卓拔な發想、造語力を稱贊する意見も多かった。そして、社會的な不遇をその代償として、己の文學を追求しようとした姿勢は、當時の有力な文學者の多くが理解を示していた。さればこそ、白居易は「元九に與うるの書」の中で不遇な人物の中に孟郊を列し、陸龜蒙は「李賀小傳後に書す」（『甫里先生集』巻一八）において天物を暴いたがために罪を得た詩人の中に彼を加えている。さらに王建は「孟東野を哭す」二首、其一（『文苑英華』巻三〇三）において、その死を悼んで、「秋天を吟損して　月明らかならず、蘭は香氣無く　鶴は聲無し。東野先生死してより、雲山に側近して散行するを得たり（吟損秋天月不明、蘭無香氣鶴無聲。自從東野先生死、側近雲山得散行）」と詠うのである。

しかし、周知の通り、宋代に入るとその評價に變化が見られる。特にその詩が身の不遇を恨み、窮乏を飽くことなく訴えることに對する批判が強まってくる。彼の詩を「寒蟲の號び」（「孟郊の詩を讀む」二首、其一）と斬り捨て、賈島とともに「郊寒島瘦」（「柳子玉を祭るの文」、『蘇軾文集』巻六三）と一括りに貶めた蘇軾を始め、「孟郊の詩は憔悴枯槁、其の氣は局促として伸びず。退之はこれを許すこと此くの如きは何ぞや。詩の道は本と正大なり、孟郊は自らこれが艱難を爲すのみ」（『滄浪詩話』「詩評」）と評した嚴羽など、そうした否定的意見は數多く現れている。しかし、それらも決して孟郊の詩的方法までも批判的に見ているわけではない。先にも引用したように、蘇軾は「我は孟郊の詩を憎むも、復た孟郊の語を作す」と言い、また嚴羽も『滄浪詩話』「詩體」の中で、唐詩の一つのスタイルとして「孟東野體」を擧げているのである。孟郊の詩が取り上げる題材や詩中に示される感情に嫌惡の情を懷いても、その詩の持つ力、とくに彼が用いた詩語の衝撃力は無視できなかったのである。

蘇軾の「郊寒島痩」等の語が著名になったことで、孟郊に對する後代の評價の全容が見難くなったことは確かだが、しかし宋代以降にその評價が惡化しているわけではない。むしろより注意すべきは、韓愈とともに一つのペアとして意識される傾向が有ることである。二人の交友が歐陽修と梅堯臣の關係に比擬されるように、文人の交際の一典型として受けとめられているのである。また韓愈との關わりで言えば、二人の聯句が與えた影響も忘れることができない。ともすれば宴會の座興に止まっていた聯句を、魅力有る文藝として再發見したことは、皮日休、陸龜蒙の試みを經て宋人にも興味深く受け止められ、特にその表現が人々の耳目を集めることになった。ただ、聯句という文藝の持つ形式上の制約から、對等の力量を持った詩人たちが共に試みる必要があったため、優れた作品を生み出すことは難しく、それ故に聯句が更に發展を遂げることは無かったようだが、韓愈と孟郊が用いた詩語や對句の面白さは、十分に彼らを魅了したのである。その事情を物語るように、「城南聯句」(『昌黎先生集』巻八)を始めとした韓孟の聯句に對する論評が、詩話に數多く殘されている。ただ孟郊の詩に對しては、恐らく不平不滿を竝べる側面が先に目に付いて、聯句の雄壯な印象と直ちに結びつかなかったのであろう、孟郊が聯句に果たした役割を安易に否定する議論が少なからず見受けられる。

劉貢父云う、東野と退之の聯句は宏壯にして辨博たり、一手に出でざるが若きに似たり、と。王深父云う、退之容に潤色有るべきなり、と。(劉攽『中山詩話』)

退之と孟郊の聯句は、前輩は皆退之の粉飾なりと謂うも、恐らくは皆退之に出で、特《ただ》に粉飾するのみにあらざるなり。孟郊に答うる詩を以てこれを觀るに、弱拒　喜んで臂を張り、猛拏　閑かに爪を縮む。倒るるを見て誰か肯えて扶けん、嗔るに從いて我須らく咬むべしの如くなり。則ち聯句の皆退之の作なること疑い無きなり。

（朱翌『猗覺寮雜記』）(7)

もとよりこの見解が正しいわけではなく、一方で次のような逆の見解も示されている。

呂氏童蒙訓に云う、徐師川は山谷に問いて云う、人は退之と東野の聯句を言うに、大いに東野の平日の所作に勝れば、恐らくは是れ退之の潤色する所有らんと。山谷云う、退之安んぞ能く東野を潤色せん、若し東野の退之を潤色するならば、卽ち此の理有るなり、と。

（『苕溪漁隱叢話前集』巻一八「韓吏部下」）(8)

二人が互いの個性をぶつけ合いながら、力を競ったことで優れた聯句作品が生まれたのだが、宋人には孟郊が韓愈と對等の力量を發揮していることが驚きだったのだろう。その意味では、韓愈に對する注目が孟郊に及び、そして孟郊の個性にも氣付いたと言って良いのかもしれない。

なお、後代の詩話における孟郊の評價に關連して、その詩の來源に關する議論が少なからず見られることも、ここで觸れておきたい。詩話の中には「終南山に游ぶ」（巻四）などを捉えて、謝靈運との關連を説くものが少なからず有り、また一部の表現から、陶淵明を承けるという議論もある。理想とする作品、評價する先人として孟郊自身が言及するのは、『詩經』、『楚辭』以外では、曹植、劉楨、謝靈運、陶淵明、謝脁等である。もとより影響、受容という關係は、當人が述べているのでない限り、安易に論ずるべきではない。かつ、あくまで作品個々に表れた點を中心に議論すべきで、全體的に一つの議論に集約させることは不可能に近い。したがって、ここでも謝靈運や陶淵明との單純な比較論は避けたい。その上で、興味深い視點と思われる議論を一つ紹介しておきたい。それは清の方東樹が『昭昧詹言』（巻一）の中で、鮑照との關係を次のように指摘していることである。

孟東野の詩は鮑明遠より出づ、園中秋散等の篇を以てこれを觀れば見るべし。但し東野は思い深くして才は小、篇幅は枯れて隘く、氣は促に節は短なり、苦み多くして甘さ少なし。(9)

また「園中秋散」詩（『鮑參軍集』巻四）に關しては「此れ直だ胸臆卽目を書きて、而して情景は交融し、字句は淸警なり、眞に孟郊の祖とする所なり。但し郊は才小さく、時に迫窘の形を見わす。明遠の意象才調は、自から流暢なり」とも言っている。(10) なお鮑照の詩との關連は、同じ淸の陳衍の『石遺室詩話』でも「東野の首聯は多く對起し、警辟の語を多くするは、皆鮑照より來るなり」と指摘されているが、明以前の詩話ではほとんど議論されていないように見える。鮑照の詩は「慷慨不平」の情の表出が一つの特徵とされており、その印象も確かに似ていると感じられる。また鮑照の詩語には、前例の見出し難い例も少なくなく、その點でも共通する。さらに「劉公幹の體に學ぶ五首」（『鮑參軍集』巻四）もあり、漢魏の風骨、とくに曹劉に學んでいたことは、皎然、孟郊らに影響を與えた面があったかもしれない。但し、孟郊自身は鮑照には言及していない。孟郊が言及するのは曹劉であり、謝脁であった。その意味では學んだとまでは言い難く、あくまで後世の眼から見た近似性と言うにとどまる。鮑照との關係については今後研究の餘地があると思われるので、取りあえず孟郊に對する後世の評價の一面として指摘しておきたい。

從來の孟郊の研究では、彼を所謂「苦吟派」の代表的存在と見て中唐期の文學傾向の中に位置づけようとするもの、またその儒家思想に着目して復古主義の思潮との關連を論ずるものが主流であった。もとよりそれらは孟郊の個性として看過できない問題點であり、孟郊研究において重要な意味を持つことは疑いない。しかし今後はそれらの點とともに、彼が自らの文學の特色として打ち出したスタイル、卽ち聯句、連作詩の意義を深く檢討することが重要であると思う。本書は特にこの點に問題意識を置いて、孟郊の研究を志したものである。

注

（1）本章に引用する孟郊の作品は、華忱之氏校訂『孟東野詩集』（人民文學出版社、一九五九初版、一九八四年再版）を底本とし、黄氏士禮居宋本『孟東野詩集』（大安影印）、明弘治刻本『孟東野集』（四部叢刊本）、『全唐詩』（巻三七二〜三八一）を適宜勘案した。なお、孟郊の詩を一篇全體で引用する場合には、參考のためその大意を附した。

（2）多少とも詩についての議論が見られる作品は「鄭夫子魴に贈る」、「蘇州の韋郎中使君に贈る」（共に巻六）、「翰林の張舍人が遺らるるの作に報い奉る」、「陝府の賓給事に寄す」（共に巻七）などであるが、そこから彼の詩論を抽出することは難しい。「張碧集を讀む」（巻九）も詩に關する議論が見られるが、この詩は陳尚君氏が「張碧生活時代考」（『唐代文學叢考』中國社會科學出版社、一九九七、所收）で說くように、五代の徐仲雅（字東野）の作が誤って收められたものと見るべきなので、除外する。

なお「任載、齊古二秀才の洞庭より宣城に遊ぶを送る」詩の序と詩の全文は以下の通り。

文章者、賢人之心氣也。心氣樂、則文章正。心氣非、則文章不正。當正而不正者、心氣之僞也。賢與僞、見於文章。一直之詞、衰代多禍。賢無曲詞、文章之曲直。不由於心氣、心氣之悲樂。亦不由賢人、由於時故。今宣州多君子、閑遐而寬、文章之曲直纖微、悉而備擧。洞庭二客勉而、客去之、鼓其風波之詞、吾知夫樂莫是行也、遂爲詩曰

洞庭非人境、道路行虛空。二客月中子、一帆天外風。魚龍波五色、金碧樹千叢。閃怪如可懼、在誠無不通。扣奇驚浩淼、采異訪穹崇。物表積高韻、人間訪仙公。宣城文雅地、謝守聲問融。證玉易爲力、辨珉誰不同。從茲阮籍淚、且免泣途窮。

（3）宋人には孟郊の體（スタイル）に效った作品も少なからず見られるが、そこでも彼の獨特な表現、詩語が模倣の對象となっている。

（4）李肇『唐國史補』巻下「元和已後、爲文筆則學奇詭于韓愈、學苦澀于樊宗師。歌行則學流蕩于張籍。詩章則學矯激于孟郊、學淺切于白居易、學淫靡于元稹。俱名爲元和體。大抵天寶之風尚黨、大歷之風尚浮、貞元之風尚蕩、元和之風尚怪也。」

（5）詳しくは、拙論「孟郊詩の用韻について」（中哲文學會報第八號、一九八三）を參照されたい。

なお孟郊は古詩を得意とし、思想的にも「古」を標榜した。しかし用韻を見る限りは、當時の標準的な規範に收まってい

る。この點、「馬厭穀」「利劍」（共に『昌黎先生集』巻二）などで古代の歌謡を模し、押韻でも敢えて逸脱するところを見せた韓愈とは異なっている。

（6）『唐詩概說』（中國詩人選集、岩波書店、一九五八）一五一頁。

（7）原文はそれぞれ以下の通り。

「劉貢父云、東野與退之聯句宏壯辨博、似若不出一手。王深父云、退之容有潤色也。」

「退之與孟郊聯句、前輩謂皆退之粉飾、恐皆出退之、不特粉飾也。以答孟郊詩觀之、如弱拒喜張臂、猛拏閑縮爪。見倒誰肯扶、從嗔我須咬、則聯句皆退之作無疑。」

（8）原文は以下の通り。

「呂氏童蒙訓云、徐師川問山谷云、人言退之、東野聯句、大勝東野平日所作、恐是退之有所潤色。山谷云、退之安能潤色東野、若東野潤色退之、卽有此理也。」

（9）原文は以下の通り。

「孟東野詩出鮑明遠、以園中秋散等篇觀之可見。但東野思深而才小、篇幅枯隘、氣促節短、苦多而甘少。」

（10）鮑照の「園中秋散」詩を次に掲げてみる。

負疾固無豫　疾を負いて　固より豫《よろこ》び無く
晨衿悵已單　晨衿　悵しみて已に單なり
氣交蓬門疎　氣は交りて　蓬門疎なり
風數園草殘　風は數しばして　園草殘す
荒墟半晚色　荒墟　半ば晚色
幽庭憐夕寒　幽庭　夕寒を憐れむ
既悲月戸清　既に月戸の清きを悲しみ
復切夏蟲酸　復た夏蟲の酸たるを切にす

流枕商聲苦　枕に流る　商聲の苦
騒殺年志闌　騒殺　年志闌きたり
臨歌不知調　歌うに臨んで調を知らず
發興誰與歡　興を發して誰か與に歡ばん
儻結絃上情　儻し絃上の情を結ばば
豈孤林下彈　豈に林下の彈に孤かんや

秋の悲しみ、孤獨感など、孟郊の詩と通底する面が見られる。また「秋散」「晨衿」など、前例が見出しがたい語彙も使われている。これらの點から孟郊の詩の祖と判斷しているのであろう。

第一章　事跡の検討

文學的な成果について論ずる前に、まず孟郊の事跡に關する問題點を検討しておきたい。それは科擧受驗をめぐる幾つかの點と、交遊に關する點である。なお事跡の大要は、巻末の孟郊略年譜を參照されたい。(1)

第一節　科擧受驗をめぐって

孟郊に對する從來の研究は、その後半生、韓愈、張籍らと出逢って以降の文學活動に重きが置かれており、科擧に及第する以前の二、三十代の活動に對しては、資料の乏しさもあって十分に行われていなかった。『舊唐書』巻一六〇及び『新唐書』巻一七六に收められる傳記にも、また韓愈の「貞曜先生墓誌銘」(『韓昌黎集』巻二九)にも、若年時の事跡はほとんど記されていない。現存する詩の多くも後半生の作に屬すると見られるので、若年の活動情況を具體的に検討することは容易ではない。しかしその前半生に解明すべき問題點が存することもまた確かである。それは彼の傳記に若年時に嵩山に隱れたと記されること、および科擧の受驗時期、回數などである。

一　「少隱於嵩山」について

『舊唐書』の傳に「少くして嵩山に隱れ、處士と稱す（少隱於嵩山、稱處士）」との記述がある（『新唐書』巻一七六の傳もほぼ同様）。しかし「貞曜先生墓誌銘」には觸れられておらず、これが事實であると確認できる資料は見出せない。賈晉華氏は「華忱之『孟郊年譜』訂補」（『唐代文學研究』第四輯、廣西師範大學出版社、一九九三）において、當時の孟郊の家は常州義興縣に在ったと見られ、貧乏であり、親孝行でもある彼が、若い時期に嵩山まで行くことは考えにくいと批判している。また、孟郊の詩に嵩山での作があることが、誤った推測を生んだのではないかとも說く。しかし一方で、孟郊が山中で生活した經驗を持つことも確かであった。從叔にあたる孟簡が受驗に赴くのを見送った「山中にて從叔簡の擧に赴くを送る（山中送從叔簡赴擧）」（巻七）および「山中にて從叔の簡を送る（山中送從叔簡）」（巻七）二詩があり、かつ「貞曜先生墓誌銘」に「初め先生の與に倶に學ぶところの同姓の簡は、世次に於いて叔父たり（初先生所與倶學同姓簡、於世次爲叔父）」と記しているからである。つまり一族の孟簡と共に、「山中」の一族の別墅もしくは寺院等で科擧受驗のための勉強をしていたのである。賈氏はこの點について、「桐廬山中にて李明府に贈る（桐廬山中贈李明府）」詩（巻六）を根據として、孟簡とともに過ごした「山中」は睦州桐廬縣の山中であったと推測している。ただし題に「山中」とあっても、この詩の內容から桐廬山中が孟郊たちの勉學の場であったと讀み取ることはできないし、そこを勉學の場に選ぶ理由も定かではない(2)。地緣から言えば、むしろ嵩山に近い洛陽の方に思い當たる點がある。「貞曜先生墓誌銘」に「これを洛陽の東の其の先人の墓の左に葬る（葬之洛陽東其先人墓左）」と記されているように、代々の墓は洛陽にあったらしい。また偶然の要素が強いにせよ、後年洛陽で調選に應じて溧陽縣尉の職を得、鄭餘慶に招かれて洛陽の立德坊に新居を設けたように、孟郊は洛陽との緣が深いのである。ちなみに嵩山に隱棲した經驗をもつ唐人は少なくなく、正史の傳だけを見ても十名前後にのぼる。道士としての修業のためという例もあるが、盛唐期の盧鴻一（「少くして學業有り、頗る籀篆楷隸に善し、嵩山に隱る」『舊唐書』卷一九二）や中唐期の李渤（「志を文學に勵まし、科擧に從わず、嵩山に隱れて、讀書業文を以て事と爲す」『舊唐書』卷一七一）などのように、世俗と離れて學業に勵む例も少なくない。孟郊たちもまた彼らの例に倣ったという可能性が無いとは言えないだろう。

この點に關して、もう一つ疑問がある。それは孟簡が合格したことを知って作られた「舟中にて從叔の簡に遇うを喜ぶ、別れて後に寄せ上る、時に從叔は初めて擢第して江南に歸り、郊は從い行かず（舟中喜遇從叔簡、別後寄上、時從叔初擢第歸江南、郊不從行）」詩（卷七）の理解に關わることである。それを見る前に、孟簡との關係を整理しておこう。孟簡の傳は『舊唐書』卷一六三、および『新唐書』卷一六〇に見える。それに據れば、字は幾道、平昌（德州に屬す。今の山東省北部）の人で、則天武后朝に同州刺史となった孟詵の孫であるという。但し、平昌は郡望を稱したもので、後に擧げる孟郊の作品などから判斷すれば、出身は江南であったと見られる。諫議大夫、常州刺史、浙東觀察使、山南東道節度使、太子賓客などを歷任し、長慶三年（八二三）十二月に卒しているが、享年を記していないので、生年は不明である。孟郊は從叔（十六叔）と呼ぶが、近緣であるかどうかは明らかでない。年齡もおそらくは孟郊と近かったのではなかろうか。孟簡の科擧及第年は不明であり、かつ徐松の『登科記考』卷二七「附考」には二箇所に孟簡の名を擧げ、「郊の叔なり、孟郊の詩に見ゆ」および「舊書の本傳に、簡は字は幾道、平昌の人なり、と。……按ずるに此れは孟郊の叔とは別に是れ一人なり」と記す。しかし孟簡、字は幾道が孟郊の從叔であることは「貞曜先生墓誌銘」に記される通りであるし、孟郊が韓愈と詠じた「雨中孟刑部幾道に寄す聯句」（『昌黎先生集』卷八）

によっても明らかで、別人とする『登科記考』の判斷は誤りである。また『登科記考』では、『唐詩紀事』巻四一に見える逸話をもとに、元和中に登第したと記しているが、これは小説に類する話であり、依據するには足りない。(3) ところで、直接の資料ではないが、注目される作品がある。それは、李觀の「先輩の孟簡に貽るの書（貽先輩孟簡書）」（『全唐文』巻五三三、『李元賓文編』外集巻二）で、この中で「僕は江表に長じ、今は未だ弱冠ならず」と言っているからである。李觀は貞元十年（七九四）に二十九歳で沒している（韓愈「李元賓墓誌銘」）ので、彼が二十歳前にすでに「先輩」であったのであれば、孟簡は興元元年（七八四）までに及第していたことになる。この「孟簡」が同一人物であるかどうかは確證がないが、李觀は蘇州に住んでいたと見られるので、時期的にも、また地域的にも該當すると見て良いと思われる。

この想像が正しいとすれば、先にも觸れた孟簡の赴擧を送る次の二首は、建中四年までに書かれたのであり、孟郊の山中での生活もその頃までに區切りがついたことになる。

「山中にて從叔簡の擧に赴くを送る」

石根百尺杉　　石根　百尺の杉
山眼一片泉　　山眼　一片の泉
倚之道氣高　　これに倚れば　道氣高く
飮之詩思鮮　　これを飮めば　詩思鮮かなり
於此逍遙場　　此の逍遙の場において
忽奏別離弦　　忽ち奏す　別離の弦
郤笑薛蘿子　　郤りて笑う　薜蘿の子の

不同鳴躍年　　鳴躍の年を同じくせざるを

（大意）

石のもとに百尺の杉、山の穴から湧き出る泉。杉に寄れば俗世を超えた高い風氣が感得され、泉の水を飲めば詩興が鮮やかにわきあがる。この自得して過ごす場所に、突然別れの曲が掻き鳴らされた。（そして旅立つ人は）葛の衣を纏った私を振り返り、科擧に合格する年を共にしないことを笑っている。

「山中にて從叔の簡を送る」

莫以手中瓊　　手中の瓊を以て
言邀世上名　　言《ここ》に世上の名を邀う莫かれ
莫以山中跡　　山中の跡を以て
久向人間行　　久しく人間に向かいて行く莫かれ
松柏有霜操　　松柏　霜操有り
風泉無俗聲　　風泉　俗聲無し
應憐枯朽質　　應に憐むべし　枯朽の質の
驚此別離情　　此こに別離の情に驚くを

（大意）

手中の玉によって、世俗の名聲を迎えようとしてはならない。山中の生活から、長く俗世間に行ってしまおうとしてはならない。松柏には霜にも變わらぬ操が有り、風や流れの音には俗な響きは無い。（そうであるのに君は旅立つが）この朽ち枯れた身が、別れの情に心を騒がせているのを憐れんでくれるべきだ。

この二首では、「山中」を俗世間を離れた隠逸の場として描いているが、それは詩的表現に過ぎない。むしろ「卻りて笑う　薛蘿の子の、鳴躍の年を同じくせざるを」の二句には、科擧受験において遅れをとったという對抗意識のようなものを感じさせる。

さて孟郊は、孟簡の合格を知って「舟中にて從叔の簡に遇うを喜ぶ、別れて後に寄せ上る、時に從叔は初めて擢第して江南に歸り、郊は從いて行かず」詩を作っている。

一意兩片雲　　一意　兩片の雲
暫合還卻分　　暫く合して　還た卻き分かる
南雲乘慶歸　　南雲　慶びに乘じて歸り
北雲與誰群　　北雲　誰とともにか群れん
寄聲千里風　　聲を寄す　千里の風
相喚聞不聞　　相喚ぶも　聞くや聞かざるや

（大意）
同じ思いの二ひらの雲、しばらく一緒になって、また別々になる。南に向かう雲は喜びとともに歸って行くが、北に殘る雲は誰と行動を共にしたらよいのか。聲を千里に吹き渡る風に乘せ、呼びかけても聞いてくれるだろうか。

題によれば、孟簡が合格後に歸省する途次、どこかで偶然孟郊と出逢ったことが分かる。そして詩の中では自分と孟簡を二つの雲に喩えている。「南雲」に對して「北雲」と言うからには、孟郊はこの時「北」に居るか、「北」へ向かっていなければならないが、それは何處なのであろうか。またそれはどういう理由によるのであろうか。華氏の年譜では、この詩を貞元七年に受驗のため長安に赴く際の作とし、したがって孟簡の及第年もこの年と見なしている。しかし、先の李觀の文章に據る限り孟簡の及第は興元元年以前ということになるし、孟郊も初めて受驗したのは貞元八年より前であるので、いずれにしてもこの繫年は正しくない。受驗以外の目的で北へ向かうとすれば、誰かを頼っての旅か、あるいは洛陽近邊に生活の據點の一つが有ったことが考えられる。また興元元年は、數年前から續いている藩鎭達の叛亂がなお激しく、德宗が奉天へ逃れるほどであったのだから、その時期に黃河流域の地に居たとするならば、よほどの理由が有ったと見るべきだろう。これら點については、他に參考となる資料が無いので、現狀では疑問とせざるを得ないのだが、孟簡とともに勉學したのが嵩山の「山中」であり、また元來洛陽に何らかの緣があるのだとすれば、この時洛陽近邊で孟簡と出會ったとしても不思議はない。またこの後、江南の地に戻って皎然らと交流したと考えても、辻褄は合うのである。さらには、後で取り上げる連作詩の「石淙十首」（巻四）に見える「前蹤」などの語も、孟郊が嵩山に居たことがあれば理解しやすくなる。『舊唐書』の「少くして嵩山に隱れ、處士と稱す」という記述は、傍證を得られない現狀では、なお問題が殘ると言わざるを得ない。しかし正史の傳である以上、根據もなく記されたわけでもないであろう。十分な解明はできないが、嵩山で勉學した經驗を持っていた可能性が高いと判斷しておきたい。[4]

二　科擧受驗の時期と回數

次に孟郊自身の科擧受驗に關して整理しておきたい。「貞曜先生墓誌銘」では、その詩の優れたところを讚えた後に、「時に後るるを以て先生を開く者有り、曰く、吾は既に擠してこれを與う、其れ猶お存するに足らんや、と（有以後時開先生者、曰、吾既擠而與之矣、其猶足存邪）」という興味深い逸話を載せ、それに續けて「年幾んど五十にして、始めて尊夫人の命を以て來りて京師に集い、進士の試に從う。既に得て、即ち去る（年幾五十、始以尊夫人之命來集京師、從進士試。既得、即去）」と記している。名利に恬淡とし、受験してすぐに合格したように記しているのは、もとより文飾であるが、「尊夫人の命」によって科擧を受験したこと、かつそれが中年になってからであることがわかる。

ところで孟郊の最初の受驗についてであるが、華氏が貞元八年に初めて受驗して落第したと說いて以來、概ねその說が踏襲されていたが、後に賈氏が「華忱之『孟郊年譜』訂補」および『皎然年譜』（廈門大學出版社、一九九二）において、貞元四年に受驗して落第したと見る說を提出した。賈氏は「命を歎く（歎命）」（巻三）詩で

三十年來命　　三十年來の命
唯藏一卦中　　唯だ藏す　一卦の中に
題詩怨問易　　詩を題して易に問うを怨む
問易蒙復蒙　　易に問わば　蒙復た蒙
本望文字達　　本と文字にて達するを望みしに
今因文字窮　　今は文字に因りて窮す
影孤別離月　　影は孤なり　別離の月
衣破道路風　　衣は破る　道路の風
歸去不自息　　歸り去るも　自ら息わず

耕耘成楚農　　耕耘して楚農と成らん
（大意）
三十年來の我が運命、それはただ一つの卦の中に閉ざされたまま。詩を作ることで（我が運命を）易に問うたことが怨めしい。易に問うてもその運命は蒙ばかり（で一向に變わらない）。もともと文學によって榮達を望んだのに、今は文學によって困窮する有様。家族と別れたまま月に照らされる影法師はいつも孤獨、旅路の風に衣も破れて吹かれている。故郷に歸ったとしても自分の心は安まらないが、畑仕事をして楚の農民になってしまおうか。

と詠っていることから、孟郊が三十代で落第の經驗をしていると見なせること（貞元八年には四十二歳である）、また貞元六年の作と見られる「春日　韋郎中使君の鄒儒立少府の扶侍して雲陽に赴くを送るに同ず（春日同韋郎中使君送鄒儒立少府扶侍赴雲陽）」（巻八）詩の末尾に

獨慚病鶴羽　　獨り慚ず　病鶴の羽の
飛送力難崇　　飛びて送るに力は崇くすることの難きを

と言うことが、彼自身の落第の經驗を物語っていること、さらに貞元八年の「李觀に贈る」（巻六。自註に「觀は初めて登第す」とある）詩の冒頭で

昔爲同恨客　　昔は同じく恨む客たりしに
今爲獨笑人　　今は獨り笑う人となる
捨予在泥轍　　予を捨てて泥轍に在らしめ
飄跡上雲津　　跡を飄して雲津に上る

と言うことも、貞元六年に落第している李觀と同様、孟郊もこれ以前に落第の憂き目を見ていることの證左であると說く。その上で「包祭酒に上る」(巻六)詩の末尾に

願将黃鶴翅　願わくは黃鶴の翅を將て
一借飛雲空　一たび借して雲空に飛ばしめんことを

と言い、また「萬年の陸郎中に贈る」(巻六)詩の末尾でも

江鴻恥承眷　江鴻　承眷を恥ずも
雲津未能翔　雲津　未だ能く翔けず
徘徊塵俗中　徘徊す　塵俗の中
短毳無輝光　短毳　輝光無し

と言うのは、受験前に包佶、落第後に陸長源に、それぞれ引き立てを求めたものであり、包佶が國子祭酒であったのが貞元元年六月から四年夏までであり、陸長源が萬年縣令であったのが、貞元三、四年であったことから、貞元四年春に受験して落第したとの說を提出したのである。確證は無いけれども、賈氏の說はきわめて說得力に富んでおり、筆者も贊同する。

貞元八年は二度目の受験であり、二度目の落第であった。そして翌九年にも受験し、三度目の落第を經験したようだ。華譜が指摘するように、貞元九年の正月に孟簡、崔玄亮兄弟らと大雁塔で題名を行っている。(5) また盧虔に送った次の「盧虔使君に寄す」詩(巻七)は、この年の初めに作られたものであろう。

霜露再相換　霜露　再び相換わるも
遊人猶未歸　遊人は猶お未だ歸らず

歳新月改色　　歳新たに　月　色を改め
客久線斷衣　　客久しくして　線　衣に斷てり
有鶴冰在翅　　鶴有りて　冰　翅に在り
寒嚴力難飛　　寒さ嚴しくして　力《つと》むるも飛び難し
千家舊素沼　　千家　舊と素沼なるも
斜日生綠輝　　斜日に綠輝を生ず
春色若不借　　春色　若し借さざれば
爲君歩芳菲　　君が爲めに芳菲に歩まん

（大意）
（再び春となって）霜と露がまたも入れ替わったが、旅人はまだ故郷に歸れない。歳が改まって月もその色を新たにしたが、旅暮らしが長いので衣の絲筋は解れてしまっている。この鶴は羽に氷がのしかかり、寒さが嚴しくて精一杯頑張っても飛べずにいる。多くの家の白かった沼の色が、斜めに差す日の中で綠の輝きを見せてきた。しかしこうした春の息吹が力を貸してくれなければ、私は君と一緒に花の香りの中を歩くことにしよう。

盧虔は前年の落第後に知り合ったようで、「楚竹吟　盧虔端公の湘絃怨に和せらるるに酬ゆ（楚竹吟酬盧虔端公見和湘絃怨）」詩（巻一）によれば、孟郊の「湘絃怨」（巻一）に答える詩を寄せてくれたことが交流のきっかけであったらしい。盧虔はその後復州刺史となり、その赴任の際にも詩を寄せている。この詩は、またも落第したなら、その後一時的に身を寄せたいという希望を傳えるものだろう。そして實際に、この年孟郊は復州を訪れている。また共に大雁塔で題名した崔純亮に贈った「崔純亮に贈る」詩（巻六）も、この年の落第後の作であろう。これらの點から、孟郊は九年に三度目の受験をして、落第したと考えられる。したがって孟郊の科擧受験は、貞元四年、八年、九年、そして合格した十二年の、都合四度に及んだものと見られる。

注

（1）孟郊の事跡については、華忱之氏「孟郊年譜」が全般的な検討を行っており、とくに華氏が喩學才氏とともに校注を施した『孟郊詩集校注』（人民文學出版社、一九九五）に附載される改訂版は、現在最も詳しい内容をもつ。本稿ではこの年譜を基礎として、さらに検討を加えた。

（2）「靜境無濁氛、淸雨零碧雲。千山不隱響、一葉動亦聞。即此佳志士、精微誰相羣。欲識楚章句、袖中蘭茝薰。」自らを「佳志の士」と言い、また「楚の章句を識らんと欲せば、袖中に蘭茝薰る」と言って「李明府」に引き立てを求める内容であり、ここで勉學していたと見るだけの根據はない。また桐廬は湖州からほど近いとは言え、わざわざそこへ行くような地縁も認められない。孟郊は貞元十五年春に越に遊んでおり、その際に立ち寄った可能性もある。したがって、賈氏の桐廬山中說は必ずしも說得的ではない。

（3）「元和中、簡將試、詣日者卜之、曰、近東門坐、即得之矣。旣入、即坐西廊。迫晚、忽得疾、鄰坐請與終篇、見其姓、即東門也。乃擢上第。」（『唐詩紀事』卷四一「孟簡」の條）
出典が記されていないので、何に據ったのかは不明であるが、これだけでは「簡」が孟簡であるかどうかも明確ではない。

（4）なお貞元八年に孟郊が進士に落第し、孟簡が宏詞科に及第した折に作られた「從叔校書簡の南に歸るを送る」詩（卷八）でも、「北騎　山岳に達し、南帆　江湖を指さす（北騎達山岳、南帆指江湖）」と言い、北に殘る自分と江南へ歸る孟簡とを「北」と「南」で表現している。しかも「山岳に達す」と言うのは、どこかの山中に戻るかのようである。それを嵩山と見ることもあながち不當ではないだろう。
また後年のことではあるが、賈島の「孟協律を弔う」詩（『長江集』卷三）では「孤塚　北邙の外、空齋　中嶽の西（孤塚北邙外、空齋中嶽西）」と言っている。この「齋」は後で設けられたものかもしれないが、やはり孟郊と嵩山の關わりの深さを物語ると見て良いだろう。なお晩年洛陽に住んだ後も、嵩山を含めて長安郊外に居ることを窺わせる表現が散見する（「花を看る」五首、其五の「三年此村落」など）。嵩山の近邊に生活の據點の一つを持っていた可能性が高い。

（5）「祕書省校書郎孟簡。進士孟郊。進士崔玄亮。進士崔寅亮。進士崔純亮。貞元九年正月五日。」

（文物一九六一年八期刊宋拓殘本。陳尚君輯校『全唐文補編』巻六四引）

なお『舊唐書』巻一六五「崔玄亮傳」には「崔玄亮、字晦叔、山東磁州人也。玄亮貞元十一年登進士第。……始玄亮登第、弟純亮、寅亮相次升進士科、藩府辟召」と記す。孟郊はこの兄弟と親しかったようで、集には「崔純亮に贈る」（巻六）、「崔純亮に寄す」（巻七）、「崔寅亮の下第するに送別す」（同）の三作がある。

第二節　孟氏一族との交流

一　交流をめぐる問題點

孟郊の文學の基礎がどのように築かれたのかは大きな問題點であるが、それはまたどういう人々とどのような交流をしていたかという點とも深く關わっている。先にも述べたように、唐代は士人が結ぶネットワークとして、血緣、地緣の他に科擧をめぐる緣が生まれた時代である。また地緣のあり方も、とくに中唐期以降は、節度使や刺史の許に人材が集まり、政治力を蓄えるだけでなく、一種の文壇が形成されて文化的にも一定の意義を持つように變化してきていた。孟郊にとって、この三つのネットワークがどう作用したのかを檢討してみたい。周知のように、孟郊は科擧に難澁し、仕途に苦しんだ。その過程で得た交友のあり方と、對社會的に懷いた被害意識とが、彼の詩にも影を落としており、單なる事跡の問題に止まらない意味を持っているからである。

官僚社會においては、同族の先輩の存在は、良きにつけ惡しきにつけ、その行動に影響力を及ぼすことであった。父親の庭玢は崑山縣尉であり、祖父は名も知られないような寒門の出身である孟郊にとって、一族の有力者に援引を期待する氣持ちは強かったろう。そして同族でも年代や境遇が近ければ、親しみとともに競爭心も働いたであろうし、それによって受ける心の傷もまた深かったと思われる。孟郊が同族の人々とどのように交流し、科擧の及第、任官という壁を乘り越えようとしたのかという點は、彼の前半生を考える上では輕視できない問題點である。

また孟郊は湖州武康の出身と言われているが、その湖州では大暦から貞元にかけて顔眞卿、皎然らを中心とした詩會が形成され、様々な活動をくり廣げていた。これも先に述べたように、中唐期には宮廷詩壇に替わって郡齋や高官の私邸、および寺院などが新しい文學の潮流を作り出す場となり、地方官僚だけでなく、在野の士や詩僧を含めた幅廣い層に影響を與えていたのである。孟郊も晩年の皎然と交流しており、少なからぬ影響を受けたことが推測される。またその交流の中で、陸羽らの文人、陸長源らの官僚とも面識を得ている。

そして長安に出てからの交友では、何と言っても韓愈の存在を忘れることができない。彼は科擧の同年ではないが、科擧受驗をめぐる苦勞の中で知り合った仲であり、年齢は下だが、様々な面で孟郊を支えてくれた貴重な友人であった。また韓愈を中心とするグループとの交流の中で、彼の文學は最終的に成就したと言って良い。その交友のあらましを整理しておくことも大事な手續きであろう。

まず孟氏一族との交流から取り上げる。

二　孟簡との交流

現存する孟郊の作品に、科擧及第以前の作と見られるものは少なくないが、樂府や詠懷が中心であって、具體的な出來事、あるいは人物との交流に關わって作られたと判斷できるものは、あまり多くない。ただその中で、同族であった孟簡に贈った作品は、彼の受驗、及第に關わって六首殘されており、及第以前の孟郊の事跡を考える上での、一つの據り所を提供してくれる。またその交流は後年にも及んでおり、彼の存在が孟郊にとって一定の重みを持っていたことも窺える。

先に見たように、孟郊の最初の受験は貞元四年と見られるが、残念ながら落第した。孟簡の受験および合格に際して詩を贈っていた孟郊は、この初下第の時にも孟簡に詩を寄せている。それが次の「貧女詞　従叔の先輩簡に寄す（貧女詞寄従叔先輩簡）」（巻一）詩である。

蠶女非不勤　　蠶女は勤めざるに非ざるに
今年獨無春　　今年　獨り春無し
二月冰雪深　　二月　冰雪深く
死盡萬木身　　死盡す　萬木の身
時令自逆行　　時令　自から逆行す
造化豈不仁　　造化　豈に不仁ならんや
仰企碧霞仙　　仰ぎて企《のぞ》む　碧霞の仙の
高控滄海雲　　高く滄海の雲を控え
永別勞苦場　　永く勞苦の場に別れ
飄颻遊無垠　　飄颻として無垠に遊べるを

（大意）
蠶を飼う女は勤勉でないことはないのだが、今年はただ一人春を迎えることが無い。二月に氷や雪が深く閉ざし、多くの木々の身を枯らしてしまったのだ。時の巡りが勝手に逆に動いたのであり、造化の働きが仁でなかったわけではない。振り仰いで碧い霞の先に居る仙人を望みやる。高みにあって大海原の雲を従え、永遠に（受験の）勞苦からのがれて、ひらひらと無限の天空に遊んでいるのを。

これは、もとより單なる落第の報告ではあるまい。同族であり、山中での勉學の經驗を共有した孟簡に、有力者への推薦など、可能な援助を期待したものだったろう。孟簡の側には孟郊との應酬の作が殘されていないので、この時どのような反應が有ったのかはわからない。しかし有效な援助がなされなかったことは、この後の孟郊の事跡に窺える通りである。なお題に「先輩」と記すだけであるので、孟簡もこの時はまだ吏部試には及第していないことが分かる。興元元年までに科擧に及第していたのだとすれば、任官するまでかなりの時間がかかったことになるが、それには孟簡の家庭の事情もあったようだ。先の李觀の手紙には、後文で「是こを以て昨晝徒步にて所居を尋ね奉り、將に足下の先丈人の靈を拜し、足下の不滅の戚しみを問わんとす。如何んぞ哭泣に倦むと稱し、輒ち牀褥に安んじ、辭するに疾有るを以てして、坐ながらにして我を誣せんとは。人子の喪禮に、豈に其れ然らんや（是以昨晝徒步奉尋所居、將拜足下先丈人之靈、問足下不滅之戚。如何稱倦哭泣、輒安牀褥、辭以有疾、坐而誣我。人子喪禮、豈其然乎）」と記しており、李觀が挨拶に行った時、彼は服喪中であったことが窺える。父親の喪に服していれば、その期間は受驗できないから、貞元四年の段階でまだ任官していなくとも不思議はないであろう。

先に見たように、孟簡は貞元九年正月に孟郊らと大雁塔で題名しているが、この時の署名は「校書郎」である。したがって、前年の貞元八年までには博學宏詞科に及第していたことが分かるが、孟郊の「從叔校書簡の南に歸るを送る」（卷八）と「別れに感じて從叔校書簡の再び科に登りて東に歸るを送る（感別送從叔校書簡再登科東歸）」（卷七）の二首によって、それが八年春であったと推定できる。前首の冒頭では

長安別離道　　長安　別離の道
宛在東城隅　　宛らに東城の隅に在り
寒草根未死　　寒草　根は未だ死せざるも

愁人心已枯　　愁人　心は已に枯れたり

と詠い、また後首の末尾では

獨恨魚鳥別　　獨り恨む　魚鳥の別れて

一飛將一沈　　一飛と一沈となるを

と詠うので、孟簡の及第が孟郊自身の落第と同じ年であったことが窺えるからである。

こうして一足先に官界に入った孟簡は、なお科擧に難澁した孟郊をしり目に、概ね順調な出世を果たしていった。しかし同族で、ともに學んだ經驗を持つにも關わらず、孟郊に對して必ずしも好意的ではなかったようだ。貞元十二年に孟郊がようやく進士に及第した時には、孟簡に示した詩も、援引を求めた詩も殘されていない。もとより孟簡が彼の及第、仕官のために助力した樣子も窺えない。それは孟郊の側に問題があったのか、あるいは李觀がその態度を怒ったように、孟簡の人柄に問題があったのか、詳しいことはわからない。この貞元八年の後しばらくの斷絶を挾んで、次に交流の跡を確認できるのは、孟郊が溧陽縣尉の職を終え、母親を連れて一族の莊園があった義興に歸ることになった際に孟簡が書いた「東野の母を奉じて里に歸るを送るの序（送東野奉母歸里序）」（淸、凌錫麒『德平縣志』卷一一「藝文」引）である。

秋深く木脫し、遠水は空を涵し、高きに升りて一望すれば客思集まる。而して東野は此の時に復た母を奉じて鄕に歸る、崖に臨んで袂を岐ち、贈別の詩は是こに作《おこ》るなり。夫れ道の茂き者は物に隨いて安んじ、學の至れる者は情に緣りて適す。東野は學道素を守り、旣に母の命を以て尉たれば、宜しく母の命を以て歸るべく、應に夫の窮途に哭して式微を歌う者に效わざるべし。夫の悲秋送遠の際に、瞻顧して黯然たるが若きは、此れ江淹の魂を銷す所以なり、況んや吾が儕においてをや。（秋深木脫、遠水涵空、升高一望而客思集矣。而東野於此時復奉母

歸鄕、臨崖岐抉、贈別之詩於是焉作也。夫道茂者隨物而安、學至者緣情而適。東野學道守素、既以母命而尉、宜以母命而歸、應不效夫哭窮途歌式微者矣。若夫悲秋送遠之際、瞻顧黯然、此江淹之所以銷魂也、況吾儕乎。）

韓愈の「貞曜先生墓誌銘」に「進士の試に從う。既に得て、即ち去る。四年を間て、又た命もて來り、選ばれて溧陽の尉と爲り、迎えて溧上に侍す（從進士試。既得、即去。間四年、又命來、選爲溧陽尉、迎侍溧上）」とあることから、溧陽縣尉の職を得たのは貞元十七年と見られ、また同文に續けて「尉を去りて二年、而して故相の鄭公は河南に尹たり、奏して水陸運從事と爲し、協律郎に試む（去尉二年、而故相鄭公尹河南、奏爲水陸運從事、試協律郎）」と記されること、および孟郊に「乙酉歲舍弟は扶侍して興義の莊居に歸る、後獨り舍に止まりて替人を待つ（乙酉歲舍弟扶侍歸興義莊居後獨止舍待替人）」詩（卷三）があることから、溧陽を去ったのは永貞元年であったことが分かる。なお孟郊が溧陽縣で尉の職責を果たさず、ために半俸を割かれたことは、陸龜蒙の「李賀小傳の後に書す」（『甫里先生集』卷一八）に詳しい[1]。先の孟簡の序文が書かれた時、簡は尙書省の員外郎（倉部員外郎か刑部員外郎）であったと見られるが、この序文がいつ、どこで書かれたのかは、文中からは明らかにし難い。假に孟郊が次の職を求めて上京していたのだとすれば、それを送る際に作られたものであろうか。もしそうなら秋の作であるので、貞元二十年の秋の可能性が高い。孟簡に周旋を賴んだものの、實らなかったと想像される。この「序」の內容に格別見るべきものは無いが、ただ「既に母の命を以て尉たれば、宜しく母の命を以て歸るべし」と、やはり「母命」が強調されていることは注目される。孟郊が母思いであることは、著名な「游子吟」（卷一）に明らかであるが、韓愈、孟簡の文章でも母の存在の大きさが語られていることは、孟郊の人柄を考える上で忘れてはならない點であろう。

　孟郊は元和元年、恐らく就職活動のために上京し、左遷の地から戻った韓愈と再會して彼と集中的に聯句の制作を行った。その中に「雨中孟刑部幾道に寄す聯句」（『昌黎先生集』卷八）が有る。韓愈との聯句は十三首が殘されているが、題に個人名が見えるのは、他には貞元十三年秋から十四年初春にかけての作と想定される「劍客の李園に贈る聯句」（巻一〇）が有るだけである。「劍客の李園」はいかなる人物であったのかが分からず、したがって制作の背景も不明だが、こちらは孟郊と孟簡の關係をも踏まえつつ、孟簡に援引を求めて作られた聯句であり、孟郊だけでなく韓愈の見方も窺える點で興味深い作品である。全體で六十句から成り、最初は二句交替で進められるが、後半は十句ずつ、さらに最後は十二句交替で構成されている。後に聯句の項で纏めるが、一つの作品の中で自由に擔當句數を變えるのが韓孟聯句の大きな特徴である。以下、三つの段落に分けて見て行く。

01	秋潦淹轍跡	秋潦　轍跡を淹《ひた》し
02	高居限參拜（愈）	高居　參拜を限らる
03	耿耿蓄良思	耿耿として良思を蓄え
04	遙遙仰嘉話（郊）	遙遙として嘉話を仰ぐ
05	一晨長隔歳	一晨も歳を隔てるより長く
06	百歩遠殊界（愈）	百歩も界を殊にするより遠し
07	商聽饒清聳	商聽　清聳饒く
08	悶懷空抑噫（郊）	悶懷　空しく噫を抑う
09	美君知道腴	美す　君の道の腴なるを知り
10	逸歩謝天械（愈）	逸歩　天の械を謝するを
11	吟馨鑠紛雜	馨を吟じて　紛雜を鑠し
12	抱照瑩疑怪（郊）	照を抱きて　疑怪を瑩《て》らす

13撞 宏 聲 不 掉　　宏なるを撞くも　聲は掉わず
14輸 邈 瀾 逾 殺（愈）　邈かなるに輸して　瀾は逾いよ殺《はや》し
15簷 瀉 碎 江 喧　　簷に瀉ぎて　碎江は喧しく
16街 流 淺 溪 邁（郊）　街に流れて　淺溪は邁む

（大意）

秋の大水が車轍の跡を浸してしまい、氣高いお住まいに詣でることを妨げている。誠實な思いを胸に、佳いお話を聞きたいと遙かに仰いでいる。わずか一日でも（會えないと）年を隔てるより長く感じ、百歩ほどの距離なのに別の世界に住むように遠く思われる。

秋の物音は淸らかに研ぎ澄まされたものばかり、思いは塞がれて空しくため息を抑えている。素晴らしいことだ、貴方は道の味わいを理解し、高らかに歩みを進めて（爵位という）天が與える枷から自由でいる。

香り高く吟じて雜然とした事柄を消し去り、智の光を抱いて怪しげな物を明るく照らし出す。（秋雨は降り込めて、まるで）大きな鐘を撞くような勢いだが、その音は多すぎて響かず、水は遠くまで流れ去って、波はますます速くなる。

軒端に注ぎ懸かる雨は小さく別れた川のように喧しい音を立て、都の街路は淺い川のようになって水が流れて行く。

この年は秋雨が續いたのか、この聯句と相前後して「秋雨聯句」（『昌黎先生集』巻八）も作っている。その秋雨に隔てられて拝謁することがかなわないが、孟簡にぜひ會いたいと思っている、と詠い起こす。二句ずつで交替する十六句は、表現は變えつつも孟簡を褒め、會いに行けない無念さを描いている。

17 念初相遭逢　　念う　初め相い遭逢せしとき
18 幸免因媒介　　幸いに媒介に因るを免れしを
19 祛煩類決癰　　煩を祛うこと癰を決《さ》くに類し
20 愜興劇爬疥　　興に愜《かな》うこと疥を爬《か》くより劇し
21 研文較幽玄　　文を研《みが》きて幽玄を較べ
22 呼博騁雄快　　博を呼びて雄快を騁《は》す
23 今君軺方馳　　今　君は　軺を方に馳す
24 伊我羽已鎩　　伊れ　我は　羽　已に鎩《そ》がれたり
25 溫存感深惠　　溫存　深惠に感じ
26 琢切奉明誡（愈）　　琢切　明誡を奉ず
27 迨茲更凝情　　茲に迨んで更に情を凝らし
28 暫阻若嬰瘵　　暫く阻まれて瘵に嬰るが若し
29 欲知相從盡　　相い從うことの盡《いた》れるを知らんと欲せば
30 靈珀拾纖芥　　靈珀　纖芥を拾う
31 欲知相益多　　相い益することの多きを知らんと欲せば
32 神藥銷宿憊　　神藥　宿憊を銷す

33德符仙山岸　　德は符す　仙山の岸
34永立難欹壞　　永く立ちて　欹壊し難し
35氣涵秋天河　　氣は涵す　秋天の河
36有朗無驚湃（郊）　　朗たる有りて驚湃無し

（大意）

思い出す、初めて出逢った時、幸いなことに誰かの仲介を受けずに濟んだことを。（會うと）煩わしい思いが振り拂われ、それは腫れ物を切開するようなさっぱりした氣持ちで、心に適うことは痒いところを掻く（氣持ちよさ）よりも勝っていた。文章を磨いては内容の奥深さを競い合い、博戲で（盧の目を）呼んでは痛快さを恣にした。今、貴方は（刑部におられ）使者の車を走らせる身、一方私ときたら（罪を得て左遷され）羽根をもがれてしまっている。（その私を）勞って下さった深い思いやりに感じ入り、己を磨けという明らかな戒めを有り難く奉じている。

この雨の中で改めて思いを凝らし、暫く雨に阻まれて、病氣にかかったような氣持ちになる。貴方に從うことの素晴らしさを知ろうとするなら、それは靈妙な琥珀が小さな芥を拾い集めるよう。貴方が益してくれることの多さを知ろうとするなら、それは神聖な藥が長患いを癒やしてくれるかのよう。貴方の德は仙山の崖に現れ、永遠に殘って傾き壞れることは無い。貴方の放つ氣は秋の銀河をつつみこみ、明らかに輝いて波立つことは無い。

十句ずつに轉換した第二段では、韓愈が孟簡との出會いを回想し、榮達した相手と挫折した自分とを對比させて、援引を求める。孟郊は比喩を用いて孟簡の德の高さを褒めるが、直接的な表現を避けているところにかえってよそよそしさを感じさせる。

37 祥鳳遺蒿鷚　　祥鳳は蒿鷚を遺し
38 雲韶掩夷韎　　雲韶は夷韎を掩う
39 爭名求鵠徒　　名を爭いて鵠を求むる徒は
40 騰口甚蟬喝　　口を騰ぐること蟬の喝《な》くより甚だし
41 未來聲已赫　　未だ來らざるに聲は已に赫たり
42 始鼓敵前敗　　始めて鼓《う》ちて敵は前《さき》に敗る
43 鬪場再鳴先　　鬪場　再たび鳴くこと先んじ
44 遐路一飛屆　　遐路　一たび飛びて屆《いた》る
45 東野繼奇躅　　東野は奇躅を繼ぎ
46 脩綸懸衆犗　　脩綸もて衆犗を懸く
47 穿空細丘垤　　空を穿てる細き丘垤
48 照日陋菅蒯（愈）　　日に照らさるる陋《いや》しき菅蒯
49 小生何足道　　小生　何ぞ道うに足らんや
50 積愼如觸蠆　　積愼　蠆に觸るるが如し
51 愔愔抱所諾　　愔愔として諾する所を抱き
52 翼翼自申戒　　翼翼として自ら戒を申《の》ぶ
53 聖書空勘讀　　聖書　空しく勘《くら》べ讀む

54盗　食　敢　求　啜　　　盗食　敢えて啜うを求めんや
55惟　當　騎　欵　段　　　惟だ當に欵段に騎すべし
56豈　望　覩　珪　玠　　　豈に珪玠を覩るを望まんや
57弱　操　愧　筠　杉　　　弱操　筍杉に愧じ
58微　芳　比　蕭　薙　　　微芳　蕭薙に比す
59何　以　驗　高　明　　　何を以てか高明に驗みられん
60柔　中　有　剛　夬（郊）　　　柔中に剛夬有り

（大意）

めでたい鳳は草むらの鷃を置き去りにして飛び、大雅の樂音は東夷の樂を覆い盡くす。名利を争って的を射ようとする輩は、口々に騒いで、蟬が鳴くようりうるさい。貴方は登場する前から赫赫たる名聲があり、軍鼓が鳴らされたばかりでもう敵はさきに敗れている。科場において二度とも先に合格を決め、遙かな仕官の道に一飛びで到達した。東野は貴方の優れた事跡を受け繼ぎ、長い釣り絲に多くの牛を餌として（獲物を狙って）いる。（それにひきかえ私は）空に寄りかかるちっぽけな丘、陽に照らされた卑しい菅や茅に過ぎない。小生がどうして言うに足りようか。ただただ身を愼んで、サソリに觸れるのを畏れるかのよう。許諾してもらったことを胸に抱いて安らかにしており、自らの戒めをひたすら謹んで守っている。聖賢の書をただ引き比べて讀んでいるだけ、盜んだ食物を喰らう（ような分不相應な職を得る）ことをどうして求めよう。ただ歩みの鈍い馬に騎っているのが相應で、大きな玉を目の當たりに見る（高官となる）ことを望んだりしようか。堅くない操は竹や杉に對して恥ずかしく、微かな香りはよもぎやにら（のような雜草）と肩を竝べる有樣。（この私は）何によってお上の評價を仰ぐのか。（こんな私でも）柔の中に剛毅果斷な一面を持っているのだ。最後の段落では、十二句ずつ續けるが、韓愈は引き續き孟簡と自分の對比を重ね、「鬪場　再び鳴くこと先んじ、遐路　一たび飛びて屆る」とその俊才ぶりを褒めた上で「東野は奇躅を繼ぎ、脩綸もて衆犗を懸く」と孟郊をも持ち上げ、孟氏一族の優秀さを讃える。「脩綸」の句は、孟郊の表現力を驅使した詩作方法を褒めるのだろう。ただ自分を言うとみられる「空を穿てる細き丘垤、日に照らさるる陋しき菅蒯」は、謙遜としてもやや度が過ぎており、こうした運びはむしろ聯句らしいお遊びと見るべきかもしれない。韓愈の句は全體にそうした遊戲的な雰圍氣を感じさせる。一方、孟郊はこれを受けて、處世に拙い自分が孟簡とは比べものにならないことを言って謙遜するが、末二句などには強い自負も窺わせている。ただ全體的に、韓愈に比べて表現が堅い印象を受ける。

この聯句が作られた具體的な背景は明らかではないが、朝官として榮達している共通の知人に、援引を求める意をこめて贈られたものであることは確かだろう。そう思って讀んだとき、より直接的で磊落さも感じさせる韓愈に比べて、孟郊は持ち味かもしれないが全體に堅苦しく、身構えたようなよそよそしさが印象に殘る。科擧及第以前の詩に見たような、直接的な感情の吐露が見られないのは、韓愈とともに行った聯句であるからかもしれないが、その後の孟簡の態度が孟郊の心に影を落としていた可能性も否定できないだろう。

孟郊はこの元和元年冬に、河南尹の鄭餘慶から河南水陸運從事、試協律郎としてその幕下に招かれ、ほどなく洛陽に居を構える。そして九年八月に山南西道節度使となった鄭餘慶から再度興元軍參謀に招かれ、その赴任の旅の途中に死ぬまで、洛陽に住み續けた。その間、孟簡との交流を示す詩が二首殘っている。一首は「從叔簡の盧殷少府に酬ゆるに同ず（同從叔簡酬盧殷少府）」（卷七）で、登封縣尉となった盧殷との交流に關わる詩である。華氏の年譜では元和三年頃の作と見ており、恐らくその繫年に大きな誤りは無いだろう。韓愈の「登封縣尉盧殷の墓誌」（『昌黎先生集』巻二五）に、友人として孟郊と孟簡の名も擧げており、また孟郊には別に「盧殷を弔う十首」（巻一〇）があるように、盧殷は共通の友人であった。もう一首は「諫議十六叔を送りて孝義渡に至り、後に寄せ奉る（送諫議十六叔至孝義渡後奉寄）」（巻七）で、これは元和六年に孟簡が諫議大夫から常州刺史へ左遷された際、彼のもとに立ち寄った簡を洛陽城の東の孝義渡まで見送った作である。

曉渡明鏡中　　曉渡　明鏡の中
霞衣相飄颻　　霞衣　相い飄颻たり
浪鳧驚亦雙　　浪鳧　驚くも亦た雙たり
蓬客將誰僚　　蓬客　將た誰とか僚せん
別飲孤易醒　　別飲　孤りなれば醒め易く
離愁壯難銷　　離愁　壯んなれば銷し難し
文清雖無敵　　文清く　敵無しと雖も
儒貴不敢驕　　儒貴く　敢えて驕らず
江吏捧紫泥　　江吏　紫泥を捧じ
海旗剪紅蕉　　海旗　紅蕉を剪る
分明太守禮　　分明たり　太守の禮
跨躡毗陵橋　　跨躡す　毗陵の橋
伊洛去未迴　　伊洛は去って未だ迴らず
遐矚空寂寥　　遐く矚むれば　空しく寂寥たり

（大意）

明け方の渡しの澄んだ水鏡の中で、高位にある貴方の衣がひらひらと搖れる、波間の水鳥もバタバタと、やはり連れだって飛び立つのに、蓬の中に住む隱者は、いったい誰と友達になれば良いのか。別れの酒は獨りでは醒めやすく、離ればなれになる悲しみは壯んで消しがたい。文章は氣高くて敵する者は居ないのだが、世に重んじられる名儒となっても驕る態度は見せない。江東の官吏となって詔勅を捧げ持ち、海まで連なる旗は紅蕉を切り取ったようだ。はっきりと示された太守の儀禮、（威嚴を正して）毘陵の橋を踏み越えて着任する。伊水、洛水は流れ去って還らないが、（去って行く從叔を思って）遠く望みやると、ただ寂寥とした思いにとらわれる。

孟簡が赴任した時期は明らかではなく、この詩にも季節を特定できる表現は見られない。孟郊の「花を看る五首」（巻五）の其の三に「芍藥　吹きて盡きんと欲す、曉の風を奈何んともする無し。餘花　誰をか待たんと欲す、唯だ諫郎の過るを待つ（芍藥吹欲盡、無奈曉風何。餘花欲誰待、唯待諫郎過）」（この「諫郎」を孟簡と見る華氏の解釋は正しいだろう）とあるので、春の暮れには、いずれ立ち寄るという知らせを受けていたのだろう。孟郊は四年に母を亡くしており、兄弟達も江南に居た。孟簡が旅の途次で立ち寄ってくれたのは嬉しかったろうし、その孟簡まで江南へ去ってしまう寂しさも隱せなかったに違いない。この詩は久しぶりに感情面が豐かに表されており、矜持は保ちながらも、長い交流を續けてきた相手との別れを惜しんでいる。この元和六年は、實は孟郊にとって別れの年であった。秋に河南縣令であった韓愈が職方員外郎として長安に戻り、さらに庇護者であった鄭餘慶もその冬に吏部尚書として長安に去ってしまうのである。やがて身邊蕭條となることを、この時予感できたのかどうかは知るよしもないが、必ずしも自分に好意的でなかった孟簡に惜別の情を示すこの詩は、後から見れば象徴的な作品であったように思われる。

江南に去った後の孟簡と、さらに何らかの交流があったのかどうかは分からない。ただ江南の親族を思う詩の中には彼のことは出てこない。そして孟郊の葬儀に際して、孟簡が何らかの役割を果したという様子も見られない。韓愈の「貞曜先生墓誌銘」に「初め、先生の與に倶に學びし所の同姓簡は、世次に於いて叔父たり、給事中より浙東に觀察たり。曰く、生きて吾は擧ぐる能わず、死して吾は其の家を恤れむを知る、と（初、先生所與倶學同姓簡、於世次爲叔父、由給事中觀察浙東。曰、生吾不能擧、死吾知恤其家）」と記されるのは、葬儀に對してさえ冷淡であった孟簡に對する批判を含んでいると言われるが、(2) 恐らくそうだったのであろう。

三　孟郊の一族に關して

孟郊の一族は、孟簡以外は詳しいことが分からない。弟に酆と郢が居たが、二人とも科擧に及第しておらず、したがってその事跡は明らかでない。孟郊の詩に登場する人物としては、從叔には「西齋に病を養いて夜の懷いに感ずること多し、因りて呈して從叔の子雲に上る（西齋養病夜懷多感、因呈上從叔子雲）」（巻三）の孟子雲、「從叔述の靈巖山の壁に題す（題從叔述靈巖山壁）」（巻五）の孟述、從弟には「分水嶺にて別るる夜に從弟の寂に示す（分水嶺別夜示從弟寂）」（巻六）、「孟寂の擧に赴くを送る（送孟寂赴擧）」（巻八）の孟寂、「呉の安西の館にて從弟の楚客に贈る（呉安西館贈從弟楚客）」（巻六）の孟楚客、それに「汝墳にて從弟の楚材の贈らるるを蒙る、時に郊は將に秦に入らんとし、楚材は楚に適かんとす（汝墳蒙從弟楚材見贈、時郊將入秦、楚材適楚）」（巻七）の孟楚材が居る。このうち孟寂は貞元十五年に進士に及第しており、張籍と同年であった。張籍には「孟寂を哭す（哭孟寂）」詩（『張籍詩集』巻六）が有る。孟楚客と孟楚材とは恐らく兄弟であろうが、詳しいことは分からない。また叔父（從叔）には、他に

「侍御叔に陪して城南の山墅に遊ぶ（陪侍御叔遊城南山墅）」（巻四）の「侍御叔」、「情を抒べ因りて郎中二十二叔、監察十五叔に上り兼ねて李益端公、柳縝評事に呈す（抒情因上郎中二十二叔監察十五叔兼呈李益端公柳縝評事）」（巻六）、「監察十五叔の東齋にて李益端公を招きて會別す（監察十五叔東齋招李益端公會別）」（巻八）の「郎中二十二叔」と「監察十五叔」とが居るが、いずれも名は分からない。岑仲勉氏の『唐人行第錄』では、孟子雲がこの「郎中二十二叔」か「監察十五叔」のいずれかではないかと推測しており、先の子雲に寄せた詩の内容からもその可能性は高いと思われるが、確定はできない。

ところでこの「二十二叔」と「十五叔」が登場する二首の詩は、いずれも邠寧節度使の幕下を訪れて作られたものであった。「情を抒べ因りて郎中二十二叔、監察十五叔に上り兼ねて李益端公、柳縝評事に呈す」詩は次の通りである。

方憑指下弦　　方に指下の弦に憑りて
寫出心中言　　心中の言を寫し出さんとす
寸草賤子命　　寸草　賤子の命
高山主人恩　　高山　主人の恩
遊邊風沙意　　邊に遊ぶは風沙の意
夢楚波濤魂　　楚を夢むは波濤の魂
一日引別袂　　一日　別袂を引き
九迴沾淚痕　　九迴　淚痕を沾す
自悲何以然　　自ら悲しむ　何ぞ以て然ると

在禮闕晨昏　禮に在りて晨昏を闕く
名利時轉甚　名利は時に轉た甚だし
是非宵亦喧　是非は宵も亦た喧すし
浮情少定主　浮情　定主少なく
百慮隨世翻　百慮　世に隨いて翻る
擧此胸臆恨　此の胸臆の恨を擧げ
幸從賢哲論　賢哲の論に從うことを幸う
明明三飛鸞　明明たり　三飛鸞
照物如朝暾　物を照らすこと　朝暾の如し

（大意）

ちょうどこの指の下の琴絃を借りて、胸の思いを表してみたい。僅かに伸びた草のような賤しい私の運命、高い山のような尊い主人の恩愛。邊境の地に出かけてきたのは風沙を體驗したい氣持ち、（故鄉の）楚を夢見ているのは波間に浮かぶ魂。ある日別れの袂を引いて、何度もその袂を涙で濡らすことになるだろう。自分でも悲しい、どうしてそうなるのかと。（しかし故鄉に殘した母に）朝晩の挨拶をする禮すら欠く有様なのだ。名利（を求めること）は今の時勢ではますますひどくなり、是非（の議論）は夜になってもなお喧しい。浮世の情には、定まった主人に仕える氣持ちが少なく、樣々な考えは、世間の動きに隨ってがらっと變わってしまう。この胸の恨みを詠い上げ、優れた方々のご意見に從いたいと願う。明らかな德をお持ちの三羽の靈鳥は、高く飛んで朝日のように萬物を照らしておられるのだから。

詩題に名が見える「柳縝評事」は柳宗元の叔父であり、その「故叔父殿中侍御史府君の墓版文」（『河東先生集』巻一二）に、「朔方節度使の張獻甫は署の參謀に辟し、大理評事を授けて、緋魚袋を賜う（朔方節度使張獻甫辟署參謀、授大理評事、賜緋魚袋）」と記されている。實は張獻甫は邠寧節度使であり、貞元四年から十二年までその任にあった。柳縝はこの後、張獻甫の幕下で度支判官、大理司直、殿中侍御史と昇進して行くので、大理評事であったのは着任後數年の間であったと思われる。また李益も侍御史（端公）としてその幕下に居た。譚友學氏「李益行年考」（『唐詩人行年考』所收、四川人民出版社、一九八一）によれば、李益が朔方節度使の杜希全の幕下から張獻甫の元に轉じたのは、貞元六年頃であるという。また李觀の「邠寧慶三州節度饗軍記」（全巻五三四）には「宗盟兄侍御史の益は文行の忠信なる有りて朗寧の軍に從う（宗盟兄侍御史益有文行忠信而從朗寧之軍）」とあり、李益の勸めで彼がこの「饗軍記」を書いたことが記されている。李觀が邠州を訪れた時期については、「饗軍記」に「國家郊祀の明年、觀は布衣にて來り遊ぶ（國家郊祀之明年、觀布衣來遊）」と記されること、および「弟の兌に報ずるの書」（全巻五三三）に「六年の春、我は小宗伯に利あらず、……乃ち其の明年の司分の月を以て、驢に乘りて長安を出で、西のかた一二の諸侯に遊び、囊を實たすことを求む（六年春、我不利小宗伯、……乃以其明年司分之月、乘驢出長安、西遊一二諸侯、求實於囊）」とあることから、貞元七年の春であったと推定される。

さてそうであれば、孟郊が邠寧節度使の幕下を訪れたのも、李觀と同じ頃であった可能性が高いのではないか。華氏の年譜では貞元九年に繫屬しているが、恐らくそれより前であろう。また、孟郊と李觀が知り合ったのがいつであるかは明らかでないが、「李觀に贈る」（巻六）詩から見て貞元八年より數年前のことであったと思われる。出身地が近く、またお互いに受驗の失敗を經驗していることから、受驗準備で長安に滯在している間に知り合った可能性が高いだろう。そして、李觀が「西遊」した貞元七年の春、孟郊も彼に同行したこと、卽ち李觀は李益を、孟郊は二人の叔父を頼って、ともに邠寧節度使の幕下を訪れた可能性は決して小さくないと思われる。孟郊の二首の詩に李觀の名は見えないが、幕下にいた人々に引き立てを求めた作であれば、それはむしろ當然であろう。

また「監察十五叔の東齋にて李益端公を招きて會別す」詩は、邠州を去るときの作と思われるが、この時なお春であったことがわかる。

欲知惜別情　　惜別の情を知らんと欲せば
瀉水還清池　　水を瀉ぎて清池に還さん
此地有君子　　此の地に君子有り
芳蘭歩葳蕤　　芳蘭　葳蕤を歩む
手掇雜英珮　　手に雜英を掇りて珮び
意搖春夜思　　意は春夜の思いを搖らす
莫作遶山雲　　作《な》る莫けん　山を遶る雲の
循環無定期　　循環して定まる期無きに

（大意）
惜別の情を知ろうと思えば、（流れ出た水を汲んで）清らかな池に注いで戻そうとすることだ（結局どうしようもないと嘆くしかないのだ）。この地に立派な方が居られ、芳ばしい蘭のような才能を持って、鮮やかに咲き誇る花の中を歩む。手に様々な花びらを取って身に帯び、胸のうちは春の夜の物思いに搖れている。山を巡る雲の、ぐるぐると循環してきちんと止まる時も無いような、そんな身の上にはなるまい（貴方のような立派な人の許へ落ち着きたい）。

孟郊には「花伴を邀う（邀花伴）」詩（巻四）が有り、題下注に「時に朔方に在り」と記されている。「邊地　春足らず、十里に一花を見る。時に及んでは須らく邀遊すべし、日暮　風沙饒し（邊地春不足、十里見一花。及時須邀遊、日暮饒風沙）」という内容からも、實際に邊境の地に滯在していたことが窺えるが、それは朔方節度使の幕下を訪れたということではないだろうか。李觀の「弟の兌に報ずるの書」に「西のかた一二の諸侯に遊ぶ」と記されていたし、邠寧からさらに足を伸ばしたと考えるのが妥當だろう。そしてそれまで朔方軍に仕えていた李益から、いろいろと話を聞いたのではないかと思われる。この李益と別れる詩は、その間の事情を傳えている作品なのではないだろうか。こうした點も、李觀と同行したという想像を補強する。

ただ、肝心の二人の叔父について見ると、前の詩に「高山　主人の恩」と記されるが、具體的な援助については觸れられておらず、どの程度力になってくれたのかは分からない。また「明明たり三飛鸞、物を照らすこと朝暾の如し」と言うが、「三飛鸞」は四人のうちどの三人を指すのか判然としない。(3) 二首の詩を見る限り、孟郊の關心はむしろ李益にあったように受け取れる。しかし、叔姪の關係であっても必ずしも親密であるとは限らないし、李觀の言う「囊を實たす」ことができれば、それで目的は果たせたのかもしれない。

中唐期には、座主と門生、あるいは同年という科擧を通じた人間關係が、官僚社會において大きな意味を持つようになってくる。家柄の高さは名譽ではあっても、それだけでは次第に實質的な意味を持たなくなってゆく。まして孟氏一族の場合、概ねは下級官僚に止まっていたのであるから、同族の間での相互扶助も多くは望めない狀態だったろう。孟郊にとっては、結局文學を通じた交流に、同時に援引も求めなければならなかった。文學において必ずしも文壇の主流となる側に立っておらず、かつ人より年長でありながら、何度かの落第を經驗させられるという不運が重なって、孟郊にとっての仕官の壁は、かなり高く感じられるものだったと思われる。彼が繰り返し訴えた不遇感や孤獨感は、官僚社會に足がかりを持たない寒門の士であることに、自らの不幸の一因を求めるものだったろう。孟郊と孟氏一族の關わりを見てみると、彼の懷いた不遇感の一端が窺える氣がする。そして、ともに學んだ經驗を持ち、かつ當時唯一高官に至った孟簡が、任官後ほとんど彼に手を差しのべることが無かったという事實は、その理由を知り得ないものの、孟郊の心に深い傷を殘したに違いない。

注

（1）「予爲兒童時、在溧陽聞白頭書佐言、孟東野、貞元中以前秀才家貧受溧陽尉。溧陽昔爲平陵。縣南五里有投金瀨、瀨南八里許道東有故平陵城。周千餘步。基址坡陁、裁高三四尺、而草木勢甚盛。率多大櫟、合數夫抱。叢篠蒙翳、如鳴如洞。地窪下、積水沮洳、深處可活魚鼈輩。大抵幽邃岑寂、氣候古澹可嘉、除里民樵罩外無入者。東野得之忘歸、或比日、或間日、乘驢領小吏徑驀投金渚一往。至則蔭大櫟、隱叢篠、坐于積水之旁、苦吟到日西而還。爾後袞袞去、曹務多弛廢。令季操卞急、不佳東野之爲。立白上府、請以假尉代東野、分其俸以給之、東野竟以窮去。」

「書李賀小傳後」（一部は『新唐書』の傳にも轉載されている。）

（2）清の沈欽韓はこの一節に對して「此亦諷辭、上言賻財、不及孟簡」と言っている。

（3）韓泉欣氏『孟郊集校注』（浙江古籍出版社、一九九五）に引く陳延傑氏の說では「監察、端公和評事」と見るが、そう判斷した理由は示されていない。

第三節　皎然ら浙西詩壇との交流

一　皎然とその詩會

中唐期以降、僧侶であり詩人でもある、いわゆる詩僧の活躍が目立っており、一地方の文壇の中心的な存在となる例も見られるようになる。大暦年間から貞元年間の前半にかけて、湖州を中心に活動した皎然は、その代表的な一人であるが、孟郊はこの皎然と詩作を通じた交流をしていた。そこでまず孟郊と皎然の交流の情況を検討し、さらにその意義について考えてみたい。

皎然は俗姓を謝、字を清晝と言い、湖州長城の人である。(1) 湖州武康の人である孟郊とは同郷であると言ってよい。その「七言　祖德を述べて湖上の諸沈に贈る（七言述祖德贈湖上諸沈）」詩（『晝上人集』巻二）(2) では謝靈運を遠祖として歌うが、實際には謝靈運につながる謝奕の系譜ではなく、その弟の謝安の系譜に屬する。しかし曾祖父から父までの三代はその事跡が不詳であり、名門に連なる家柄とは言え、すでに寒族と變わりない狀態にあったのだろう。彼自身も出仕を望んで科擧に應じながら、二十五歳頃には出家して官途に就くことを斷念しているが、これもその門地の低さを物語ることと思われる。しかし文學の才能は高く、南宋の嚴羽が「釋皎然の詩は、唐の諸僧の上に在り」（『滄浪詩話』「詩評」第四三條）と評するように、數多い唐代の詩僧の中でも代表的な立場に立っている。出家して後は、おおむね故鄉の湖州や蘇州など江左の地を中心に活動し、近隣の地方官を始め、多くの名士と交流している。至德年間の初めに『茶經』で知られる陸羽と「忘年之交」(3)を結んだ他、大曆年間には顏眞卿、皇甫曾らと盛んに詩會を開き、また韋應物、皇甫冉、顧況、李嘉祐らと相前後して詩の唱和を行っている。とくに大曆八年（七七三）から十二年まで湖州刺史の任に在った顏眞卿が中心となって、聯句や唱和を行った詩會において、顏と竝んで重要な立場を占めたことは、(4)彼の聲望を高める役割を果たした。貞元五年（七八九）には、唐代の代表的詩論の書である『詩式』五卷を纏め、さらに貞元八年には德宗の命によって、その『晝上人集』十卷が祕閣に收められている。嚴羽の評を待たずとも、當時においてすでに詩僧として高い評價を得ていたと言えるだろう。

さてこの皎然と孟郊との交流であるが、興元元年（七八四）から貞元年間の初めにかけて作られたと見られる詩が數首殘されている。皎然は江左の名士であり、年齢も一世代上にあたるので、そもそもは孟郊が彼のもとを訪れたのであろう。そして皎然を通じて樣々な詩人達と交わっていたようだ。皎然もこの後輩の才能を見拔いて、好ましく感じていたらしい。直接孟郊に贈った詩は一首しか殘っていないが、その「五言　孟秀才に答う」詩（『晝上人集』卷一）では次のように言う。

羸疾依小院　　羸疾　小院に依る
空閒趣自深　　空閒として　趣は自から深し
躡苔憐淨色　　苔を躡みて　淨色を憐れみ
掃樹共芳陰　　樹を掃いて　芳陰を共にす
物外好風至　　物外　好風至り
意中佳客尋　　意中　佳客尋ぬ
虛名誰欲累　　虛名　誰か累《したが》わんと欲す

世事我無心　　世事　我　心無し
投贈荷君芷　　投贈せられて君が芷を荷《う》くれば
馨香滿幽襟　　馨香は幽襟に滿てり

孟郊が贈った原唱は殘っていないが、末二句によってその力量を評價していたことが窺える。そもそも、病を養う小院を訪ねて來た孟郊と共に、苔むした庭の清淨な樣子を愛し、木陰に休んで語り合うという情景が描かれること自體に、この後輩の詩人への好意が見て取れる。なお、確證は無いが、題に「孟秀才」と言うことから、この詩は貞元三年に孟郊が湖州で進士の受驗資格を得た折に、皎然から贈られたのではないかと想像される。

相互の詩において唱酬の關係が認められる作品は二組ある。一組は皎然の「雜言　浮雲三章」（『晝上人集』卷六）と孟郊の「晝上人の讒を止むる作に答う（答晝上人止讒作）」(5)（卷七）である。皎然の作は『詩經』の體に倣って讒人の害を歌う內容であり、作詩の意圖を記した「浮雲は刺讒なり。蓋し夫の盛明の時の、浮雲の蒙う所と爲るは、明らかならざるに非ざるを取る。小人の君側に比び、讒言もて熒惑するは、亦た浮雲の明を害するが如し。予は古史を覽、極めて君臣の際を觀るに、敗亡の兆は、讒慝に生ぜり。遂に是の詩を作る（浮雲、刺讒也。蓋取夫盛明之時、爲浮雲所蒙、非不明。小人比於君側、讒言熒惑、亦如浮雲之害明。予覽古史、極觀君臣之際、敗亡之兆、生於讒慝。遂作是詩）」という序が付されている。恐らく何らかの背景を持って作られたのであろうが、その具體的な事情は明らかではない。

浮雲浮雲　　浮雲　浮雲
集於扶桑　　扶桑に集まる
扶桑茫茫　　扶桑は茫茫たり

日暮之光　日暮の光のごとし
匪日之暮　日の暮れに匪ざるなり
浮雲之汙　浮雲の汚すなり
嗟我懷人　嗟《ああ》　我　人を懐い
憂心如蠹　憂心は蠹《むしば》まるが如し

浮雲浮雲　浮雲　浮雲
集於咸池　咸池に集まる
咸池微微　咸池は微微たり
日昃之時　日昃の時のごとし
匪日之昃　日の昃くに匪ざるなり
浮雲之惑　浮雲の惑わすなり
嗟我懷人　嗟　我　人を懐い
憂心如織　憂心は織るが如し

浮雲浮雲　浮雲　浮雲
集於高舂　高舂に集まる(6)
高舂濛濛　高舂は濛濛たり

日夕之容　　日夕の容のごとし
匪日之夕　　日の夕べに匪ざるなり
浮雲之積　　浮雲の積めるなり
嗟我懷人　　嗟　我　人を懷い
憂心如惄　　憂心は惄《いた》むが如し

詩意は明瞭であり、『詩經』の風格もよく捉え得ていると言えるだろう。一方孟郊の「晝上人の謏を止むる作に答う」は、詩題に「浮雲」の二字は無く、形式も五言詩で、歌謠のスタイルを用いていない。しかし內容から見れば、この「雜言　浮雲三章」に答えた作品と判斷される。

烈烈鸑鷟吟　　烈烈たる鸑鷟の吟
鏗鏗琅玕音　　鏗鏗たる琅玕の音
梟摧明月嘯　　梟は摧く　明月の嘯
鶴起淸風心　　鶴は起こす　淸風の心
渭水不可渾　　渭水は渾すべからざるに
涇流徒相侵　　涇流は徒らに相い侵す
俗侶唱桃葉　　俗侶は桃葉を唱い
隱仙鳴桂琴　　隱仙は桂琴を鳴らす
子野眞遺却　　子野　眞に遺却せば
浮淺藏淵深　　浮淺は淵深に藏せられん

（大意）

威嚴ある靈鳥の吟、高く澄んだ美玉の音（そのような上人の詩、それを聞いて）惡鳥の梟は明月に鳴く聲を無くし、仙鳥の鶴は清らかな風のような心を奮い立たす。渭水の清い流れは濁してはならないのに、涇水の濁流はむやみと入り込もうとする。俗物は桃葉の俗曲を唱い、世を逃れた仙人は氣高い桂の琴を掻き鳴らす。かの師曠が俗な音樂を世の中から捨て去ってくれたなら、浮ついた風潮は深く隱れて讒言も止むことだろう。

こちらはやや難解であるが、首二句は皎然の作を「鸑鷟吟」や「琅玕音」に比して褒めるのだろう。續く四句では讒者（「梟」「涇流」）とそれに亂されない賢人（「鶴」「渭水」）とを對比させる。次の二句は、俗樂の流行する中で雅聲を奏でていると皎然の詩を讚える。そして末二句は、皎然を師曠（字は子野）になぞらえ、(7) 彼がその詩作を世に徹底させて俗聲をぬぐい去れば、讒者とそれが引き起こす「浮淺」な風潮は靜まると言うのだろう。讒者と賢人、濁と清、俗と雅といった概念の對立を軸に構成された論理や、用いられた表現には孟郊の個性が表れている。

もう一組は、鄔傪という人物の旅立ちを送った作品である。皎然の作は「五言　鄔傪の洪州に之きて兄弟に覲うを送る（五言送鄔傪之洪州覲兄弟）」詩（『晝上人集』巻四）である。

年少足詩情　　年少　詩情足り
西江楚月清　　西江　楚月清し
書嚢山翠濕　　書嚢　山翠に濕り
琴匣雪花輕　　琴匣　雪花に輕し
久別經離亂　　久別　離亂を經
新正憶弟兄　　新正　弟兄を憶う

贈君題樂府　　君に贈るに樂府に題し
　爲是豫章行　　是の豫章行を爲る

鄔修については未詳であるが、[8] 描かれた姿には若者らしい初々しさが感じ取れる。なお「久別經離亂」の句は、建中四年（七八三）から興元元年にかけて江淮の地を蹂躪した李希烈の亂を指すものと見られるので、この詩は恐らく興元元年春の作品と推定される。三、四句は、山の綠を見ては詩文を作り、雪や花を見ては音樂を奏でるという意で、その才能の豊かさを褒めるのだろう。末句で樂府の「豫章行」[9] の名を借りているが、この詩の形式は五律である。一方孟郊の作は「晝上人の鄔秀才の江南に兄弟を尋ぬるを送るに同ず（同晝上人送鄔秀才江南尋兄弟）」詩（巻七）で、同時の作と見られるが、形式は五古で一様ではない。おそらく自分の得意の詩體を用いたのであろう。また詩題は「郭秀才」あるいは「邵秀才」と作る版本もあるが、皎然の作によって「鄔秀才」と斷定できる。

地上春色生　　地上　春色生じ
眼前詩彩明　　眼前　詩彩明かなり
手攜片寶月　　手に攜う　片寶月
言是高僧名　　言うは是れ　高僧の名
溪轉萬曲心　　溪は轉る　萬曲の心
水流千里聲　　水は流る　千里の聲
飛鳴向誰去　　飛鳴して誰に向かいて去る
江鴻弟與兄　　江鴻　弟と兄と

（大意）

世間に春景色が訪れ、目の前には彩り鮮やかな詩が現れる。手に攜えているのは一片の明月のような詩篇、口にするのは（その作者である）高僧の名。溪流が何度も曲がるように搖れ動く心、しかし水は千里の彼方へ流れて同じ音を響かせる。鳴きながら誰のもとへと飛んで行くのか、長江を渡る鴻のように兄弟一緒になるのだ。

この詩の場合も、先の「讒を止むる作」と同様、皎然の作に比べて分かり難い。用いる韻は同じ庚韻で、その點では唱和の意圖が示されていると言えるが、形式が異なるだけでなく、表現にも孟郊らしさが感じられる。三句目の「片寶月」は、恐らく「一片寶月」の意で、先に贈られた皎然の作を指し、四句目では、それを皎然から贈られた詩だと言って、自分にも見せてくれたと言うのだろう。二句目の「詩彩明」も、鄔傪に贈られた皎然らの作品を踏まえた表現と思われる。五句目は旅路の遙かなことを言うのだろうが、「萬曲心」と言うことで搖れる心をも表わしている。そして六句目の「水流」によって、遠く離れてもお互いの氣持ちは屆くという意を示すのであろう。直接唱和した作ではないが、この詩も先に作られた皎然の作を強く意識している。そして意圖の分かりやすい皎然の作に對して、孟郊は敢えて自分の個性を打ち出しているように感じられる。

孟郊が皎然のもとを訪れ、詩會の人々を含めて交流した期間はあまり長くなかったと見られるが、その經驗は深く心に刻まれたようだ。彼の詩集には皎然の死後に往年を振り返って作られた詩がさらに二首殘っている。まず「江南にて故と晝上人の會中なりし鄭方回に逢う（逢江南故晝上人會中鄭方回）」詩（巻一〇）であるが、これには「上人は往年手札五十篇を相贈りて以て它日の念と爲さんと云わる（上人往年手札五十篇相贈云以爲它日之念）」という題下注が付されている。「五十篇」の詩を贈られたのは、あるいは先の「孟秀才に答う」詩を贈られたのと同じ時だったのかもしれない。なお鄭方回の事跡については、『新唐書』巻七五下「宰相世系表」鄭氏・北祖の系譜の中に、武城尉の發の子として名が見える以外には、詳しいことを知り得ない(10)。

相逢失意中　　相い逢う　失意の中
萬感因語至　　萬感　語するに因りて至る
追思東林日　　追思す　東林の日
掩抑北邙涙　　掩抑す　北邙の涙
篋笥有遺文　　篋笥には遺文有り
江山舊清氣　　江山には舊《もと》との清氣あり
塵生逍遙注　　塵は生ず　逍遙の注
墨故飛動字　　墨は故たり　飛動の字
荒毀碧澗居　　荒れ毀たる　碧澗の居
虚無青松位　　虚無なり　青松の位
珠沈百泉暗　　珠沈みて　百泉暗く
月死羣象閟　　月死して　羣象閟《や》む
永謝平生言　　永く謝す　平生の言
知音豈容易　　知音　豈に容易ならんや

（大意）

出逢ったのは失意の中、語り合うことで萬感の思いが湧き上がる。思い出す、かの東林寺に居た日々を。手で抑える、（上人らが）北邙（に葬られてしまった悲しみ）の涙を。文箱には（上人の）遺された詩文があり、江山には昔と變わらない清らかな風氣がある。（上人の）逍遙遊篇の注は塵がついてしまったが、鮮やかな運筆の墨の痕はもとのまま。（しかし上人の）碧水流れる住居は荒れ果て、青い松の下（上人の葬られた墓所）には何も殘っていない。明珠が（黃泉に）沈んで多くの流れは輝きを失い、月が死んで（暗闇となり）萬物は動きを止めた。いつまでも感謝したい、（上人の）往年の言葉に。知音を得ることは容易いことではないのだ。

皎然が五十篇の自作を贈ってくれたのは、もとより孟郊の詩人としての資質を認めてくれたからであろう。その有り難さと、詩の應酬を樂しんだ日々への追憶が、失意の中であるが故に、一層切實に表現されている。歌い振りも孟郊にしては率直で、とくに難解な表現も見られない。慧遠（「東林」）や支遁（「逍遙注」）の習見の故事を用いるのも、文學に優れた高僧への追慕としてむしろふさわしいだろう。この詩が何年の作であるかは明らかではないが、首句に「失意中」とあることから見れば、おそらく進士及第以前であろう。そうであれば、皎然は孟郊が及第する貞元十二年以前に卒していたことになる。(11)

もう一首は晩年洛陽に居を定めて後、おそらく元和六年（八一一）に、皎然ならびに陸羽との交流を追懷する作を、湖州へ歸る陸暢(12)に託して彼らの墓前に届けさせた「陸暢の湖州に歸るを送り因りて憑りて故人皎然の塔と陸羽の墳に題す（送陸暢歸湖州因憑題故人皎然塔陸羽墳）」詩（卷八）である。

渺渺霅寺前　　渺渺たる霅寺の前
白蘋多清風　　白蘋　清風多し
昔游詩會滿　　昔游ぶに　詩會滿ちしが
今游詩會空　　今游べば　詩會空し
孤詠玉凄惻　　孤り詠ずれば　玉は凄惻たり
遠思景蒙籠　　遠く思えば　景は蒙籠たり

杼山塼塔禪
竟陵廣宥翁
遶彼草木聲
髣髴聞餘聽
因君寄數句
遍爲書其藥
追吟當時說
來者實不窮
江調難再得
京塵徒滿躬
送君溪鴛鴦
彩色雙飛東
東多高靜鄉
芳宅冬亦崇
手自擷甘旨
供養歡沖融
待我遂前心
收拾使有終

杼山　塼塔の禪
竟陵　廣宥の翁
彼の草木を遶る聲は
髣髴として餘聽を聞くがごとし
君に因りて數句を寄す
遍く爲めに其の藥に書さん
追吟す　當時の說
來者は實に窮まらず
江調は再び得難し
京塵は徒らに躬に滿つ
君を送る　溪の鴛鴦
彩色　雙び飛びて東す
東には高靜の鄉多し
芳宅は冬も亦た崇し
手づから甘旨を擷み
供養すれば歡びは沖融たらん
我の前心を遂げ
收拾して終り有らしむるを待たん

不然洛岸亭　然らざれば洛岸の亭にて
歸死爲大同　死に歸して大同を爲さん

（大意）

遠く遙かな霅寺の前、白蘋洲には淸らかな風氣が滿ちていた。昔訪ねたとき、詩會は參加者で一杯だったが、今訪ねれば詩會の仲間は誰もいない。こうして獨り詩を吟ずれば玉は悲しげに響き、遠く思いやっても情景はぼんやりとしている。杼山は塼塔の中で禪定に入り、竟陵はいつまでも續く夜の世界の翁となっている。墓所の草木をめぐって聞こえる音は、さながらお二人のお話を聞くようだろう。陸君（が歸るの）に合わせてこの數句の詩を屆けたい。どうか雙方の墓の木に書き記してほしい。當時伺った高說を思って詩を吟ずる。來る時はまことに終わることがない（お二人の業績を傳えていかなければならないのだ）。（しかし）江南の氣高い調べは再び得ることは難しく、今や都の塵がやたらこの身に滿ちる有樣。君を見送っていると溪流の鴛鴦も、美しい羽をひろげて竝んで東へと飛んで行く。江東には俗世を離れた靜かな鄉村が多い。（その村の）氣高い家には冬でも（花草の芳氣が）高く香っている。（季節每の）美味（な草や實）を手ずから摘んで、（お二人の）墓前に供養することができたら、歡びは胸に滿ちわたるだろう。私の以前からの志を遂げ、すべてを纏め上げて身の始末をつける時を待とう（その時は江南へ歸るのだ）。もし志が遂げられなければ、この洛水の岸邊の四阿で、死の世界に歸着して萬物と等しくなろう。

首句の「霅寺」は、湖州の霅溪のほとりにあった興國寺であり、二句目の「白蘋」は、やはり霅溪の近くにあった白蘋洲である。梁の太守柳惲の「江南曲」（『先秦漢魏晉南北朝詩』梁詩・卷八）に「汀洲　白蘋を采る、日は落つ　江南の春」と歌うことから、その名が付いたと言う。皎然には「五言　晦日に顏使君の白蘋洲に集うに陪す（五言晦日陪顏使君白蘋洲集）」詩（『晝上人集』巻三）など、この地で作られた詩が數首殘っており、彼らの雅遊の場であったことが窺える。「杼山」と「竟陵」は皎然と陸羽のことで、皎然は湖州杼山の妙喜寺に住み、墓所もそこに在ったと見られている。一方の陸羽は、竟陵の人ゆえに自ら「竟陵子」と號していたが、その墓はやはり湖州に在った。孟郊は陸羽とも親しく、彼が貞元二年（七八六）に江西の上饒に山居を構えたときには、そこを訪れて「陸鴻漸の上饒に新たに開きし山舍に題す（題陸鴻漸上饒新開山舍）」詩（巻五）を作っている。なお「塼塔」は火葬に付した僧侶の骨灰を收めた煉瓦の塔で、墓を意味する。また「廣宵」は死後の世界で、陸機の「挽歌」（『文選』巻二八）に「廣宵　何ぞ寥廓たる、大暮　安んぞ晨なるべき」（五臣注では「廣」を「壙」に作る）と見える。「蓁」は叢と同じで、ここは灌木や草に覆われたそれぞれの墓所を言うのだろう。「江調」は「京塵」との對であることから、江南の地で嘗て親しんだ皎然らの詩風を指すものと見られる。この語は孟郊の詩に幾度か用いられており、後でもう一度觸れる。最後の「洛岸亭」は、孟郊が洛陽の立德坊に新居を構えて後、その前を流れる川のほとりに設けた生生亭（巻五に「生生亭」詩が有る）を指すのだろう。孟郊にとって、その最晩年の作と言えるが、改めて皎然、陸羽との交遊を追懷し、彼らとの文學的な交流を得難い經驗と見ていることは注目される。

繰り返しになるが、三十代の半ばから後半にかけての數年になされた皎然との交流は、孟郊にとってその生涯を通じた貴重な體驗となったと言えよう。官僚社會に出て行く前の、敢えて言えば無名時代であるが、それだけに以後の行動や文學傾向にも少なからぬ影響を與えたのである。

二　皎然との交流の持つ意義

皎然および彼と交流のあった人々の間では、新しい文學を探ろうとする熱い動きが存在していた。そうした文學活動の中で、孟郊との關係から注目される點が幾つか擧げられる。まず聯句の制作である。顏眞卿、皎然、皇甫曾らを中心に、彼らの詩會では多くの聯句の作品が生まれている。その性格や、元和期の聯句との關係などの點は、すでに蔣寅氏の『大暦詩人研究』（中華書局、一九九五）で論じられているので、詳しくはそれに讓りたい。ただ注意しておく必要があるのは、この詩會において座の文學としての聯句の面白さが再認識されたことである。「三言　五雜組に擬する聯句八首」「七言　大言聯句」「七言　小言聯句」「七言　醉語聯句」（以上『晝上人集』卷一〇）などの遊戲的な作や「五言　月夜啜茶聯句」「五言　夜宴詠燈聯句」（同）などの雅宴の樣を歌う作などは、南朝での枠組みを受け繼ぎながら、新しい時代の聯句を開拓したと言えるだろう。そして宮廷詩壇とは異なる、地方の詩會という新たな座において聯句を再び取り上げたことは、地方の文學集團が時代をリードしうるという自信の表れだったのかもしれない。したがって彼らの聯句は、會に加わらなかった人々にも少なからぬ刺激を與えたであろう。孟郊も、その場には加わっていないが、當然彼らの作品に目を通したはずであり、そのことが聯句という文學樣式の面白さを知るきっかけになった可能性が高い。孟郊、韓愈らの聯句は皎然らの作品とは性格を異にしており、直接の後繼と言えるのはむしろ白居易、劉禹錫らの聯句であるが、劉白よりも早く、貞元年間にすでに聯句を試みた背景には、孟郊が皎然らの聯句から受けた刺激が作用していたように思われる。そして韓愈という格好の相手を得たことで、「城南聯句」（『昌黎先生集』卷八）に代表されるような、形式、内容ともに全く新しい聯句の世界を開いたのである。孟郊と韓愈の聯句については後で詳說する。ところでその「城南聯句」には、

惟 昔 集 嘉 詠（郊）　惟れ昔　嘉詠を集め
吐 芳 類 鳴 嚶　芳を吐きて鳴嚶に類す

窺奇摘海異（愈）　奇を窺いて海異を摘み
恣韻激天鯨　　　韻を恣にして天鯨を激す
腸胃繞萬象（郊）　腸胃は萬象を繞《まと》い
精神驅五兵　　　精神は五兵を驅る
蜀雄李杜拔（愈）　蜀雄　李杜拔きんで
嶽力雷車轟　　　嶽力　雷車轟く
大句斡玄造（郊）　大句は玄造を斡《めぐ》らせ
高言軋霄崢　　　高言は霄崢を軋らす
芒端轉寒燠（愈）　芒端に寒燠を轉じ
神助溢盃觥（郊）　神助は盃觥に溢る

（大意）

その昔この地では詩人たちが集まって優れた詩作を示し合い、すばらしい詩句を口にしては、鳥が仲間を呼んで鳴き交わすように唱和した。奇抜な表現を求めて、海にある不思議な物を摘み取り、韻を恣に操って、天にまで躍り上がれと大魚を勢いづける。はらわたには森羅萬象を纏い、精神は五種の兵器（に匹敵する文章）を自在に繰る。蜀の文雄として李白、杜甫は抜きん出ており、山岳を揺り動かす力量で雷のごとく文名を轟かせる。大いなる詩句は造化の玄妙な働きを操作し、高らかな言葉は天に届く峯を軋ませる。筆先で寒暖をも一變させ、神の助けを得て杯から溢れるように作品を生み出す。

という一節が有る。城南の地での嘗ての詩會を想定しつつ、文學によって世界を作り上げる意志を歌うもので、文學の可能性を最大限に追求した元和期の文學傾向を一面で代表する内容と言える。もとよりこれらの句は、韓愈、孟郊の個性がぶつかり、映發しあう中で生み出されたものである。ただ、孟郊が韓愈とともに、文學に對する探求の姿勢を持ち、新しい文學への關心を培った基礎には、皎然とその詩會の影響が有った可能性も否定できないであろう。皎然の『詩式』に代表されるように、その詩會では詩の理論的な探究が行われていたし、新しい文學を求める意欲も盛んであった。孟郊に理論的な内容の著作は無いが、詩の世界に新生面を開こうとしたその態度には、皎然らの理論的な探究の姿勢が少なからぬ刺激を與えていたように思われる。記錄や著述の形で確認することはできないけれども、孟郊の文學の基礎的な側面として考慮すべきことであろう。

　文學の探究に關連して言えば、前代のどういう詩人、あるいは作品を尊重し、模範とするかという點にも注意すべきだろう。皎然について見れば、まず『詩式』において李陵、蘇武、「古詩十九首」、曹植、劉楨、謝靈運を取り上げている。謝靈運には「上は風騷を躡み、下は魏晉を超ゆ」と高い評價を與えているが、彼にとって祖先に當たるのだから、言わば當然のことかもしれない。むしろ注目したいのは、「鄴中の七子、陳王は最も高し。劉楨の辭氣は、偏えに正に其の中を得たり、……十九首と其の流れは一なり」と、建安文學の中で曹植、劉楨を高く評價することである。そして『詩式』だけでなく、皎然の作品の中にも「五言　陸使君長源の水堂にて納涼するに和し奉る　曹劉の體に效う」（五言奉和陸使君長源水堂納涼效曹劉體）」（『晝上人集』巻三）および「袁高使君の詔もて徵されて行在に赴くを送り奉る　曹劉の體に效う」（奉送袁高使君詔徵赴行在效曹劉體）」（同巻四）のように、詩題に「曹劉の體に效う」と記される例が幾つか見られるのである。建安諸士の中で曹植、劉楨が取り上げられることは珍しいことではなく、鍾嶸の『詩品』でも上品に曹植、劉楨そして王粲の名が擧げられ、かつ曹劉の二人により高い評價が與えられている。[13]後代ではあるが、『滄浪詩話』「詩體」篇に「曹劉體」の分類があることも周知の通りである。曹植、劉楨の詩を一つの模範として仰ぐことは、もとより皎然に限ることではない。しかし、そのスタイルに學ぶことを詩題に標榜する積極的な姿勢は、皎然における曹・劉の重さを物語ることと言えよう。(14) 一方孟郊も建安文學の風格を尊重しており、「文士を招きて飲す（招文士飲）」詩（巻四）の「曹劉すら死を免れず、誰か敢えて年華に負かんや」や「蘇州の韋郎中使君に贈る」詩（巻六）の「塵埃たり徐庾の詞、金玉たり曹劉の名」などのように、建安の諸子の中でも曹植、劉楨に關心を寄せている。孟郊は韓愈らと共に復古的な文學傾向を色濃く見せる詩人と評價されているから、建安、とくに曹劉の文學に尊敬の念を持つことは當然のように見えるが、「蘇州の韋郎中使君に贈る」詩は貞元六年の作とされており、皎然、韋應物らとの交流の中で既にそういう考え方を見せているのである。(15) その點では皎然らを中心とした詩人たちが、全體として尙古的な文學傾向を持っていたことも見逃せない。皎然とともに詩會をリードした顏眞卿は、安史の亂における對應に顯著なように、忠を重んじる剛直な政治家として知られた。彼の思想は、詩會のメンバーにとっても砥柱のような意味合いを持っていたと思われる。また彼は元德秀（魯山）の碑文のために、書家として筆を執っている。元德秀は古文運動家として知られる李華、蕭穎之らと交流が有り、孟郊も「元魯山を弔う十首」（巻一〇）などで追慕する、復古主義の立場の人々にとって象徴的な存在であった。そして陶淵明を愛し、古體詩を得意とした韋應物はもとより、皎然や陸羽らも、やはり同じ傾向の下に在ったと言って良いだろう。(16) したがって孟郊が建安文學を愛し、復古的な文學思想を持った、そのことが直ちに皎然らの影響とは言えないまでも、それを自らの文學の一つの柱として高めていった背景に、湖州や蘇州での詩會の存在を考えることは、あながち付會ではないであろう。

以上は皎然らの文學活動の側から見てのことだが、孟郊の側から見た場合に最も注目されるのは、先ほど擧げた「江調」の語である。「陸暢の湖州に歸るを送り因りて憑りて故人皎然の塔と陸羽の墳に題す」詩の「江調　再び得難し、京塵は徒らに躬に滿つ」を始め、「王二十一員外涯と枋口の柳溪に游ぶ」詩（巻五）の「江調は衰俗を擺い、洛風は塵泥を遠ざく」、「翰林の張舍人より遺らるるの詩に報い奉る（奉報翰林張舍人見遺之詩）」（巻七）の「江調はこれを樂しむこと遠く、溪謠は生ずること徒らに新たなり（江調樂之遠、溪謠生徒新）」と、再三その詩に用いているのである。「江調」は孟郊以外の用例が見出しがたく、あるいは彼の造語であるかもしれないが、表面上の意味は江南地方の調べということだろう。その場合、南朝宋の劉鑠の「行行重行行に擬す」詩（『文選』巻三一）に「悲しみは江南の調べに發し、憂いは子襟の詩に委ぬ（悲發江南調、憂委子襟詩）」と歌い、李善注が漢樂府の「江南」を引くように、江南の民歌の意と取ることも可能である。事實、孟郊が「城南聯句」の中で「菡萏は江調を寫し」と言うのは（この句に付けた韓愈の句は「萎蕤は藍瑛を綴る」である）、恐らく採蓮にからめた民歌の意味に使っているだろう。しかしいずれも晩年の作に屬する先の三例は、そうした單純な意味ではあるまい。「陸暢……」詩の場合はもとより、「王二十一員外涯と枋口の柳溪に游ぶ」詩においても、「江調」と「洛風」の對は、江南に遊歴していた期間の詩作と洛陽に居を定めてからの詩作をそれぞれ表すと見る華忱之、喩學才兩氏の『孟郊詩集校注』の解釋が妥當であろう。「溪謠」と對になる「翰林の張舍人より遺らるるの詩に報い奉る」詩の場合は解釋の餘地を殘すが、全體として自らの文學や處世を述べる作品であることから見れば、やはり江南で觸れ得た詩風および作品という方向で讀むべきだろう。賈晉華氏が『皎然年譜』の中で言われるように、「江調」は皎然ら江南の地で活躍した詩人達の作品およびその詩風の意味であり、これを反復して用いているのは皎然に對する孟郊の尊敬の思いが變わらなかったことを示すと考えて良いであろう。なお「淡公を送る十二首」（巻八）の中に「銅斗歌」を含む三首の民謠調の作品を交えているのも、「江調」を尊重する思いの表れであった。そのことは第三章の「淡公を送る」のところで改めて述べる。

以上のことから考えれば、孟郊にとって皎然およびその詩會が持った意味はきわめて大きかったと言えるだろう。

なお交流の意義という觀點に付隨して言えば、文學と直接關わることではないが、孟郊の交遊において比較的重要な意味を持った人物の中に、皎然もしくはその詩會を通じて面識を得た例が少なくないことも忘れてはなるまい。韋應物、陸羽はもちろんであるが、後年幾度かその元に身を寄せ、庇護を受けることになった陸長源もそうであった。受驗にあたって詩を獻じた包佶、彼の座主となった呂渭らも、皎然の紹介を得ていた可能性が有る。[17]孟郊の交遊關係では、韓愈、張籍、李翺らのグループと、彼らから紹介を受けて始まった交流が大きな意味を持ち、從來そちらが注目されてきたが、江左において皎然を中心とした得た交流も、また重要な意味を持っていたと言えよう。官途には惠まれなかった孟郊にとって、いずれも貴重な人脈だったのである。

大曆九年（七七四）に顏眞卿が主催した詩會で催された聯句、「水堂にて諸文士を送り戲れに潘丞に贈る聯句（水堂送諸文士戲贈潘丞聯句）」（『顏魯公文集』卷一五）の中で、陸羽は詩會の樣子を「會は永和の年に異なるも、才は建安の作に同じうす」と歌っている。蘭亭や鄴都での文人の雅集を引き合いに詩會の盛況を表したものだが、しかし「永和」と「建安」には、彼らの文學的な志向、模範と仰ぐ氣持ちが込められていると見て良いだろう。孟郊が皎然や陸羽らと交流したのは後のことだが、こうした詩會の雰圍氣を、孟郊も自らの榮養としたはずである。後年、皎然に對して二首の追懷の作を殘しているのも、それを物語っている。孟郊が本來の個性を存分に發揮するのは韓愈と出逢ってからであるが、そこに至るまでに有形無形の刺激を與え、詩人としての方向付けに關與したという點で、皎然らの存在は見逃せない意味を持つだろう。孟郊が詩人として活動する、その立脚點となったことは間違いないと思われる。

注

（1）『大宋高僧傳』卷二九の「唐湖州杼山皎然傳」には「釋皎然、字晝、姓謝氏、長城人、康樂侯十世孫也」と記す。但し、後に述べるように、謝靈運の直系ではない。また于頔「釋皎然杼山集序」（『全唐文』巻五四四）には「有唐呉興開士釋皎然、字清晝、即康樂之十世孫。得詩人之奧旨、傳乃祖之菁華、江南詞人莫不楷範」と記す。『唐詩紀事』巻七三でも「字清晝」である。なお兩『唐書』には傳は立てられていない。

賈晉華氏の『皎然年譜』（廈門大學出版社、一九九二）に據れば、生年は開元八年（七二〇）頃、卒年は貞元九年から十四年（七九三～九八）の間という。但し、卒年はもう少し繰り上がるだろう。（注（11）を参照）

（2）皎然の作品は基本的に四部叢刊所收の『晝上人集』に據ったが、古字を用いるところは『全唐詩』（巻八一五～八二一）をも參照して通行の字體に改めた。

（3）陸羽「陸文學自傳」（『全唐文』巻四三三）に「陸子、名羽、字鴻漸、不知何許人。……洎至德初、秦人過江、子亦過江、與呉興釋皎然爲緇素忘年之交」とある。

（4）顏眞卿が中心となり、前後合わせて三十數名が關わった詩會での作品、張志和らとの詞の唱和、および顏眞卿が記した碑文などは、後に『呉興集』十巻（『新唐書』巻六〇、藝文志四）として纏められている。これは現存しないが、賈晉華氏が『唐代集會總集與詩人群研究』（北京大學出版社、二〇〇一）において、その再構成を試みている。

（5）「止讒」の語は『詩經』唐風「采苓」篇の詩序「采苓、刺晉獻公也。獻公好聽讒焉」に對する疏に「經三章。皆上二句刺君用讒、下六句教君止讒。皆是好聽讒之事」と見える。

（6）「高舂」は『淮南子』巻三「天文訓」に「日出于暘谷、浴于咸池、拂于扶桑、是謂晨明。登于扶桑、爰始將行、是謂朏明。至于曲阿、是謂旦明。……至于悲谷、是謂餔時。至于女紀、是謂大還。至于淵虞、是謂高舂。至于連石、是謂下舂。……」と見え、注に「淵虞、地名。高舂、時加戌民碓舂時也」と記す。これに據れば「高舂」は地名ではないが、ここは「扶桑」「咸池」と同樣（「淵虞」の代わりに）地名として使っているものと思われる。ただそうであるとしても、「扶桑」「咸池」が東にあるのに對して、これは西方の地名で、時間的に日暮れに近いことになり、ややふさわしくない面がある。

（7）ここで師曠になぞらえるのは、『詩經』の體に倣った原作を意識するからであろう。

（8）賈氏は『皎然年譜』の中で、『全唐文』巻四〇九の崔祐甫「洪州都督張公遺愛碑」に「新呉縣令鄔賁」と見えることを指摘し、この鄔賁が鄔傪の訪ねようとした兄弟であろうと推測している。「張公」は張鎰で、『唐方鎭年表』巻五「江西」に據れば建中元年（七八〇）に節度使の任を離れている。從ってこの碑文は建中年間のものと見られ、鄔賁は當時洪州の新吳縣の令であったのだから、賈氏の推測は恐らく正しいであろう。

（9）「豫章行」は『樂府詩集』巻三四「相和歌辭」九「淸調曲」にその名が見えるが、そこに引く「樂府解題」に據れば「傷離別」の曲である。鄔傪の行く洪州の別名が豫章郡であることと、別離を惜しむ意を合わせて、この名を借りたのであろう。

（10）皎然にも「五言答鄭方回」詩（『晝上人集』巻一）が有る。

（11）賈氏は『皎然年譜』においてこの孟郊の詩句に言及しつつも、卒年は貞元九年から十四年の間と幅を持たせておくのが穩やかであろうと結論づけている。しかし氏が擧げられた他の傍證から見ても、十二年以前に皎然の卒年を比定することに、そう大きな矛盾は起こらないように思われる。

（12）陸暢は、字達夫、元和元年に進士に及第している。韓愈にも「送陸暢歸江南」詩（『韓昌黎集』巻五）が有り、それが元和六年の作と見られているので、孟郊のこの詩も同じ時の作と考えられる。

（13）「陳思已下、楨稱獨步」と評される劉楨に對し、王粲は「在曹劉間、別構一體。方陳思不足、比魏文有餘」と言われて、二人に比べるとやや低い評價に留まっている。

（14）特定の詩人のスタイルに學んだことを詩題に示す例としては、個別の作品に擬するものを除けば、南朝宋の鮑照の「學劉公幹體詩五首」および「學陶彭澤體詩」（いずれも『先秦漢魏晉南北朝詩』「宋詩」巻九）が最も早いだろう。なお「曹劉」を竝べる例は、詩語の用例としても少ないようで、索引に據った檢索であるが陳子昂、李白、杜甫、韓愈、白居易には使用されていない。

ちなみに皎然には、南齊の謝朓のスタイルに倣ったことを示す「五言奉和崔中丞使君論李侍御萼（「萼」は『全唐詩』に據って補う）登爛柯山宿石橋寺效小謝體」（『晝上人集』巻三）の作も有る。李白、杜甫ともに謝朓の詩風を慕ったように、彼の詩を愛好することは唐代を通じた現象と言えるのかもしれないが、蔣寅氏がその『大曆詩風』（上海古籍出版社、一九九二）の第三章「時代的偶像」で述べるように、大曆の詩人達の間ではとくに尊重されていた。

（15）「招文士飲」詩の方は、貞元年間の末期、溧陽縣の尉の時期の作と推定されている。

（16）趙璘『因話錄』巻四「角部」に「吳興僧晝、字皎然、工律詩。嘗謁韋蘇州、恐詩體不合、乃于舟中抒思、作古體十數篇爲贄。韋公全不稱賞、晝極失望。明日寫其舊製獻之、韋公吟諷、大加歎咏。因語晝云、師幾失聲名、何不但以所工見投、而猥希老夫之意。人各有所得、非卒能致。晝大伏其鑒別之精」という逸話を載せる。良く知られた話ではあるが、すでに指摘もあるように、これは實話ではない。皎然には確かに近體の作品も多いし、樣々な形式にも柔軟に對應していたが、古體詩に優れ、曹劉、謝朓らに學んでいたことはすでに見たとおりである。

（17）賈氏の『皎然年譜』に據れば、陸長源は興元元年から貞元元年頃に皎然と詩の唱和を行っており、孟郊ともこの頃に知り合って親しくなったようである。包佶は建中元年頃、呂渭はより早く大曆八、九年頃に皎然と交流があった。孟郊が皎然と交流するより前であるので、おそらく皎然からの紹介を受けて知り合ったものと思われる。

第四節　韓愈らとの交流

この節では、科擧受験のために長安へ出て以降に出逢い、深い交流を持った人物について取り上げてみたい。孟郊の文學を考える上で、極めて重要な交遊關係を築いた人々である。このグループには、孟郊在世中に高官に達した者はいない。また名家の出身者も無かった。進士となることで榮達を圖ろうとした當時の一般的な士大夫仲間と言って良い。そして孟郊は彼らの推薦や援助を受けながら、一方では詩のやり取りを通じて文學的な交流を行った。彼の詩を最も良く理解してくれた人々であり、その文學的な成就にも少なからぬ影響を與えてくれた友人達であった。ここでは代表的な存在である六人を擧げ、孟郊との關係から二人ずつ三つのグループに分けて、各人との交流の概略を記しながら、交わされた詩を取り上げて検討して行きたい。その六人とは、受験を通して知り合った韓愈と李觀、及第後間もなく知り合った張籍と李翺、そして晩年に知り合った賈島と盧仝である。

なお、科擧受験を通じて形成される人間關係では、一般には同年及第者同士の結びつきが大きな意味を持つが、孟郊の場合にはそれが重要な役割を果たすことはなかったようである。座主の呂渭とは、皎然もしくはそのグループを通じて知遇を得ていたと思われるが、及第後にも關係が續いたようには見えない。その女婿に贈った詩が殘る程度である。一方同年との交流はほとんど確認できない。徐松『登科記考』に據れば、そもそも貞元十二年の及第者には後世名を知られる人物が少ない。龍虎の榜と呼ばれ、韓愈、李觀の他、李絳、崔羣、王涯らが及第した八年や、柳宗元、劉禹錫らがいた九年に比べて、些か見劣りがする。あるいはそのためかもしれない。また孟郊自身が狷介な性格であったことも一因であろう。そして同年ではないものの、受験の過程で知り合い、苦勞をともにした韓愈、李觀と彼らを通じて知り合った人々が大きな意味を持ったのである。その意味では、『新唐書』巻一七六の彼の傳に「性は介にして諧合すること少なし。愈は一見して忘形の交わりを爲す」と記される通りだったと言えるかもしれない。

一　韓愈と李觀

孟郊が長安へ出てから、比較的早い時期に出逢っていたと思われるのが、韓愈と李觀である。ともにかなり年下ではあったが、孟郊にとって極めて大きな存在となった二人であった。

韓愈（字は退之。七六八～八二四）は南陽韓氏の出身であるが、早くに父を亡くしている。幼時に世話になった長兄の會が左遷の地である曲江（廣東省）で亡くなってからは、嫂の鄭氏とともに宣城の韓氏一族の莊園で過ごした。貞元二年（七八六）に受験のため上京したが、三年、四年、五年と續けて三度の落第を經て、貞元八年（七九二）に及第した。(1) 孟郊は貞元四年に受験して落第したと見られるから、同じ時に受験、落第を經驗していた可能性が高い。また李觀（字は元賓。七六六～七九四）は隴西李氏の出身であるが、家は蘇州に在り、やはり貞元二、三年頃に上京したと見られる。(2) したがって三人とも、同様に江東の地で育ち、ほぼ同じ時期に上京したと考えられるのである。貞元八年にともに進士科を受驗し、韓愈と李觀は合格して、孟郊は落第したが、彼らが相互に知り合ったのはそれ以前であったと思われる。孟郊と李觀がともに七年の春に、邠州など西方の節度使を訪ねた可能性が高いことは先に述べたが、韓愈とも八年以前に知り合っていた可能性があるだろう。「長安交游者一首孟郊に贈る」（『昌黎先生集』巻一）「孟生詩」（同巻五）などで孟郊を慰めている韓愈の態度には、かなり親密な印象がある。「孟生詩」は後の連作詩の項で觸れるので、ここには「長安交遊者一首孟郊に贈る」を擧げてみよう。

長安交遊者　　長安に交遊する者
貧富各有徒　　貧富　各おの徒有り
親朋相過時　　親朋　相過《よぎ》る時
亦各有以娯　　亦た各おの以て娯しむ有り
陋室有文史　　陋室に文史有り
高門有笙竽　　高門に笙竽有り
何能辨榮悴　　何ぞ能く榮悴を辨じて
且欲分賢愚　　且つ賢愚を分かたんと欲する

「孟生詩」は落第した孟郊が徐州の張建封を訪ねるのを送る意が込められているので、貞元八年の作とすることに問題はない。こちらも落ち着いた詠い振りから見れば、韓愈が合格した後で孟郊を慰めた詩と考えるのが穩當かもしれない。ただ、貧窮な者同士で交遊を樂しめば良いという内容からは、それ以前の可能性も捨てきれないだろう。韓愈と李觀の出逢いも、韓愈の「北極一首　李觀に寄す」詩（『昌黎先生集』卷一）には、貞元八年の二人の合格の際であったと詠われているが、その通りに受け取って良いか、若干の疑問が殘る。(3)

孟郊の集に殘る詩でも、貞元八年の「韓愈、李觀の別るるに答え、因りて張徐州に獻ず（答韓愈李觀別因獻張徐州）」（卷七。なお『文苑英華』卷二八八では題を「長安留別李觀韓愈、因獻張徐州」と作る）が二人との關係で作られた最も早い作品となる。この詩は三〇句から成るが、ここには韓愈、李觀との別れを詠う前半一六句を掲げる。

富別愁在顏　　富める別れは愁い顏に在るも
貧別愁銷骨　　貧しき別れは愁い骨を銷かす

懶磨舊銅鏡　磨くに懶し　舊銅鏡
畏見新白髮　見るを畏る　新白髮
古樹春無花　古樹　春に花無く
子規啼有血　子規　啼きて血有り
離弦不堪聽　離弦　聽くに堪えず
一聽四五絕　一たび聽けば　四五たび絕ゆ
世途非一險　世途　一險に非ず
俗慮有千結　俗慮　千結有り
有客步大方　客有りて大方を步むに
驅車獨迷轍　車を驅りて獨り轍に迷う
故人韓與李　故人　韓と李と
逸翰雙皎潔　逸翰　雙《ふた》りながら皎潔たり
哀我摧折歸　我の摧折せられて歸るを哀しみ
贈詞縱橫設　詞を贈りて縱橫に設く

（大意）

富む者の別れは愁いが顔に現れるが、貧しい者の別れは愁いが骨を溶かす。古い銅の鏡を磨くのはもの憂い。新しい白髪を見るのが恐いのだ。古樹には春でも花が咲かず、子規は啼いて血をしたたらせる。別れの曲を奏でる琴の音は聞くに堪えない。一度聞くと（弦が）四、五度斷ち切れる。世の道は一種類の險しさだけではない。俗人の考えには千もの結び目（蟠り）が隠れているのだ。廣い地を旅しているのに、車を走らせようとして私獨り行く道に迷っている。友人の韓くんと李くんは、素晴らしい詩文によって、ともに清らかに輝いている。私が挫折して歸って行くのを哀しんで、言葉を縱横に驅使して優れた詩を贈ってくれた。

獨り受驗に失敗し、都を後にする無念さが詠われているが、冒頭二句、とくに「貧しき別れは愁い骨を銷かす」には、精神的な痛みを肉體的なそれへと轉化させる孟郊獨特の表現が使われている。自分だけが落第の憂き目にあったこと、それは世途の険しさと俗人の思慮の解き難さの故であると嘆いた後、二人に對する感謝の意が述べられるが、「逸翰」と言い、「詞」を「縱横に設く」と言うのは、單なる世辭ではない。二人が文學者として如何に優れているかを、僅かな言葉で示そうとするのだろう。これに續く「徐方は國の東樞、元戎は天下の傑」以下は、張建封に對する挨拶に移っている。

さて、孟郊の交遊においては、韓愈に纏わる詩が十三首と最も多い。一方の韓愈にも孟郊に關連して作られた詩が八首有る。他にも二人が腕を競い合った聯句が有り、また連作詩でも交流が認められる。(4) こうした作品の多さは、兩者の交流の深さを反映していると言えるが、それぞれの作品にもお互いを思う眞摯な感情が溢れている。また韓愈の側には、「士を薦む」「孟東野を送るの序」など、文學論を展開する作品も有る。これも孟郊との交流の力點を示すことと言えるだろう。韓愈は「孟生詩」において、彼が孟郊の生き方に強い刺激を受けたことを窺わせている。韓愈の優れた文學的洞察力が、孟郊という存在によって一層高められたという面が有ったのではなかろうか。それが「規模時利に背き、文字　天巧を覷う」（「孟郊に答う」）「空に横たわりて硬語を盤まらせ、妥帖　力は奡を排す」（「士を薦む」）等の警句となって表れ、彼の文學觀を深め、展開させる契機を與えているように思われる。孟郊の場合、一般に文學論的表現が見られないことは既に述べた通りであるが、韓愈との詩のやり取りにおいてもそれは同じであり、友人としての感情が詠われるものが大半である。兩者の交遊については、すでに幾多の研究が存在するので、その概略を詳述することは避けるが、文學的な交流の要點は、聯句、連作詩の項でも随時言及する。

先に交遊の初期に作られた詩を取り上げたので、次はその最後のやり取りを見ておこう。まず孟郊の「韓郎中愈に贈る二首」（巻六）である。

何以定交契　　何を以てか交契を定めん
贈君高山石　　君に贈る　高山の石
何以保貞堅　　何を以てか貞堅を保たん
贈君青松色　　君に贈る　青松の色
貧居過此外　　貧居　此れを過ぐるの外
無可相彩飾　　相彩飾すべき無し
聞君碩鼠詩　　君が碩鼠の詩を聞き
吟之涙空滴　　これを吟ずれば　涙空しく滴る

（大意）

何をもって交わりの證としようか。君に高山の石を贈ろう。何によって堅い節操を守ろうか。君に青松の色を贈ろう。貧しい家ではこれ以外に飾りとなるものは無い。君の貪欲な大鼠の詩を聞き及び、これを吟じていると涙が空しく流れる。

碩鼠既穿墉　　碩鼠　既に墉を穿ち

又嚙機上絲　又た機上の絲を嚙む
穿墉有閒土　墉を穿ちて閒土有り
嚙絲無餘衣　絲を嚙りて餘衣無し
朝吟枯桑柘　朝に枯れし桑柘を吟じ
暮泣穿杼機　暮に穿たれし杼機を泣く
豈是無巧妙　豈に是れ巧妙なる無からんや
絲斷將何施　絲斷たれて　將た何れにか施さん
衆人上肥華　衆人　肥華を上《とうと》び
志士多飢羸　志士　飢羸多し
願君保此節　君に願う　此の節を保たんことを
天意當察微　天意　當に微を察すべし

（大意）

大鼠が壁に穴を開けた上に、織機に掛けてあった絹絲を齧ってしまった。壁に穴を開けられて役に立たない土が残り、絹絲を齧られて餘った衣服は無い。朝に枯れて葉のつかない桑の木を詠い（もう蠶を飼えないことを悲しみ）、暮れに穴を開けられた織機を泣き悲しむ。織物の技が巧妙でないことがあろうか。絹絲が斷ち切られては（その技を）使いようがない。人々は肥滿した身體を華やかに飾ることを尊ぶが、志を持つ男子は餓えて疲れてばかりいる。君に願う、どうかこの節操を守っていて欲しいと。そうすれば天はきっと（私たちの）微意を察してくれるはずだ。

韓愈を「郎中」と呼んでいるので、彼が比部郎中、史館修撰となった元和八年三月以降の作と見られる。但し、テキスト間の異同が多く、また内容も分かり難い。一首目の「碩鼠」は底本では「首鼠」に作る。二首目の冒頭とも勘案して改めた。[5] 二首目の言わんとするところは、自分は貧しく年老いているが、文學の技にはなお衰えがないので、それを發揮したいということだろう。「節」は友人としての節義であり、比部郎中になったことで、自分も推薦して欲しいという依頼の作ではないだろうか。これを受けて韓愈が答えた詩が「江漢一首　孟郊に答う」（『昌黎先生集』巻一）である。

江漢雖云廣　　江漢　廣しと云うと雖も
乘舟渡無艱　　舟に乘れば渡るに艱無し
流沙信難行　　流沙　信に行き難きも
馬足常往還　　馬足　常に往還す
淒風結衝波　　淒風　衝波を結び
狐裘能禦寒　　狐裘　能く寒きを禦ぐ
終宵處幽室[6]　　終宵　幽室に處るも
華燭光爛爛　　華燭　光りて爛爛たり
苟能行忠信　　苟くも能く忠信を行えば
可以居夷蠻　　以て夷蠻にも居るべし
嗟余與夫子　　嗟《ああ》余　夫子と
此義每所敦　　此の義　每に敦くする所なり

何爲復見贈　何爲れぞ　復た贈らるる
繾綣在不諼　繾綣として諼《わす》れざるに在り

「江漢」と「流沙」、「淒風」「衝波」と「終宵」「幽室」というふうに、困難なものを擧げてはこれを克服するすべを示し、要は「忠信」が大切であると言って、孟郊の依頼に答えている。末四句から見ても、「君の氣持ちは十分に承知しているよ」と言いたいのであろう。孟郊は元和九年に興元節度使となった鄭餘慶から再度幕僚として招かれるが、あるいはそれも韓愈の働きかけによるものだったのかもしれない。兩者の詩のやり取りを見ていると、孟郊が賴り、韓愈がそれに應えるという關係がずっと續いていたことがわかる。しかし、それは互いを認め合っていたからだろう。「東野は官を得ず、白首にて龍鍾を誇る。韓子は稍や姦黠たり、自ら慙ず　青蒿の長松に倚るを。頭を低れて東野を拜す、願わくは得ん　終始駏蛩の如きを（東野不得官、白首誇龍鍾。韓子稍姦黠、自慙青蒿倚長松。低頭拜東野、願得終始如駏蛩）」（「醉いて東野を留む」）と詠う韓愈の氣持ちに僞りは無かったろうし、最後まで友誼を守り合ったことにそれが表れている。

次に李觀との交流であるが、先にも記したように、李觀には進士及第間もない孟簡に贈った書が有る。そのことが孟郊との交流にも關わっているのかは明らかでないが、その書は孟郊も知っていた可能性がある。ただ、兩者が出逢ったのは江南ではなく、恐らく長安においてであったろう。貞元七年にともに邠寧、朔方に赴いたという筆者の推定には確證が無いけれども、少なくとも八年に李觀が及第する前には、互いに知り合っていたと見て良いだろう。先に見たように、「李觀に贈る」詩の中で「昔は同じく恨む客たりしに、今は獨り笑う人となる」と言っていて、後れをとったという無念さが率直に漏らされているからである。また李觀も彼を親しい友人と見ていたからこそ、「梁補闕に上りて孟郊、崔弘禮を薦むるの書」（『全唐文』巻五三四）によって、試験官の一人であった梁肅に紹介してくれたのである。李觀の側に孟郊への贈詩は殘されていないが、不遇を訴える孟郊の不滿にも理解を示してくれたのであろう。李觀は上京する前から才名を謳われ、鄉里の蘇州や睦州において、不利益を被った士人の待遇改善を求めた上書を行っていた(7)。それ故に孟郊の激しい不滿に對しても理解を示してくれたのだと思われる。しかし李觀は、貞元八年に續けて宏詞科にも及第し、太子校書に任官したにもかかわらず、二年後の貞元十年春に病沒してしまった。孟郊にとって貴重な理解者であったから、彼の早すぎる死は大きな打擊であったに違いない。李觀が長安で死んだ時、孟郊は恐らく汝州に居たと見られるが、そのことを證する明確な記錄は無い。しかし、その知らせはやがて孟郊の耳にも屆き、「李觀を哭す」「李少府の廳にて李元賓の遺せし字を弔う（李少府廳弔李元賓遺字）」「李元賓の墳に弔う」（いずれも巻一〇）という三首の哀悼の作が殘されることになった(8)。繰り返し哀悼の詩が作られている例は他に無く、そこからも孟郊における李觀の大きさが窺える。ここには三首の中で最も力作である「李觀を哭す」を取り上げよう。

志士不得老　　志士　老いるを得ざるは
多爲直氣傷　　多くは直氣の傷つくるが爲めなり
阮公終日哭　　阮公　終日哭く
壽命固難長　　壽命　固より長きこと難し
顏子旣殂謝　　顏子　旣に殂謝し
孔門無輝光　　孔門　輝光無し
文星落奇曜　　文星　奇曜を落とし
寶劍摧修鋩　　寶劍　修鋩を摧く

常作金應石
忽爲宮別商
爲爾弔琴瑟
斷弦難再張
偏轂不可轉
隻翼不可翔
清塵無吹噓
委地難飛揚
此義古所重
此風今則亡
自聞喪元賓
一日八九狂
沈痛此丈夫
驚呼彼穹蒼
我有出俗韻
勞君疾惡腸
知音旣已矣
微言誰能彰

常に金の石に應ずるを作すも
忽ち宮の商に別るるを爲す
爾が爲めに琴瑟を弔えば
斷弦　再び張ること難し
偏轂　轉ずるべからず
隻翼　翔るべからず
清塵　吹噓する無ければ
地に委ちて飛揚すること難し
此の義　古に重んずる所
此の風　今は則ち亡ぶ
元賓を喪うと聞きしより
一日　八九たび狂う
沈痛たり　此の丈夫
驚呼す　彼の穹蒼に
我に出俗の韻有り
君が疾惡の腸を勞す
知音　旣に已めり
微言　誰か能く彰らかにせん

旅葬無高墳　　旅葬　高墳無く
栽松不成行　　栽松　行を成さず
哀歌動寒日　　哀歌　寒日を動かし
贈涙沾晨霜　　贈涙　晨霜を沾す
神理本窅窅　　神理　本と窅窅たり
今來更茫茫　　今來　更に茫茫たり
何以蕩悲懷　　何を以てか悲懷を蕩《はら》さん
萬事付一觴　　萬事　一觴に付さん

（大意）

大志を戴く人が老年を迎えることができないのは、大抵は眞っ直ぐな氣性が自らを傷つけてしまうからなのだ。阮公は一日中窮途に泣き、ためにその壽命は長く保ち得なかった。顏回が亡くなってしまって、孔子の門下には輝きが失われた。文昌星は優れた光を無くし、寶劍は長い切っ先を折ってしまった。いつも金（製の樂器）が石（製の樂器）に調和していたのに、突然宮調と商調とが別々になってしまったのだ。君のために琴瑟を（奏でて）弔おうとしても、切れた弦を再び張ることは難しい。片方の車輪だけでは回ることができず、片方の翼だけでは飛ぶことができない。淸らかな塵も風の助けを得なければ、地に落ちたままで飛び上がることは難しい。（友人が助け合うという）この義理は昔は重んじられていたが、その美風は今や滅んでしまった。元賓が亡くなったと聞いてから、私は一日に八、九回も氣が變になる。ひどく悲しい、この立派な男子のことが。かの天空に對し（その仕打ちを嘆いて）驚き叫ぶのだ。私は俗世に馴染まない本性を持っており、君の惡人を憎む氣持ちにすがって煩わせてきた。しかし私を理解してくれた君はもういない。私の深い考えを誰が明らかにしてくれるだろう。旅先で葬られた塚は高くなく、植えられた松も列を成していない。私の歌う悲しみの歌は寒々とした太陽を動かし、君に捧げる涙は朝の霜を濡らす。深遠な道理は本來遠く遙かなものだが、今やそれは一層捉え難いものとなった。いったい何でこの悲しい胸の内を晴らそうか。萬事を一杯の酒に忘れるしかない。

阮籍、顏回に比擬するのは文飾であるとしても、李觀を「志士」と呼んでいる點は、孟郊の評價を明確に表している。高い志を持つ人物という意味であることは同じだが、孟郊の用例では自らを言う場合がほとんどで、他人に使うのはこの李觀と後に見る張籍、そして韓愈だけである。(9) 非常に限られた使い方である點に注目すべきだろう。後に見るように、孟郊は「詩人」の語も自分および自分と立場の近い友人に對してのみ使用している。斬新な詩語の選擇のみならず、こうした人物評價に關わる語においても、孟郊は自らの價値觀に基づいた選別を行っていたと見ることができよう。また李觀との交流について、金石のごとく相應じ、車輪や翼のごとく連れ立っていたと言うのも、あながち誇張ではないと思われる。「我に出俗の韻有り」からの四句が示すように、李觀は自分より年少であっても志を同じくしうる友人であり、不平不滿にも耳を傾けて、彼のために動いてくれる數少ない「知音」でもあった。「元賓を喪うと聞きしより、一日　八九たび狂う」という孟郊一流の言い回しも、彼の悲しみを率直に傳える表現として、むしろふさわしく見える。

年齢的には離れていても、科擧受験の苦しさを共有していたためか、韓愈と李觀には孟郊も友人として對等に接している印象がある。これは他の人々とは異なる點であり、二人が如何に重要な存在であったかを物語ることでもあるだろう。

二　張籍と李翶

二人はともに韓愈の弟子という立場にあり、張籍（字は文昌。七六六～八二九？）は詩、李翶（字は習之。?～八三六）は文章に優れたことは周知の通りである。孟郊にとっては進士及第後に得た交友であり、「先輩」として臨む關係でもあった。詩に巧みであり、同様に官途に不遇であった張籍とより親しかったようだが、李翶に對しても親愛の情を缺かしてはいない。

先に二人の經歷を簡單に記すと、まず張籍は貞元十五年に進士に及第し、太常寺太祝、國子博士、水部員外郎、主客郎中などを歴任し、國子司業に至っている。彼の本貫は蘇州であったらしいが、生活の據點は和州にあった。孟郊が出逢ったのも、張籍が先だったようである。貞元十二年に進士に及第した後、孟郊は江南へと歸省するが、その途中、和州で張籍と逢っている。そして翌年、汴州に陸長源を賴った時、やはり觀察推官として宣武軍節度使の幕下にいた韓愈と再會し、張籍を推薦したのであった。(10)一方の李翶は隴西李氏の出身で、北魏の宰相を務めた李沖の子孫という。貞元十四年に進士に及第し、校書郎、國子博士、史館修撰、考功員外郎、中書舍人などを經て、大和年間に桂管都防禦使、湖南觀察使を歴任し、最終的には山南東道節度使に至った。したがって韓愈を除けば、彼らのグループの中で最も高位に達した。ただそれは、孟郊の死後のことである。孟郊が李翶と出逢ったのは、貞元十三年に汴州へ來て以降と見られる。しかし、孟郊が貞元十四年春に汴州を離れた時、徐州の張建封に彼を推薦してくれたのが李翶であったように、(11)孟郊との交流においても後輩らしからぬ顔の廣さを見せている。

次に二人に贈った作品を見て行くが、まずは兩者がともに對象となっている「韓愈、李翶、張籍と話別す」詩（卷八）を取り上げてみよう。これは汴州で宣武軍行軍司馬の陸長源のもとに身を寄せていた時期の作であるが、満足な待遇を得られないことに見切りを付けた孟郊が旅立ちを考え始めた、貞元十三年の秋と推定される。

朱弦奏離別　朱弦　離別を奏し
華燈少光輝　華燈　光輝少なし
物色豈知異　物色　豈に異なるを知らんや
人心顧將違　人心　顧って將に違わんとす
客程殊未已　客程　殊に未だ已まず
歲華忽然微　歲華　忽然として微なり
秋桐故葉下　秋桐　故葉下ち
寒露新雁飛　寒露　新雁飛ぶ
遠遊起重恨　遠遊　重なる恨みを起こし
送人念先歸　送人　先ず歸らんことを念う
夜集類飢鳥　夜集　飢鳥に類し
晨光失相依　晨光　相依るを失う
馬跡遶川水　馬跡　川水を遶り
雁書還閨闈　雁書　閨闈に還る
常恐親朋阻　常に恐る　親朋の阻てられ
獨行知慮非　獨行　慮の非なるを知るを

（大意）

朱い弦を張った琴が別離の曲を奏で、美しい燈火には輝きが薄れた。物の本性に變化があろうか。しかし人の心の方は（以前と）違ってしまうのだ。私の旅は一向に終わらず、華やかな春景色（のような生活）も忽ちのうちに消えていってしまう。今や秋を迎えた桐の木から古い葉が落ち、冷たい露が降りる中を渡り初めた雁が飛んでいる。遙かな旅立ちはこれまでと同じ恨みを引き起こし、見送る人は眞っ先に歸ってきて欲しいと思う。こうして夜に集まっているのは餓えた鳥のようで、朝日が差してくれば寄り添っていることができなくなる。（私の乗る）馬の足跡は川の水を巡るように進み、雁が運ぶ手紙は（歸りを待つ）妻の部屋へと歸って行く。いつも心配なのは、親しい友達と隔てられて、一人旅行くことが本意ではなかったと思い知ることになることだ。

陸長源を頼って汴州へ來た孟郊であるが、それまでに何度か詩を贈り、汝州では長らく世話になった經驗を持ちながらも、思うような待遇を與えては貰えなかったのだろう。以前と違って今回は進士の身分であり、恐らく宣武軍の幕僚への推薦を期待したのだろうが、それは叶わなかった。當てが外れた思いは、この詩の前半に見ることができる。そして後半では旅立ちと、それによって三人と別れなければならない殘念な思いとが描かれるが、「夜集　飢鳥に類し、晨光　相依るを失う」は宣武軍に身を寄せる彼らの情況を比喩していて面白い。孟郊らしい表現であり、力點は自分にあるのだろうが、「飢鳥」に喩えたことは讀みようによっては禮を失しかねない。それだけに、韓愈のみならず、李翺、張籍の二人とも親しい關係にあったことが窺える。

次に個々に贈った作品を取り上げたい。張籍に對しては同じく「張籍に寄す」と題する詩が二首（ともに卷七）殘っている。ただその時期は異なっており、次の五言古詩の作は末二句から張籍の及第前に贈られたものと分かる。

夜鏡不照物
朝光何時升
黯然秋思來
走入志士膺
志士惜時逝
一宵三四興
清漢徒自朗
濁河終無澄
舊愛忽已遠
新愁坐相凌
君其隱壯懷
我亦逃名稱
古人貴從晦
君子忌黨朋
傾敗生所競
保全歸瞢瞢
浮雲何當來
潛虬會飛騰

夜鏡　物を照らさず
朝光　何時か升らん
黯然として秋思來り
走りて志士の膺に入る
志士は時の逝くことを惜しみ
一宵に三四たび興《お》く
清漢　徒《いたず》らに朗らかに
濁河　終に澄む無し
舊愛　忽ちに已に遠く
新愁　坐ろに相凌ぐ
君は其れ壯懷を隱せ
我も亦た名稱を逃れん
古人　晦に從うを貴び
君子　黨朋を忌む
傾敗　競う所に生じ
保全　瞢瞢に歸す
浮雲　何當か來らん
潛虬　會ず飛騰せん

（大意）
夜の鏡は物を映さず、朝の光はいつ差し上って來るのか。心を暗く覆うように秋の悲しみが訪れ、大志を懐く人の胸中に入り込んでくる。大志を持つ人は時が過ぎて行くのを惜しみ、一晩に三四回も起きる。（今の世は亂れているから）清らかな銀漢はいたずらに明るいが、濁った黃河は結局澄むことが無い。嘗て愛した物も忽ちのうちに遠くなり、氣が付けば新たな愁いが迫ってくる。君は立派な志を隱していたまえ、私もまた名聲から逃れていよう。古人は世に出ずに身を守る事を尊び、立派な人は徒黨に與することを嫌うものだ。失敗は競い合うところに起こるのであり、（そうなれば）身を保つ事も危うくなる。（雨を降らせる）浮き雲がいつやって來るのだろう。（その時には）潛んでいた龍がきっと飛び立つに違いない。

李觀と同樣、張籍を「志士」と呼んでいるが、暗い夜空を見上げて立つような前半の表現、「古人」「君子」二句などに、張籍を同志として受け入れる姿勢が見てとれる。なお、華譜ではこの詩を貞元十三、四年の作と見ている。季節が秋であるところから、貞元十三年秋か十四年秋に繫屬するのが妥當であろうが、兩者が出逢った十二年の秋の可能性も排除できないのではないか。先の注に引いた張籍の贈詩に應えた作と言えないこともないからである。十二年に進士に及第した後、引き續いて吏部試に應じたかどうかは明らかではないが、當時の一般的な例にしたがえば、孟郊も吏部試を受驗して失敗したと見ることは可能だろう。その邊りの機微が「君は其れ壯懷を隱せ、我も亦た名稱を逃れん」という表現に窺えるような氣がする。

もう一首は雜言體で、こちらは元和年間、太常寺太祝となったものの眼を患い、長安で養生していた張籍に、洛陽から寄せた作である。

未 見 天 子 面　　未だ天子の面を見ざれば

不如雙盲人
賈生對文帝
終日猶悲辛
夫子亦如盲
所以空泣麟
有時獨齋心
髣髴夢稱臣
夢中稱臣言
覺後眞埃塵
東京有眼富
不如西京無眼貧
西京無眼猶有耳
隔牆時聞天子車轔轔
轔轔車聲輾冰玉
南郊壇上禮百神
西明寺後窮瞎張太祝
縱爾有眼誰爾珍
天子咫尺不得見

雙盲の人に如かず
賈生は文帝に對するも
終日　猶お悲辛す
夫子も亦た盲なるが如し
所以に空しく麟に泣く
時に獨り心を齋する有れば
髣髴として夢に臣と稱するがごとし
夢中に臣と稱せし言
覺めし後は眞に埃塵たり
東京　眼有ること富むも
如かず　西京の眼無きこと貧しきに
西京　眼無きも猶お耳有り
牆を隔てて時に天子の車の轔轔たるを聞く
轔轔たる車聲は冰玉を輾き
南郊の壇上に百神を禮す
西明寺後の窮瞎たる張太祝
縱え爾に眼有るも誰か爾を珍とせん
天子は咫尺なるも見《まみ》ゆるを得ず

不如閉眼且養眞　　如かず　眼を閉じて且らく眞を養わんには

（大意）

未だに天子の尊顔を拝することが無くては、兩目とも見えない人に及ばない。賈誼は文帝のご下問を受けたが、それでも一日中悲しんでいた。夫子もやはり盲人のように、（道を實現できないまま）空しく獲麟の報を聞いて泣いた。時に獨りで心を空っぽにして（道を蓄えて）いると、あたかも夢で（天子の前で）臣と稱しているような氣がする。しかし夢の中で臣と稱する言葉は、目覺めてみればまったく塵埃のよう（で何の價値もない）。東京の視力が豊かな者は、西京の視力が貧しい者に及ばない。西京の者は視力が無くても耳があり、時に壁越しに天子の車がガラガラと通るのを聞けるからだ。ガラガラという車の音は冰の玉を轢き潰し、南郊の祭壇で百神をお祀りする。西明寺の裏に住む貧乏盲の張太祝よ、たとえ君に視力が有っても誰が君を大切にするのか。天子がすぐ近くにいてもお目通りがかなわない。それなら眼を閉じてしばらく自分の本性を養う方がましだよ。

張籍が眼を患っていたのは三年ほどであったらしい。その「眼を患う」詩（『張籍詩集』巻六）に「三年病を患いて今年校《あらた》まる、風光と便ち生を隔つるを免るる。昨日　韓家の後園の裏、花を看るも猶お未だ分明ならざるに似たり（三年患病今年校、免與風光便隔生。昨日韓家後園裏、看花猶似未分明）」と言い、これに對應すると見られる韓愈の「城南に遊ぶ十六首」中の「張十八助教に贈る」詩（『昌黎先生集』巻九）には「喜ぶ　君が眸子の重ねて清朗たるを、手を攜えて城南に舊游を歴る。忽ち見る　孟生の竹に題せし處を、相看て涙落ち收むるあたわず（喜君眸子重清朗、攜手城南歴舊游。忽見孟生題竹處、相看涙落不能收）」と詠っている。韓愈の作が元和十一年頃と見られることと、八年冬の作と見られる「雪後に崔二十六丞公に寄す」詩（同巻七）に張籍のことを「腦脂眼を遮りて壯士を臥せしめ、大沼壁に挂かりて彎ぐるに由無し（腦脂遮眼臥壯士、大沼挂壁無由彎）」と詠うことから、張籍の病は八年から十一年にかけてであったと想像される。したがって、孟郊のこの詩は元和八年頃の作と見られる。眼を病んだという知らせを聞き、慰めとして贈った詩であろうし、また無爲に老年を送る自らの空しさを訴える意圖もあったのだろう。「窮瞎たる張太祝」と呼ぶなど、全體として諧謔的で遠慮のない言い回しが目立つが、むしろそこに張籍に對する親愛の情が感じ取れる。ところで、張籍は當時その樂府作品を高く評價されており、孟郊もまた樂府は得意であった。それぞれの樂府に關する言及は特に見えないが、恐らく兩者とも相手の力量を認めていたことだろう。この詩は樂府ではないが、雜言體をあえて用いた點には、樂府を得意とし、また太常寺の官に就いていた張籍に對する挨拶の氣持ちが表われているのではないか。

一方の李翺は文章家として知られるが、「遠游聯句」（後出）からも窺えるように詩作は不得手らしく、數首しか現存していない。したがって孟郊の側から詩を贈ることも少なかったようで、集に殘るのは次の「李翺習之を送る」（巻八）一首だけである。しかし、この一首だけでも、兩者の親しさは十分窺うことができる。

習之勢翩翩　　習之　勢い　翩翩たり
東南去遙遙　　東南　去ること　遙遙たり
贈君雙履足　　君に贈る　雙履足
一爲上皐橋　　一に爲せ　皐橋に上るを
皐橋路逶迤　　皐橋　路は逶迤たり
碧水輕風飄　　碧水　輕風飄る

新秋折藕花
應對吳語嬌
千巷分渌波
四門生早潮
湖榜輕裹裹
酒旗高寥寥
小時屐齒痕
有處應未銷
舊憶如霧星
怳見於夢消
言之燒人心
事去不可招
獨孤宅前曲
箜篌醉中謠
逮茲各焦焦
壯年俱悠悠
執手復執手
唯道無枯凋

新秋　藕花を折り
應對す　吳語の嬌に(12)
千巷　渌波を分かち
四門　早潮を生ず
湖榜　輕きこと裹裹たり
酒旗　高きこと寥寥たり
小時　屐齒の痕
處として應に未だ銷えざるべき有らん
舊憶は霧星の如く
怳として夢の消ゆるに見る
これを言えば人の心を燒く
事去りて　招くべからず
獨孤　宅前の曲
箜篌　醉中の謠
茲に逮んで各おの焦焦たり
壯年　俱に悠悠たり
手を執り　復た手を執る
唯だ道う　枯凋する無かれと

（大意）

習之の勢いは（飛び立つ鳥のように）輕快で、遙か東南の地へと旅立って行く。君に一揃いの履き物を贈るから、どうかそれで皋橋に上ってみてくれ。（見回すと）皋橋を通る道はうねうねとし、（下を流れる）綠の水には淸らかな風が吹き渡る。新秋に蓮の花を手折り、吳語を話す美女と言葉を交わす。縱橫に走る水路には淸らかに波立つ水が分かれて流れ、四方の水門には朝の潮が寄せてくる。湖を行く舟は櫂の音も輕やかに、酒屋の幟は高くぽつんと立っている（そんな光景に出逢うだろう）。幼い時につけた下駄の痕が、まだ消えていない所も有るのではないか。昔の記憶は霧の中の星のようにぼんやりとし、夢が消えて行くのを見るようではっきりしない。そのことを言えば我が胸は燒かれるように辛い。しかし過ぎ去った事は招き返すことはできないのだ。獨孤氏の屋敷で聞いた曲、箜篌の伴奏で醉って唱った歌。壯年の時期とともにそれらも遠いものとなり、今となってはすべてが憂わしい。（君の旅立ちに）何度も手を執って別れを惜しむ。ただただ、憔悴して身體をこわすことのないようにと聲をかけるのだ。

この詩の制作時期は元和四年の正月であった。李翺は、前年に廣州刺史、嶺南節度使となった楊於陵に幕僚として招かれ、この時洛陽に韓愈と孟郊を訪ねた後、廣州へと向かっている。その「南來錄」（『全唐文』巻六三八）に「（四年正月）乙未に東都へ去くに、韓退之、石濬川は舟を假りて予を送る。明日故洛の東に及び、孟東野を弔し、遂に東野を以て行く。濬川は妻の疾を以て、漕口より先に歸る。黃昏に景雲山居に到り、詰朝に上方に登り、南のかた嵩山を望む。姓名を題し記して別れ、韓孟は予と別れて西に歸る」とあるので、この詩はその時の作と推定できる。なお韓愈にも「李翺を送る」詩（『昌黎先生集』巻四）がある。詩の四句目に「一に爲せ　皋橋に上るを」と言っているが、事實李翺は南下の途中、蘇州に立ち寄っている。「南來錄」には「（二月）壬午蘇州に至る。癸未虎邱の山に如き、足を千人石に息め、劍池を窺う。望海樓に宿り、走砌石を觀る。將に報恩に遊ばんとするも、水涸れて舟通ぜず、馬道無ければ、遊ぶを果さず」とあり、しばらく遊覽したことがわかるが、あるいはそれも孟郊の勸めに依ったのかもしれない。この詩には孟郊の江南を懐かしむ氣持ちが強く表れている。李翺に對する措辭は、最初と最後だけで、あとは江南への懷舊の情が主となっている。一見すると送別の作にそぐわないようだが、李翺を勵ます冒頭と身を案じる末尾だけでも意は足りているのだろう。嶺南への旅は苦難を伴うものであり、李翺にとっても喜ばしい赴任先ではなかったはずである。それゆえ孟郊が江南の良さを語り、見所を知らしめることこそが、都からはるばる南へと向かう李翺への餞になっているのだと思われる。

文章家であり、詩は得意でなかった李翺はともかく、詩人として知られ、また樂府を得意とした張籍とは、もう少し頻繁な交流が有っても良さそうに思えるが、實態は必ずしもそうではなかった。それはやはり年齢の差、同じ所に居た時期が短かったこと（貞元十二年の和州、十三年の汴州、元和元年の長安で、いずれも短期間）、そして詩風の違いが主たる理由であろう。敢えて奇抜な發想と表現を驅使した孟郊に對し、白居易とも親しかった張籍は平淡さをその詩の持ち味とし、樂府を中心に社會的な問題點を廣く詠った。互いに詩才を認め合っていても、文學的な接點は必ずしも多くなかったのだろう。

三　賈島と盧仝

孟郊の詩を語る際にしばしば對比される二人だが、ともに出逢いは彼の最晩年に屬していた。文壇で重きを成しつつあった韓愈を通じて交流が始まったようだが、文學において獨特の世界を持っていた二人を、孟郊も高く評價していた。二人はともに科擧には及第せず、官界において不遇なまま一生を終わっており、詩のみならず社會的にも孟郊に類比される側面があったと言える。

賈島（字は浪仙。七七九～八四三）は苦吟派として知られ、また蘇軾の「郊寒島瘦」の語で一對とされたために、共に評されることが多いが、兩者が出逢ったのは元和六年の春、洛陽においてであったらしい。當時彼はまだ僧籍にあり、名を無本と言っていた。この年の秋、韓愈は河南縣令から職方員外郎に轉じて長安へ戻るが、賈島も彼に從って長安へ赴いた。そして韓愈に還俗して科擧を受驗することを勸められ、この冬に一旦鄕里の范陽へ歸った。その際、韓愈らが送別の詩を贈ったことを受けて、孟郊も次の「戲れに無本に贈る」二首（巻六）を書いている。

長安秋聲乾　　長安　秋聲乾き
木葉相號悲　　木葉　相號びて悲しむ
瘦僧臥冰凌　　瘦僧　冰凌に臥し
嘲詠含金痍　　嘲詠　金痍を含む
金痍非戰痕　　金痍は戰いし痕に非ず
峭病方在茲　　峭病　方に茲に在り
詩骨聳東野　　詩骨　東野より聳え
詩濤湧退之　　詩濤　退之より湧く
有時踉蹌行　　時有りて踉蹌として行けば
人驚鶴阿師　　人は驚く　鶴阿の師に
可惜李杜死　　惜しむべし　李杜死して

不見此狂癡　　此の狂癡を見ざるを

（大意）

長安では秋の風が乾いた音をたて、木々の葉は（それにあおられて）悲しい聲をあげている。痩せた僧侶は厚い冰の上に身を横たえ、俗を嘲る詩のために口に刀傷を受けている。刀傷は戰闘による傷跡ではなく、鋭くそそり立つ（詩を作る）病から、こうなったのである。（君だけではない）詩の骨は東野から聳えているし、詩の波は退之から湧いてくる。時によろめきながら歩いていると、人々は鶴のごとくやせ細った坊さんの姿に驚く。殘念なのは李白、杜甫が死んでしまい、この詩に狂った癡れ者を見てもらえないこと。

燕僧聳聽詞　　燕僧　聳聽の詞
袈裟喜新翻　　袈裟　新翻を喜ぶ
北岳厭利殺　　北岳　利殺に厭き
玄功生微言　　玄功　微言を生ず
天高亦可飛　　天高きも亦た飛ぶべく
海廣亦可源　　海廣きも亦た源《きわ》むべし
文章杳無底　　文章は杳として底無く
斸掘誰能根　　斸掘するも誰か能く根あらしめん
夢靈髣髴到　　夢靈　髣髴として到り
對我方與論　　我に對いて方に與に論ぜんとす

拾月鯨口邊　月を鯨口の邊に拾わば
何人免爲呑　何人か呑と爲るを免れん
燕僧擺造化　燕僧　造化を擺い
萬有隨手奔　萬有　手に隨いて奔らす
補綴雜霞衣　補綴す　雜霞の衣
笑傲諸貴門　笑傲す　諸貴の門
將明文在身　將に文の身に在り
亦爾道所存　亦た爾して道の存する所を明らかにせんとす
朔雪凝別句　朔雪　別句を凝らし
朔風飄征魂　朔風　征魂を飄わす
再期嵩少遊　再び期せん　嵩少の遊び
一訪蓬蘿村　一たび蓬蘿の村を訪れんことを
春草歩歩綠　春草　歩歩に綠に
春山日日暄　春山　日日に暄かなり
遙鶯相應吟　遙鶯は相應じて吟ずるも
晩聽恐不繁　晩聽は繁からざるを恐る
相思塞心胸　相思いて心胸塞がるも
高逸難攀援　高逸は攀援し難し

（大意）

燕の僧侶は耳目を峙たせるような詩を作り、袈裟を身につけながら曲に新たな詞をつけることを喜ぶ。北岳の（ある燕の）地が殺伐としていることを厭い、玄妙な修行によって奥深い言葉を發する。天はどれだけ高くても飛び回ることができ、海はどれほど廣くても窮めることができるが、文學は奥深くて底が無く、掘ってみたところで、誰がその根本を究められるだろう。（ところが）あたかも夢に（無本師が）やって來て、私と文學を論じようとする。大魚の口元で月を拾おうとすれば、飲み込まれることを誰も免れない（しかし師はそれをやってのける）。この燕の僧侶は造化の働きをも拂いのけ、萬物を意のままに動かしている。綴り合わせた僧衣を着て、貴顯の家をあざけり笑う。文學が身についており、それゆえ道も備えていることを明らかにしようとする。（しかし君は燕へと歸り）北の雪が別れの詩句を凍らせ、北の風が旅行く魂を乘せていく。もう一度嵩山の少室に出かけ、一度は蓬や葛に覆われた村落を訪れて欲しいと待っている。（旅行くとともに春となり）草は歩むたびに緑を濃くし、山は日々に暖かくなるだろう。遙かに鶯が友を求めて鳴き交わしても、年老いた我が身に届く（友を求める）聲は殘念ながら多くないだろう。君を思って胸が塞がるほど悲しいが、高く翔る君にすがって行くことは私には難しい。

いずれも孟郊一流の表現で賈島の風格を捉えている。前首の「痩僧」からの四句は、「冰淩」や「金痍」など孟郊らしい表現でその苦吟の樣を寫し、續く二句で自分と韓愈の風格を的確に捉えてこれに配している。また、彼を「狂癡」と呼んで、李白、杜甫にも賞贊されるだろうと言うのは、最大級の贊辭であろう。(13) 後首は北へ歸ることへの挨拶だが、「拾月」以下數句で、その文學の高邁さを褒め稱えている。この後再び出會ったかどうかは明らかでなく、實際に逢う機會は多くなかったと見られるが、文學を通じて互いに許し合えた仲だったと思われる。

孟郊が贈ったのはこの二首だけであるが、賈島の集には全部で四首の詩が殘されており、先輩として尊重していたことを窺わせている。孟郊の生前の作には、洛陽に出てきた時に贈った「孟郊に投ず」詩（『長江集』巻二）と、范陽へ戻る途中で作った「孟協律に寄す」詩（同）がある。孟郊の作に對應すると見られる後者を擧げてみよう。

我有弔古泣　我に古を弔う泣《なみだ》有るも
不泣向路岐　路の岐に向いて泣かず
揮淚灑暮天　涙を揮いて暮れの天に灑ぎ
滴著桂樹枝　滴著す　桂樹の枝
別後冬節至　別れし後に冬節至り
離心北風吹　離心　北風吹く
坐孤雪扉夕　坐は孤りなり　雪扉の夕
泉落石橋時　泉は落つ　石橋の時
不驚猛虎嘯　猛虎の嘯に驚かざれど
難辱君子詞　君子の詞を辱くし難し
欲酬空覺老　酬わんと欲して　空しく老いを覺え
無以堪遠持　以て遠く持するに堪うる無し
岧嶢倚角窗　岧嶢たる倚角の窗
王屋懸清思　王屋　清思を懸く

范陽へ戻る途中、王屋で作ったことが末句に明らかにされている。孟郊の奔放な作に比べると、全體におとなしい印象があるが、それは詩風の違いであり、また後輩としての遠慮があったのかもしれない。孟郊の死に際しては、「孟郊を哭す」「孟協律を弔う」の二詩（同巻三）が作られており、孟郊に對する彼の敬慕の深さを窺わせている。ここには後者を擧げる。

才行古人齊　　才行　古人と齊しきも
生前品位低　　生前　品位低し
葬時貧賣馬　　葬時　貧しくして馬を賣り
遠日哭惟妻　　遠日　哭くは惟だ妻のみ
孤塚北邙外　　孤塚　北邙の外
空齋中嶽西　　空齋　中嶽の西
集詩應萬首　　集詩　應に萬首なるべし
物象遍曾題　　物象　遍ねく曾て題せり

詩の前半は當時の孟郊の様子を描いており、また「空齋　中嶽の西」の句が彼と嵩山との關係を知る上で參考になることはすでに述べたが、注目されるのは末二句である。特に「物象　遍ねく曾て題せり」は、彼の詩が從來の枠を越えて新しい對象に向かったという認識を示しており、王建の弔詩や陸龜蒙の「李賀小傳の後に書す」に見える文學觀と共通するものと言える。哀悼の作ではあるが、當時の孟郊に對する評價のあり方を傳える例となるであろう。

盧仝（?～八三五）の經歴には不明な點が多い。史書に「范陽人」と書かれるのは郡望であり、實際は濟源の出身であったらしい。ともあれ二人の交流は、盧仝が洛陽南郭の東南隅にあたる里仁坊に居を定めた、元和五年頃から始まるようだ。彼が洛陽に住んだのは韓愈の招きを受けたためだったが、盧仝の「冬行」詩（『全唐詩』巻三八八）に據れば、この時彼は洛陽に家を買う資金に充てるため、揚州に有った別墅を處分し、そこに置いていた藏書を舟で洛陽へと運んでいる。そして孟郊は「忽ち貧ならず　盧仝の書船の洛に歸るを喜ぶ（忽不貧喜盧仝書船歸洛）」詩（巻九）を書いてこれを歡迎しており、當時既に盧仝の評判を聞き及んでいたことを窺わせている。その後盧仝が、北郭の立德坊にある孟郊の家を訪れることもあったようだ。盧仝の「孟夫子生生亭賦」（『全唐詩』巻三八八）は短い賦であるが、孟家を訪れた經驗を反映する作品と思われる。殘念ながら盧仝が孟郊に贈った詩は殘されていないが、孟郊には盧仝の詩に答えたと見られる作品がもう一首殘っている。

「盧仝に答う（答盧仝）」（巻七）

楚屈入水死　　楚屈　水に入りて死し
詩孟踏雪僵　　詩孟　雪を踏みて僵る
直氣苟有存　　直氣　苟くも存する有らば
死亦何所妨　　死するも亦た何ぞ妨ぐる所ぞ
日劈高查牙　　日は劈きて　高く查牙たり
清稜含冰漿　　清稜　冰漿を含む
前古後古冰　　前古　後古の冰
與山氣勢強　　山と與に氣勢強し
閃怪千石形　　閃怪　千石の形
異狀安可量　　異狀　安んぞ量るべけんや

有時春鏡破
百道聲飛揚
潛仙不足言
朗客無隱腸
爲君傾海宇
日夕多文章
天下豈無緣
此山雪昂藏
煩君前致詞
哀我老更狂
狂歌不及狂
歌聲緣鳳凰
鳳兮何當來
消我孤直瘡
君文眞鳳聲
宣隘滿鏗鏘
洛友零落盡
逮茲悲重傷

時有りて春鏡破れ
百道　聲　飛揚す
潛仙　言うに足らず
朗客　隱腸無し
君が爲めに海宇を傾け
日夕　文章多し
天下　豈に緣《よし》無からんや
此の山　雪は昂藏たり
君が前めて詞を致し
我の老いて更に狂なるを哀しむを煩わす
狂歌するも　狂うに及ばず
歌聲　鳳凰に緣る
鳳よ　何當《いつ》か來りて
我が孤直の瘡を消さん
君が文は眞に鳳聲なり
宣隘　鏗鏘に滿つ
洛友　零落し盡し
茲に逮んで悲しみ重ねて傷む

獨自有異骨　獨自《ひと》り異骨有り
將騎白角翔　將に白角に騎りて翔んとす
再三勸莫行　再三　行く莫かれと勸めらる
寒氣有刀槍　寒氣　刀槍有ればなり
仰慚君子多　仰ぎて慚ず　君子の多きに
愼勿作芬芳　愼んで芬芳を作す勿からん

（大意）

楚の屈原は入水して死し、詩人の孟郊は雪を踏んで倒れる。眞っ直ぐな氣象があるなら、死ぬことに何の妨げがあろうか。日差しが切り裂いて川の冰は不揃いにそびえ立ち、その清らかな角には冷たい水が含まれている。古くからの冰が時を重ね、山と勢いを競っている。怪しい形が様々に造られ、奇妙な樣子は想像を超えている。（しかし）やがて春となって冰の鏡も割れ、あちこちからその音が聞こえてくる。隱れている仙人は言うに及ばず、高士も腹藏無く思いを語る。私も君のために海內の物事をすべて描き盡そうとし、日暮れには多くの作品が生まれる。天下の事柄に由來の無いことがあろうか、だからこの山の雪は高く險しいのだ。君はわざわざ先に詩を屆け、私が老いてますます狂逸であることを哀しんでくれた。狂ったように歌っても自分は狂っているわけではない。その歌聲は鳳凰のためなのだ。鳳凰よ、何時やって來て、私の孤獨で眞っ直ぐな心にある傷を癒やしてくれるのか。君の詩は正しく鳳凰の聲だ。緩やかに、高らかに、素晴らしい音に滿ちている。洛陽の友人たちは今やすっかり稀になってしまい、それを悲しむとともに取り殘された我が身を傷む。私は獨り人と異なる骨相を持つので、（世に交わるのでなく）穆天子の白角牛に跨って天空に翔たい。君は再三、行ってはならないと諌めてくれる。それは寒氣に刀や槍（のような激しさ）が有るからだ。振り仰いで恥ずかしくなる、立派な人物が多いことが。（だからつまらぬ私が、世の中で）芳しい行いの眞似をしないように愼んでいたい。

冒頭で屈原に對比させて、みずからを「詩孟」と言っている。「詩人」については第三章の「盧殷を弔う」の項で改めて檢討するが、ここにも詩人としての強い自負が見て取れる。後の萬物を描き盡すことを言う箇所も、詩人としての姿勢を示しているだろう。また山のような「冰」の描寫は孟郊らしいが、同時に「月蝕詩」などで知られる盧仝の獨特な詩風をも意識して、意圖的に奇怪な詩句を配した印象もある。全體に盧仝に答えるのにふさわしい内容と感じられる。ところで劉斯翰氏の『孟郊賈島詩選』（香港三聯書店、一九八六）では、この詩を鄭餘慶から興元府の幕僚として招かれた際に、引き留めようとした盧仝に答えた作と見ている。『論語』「微子」篇の著名な「鳳兮」の故事を用い、かつ「再三　行く莫かれと勸めらる、寒氣　刀槍有ればなり」と言うことから見れば、その判斷は妥當と思われる。興元府に赴くことを窺わせる具體的な表現は無いが、「洛友　零落し盡し、茲に逮んで悲しみ重ねて傷む」の二句から見れば、鄭餘慶も韓愈も長安に去り、親族も江南に居て、取り殘されているという思いを懷いていた元和七年以降の作であることは疑いない。そしてそこで敢えて「行」こうとするのであれば、九年秋（恐らく七月であろう）に興元府に赴こうとした時と考えるのが最も妥當であろう。そうであれば、「異骨」が有るので「白角に騎りて翔んとす」と詠うのも、最後の一花を咲かせようという孟郊の願いにふさわしい表現なのではないか。

盧仝の場合も、孟郊を先輩として敬愛していたと思われる。それゆえに引き留める詩を贈ってくれたのだろう。賈島のように、詩作によって明確に示してはいないが、孟郊の詩によって、そのことが窺えると思う。二人とも孟郊の晩年の交流においては貴重な詩友であり、先に死んだ盧殷、劉言史同樣、孟郊から「詩人」の稱を與えられる可能性を有していた友人であったと思われる。

注

（1）韓愈の事跡については、正史の傳の他、主として呂大防『韓吏部文公集年譜』一巻、洪興祖『韓子年譜』五巻（ともに周康燮氏編『韓柳年譜』所收）、および錢仲聯氏の『韓昌黎詩繫年集釋』に依據した。

（2）李觀の事跡は主に韓愈の「李元賓墓銘」（『昌黎先生集』巻二四）、竝びに李觀の詩文から推定した。詳しくは拙論「李觀論――もう一人の夭折の才子――」（文藝論叢六八號）を參照されたい。

（3）李觀に韓愈の兄、韓弇を悼む「韓弇の胡中に沒するを弔う文」（『全唐文』巻五三五）が有るが、これは貞元七年の歲暮より以前に書かれている。この文章が韓弇との關係で書かれたのか、あるいは韓愈との關係に據るものかは不明だが、八年の及第時に互いに知り合ったと言う韓愈の「北極一首　李觀に贈る」の內容を、そのまま受け取れることは躊躇される。前掲拙論を參照。

（4）制作年次を推定して順に竝べると、孟郊の作は「答韓愈李觀別因獻張徐州」（巻七）「送韓愈從軍」「與韓愈李翶張籍話別」「汴州別韓愈」（以上巻八）「汴州離亂後憶韓愈李翶」（巻七）「連州吟三章」（巻六）「招文士飮」（直接の交流ではないが、韓愈の消息を記す句が有る）「游城南韓氏莊」（以上巻四）「嚴河南」「贈韓郎中愈二首」（以上巻六）の十三首。なお「獨愁」（巻二）は、『全唐詩』（巻三七三）などには「一作贈韓愈」と注記されているが、士禮居宋刻本など早期の刋本には見えないので、底本に從ってここには含めない。韓愈の作は「長安交游者一首贈孟郊」（『昌黎先生集』巻一）「孟生詩」「答孟郊」「醉留東野」「將歸贈孟東野房蜀客」（以上同巻五）「薦士」（同巻二）「孟東野失子」（同巻四）「江漢一首答孟郊」（同巻一）の八首。また文章も「送孟東野序」（同巻一九）「與孟東野書」（同巻一五）および「貞曜先生墓誌銘」がある。なお、聯句と連作詩における相互の交流については、第二、三章で詳しく検討する。

（5）底本、黃氏士禮居宋刻本はともに「首鼠」である。但し華氏も、喩氏との『校注』本において、テキストは「首」を採用しながら、注では「碩鼠」の意味で理解している。また韓泉欣氏『孟郊集校注』は明弘治本に從って「碩鼠」に改めている。

川合康三、池田秀三両氏のご指摘もあり、ここは底本を改めた。「碩鼠」は周知のように『詩』「魏風・碩鼠」篇を踏まえるが、韓愈のどの作品を指して言ったものかは明らかではない。一方「首鼠」は、『史記』巻一〇七「魏其武安侯傳」に武安侯の言葉として「何ぞ首鼠の兩端を爲さんや」と見え、「集解」には「首鼠、一前一卻也」と注する。「首鼠」とした場合は、あるいは元和六年の作という韓愈の「盧郎中雲夫の寄せて盤谷子を送る詩兩章を示せば、歌いて以てこれに和す（盧郎中雲夫寄示送盤谷子詩兩章歌以和之）」詩（『昌黎先生集』巻五）の末六句に「我は今　進退幾時か決せん、十年蠢蠢として朝行に隨う。家は官の供するを請うも報答せず、雀鼠の太倉に偸むと異なる無し。行くゆく手版を抽きて丞相に付し、彈劾を待たずして還りて耕桑せん（我今進退幾時決、十年蠢蠢隨朝行。家請官供不報答、無異雀鼠偸太倉。行抽手版付丞相、不待彈劾還耕桑）」と言うのを踏まえる可能性もある。

（6）韓愈の作品の本文は便宜上錢仲聯氏集釋本に依據したが、この句の「宵」を「霄」に作るのは明らかな誤りであるので改めた。

（7）「與睦州獨孤使君論朱利見書」「代李圖南上蘇州韋使君論戴察書」（『全唐文』巻五三五）など。詳しくは前掲拙論參照。

（8）なお華譜では、三首とも孟郊が受驗のために長安に戻った貞元十一年に繫屬しているが、「李少府の廳にて李元賓の遺せし字を弔す」については、「李少府」が特定できないので時期も場所も動く可能性が有る。但し詩の印象からは、その死後から長い時間を經たものではないと思われる。

（9）孟郊には「志士」の語の使用例が九例（一例は「一作」）有り、そのうち先の「贈韓郎中愈二首」其二のように、自らを言う例が六例（「一作」を含む）で、あとは韓愈、張籍、李觀を指す例である。心を許し、志を等しくすると認めた相手でないと使っていないことがわかる。

（10）張籍がこの時「贈孟郊」詩（『張籍詩集』巻七）「歷歷天上星、沈沈水中萍。幸當淸秋夜、流影及微形。君生衰俗間、立身如禮經。淳意發高文、獨有金石聲。才名振京國、歸省東南行。停車楚城下、顧我不念程。寶鏡曾墮水、不磨難自明。苦節居貧賤、所知賴友生。歡會方別離、戚戚憂慮幷。安得在一方、終老無送迎」を贈っている。また宋の賀鑄「歷陽十詠」其九「桃花塢」（慶湖遺老集巻三）には「種樹臨溪流、開亭望城郭。當年孟張輩、載酒來行樂」とあり、その題下注に「縣西二里

厐溪上、按縣譜張司業之別墅也。籍與孟郊載酒屢遊焉。今茂林深竹、猶占近郭之勝」と記す。

そして韓愈の「此の日惜しむべきに足る一首張籍に贈る（此日足可惜一首贈張籍）」詩に「念う昔　未だ子を知らず、孟君南方よりし、自ら矜る　得る所有りと、言う子に文章有りと（念昔未知子、孟君自南方。自矜有所得、言子有文章）」と言うように、孟郊が張籍を推薦したのであった。

（11）「薦所知於徐州張僕射書」『李文公集』巻八。

また『舊唐書』「孟郊傳」に「李翺分司洛中、與之游、薦於留守鄭餘慶、辟爲賓佐」とあるのに據れば、鄭餘慶に推薦してくれたのも李翺であったことになるが、この記述は特に「李翺分司洛中、與之游」の部分が事實に反するので、そのまま受け取ることはできない。

（12）「吳語の嬌」と、わざわざ「吳語」に言及しているのは、孟郊の使用言語と關わっているのかもしれない（平田昌司氏のご注意による）。「淡公を送る十二首」（巻八）の其六にも「開元　吳語の僧」という句が見える。いずれも晩年に江南に向かう人を送る詩で使われていることから見れば、「ふるさとの訛」を懷しむ氣持ちが表われていると言えそうである。なお孟郊は、出身地から見て吳語を話したと思われるが、その訛がきつかったとすれば、そのことも官界での彼の交流を狹めた一因であった可能性がある。

（13）「狂癡」の語は「亂離」（巻三）の中でも「積怨　疾疹を成し、積恨　狂癡を成す」と使われており、これは宣武軍の亂で陸長源が殺されたことを悼む氣持ちを表わしている。先の「李觀を哭す」詩でも、その死を悼んで、「一日　八九たび狂う」という表現を用いていた。「狂」は常態とかけ離れた精神狀態であり、比較的若い時期の友人への哀悼の詩では、それが深い悲しみを表わす言葉となっていた。一方この詩の「狂癡」や後に見る「盧仝に答う」詩の「狂歌するも　狂うに及ばず」など、晩年の詩友との贈答の詩では、「狂」が文學に心を奪われた狀態を表わしている。これらの「狂」の使い方は孟郊に特異な例とまでは言えないが、後者の場合は文學に沒入する姿勢を表わしている點に彼の考え方を見ることができる。

第二章　聯句の檢討

一　はじめに

聯句という文學様式がいつ頃に成立したのか、詳しいことは分かっていない。漢の武帝らによる「柏梁臺聯句」の眞僞は措くとしても、七言一句ずつで交替するその形式は、文學様式としては成熟しなかった。後世でも同様の「聯句」は作られているが、宮宴で帝徳を稱える一種の儀禮であるか、宴席での餘興であるにとどまっている。[1] 文學様式としての聯句は、一人が一聯以上を受け持って交替し、かつ參加者が「座」の一體感を共有するものを基本として考えるべきだろう。その意味から言えば、聯句が様式として成立するのは、現存の作品で見る限り陶淵明あたりからであるようだ。そしてその後は南朝を中心に様々な試みがなされている。[2]

唐代では、まず大暦年間に江南を中心として流行した。鮑防、嚴維らを中心とした浙東の詩人グループがやや先んじ、皎然、顔眞卿らを中心とした浙西の詩人グループがそれに續いた。[3] 彼等の聯句は參加者が多く、また諧謔的な作品も見られて、全體に座を共有する樂しみが主たる目的と感じられる。『全唐詩』（巻七八八、七八九及び七九四）收錄の作品からその形式を整理すれば、概ね以下のように纏めることができる。

・五言詩形を中心とするが、三言、四言、七言詩形も少なくない。一言から九言に至る、變則的な形式も見られる。なお、三言、七言の一部、及び雜言の作品には酒令的な性格が認められるが、[4] 五言の場合、その要素は認めがたい。

・一般に二句、ないし四句で交替する。

・交替は概ね當初の順序どおりに、ほぼ公平に行われる。參加者が多ければ、一人一回、少なければ二、三回巡るのが一般的である。

・長さは二〇句から二八句程度のものが最も多く、五〇句を超える長編の作品は三篇だけである。

この後、主に元和年間に長安、洛陽を中心として、韓愈、孟郊の二人と劉禹錫、白居易らのグループとが積極的に聯句の制作を行うのだが、概ね大曆期の活動を繼承した後者に對し、韓愈と孟郊の聯句には、いくつかの新しい試みが含まれていた。その試みは、何より用語において顯著な特徴を持つが、形式面でもそれまでとは異なる點が少なくない。すなわち韓孟聯句はすべてが五言句で統一されているが、交替の原則は定まっておらず、むしろ作品ごとに異なっていると言って良い。一定の句數で交替する原則が守られているのは一三首有る作品のうち、代表作の「城南聯句」（但しこれは後に「跨句體」と呼ばれる獨創的な形式を持つ）と、短編の「有所思聯句」「遺興聯句」「劍客の李園に贈る聯句（贈劍客李園聯句）」「莎柵聯句」だけである。[5] また「城南聯句」の三〇六句を最長として、五〇句を越える長編の作品が全體の半數を占めている。したがって、韓孟聯句は作品の長さと交替の仕方に、まず大きな特徴が認められる。これはすでに指摘されているように、力量の拮抗する二人の手によってなされたことが最大の要因だろう。遊びであり、參加者同士の融和が大きな目的であったそれまでの聯句と異なり、ルールは承知しながらも、むしろ句を繋ぐ、その興の在りかを重んじている印象がある。最初は二句ずつでありながら、徐々に句數が増え、最後はかなりの句數に至るのが一般的で、互いの力量や發想を競い合っている印象が強い。一篇の完結した詩作を酬答する唱和では得られない、作品をともに作り上げる喜びが彼らを支えている。その結果二人以外の參加者が有った作品でも、

「遠游聯句」での李翺は二句しか入れられず、張籍と張徹が參加した「會合聯句」でも、最後は韓愈と孟郊のやり取りになっている。そこに二人の聯句に對する思いが、從來の人々とは大きく異なっていたことが表れている。

二　短編作品の検討

韓孟聯句のこうした特徴がいかにして導かれたのかを解明するため、從來必ずしも重視されて來なかった短編四篇にまず着目し、それらが聯句作品の中に占める位置について検討してみたい。

韓愈、孟郊の聯句は、それぞれの別集に二人が關わった一三首すべての作品が收載されるのではなく、『韓昌黎集』巻八に一〇首、『孟東野集』巻一〇に三首と分けて收められ、相互に重複していない。そして孟郊の集に收められる三首が、いずれも短編の「有所思聯句」「遺興聯句」「劍客の李園に贈る聯句」なのである。また同じ短編でありながら「莎柵聯句」は韓愈の集に含まれている。どういう理由からこのように分けられているのかは明らかではない。この點は暫く措くとしても、短編の作品だけが、なぜ從來の聯句の形式に卽して作られたのかについて、これまでとくに議論はなされていなかった。また制作時期についても、曖昧さを殘している。これらの點を考えるために、それぞれの作品の検討から始めたい。まず「有所思聯句」と「遺興聯句」を續けて掲出する。(6)

「有所思聯句」

01相思繞我心　　相思　我が心を繞り
02日夕千萬重　　日夕　千萬重
03年光坐晼晩　　年光　坐ろに晼晩たり

04春 涙 銷 顔 容（郊）　　春涙　顔容を銷す
05臺 鏡 晦 舊 暉　　臺鏡　舊暉晦く
06庭 草 滋 新 茸　　庭草　新茸滋る
07望 夫 山 上 石　　望夫　山上の石
08別 劍 水 中 龍（愈）　　別劍　水中の龍

（大意）

君への思いは我が心を纏い、晝夜に千萬回もめぐる。春の光はいつのまにか暮れかかり、春の涙が若い容貌を衰えさせる。化粧臺の鏡には嘗ての輝きが失われ、庭の春草が新たに生え繁っている。夫の歸りを待ち望んで山上の石となり、雌雄が別れた劍は水の中の龍となって去って行く。

「遣興聯句」

01我 心 隨 月 光　　我が心は月光に隨い
02寫 君 庭 中 央（郊）　　君が庭の中央に寫《そそ》ぐ
03月 光 有 時 晦　　月光　時に晦きこと有るも
04我 心 安 所 忘（愈）　　我が心は安んぞ忘る所ぞ
05常 恐 金 石 契　　常に恐る　金石の契りの
06斷 爲 相 思 腸（郊）　　斷たれて相思の腸と爲るを
07平 生 無 百 歳　　平生　百歳無し

08 岐路有四方（愈）
09 四方各異俗
10 適異非所將（郊）
11 駑蹄顧挫秣
12 逸翮遺稲粱（愈）
13 時危抱獨沈
14 道泰懷同翔（郊）
15 獨居久寂默
16 相顧聊慨慷（愈）
17 慨慷丈夫志
18 可以曜鋒鋩（郊）
19 蘧寧知卷舒
20 孔顔識行藏（愈）
21 朗鑒諒不遠
22 佩蘭永芬芳（郊）
23 苟無夫子聽
24 誰使知音揚（愈）

（大意）

岐路　四方に有り
四方は各おの俗を異にす
異に適くは将《ねが》う所に非ず
駑蹄は挫秣を顧りみ
逸翮は稲粱を遺《わす》る
時危うくして　獨沈を抱き
道泰らかにして　同翔を懐う
獨居　久しく寂默たり
相い顧りみて聊か慨慷たり
慨慷たるは丈夫の志
以て鋒鋩を曜かすべし
蘧寧は巻舒を知り
孔顔は行藏を識る
朗鑒は諒に遠からず
佩蘭は永く芬芳たり
苟も夫子の聴く無ければ
誰か知音をして揚げしめん

私の心は月光とともに、君の庭の中央へと注がれる。月光は時に暗くなっても、私の心はどうして君を忘れるだろうか。いつも心配なのは、金石のように堅い契りが斷ち切られて、思い慕うしかなくなってしまうこと。人間の一生に百歳を數えることはないし、分かれ道は四方に有る。四方の地はそれぞれ習俗が異なっている。習俗の異なる地方に行くのは私の願いではない。駑馬は刻んだ飼い葉を氣に懸け、優れた鳥は稻や粟を心に留めずに高く飛んで行く。時勢が險しければ獨り世に隱れることを思うが、道理の通る安らかな時代なのだから、ともに天翔ることを願っていた。獨り居ると、長いこと寂しく默然としている。友を思っては、憂い嘆いてしまう。憂い嘆くのは立派な男子の志、その志を持って鋭い切っ先（のような才能）を輝かしたまえ。蘧伯玉や寧武子は時節に應じた進退を知っており、孔子や顏回は用いられるか否かに應じて身を處すことをわきまえている。明らかな手本はまことに遠くないところにあるものだし、身に帶びた蘭草はいつまでも高く香り續ける。もし君が耳を傾けてくれなければ、誰が私を稱揚してくれるだろうか。

この二首は、前者が四句交替、後者が二句交替で、いずれも從來の聯句の形式に則っている。また內容から見ると、兩者の別れ、すなわち旅立つ孟郊と見送る韓愈という情況を踏まえて作られている點で共通している。前者は古樂府の「有所思」に題を借りているので、女性のイメージを含ませながら、別れの思いを詠っている。その意味では、孟郊の旅立ちという具體的な事情を直接承ける內容にはなっていない。しかし後者の場合は、「四方は各おの俗を異にす、異に適くは將《ねが》う所に非ず。駑蹄は挫秣を顧りみ、逸翮は稻粱を遺《わす》る」というやり取りによって、安定した場所（職）を持つ韓愈とそれを持たないが故に旅立つ孟郊との立場の違いが示されている。それに續くやり取りでも、官僚として「ともに翔たかった」と詠う孟郊に、職に在るが故に獨り取り殘されると答える韓愈、活躍を期待する孟郊に、君は正しい處世を知っていると詠う韓愈という具合（韓愈の口吻には「醉いて東野を留む」詩と通じるものを感じる）

に、互いの立場を踏まえつつ、そして相手を立てつつ、句を付け合っている。韓孟聯句の一つの特徴である、二人の感情の交流が明瞭に見て取れる。表現について見れば、自分の感性に従って、やや生硬な言葉遣いも避けないという點では、ともに共通點を持つが、感情的な面をより表に出す孟郊と、故事や典據を用いて學や理に傾いた面を持つ韓愈の特徴とが、こうしたやり取りの中にも窺えることは注目して良いだろう。

ところで、この二首の背景に孟郊の旅立ちという事情が含まれているのだとすれば、それは何時のことになるのだろうか。その點について、具體的に踏み込んだ議論は無かった。錢仲聯氏の『韓昌黎詩繫年集釋』では、元和元年に集中的に聯句制作がなされていることを踏まえて、この二首も取りあえず同年の作に含めており、先行論文でもその繫年が受け繼がれてきている。しかし孟郊の旅立ち、しかも志を得ないままの旅を、聯句制作の背景の事情と考えるのであれば、元和元年には當てはまらない。その事情に該當する時期を考えれば、「遠游聯句」が作られた貞元十四年の初春が想起されることになる。

「遠游聯句」は、宣武軍行軍司馬であった陸長源を頼って暫く汴州に居た孟郊が、その境遇に見切りをつけて江南への旅に出る時に、宣武軍の觀察推官であった韓愈と、やはり汴州に居た李翺との三人で行った聯句である(7)。但し全體で七八句に達する長編であり、初めは二句交替でありながら、途中から一〇句以上續けて句を繫ぐなど、從來の聯句の形式とは全く異なった樣相を見せている。しかも李翺は僅か二句のみで、韓愈と孟郊が三八句ずつと、ほとんど二人でやり取りしているのである。そうした奔放さから見ると、先の二首とは次元の異なった作品であるように映る。しかしその一方で、孟郊の旅立ちという事情以外にも、なお共通する點が認められる。一つはその題である。「遠遊」という題は、言うまでもなく『楚辭』「遠遊」篇に基づいている。但しそれは一首の筋立てや、個々の表現にまで影響を與えるものではなく、志を得ずに江南へ向かう孟郊の旅に一つの型を與えているに過ぎない。しかしこのことは、先の「有所思聯句」が古樂府の「有所思」に題を借りて發想されていることと共通する點と言えるだろう。「遣興聯句」にしても、樂府題ではないが、「遣興」が杜甫以來一つの型を持っており、それに即して詠われているという點で、共通の側面があると言いうる。二人の聯句は後になると「納涼」「秋雨」「鬪鷄」などの時令や、「城南」「征蜀」などの地名や事件のように、より具體的な題をつけるようになる。その點で、「遠遊聯句」と竝んで初期的な性格を感じさせるのである。また作品の內容にも、共通する側面が認められる。比較のために「遠遊聯句」を引いてみよう。長いので、幾つかの段落に區切って見てゆくこととする。

01別　腸　車　輪　轉　　　　別腸　車輪轉ず
02一　日　一　萬　周（郊）　　一日　一萬周
03離　思　春　冰　泮　　　　離思　春冰泮《わか》れ
04瀾　漫　不　可　收（愈）　　瀾漫として收むべからず
05馳　光　忽　以　迫　　　　馳光　忽ち以て迫り
06飛　轡　誰　能　留（郊）　　飛轡　誰か能く留めん
07前　之　詎　灼　灼　　　　前み之くは　詎ぞ灼灼たる
08此　去　信　悠　悠（翺）　　此より去れば　信に悠悠たり

（大意）
別れの悲しみは車輪のように我が腸をめぐり、一日に一萬回もまわる。別れの悲しみは春の薄氷がばらばらに分かれるように、後から後からと廣がって收めようもない。馳せて行く太陽のために別れの時は忽ちに迫ってくる。飛び立つ馬の轡を誰も止めようが無い。先へと進んで行くのがどうして輝かしいことだろうか、ここを去れば（旅路は）まことに遠く果てしない。

冒頭の二句は孟郊らしい惜別の表現である。漢の「古歌」の「腸中に車輪轉ず」を踏まえた表現は彼の愛用のものであり[8]、「一日一萬周」という誇張もその好みである。しかし、「腸」という生々しい表現が用いられてはいるが、この二句は先の「有所思聯句」の冒頭二句と同じ感情の表出であると言えはしないだろうか。樂府的な性格を持たせた「有所思聯句」と『楚辭』の型を踏んで悲壯に旅立とうとする「遠遊聯句」とでは、自ずから選ばれる表現は異なるが、發想とそれを支える感情には共通するものを感じさせる。なお付言すれば、冒頭四句のやり取りは、孟郊が愛用の表現を用い、かつ「別腸」という生硬な語をぶつけて讀者の目を奪うのに對し、韓愈は同じ意味でもより一般的な「離思」を配し、全體に穩やかに見える表現で應えている。しかし孟郊が圓運動で內に籠もった形で表した別れの哀しみを、放射狀に解き放つように言い換え、後から後から沸き起こって止めどない思いを「瀾漫」と表現しているのは、泣みの感性ではない。わずか四句であるが、凝結する孟郊に對して豐穰にわき上がる韓愈[9]という、兩者の個性が端的に表れている點で注目される。また先の二首と比較するなら、表現に深みが出ており、彼らが聯句としてふさわしい應酬を模索して、それを手に入れつつあったことを思わせる。孟郊、韓愈と句を繫いだのであるから、從來の聯句であれば、次はもう一人の參加者である李翺の番になる。しかし再度孟郊が出發の迫ったことを言う句を付け、そこで李翺が別れを惜しむ意を籠めた句で應じている。但し、李翺の句は韓孟の句に比べてぎこちないし、あまりよく分からない。やはり詩は得意でなかったのだろう。

09楚 客 宿 江 上　　楚客　江上に宿り
10夜 魂 棲 浪 頭　　夜魂　浪頭に棲む
11曉 日 生 遠 岸　　曉日　遠岸に生じ

12 水芳綴孤舟　　水芳　孤舟に綴《つら》なる
13 村飲泊好木　　村飲　好木に泊まり
14 野蔬拾新柔　　野蔬　新柔を拾う
15 獨含悽悽別　　獨り悽悽たる別れを含み
16 中結鬱鬱愁　　中に鬱鬱たる愁いを結ぶ
17 人憶舊行樂　　人は憶う　舊《かつ》て行樂するを
18 鳥吟新得儔（郊）　　鳥は吟ず　新たに儔を得たるを
19 靈瑟時窅窅　　靈瑟　時に窅窅たり
20 霧猿夜啾啾　　霧猿　夜に啾啾たり
21 憤濤氣尚盛　　憤れる濤　氣は尚お盛んに
22 恨竹涙空幽　　恨みの竹　涙は空しく幽《ふか》し
23 長懷絶無已　　長懷　絶《こと》に已む無く
24 多感良自尤　　多感　良に自ら尤む
25 卽路渉獻歳　　路に卽きて獻歳を渉り
26 歸期眇涼秋　　歸期は涼秋に眇《はる》かなり
27 兩歡日牢落　　兩歡は日びに牢落たり
28 孤悲坐綢繆（愈）　　孤悲は坐ろに綢繆たり

（大意）

楚の旅人は長江のほとりに宿り、夜に動く夢魂は波頭に休む。朝日が遠い岸邊に昇り、水草が孤獨な舟についてくる。村で酒を飲んでは身を覆ってくれる樹の下で夜を過ごし、野にある蔬菜の柔らかな新芽を摘みとる。（こうして旅を樂しんでいるようでも）私は獨り別れている悲しみを懷き、胸中に鬱々とした愁いを結んでいるのだ。私は以前友人達と樂しい時を過ごしたことを想い、鳥は新たに仲間を得たことを嬉しげに歌っている。（楚の地では湘水の女神の）靈妙な瑟の音が時に響き渡り、姿の見えない手長猿の聲が夜に哀しげに聞こえてくる。（屈原の怨みは）逆巻く浪に今も盛んに殘り、（湘妃の）恨みの（思いが殘る）竹には涙の痕が空しく殘っている。久しい思いは決して盡きることなく、物事に感じやすいため自分で自分を責めてしまう。旅に出て新しい年の初めを過ごし、歸ってくるのは遙かな涼秋の時節。一緒に過ごす樂しみはこうして日々少なくなり、孤獨な悲しみがいつのまにか心にまとわりついてくる。

ここで二句ずつ交替する原則が突然破られ、江南を旅する自らの様子を描く孟郊の句が一〇句にわたって續く。この後は孟郊と韓愈の二人のやり取りに移っており、句數も一〇、一〇、八、八、一六、一八と奔放に變化している。ここに至って、從來にない新しい聯句の形式が見いだされたと言えるだろう。李翺を加えておきながら結局彼を無視した形になっているが、それは端的に言えば、李翺の詩人としての力量不足が原因であったと思われる。そして從來の形式に則って作ろうとしながら、それが果たせなかったことで、むしろ自由に句を繫ぐ形式へと進んだのではなかろうか。なお孟郊の一〇句は、旅の途次に見るであろう江南の情景とそこでの自分の行動、および孤獨な胸の內をとくに難解な表現を用いることなく描いているが、これに對する韓愈の一〇句では、故事を踏まえつつ「霽猿」「憤濤」「恨竹」など造語と思われるような生硬な語を連ねて、「遠游」にふさわしい愁いの籠もった江南の地を描き出している。

29 観怪忽蕩漾　怪を観れば忽ち蕩漾たり
30 叩奇獨冥搜　奇を叩きて獨り冥搜せん
31 海鯨呑明月　海鯨　明月を呑み
32 浪島沒大漚　浪島　大漚に沒す
33 我有一寸鉤　我に一寸の鉤有り
34 欲釣千丈流　千丈の流れに釣らんと欲す
35 良知忽然遠　良知は忽然として遠く
36 壯志鬱無抽（郊）　壯志は鬱として抽く無し
37 魍魅暫出沒　魍魅は暫《にわ》かに出沒し
38 蛟螭互蟠蟉　蛟螭は互いに蟠蟉す
39 昌言拜舜禹　昌言もて舜禹を拜し
40 擧颿凌斗牛　颿を擧げて斗牛を凌ぐ
41 懷糈餽賢屈　糈を懷きて賢屈に餽り
42 乘桴追聖丘　桴に乘りて聖丘を追う
43 飄然天外歩　飄然たり　天外の歩
44 豈肯區中囚（愈）　豈に肯えて區中の囚たらんや

（大意）

怪異を目にすれば忽ち詩想は廣がって行き、奇拔な發想を求めて獨り探し回るのだ。海の大魚が明月を飲み込み、波間の島が大きな泡の中に沒する（そんな景色を見ることだろう）。私に一寸の（心の）鉤が有るから、これで千丈の流れで（想を求めて）釣りをしたい。（だが）良い友達は突然遠くなってしまい、壯んな志も結ぼれて伸ばすことができない。

山の精靈は忽ちのうちに出沒し、川の蛟龍たちは互いにとぐろを卷いている（そんな妖しい出來事に出逢うだろう）。（しかし君は）今に殘る明らかな言葉を胸に舜、禹に拜禮し、帆を高く上げて斗牛（に應じた吳楚の地）を越えて行く。粽を手に賢臣の屈原を祭り、筏に乘って聖人の孔丘を追いかける。束縛を離れて自由に天の外まで步を進めるのだ、どうして君が人間社會の中に閉じこめられているだろうか。

先の韓愈の詩句に刺激されたものか、續く孟郊の句では、「怪を觀れば忽ち蕩瀁たり、奇を叩きて獨り冥搜せん」と、そうした江南の地で怪奇を探り、それを文學として表現する意思を表明して、この聯句の一つの山場を形成している。「城南聯句」が典型的であるが、こうした文學的な表現の探求と、その姿勢の表明は、二人の聯句の主要なテーマとなるのであり、その特徴がここですでに認められることは注目されよう。この後韓愈は角度を變え、吳楚の地に解き放たれて、舜、禹、屈原、孔子らの聖賢を追い求める郊の姿を描いて應じている。それは文學から政治への轉換であるとともに、聯句の展開の上では「遠游」から歸還への轉換ともなっている。

45 楚 些 待 誰 弔　　楚些　誰が弔いを待つ
46 賈 辭 緘 恨 投　　賈辭　恨みを緘《つつ》みて投ず
47 翳 明 弗 可 曉　　明を翳いて　曉るべき弗ければ
48 祕 魂 安 所 求　　祕魂　安くにか求むる所ぞ
49 氣 毒 放 逐 域　　氣は毒す　放逐の域

50 蓼雜芳菲疇
51 當春忽淒涼
52 不枯亦颼飀
53 貉謠衆猥欸
54 巴語相咿嘎
55 默誓去外俗
56 嘉願還中州
57 江生行既樂
58 躬輩自相勠
59 飲醇趣明代
60 味腥謝荒陬（郊）
61 馳深鼓利檝
62 趨險驚蜚輶
63 繫石沈靳尙
64 開弓射鴟吺
65 路暗執屛翳
66 波驚戮陽侯
67 廣泛信縹緲

蓼は雜う　芳菲の疇
春に當りて忽ちに淒涼たり
枯れざるも　亦た颼飀たり
貉謠　衆くは猥欸たり
巴語　相い咿嘎たり
默誓して　外俗を去り
嘉願もて　中州に還らん
江生ずれば　行くゆく既に樂しみ
輩を躬《みずか》らして　自ら相い勠《あわ》せん
醇を飲みて明代に趣き
腥を味わいて荒陬に謝せん
深きに馳せて　利檝を鼓し
險しきに趨りて　蜚輶を驚かす
石に繫ぎて靳尙を沈め
弓を開きて鴟吺を射る
路暗ければ屛翳を執らえ
波驚けば陽侯を戮す
廣く泛びて信に縹緲たり

68高行恣浮游　高く行きて恣に浮游す
69外患蕭蕭去　外患は蕭蕭として去り
70中悒稍稍瘳　中悒は稍稍として瘳えん
71振衣造雲闕　衣を振るいて雲闕に造り
72跪坐陳清猷　跪坐して清猷を陳べん
73徳風變讒巧　徳風は讒巧を變え
74仁氣銷戈矛　仁氣は戈矛を銷す
75名聲照四海　名聲　四海を照らし
76淑問無時休　淑問　時として休《や》むこと無し
77歸哉孟夫子　歸らんかな　孟夫子
78歸去無夷猶（愈）　歸り去ること　夷猶する無かれ

（大意）

楚辭（を書いた屈原）は誰の弔いを待っているのか。賈誼の文は恨みを包んで汨羅へ投じられた。賢明な諫言を覆い隠して悟らないのであれば、隠れた魂は現れず、尋ねようもない。（屈原が）放逐された地域は瘴氣が害毒を及ぼし、蓼（のような惡草）が芳しい草の畦に混じっている。春となっても突然（秋のような）荒れた寂しい様子を見せ、草木は枯れないまでも、ヒューヒューと冷たい風の音がする。蠻族の歌にはエイヤアの掛け聲が多く、巴の地の言葉はウーウーと聞こえるばかり。心に誓って邊地の習俗に別れ、良い願いを立てて中原の地に還ろう。長江に水が満ちてきたら北への旅を楽しみとし、自ら車を走らせ、力を合わせて還ってこよう。芳醇な酒を飲んで聖明な天子の元へ赴き、生臭い食物を味わった僻遠の地に別れを告げよう。深く水をたたえた川に櫂を動かして速く舟を走らせ、険しい山道に輕やかな車を羽ばたくように馳せる。石に繋いで讒者の靳尙を川に沈め、弓を引いて惡人の鵩叟を射殺す。道が暗いと（雨を降らせる神の）屛翳を捉えて罰し、激しく波立てば（波の神の）陽侯を殺す。廣々とした水面に浮かんで信に果てなく動き、高い山道を馳せて自由に浮遊しているかのよう。外界の憂いは少なくなって消えてゆき、胸の愁いもだんだんに癒える。衣を振るって（新しい氣持ちで）宮殿の門に至り、跪いて天子に優れた獻策を奉る。（君の）德は人々を敎化して讒言や巧智を變えさせ、仁愛の心は爭いの道具である矛をも無くしてしまう。名聲は四海にも遍く屆き、良い評判は已むことがない。歸ってきたまえ、孟夫子。歸ってくることに躊躇してはならない。

孟郊はここでも韓愈の詩句を承けるが、前半の八句は屈原の恨みの籠もった土地柄であることを述べ、後半八句では異民族が多いことを擧げ、吳楚の地も長く留まる場所ではないことを示して、都への歸還を願う氣持ちを表す。そして韓愈も、孟郊の能力を褒め稱え、少しでも早く戾って朝廷のために役立つことを期待して一首を締めくくっている。この部分の兩者のやり取りは、『楚辭』でも「招魂」篇への連想が働いているのかもしれない。なお最後の韓愈の褒辭には、いささか過ぎた感が否めないが、これは聯句という形式の持つ言祝ぎ的な性格の表れでもあるだろう。

さてこのように、「遠游聯句」は旅立つ孟郊と見送る韓愈の對話のように進められており、その點で、先の二首とも共通する內容を持つと言うことができる。但し、互いの付け句に刺激を受け、制約を設けずに句を繫いで、新たな展開をもたらすという點は、大きな特徵として注目される。數人が型通りに交替する從來の聯句では、こうしたやり取りの妙味は望めないものであり、この「遠游聯句」の試みで、二人は聯句の持つ新たな可能性に氣づいたと言えるのではなかろうか。

こうした點から考えると、「有所思聯句」と「遣興聯句」の二首は、孟郊が江南に旅立つ時に、「遠游聯句」に先だって行われた聯句だったと推測される。「遠游聯句」が貞元十四年の初春の作であるから、孟郊が旅立ちの意志を固めた十三年秋以降の作であろう。それでは「劍客の李園に贈る聯句」はどうであろうか。これは若干性格が異なっている。具體的な人名を題に持ち、それに卽して詠われているからである。但し肝心の「劍客の李園」については何も分からない。また「劍客」は通常は劍術に優れた人を言うが、内容はむしろ鑄劍の腕の素晴らしさを言うように見える。この點も疑問としておきたい。

01天地有靈術　　　天地　靈術有り
02得之者爲君（郊）　これを得たる者は君爲《た》り
03築爐地區外　　　爐を地區の外に築き
04積火燒氛氳（愈）　積火　燒くこと氛氳たり
05照海鑠幽怪　　　海を照らして幽怪を鑠かし
06滿空歊異氛（郊）　空に滿ちて異氛歊《あ》がる
07山磨電奕奕　　　山に磨けば　電は奕奕たり
08水淬龍蝹蝹（愈）　水に淬《にら》げば　龍は蝹蝹たり
09太一裝以寶　　　太一は裝するに寶を以てし
10列仙篆其文（郊）　列仙は其の文を篆す
11可用懾百神　　　用て百神をも懾《おど》すべし
12豈惟壯三軍（愈）　豈に惟に三軍を壯んにするのみならんや

13有時幽匣吟　　時に有り　幽匣の吟
14忽似深潭聞（郊）　忽ち深潭に聞くが似し
15風胡久已死　　風胡は久しく已に死すれば
16此劍將誰分（愈）　此の劍　將た誰か分かたん
17行當獻天子　　行ゆく當に天子に獻ずべし
18然後致殊勳（郊）　然る後に殊勳を致さん
19豈如豐城下　　豈に豐城の下にて
20空有斗間雲（愈）　空しく斗間の雲有るが如くならんや

（大意）
天地の中には靈妙な術があるが、それを會得しているのは君だ。爐を大地の外に築き、集めた火を壯んに燃え立たせる。その火は海を照らして隱れ住む怪物を溶かし、珍しい氣が立ち上って大空に滿ちる。山肌で劍を磨くと稻妻がきらりと輝き、水中で劍をにらぐと龍となってうねうねと動く。太一神はその劍を寶玉で飾り、居並ぶ仙人は篆書で銘を記す。この劍であれば八百萬の神々をも畏れさせるだろう、どうして三軍の士氣を壯んにするだけであろうか。（この劍は）時に暗い箱の中でうなり聲をあげるが、それはふと深い淵で聞く龍吟を想わせる。名匠の風胡子は死んで久しいので、この劍の値打ちを一體誰が見分けるのか。いずれは天子に獻上するのがよい。そうすれば後に優れた勳功を立てるだろう。豐城の地に埋もれて、空しく斗牛の間に雲氣を屆かせるようになることなどない。

このように、この作品は劍の素晴らしさを樣々な角度から詠っている。劍は孟郊が最も愛するイメージの一つであり、制作の背景は明らかでないものの、それもテーマとして選ばれた一因であったのかもしれない。四句ずつ小さな纏まりを持ち、敍述の展開は分かりやすい。「風胡」「豐城」など、韓愈が故事に基づく句を付けるところは相變わらずだが、孟郊が先導して韓愈が應じる呼吸は、ぴったりと合っていると感じられる。ところでこの聯句の制作時期であるが、「李園」が不詳である以上手がかりは無い。ただ二句交替という從來の形式が守られていること、賦詠の作であっても元和元年の作品に比べて表現がおとなしいことなどから考えれば、やはり初期の作と見て良いだろう。先の二首との先後は不明だが、別集での配列順を重視すれば、後の作なのではなかろうか。

最後に「莎柵聯句」についても検討しておこう。

「莎柵聯句」

01冰 溪 時 咽 絕　　冰溪　時に咽絕し
02風 櫪 方 軒 擧（愈）　　風櫪　方に軒擧す
03此 處 不 斷 腸　　此處にて斷腸せざれば
04定 知 無 斷 處（郊）　　定めて知る　斷つ處無きを

（大意）

凍りついた溪谷は時に咽び泣くように流れの音をとめ、風を受けた櫟は今しも高く枝葉を舞わせている。この場所で腸の斷ち切れるような悲しい思いをしないなら、きっと斷腸の思いをすることなど無いと分かるのだ。

僅か四句であり、韻文としては五言絶句とともに最も短い形式である。それだけに寒々とした光景と「斷腸」の語に集約された悲痛な思いが印象的である。この聯句の制作時期に關して、錢仲聯氏は「莎柵」という地名、および

「斷腸」の語を根據に、二人がともに洛陽に居り、かつ孟郊が子を亡くした元和三年頃と考えている。しかし筆者はこの點に關しても異論を呈したい。まず聯句の題となった「莎柵」であるが、これは洛水の上流で、洛陽からは西南西に七、八〇キロ離れた永寧縣に屬する地名であり、河南府の水陸運從事であった孟郊と河南縣令であった韓愈にとって、とくに緣のある場所とは言えない。また「斷腸」だけで子を亡くした悲しみと特定することにも無理がある。むしろこの地は長安と洛陽を結ぶ街道沿いの地であったことに注目すべきではないだろうか。その意味で考慮すべきなのは、權德輿が「硤石を發して路上にて却って內に寄す（發硤石路上却寄內）」詩（『全唐詩』巻三二九）で「莎柵より東に行けば　五谷深し、千峯　萬壑　雨　沈沈たり、細君　幾日か　路に此こを經れば、應に悲翁の相望む心を見るべし（莎柵東行五谷深、千峯萬壑雨沈沈、細君幾日路經此、應見悲翁相望心）」と詠っていることである。すなわち「莎柵」は、長安を離れて東へ旅する者にとって、「斷腸」の思いを懷かざるを得ないような、物寂しい景色の峽谷として知られた所だったと見られるのである。そうであれば、韓愈と別れ、一人洛陽へ向かう孟郊の氣持ちを詠じた內容と考えることも可能であろう。「冰溪」の語からこの場に臨むのは冬であると判斷でき、それは孟郊が鄭餘慶の招きに應じて洛陽に向かった時期とほぼ一致する。したがってこの作品は元和元年の冬、旅立つ孟郊と見送る韓愈の別れの際に作られたものと見る方がふさわしいのではなかろうか。またこの作品は五言四句のみであり、聯句としては最短である。それは「斷腸」の作であるからとも言えるだろうが、同時に最長の「城南聯句」を作ったのとは逆に、最も短い形式を試みるという意圖も含まれていたように思われる。二人の聯句は、結局これが最後の作品となるが、短期間に集中的に聯句制作を行った、その文學的な感興の締めくくりとしては、むしろふさわしい終わり方だったと言えるのではないか。

すでに指摘されているように、聯句を試みることを持ちかけたのは、若年時に皎然と交流があった孟郊の側であろう。本節でいずれも貞元十三年秋から十四年春にかけての作と推定した「有所思聯句」以下の三首と、それに續く「遠游聯句」は、みな孟郊が詠い起こしていること、そして彼が詠いかけて韓愈が應えるという流れを持つことに、その事情が表れているだろう。(10) 皎然らの詩壇において行われた聯句を見た孟郊は、韓愈という好敵手を得て、自分たちでも試みようとしたのだろうが、その面白さを知るにつれ、形式の制約が詩想を妨げることにも氣づいたのではなかろうか。元來は宴席での餘興であり、會合の喜びを共有することが聯句の本來の姿である。しかし句を繋ぐ面白さを追求する立場からは、一定の句數で交替し、かつその順を守ることは、むしろ興を殺ぐ恐れがあった。「遠游聯句」でそのことに氣づいたであろう二人は、元和元年の再會時に「會合聯句」によってもう一度他者を交えた聯句を試みたが、そこでも結局二人だけのやり取りに行き着いてしまっている。この二回の經驗で、彼らは自分たちだけがこの文藝の面白さを理解でき、その可能性を試す力があると考え、その後二人だけで徹底的に聯句の可能性を追求することになったのだと思われる。そして、從來のルールにとらわれず、テーマも句法も全く新しい聯句を次々と試みたのである。孟郊の集に收められた「有所思聯句」以下の三首は、彼らの聯句制作から見ると恐らく最も早い、そう言って良ければ習作に屬する作品であろう。しかし、大曆期の皎然らの聯句から韓孟獨特の聯句に至る筋道を考える上では、貴重な存在と言うことができる。

三　韓孟聯句の特徴と展開

「遠游聯句」、「會合聯句」での試行錯誤を經て、聯句の文學的な面白さを發見した孟郊と韓愈は、互いの腕を競い、表現を鍛錬する場として用いることで獨自のスタイルを確立した。二人の聯句が、その後どのように展開し、どのような意義をもたらしたかを、次に檢討したい。

「會合聯句」の後、「納涼聯句」「同宿聯句」「雨中孟刑部幾道に寄す聯句」「秋雨聯句」「城南聯句」「鬪鶏聯句」「征蜀聯句」「莎柵聯句」と續く餘人を交えない聯句の中で、二人は競作意識を前面に出して表現の鍊磨を行っている。それは新たな文學の可能性の模索であり、また好敵手を得て競い合う喜びの發露でもあった。「同宿聯句」（三四句）の最後で、孟郊は次のように締めくくっている。

31清 琴 試 一 揮　　清琴 試みに一たび揮《ひ》けば
32白 鶴 叫 相 喑　　白鶴 叫びて相い喑《ぎん》ず
33欲 知 心 同 樂　　心に樂しみを同じくするを知らんと欲せば
34雙 繭 抽 作 紝　　雙繭の抽きて紝《はたいと》を作すがごとし

（大意）

清らかな音色の琴を試みに彈いてみれば、白鶴が鳴き聲をあげて合わせてくれる。（聯句によって）心で樂しみを共にするということは、二つの繭から絲を紡いで、それを合わせて織り絲にするようなものなのだ。

これはまさに相手に呼應する心、ともに紡ぎ出す喜びを歌うものであろう。相手の句に感動しつつ、それに應える句を繋ぎ、互いに競い合って一編の作品を織りなしてゆく樂しみがよく表現されていると思われる。

先行研究の成果をも踏まえながら、二人の聯句の特徴について纏めてみると、概ね以下の點が指摘されよう。まず主題については、賦詠的な題を設定している點に一つの特徴がある。從來の聯句では宴集、送別など、作品の背景となる情況を一篇の主題とするのが一般的であった。二人の聯句でも、「遠游聯句」「會合聯句」などは別れや再會という、參加者の個人的な事情、感情が制作の主たる動機となり、主題にも反映されている。先の「同宿聯句」のように、そこにかいま見える感情の交流も二人の聯句の魅力の一つであった。しかし、そうした互いを意識した表現が見られるのは「雨中孟刑部幾道に寄す聯句」あたりまでで、「秋雨聯句」以降は時令、時事などの主題を設定して、それをめぐって表現を凝らすという方向が強まっているのである。賦詠的な題は以前からあり、また劉禹錫、白居易らの聯句でも見られるが、韓孟聯句では奇拔な發想を生み、表現を雕琢する據り所として主題を設定しているのであり、取り組み方が大きく異なっている。

次にその句法について見れば、いずれも五言句でありながら、各自の擔當句數を限定していないことは大きな特徴であり、韓孟聯句の新しさである。從來の聯句では同じ句數（二句か四句。柏梁體のように一句の場合もある）を擔當して交代するのが一般的であり、途中で意圖的に變えられることはまず無かった。[11]二人の聯句では、一篇の作品の中で自在に變わるだけでなく、一回に擔當する句數も徐々に増える傾向が見られる。これは興に乘って句を繫いでいたことを示しているのだろう。形式よりも興の在りかを重んじる、二人の聯句の個性がよく表れた點と言える。また「城南聯句」の句法である、いわゆる跨句體を試みたことも特筆すべき點である。相手の出した句に對を付けることは、幼少から對句の訓練をしている彼らにとって造作もないことかもしれないが、それを長く續けることは決して容易ではないだろう。「城南聯句」は表現技法を凝らしつつ三〇六句に及ぶ長編に仕上げており、二人の聯句の代表作品と評されるのも當然と思われる。新たな句法の追求が、文學樣式に新しい命を注いだ好例と言えるのではないか。なお跨句體は、唐代では皮日休、陸龜蒙らの聯句に一例が殘るだけだが、宋代では後に掲げる蘇舜元、蘇舜欽兄弟の作を始め、幾つか興味深い作例が見られる。

韻の用い方についても新しさが認められる。『容齋四筆』巻四の「會合聯句」條に、そこで用いられた韻字が基本的に上聲二腫に收まっていることの巧みさが述べられているが、[12] そのように險韻を用いることに積極的に挑戰したことは、韓孟聯句の大きな特徴である。それだけでなく、韻字も敢えて用例の少ない、險怪な字を選ぼうとしている。また二人の聯句では、同一の韻目を重ねて用いる例が無い。[13] これも注目すべき點である。劉禹錫、白居易らの聯句では、同じ韻目が何度も用いられるだけでなく、韻字についても襲用されている例が少なくない。[14] また同一作品中に同一韻字を重ねる例も見られる。劉、白らの場合は、おそらく座を樂しむために制約を設けず、使いやすい韻字を用いたのだろうが、これと比較すれば、用韻の點からも、韓孟聯句が困難さに敢えて挑み、表現の鍛錬を目指していたことが明らかであろう。

表現について言えば、その用語の新しさを特筆すべきだろう。安定した詩語を敢えて避け、從來にない生硬な語、また奇抜な表現を模索する態度が顯著であり、それが大きな特徴である。とくに使用例の少ない文字を取り入れたり、熟語の片方を同様の意味を持つ別の語に置き換えて、生硬な語感を出す試みが多用されている。代詞を用いて言葉を凝縮し、一句の持つ意味内容を增やす試みもなされている。また擬音語、擬態語が頻用されるのは聯句一般に認められることだが、[15] 韓孟聯句ではそれが一層效果的に用いられており、かつ前例の見出しにくい語も少なくない。これも特徴の一つである。そのようにして彼らが見出した新しい詩語の多くは、宋代の詩人たちにも襲用されており、宋詩の風を拓く一つの據り所となっている點でも注目される。

從來韓孟聯句の代表作品は「城南聯句」であると認識されているし、筆者も同じ見解を持つ。群を抜く長編でありながら緩みが無く、文學創造に對する熱意と自信とが語られること、また以上に述べた二人の聯句の特徴をよく備えていることなどから、代表作とするのにふさわしい。ただ、他の作品が「城南」の陰に隠れてしまうかと言うと、必ずしもそうではないだろう。新しい要素を取り入れようとする試みは、それぞれの作品で認められるからである。ここでは賊軍の征討を主題とする「征蜀聯句」に着目し、この作品が持つ意義について検討してみたい。

「征蜀聯句」は韓孟聯句の中で唯一時事的な主題を持つ作品である。背景となる事件は、永貞元年（八〇五）八月に剣南西川節度使の韋皐が死んだ後、行軍司馬の劉闢が留後を自稱して朝命に反する行動に出たため、翌元和元年正月に高文崇を討伐に派遣し、九月に成都を陥落させて劉闢を捉えたというものである。同年五月に夏州の楊惠琳を討伐したことと合わせて、藩鎮に嚴しい姿勢で臨んだ憲宗の施策が功を奏した最初の事例であった。德宗の時代には、河朔三鎮など命を拒む藩鎮に對しても有效な手だてを打てぬままであったから、憲宗の強硬姿勢は朝廷内外に新鮮な印象を與えた。韓愈、孟郊もこの蜀征伐に竝々ならぬ關心を懐いていたようである。長安で再會して間もない「會合聯句」では、孟郊が「國讎　未だ銷鑠せず、我が志は邛隴を蕩《たい》らぐるにあり（國讎未銷鑠、我志蕩邛隴）」と詠って、韓愈が「君が才は誠に倜儻たり、時論は方に洶溶たり（君才誠倜儻、時論方洶溶）」と受け、また「秋雨聯句」（七六句）では、韓愈が「因りて思う　征蜀の士の、未だ戎旃を濕らすを免れざるを。安んぞ得ん　商飆を發し、廓然として宿靄を吹くことを。白日　大野に懸かれば、幽泥　輕壒と化せん。戰場　暫くのうちに一たび乾き、賊肉は行くゆく膾にすべし（因思征蜀士、未免濕戎旃。安得發商飆、廓然吹宿靄。白日懸大野、幽泥化輕壒。戰場暫一乾、賊肉行可膾）」と詠うなど、繰り返し言及されている。それは新しい政治の方向を感じさせる事件だからというだけでなく、そうした朝廷に活躍の場所を得たいという思いの表れでもあったろう。この時なお職を得ていなかった孟郊のみならず、朝官に復したとは言え國子博士に止まった韓愈にとっても、戰役に參加してでも名を擧げたい氣持ちだったのではないか。後に見るように、韓愈は翌元和二年正月に、「征蜀聯句」と同じ主旨を持つ「元和聖德詩」（四言古詩、二五六句）を書いて獻上している。また後年には裴度の行軍司馬として、實際に蔡州征伐に參加してもいる。

さてこの聯句は、蜀平定後の元和元年十月に作られたと見られている。全體は八八句からなる長編であり、出師、戰闘、敵軍の壊滅と降伏、平定後の處置、そして勝利の言祝ぎという流れで構成されている。四句交替で詠い起こされるが、途中で六句、一〇句と増え、最後は一二句に至っている。なお、この聯句は韓愈が歌い起こし、かつ韓愈で終わっている。交互に數句ずつを付け合い、一方が歌い起こせば他方が締めくくるという聯句の原則と異なるのは、二人の間では唯一この作品だけであり、その點でも注目される。全編を掲げるが、長編であるので、短く切ってコメントを加えて行くことにする。

01日王忿違慠　　日《さき》ごろ　王は違慠に忿り
02有命事誅拔　　命有りて　誅拔を事とす
03蜀險豁關防　　蜀險　關防を豁き
04秦師縱橫猾（愈）　　秦師　橫猾を縱にす
05風旗匝地揚　　風旗　地を匝りて揚がり
06雷鼓轟天殺　　雷鼓　天に轟きて殺《はなはだ》し
07竹兵彼皴脆　　竹兵　彼は皴脆たり
08鐵刄我鎗𪘓（郊）　　鐵刄　我は鎗𪘓たり

（大意）

先ごろ天子は（劉闢が）命に背いて傲ったたまねをしたことにお怒りになり、敕命を發して討伐の軍を派遣された。蜀の地に通ずる險しい道の關所の守りを解き、秦を出發した天子の軍隊は自由奔放に暴れ回る。風を受けた旗は大地に連なってはためき、軍の太鼓は雷のように天にも轟くすごい音をたてる。竹製の武器を持つ蜀軍は脆弱であり、鐵の刃を持つ我が軍は強く鋭い。

この出師は王の征討であるという立場から詠い起こしている。「風旗」「雷鼓」の聯は、王の怒りを表すが、それゆえに征討軍は「横猾を縦にす」るのであり、彼我の戰力は「竹兵」と「鐵刃」の差ほど開きがあることになる。「皴脆」「鎗⿰齒韱」はともに他の用例を見出していない。「皴」は膚割れや皺を意味し、また「⿰齒韱」は齒の鋭いことを意味するので、それぞれもろさと鋭利さを表すのであろう。

09刑神咤犛旌　　刑神　犛旌を咤《しか》り
10陰燄颭犀札　　陰燄　犀札を颭《ゆる》がす
11翻霓紛偃蹇　　霓を翻して紛として偃蹇たり
12塞野澒坱圠（愈）　　野を塞ぎて澒《めぐ》りて坱圠たり
13生獰競掣跌　　生獰　競いて掣跌し
14癡突爭塡軋　　癡突　爭いて塡軋す
15渴鬪信⿸厂豕呶　　鬪に渴すること信に⿸厂豕呶たり
16噉奸何噢嗗（郊）　　奸を噉むこと何ぞ噢嗗たる

（大意）
處刑の神は軍旗を叱咤し、青白い鬼火が犀の皮の鎧を搖らす。虹色の旗を盛んに翻し、廣野を埋め盡くして途切れることなく連なっている。
荒々しく振る舞って競うように（敵の）出鼻をくじき、猪突猛進して爭うように（敵を）押しつぶす。（敵との）戰鬪を望む聲はまことに凄まじく、惡人どもを喰らってやろうと喉を鳴らせている。

王の征討には、當然ながら神の意志が働く。「刑神」は『國語』（晉語二）に見え、韋昭の注には「刑殺の神なり」とある。「陰燄」も神のおこす火であろう。「犛旄」は軍旗、「犀札」は犀甲と同じで、犀の皮を使った鎧である。神の意志がこのようであれば、兵士も自ずから戰いを望むことになる。15、16は兵士の意氣盛んな様子を形容するのだろうが、「瓟呶」「噢噌」ともに他の用例を見出していない。舊注では、前者を撃つ音の喧しいこと、後者を貪り飲みこむことと解する。なお、この聯句は入聲十四黠、十五鎋（同用）の韻を用いているが、韻が險韻であるだけでなく、「巘」や「噌」などのように、韻字も意圖的に險怪な字を選んでいることが分かる。(16)

17更呼相簸蕩　　更ごも呼びて相い簸蕩し
18交斫雙缺齾　　交ごも斫りて雙つながら缺齾たり
19火發激鋩腥　　火發して　鋩に激して腥く
20血漂騰足滑（愈）　　血漂いて　足を騰げて滑る
21飛猱無整陣　　飛猱　陣を整うる無く
22翩鶻有邪戛　　翩鶻　邪めに戛つ有り
23江倒沸鯨鯢　　江は倒しまに鯨鯢を沸かし
24山搖潰貙貏（郊）　　山は搖れて貙貏を潰す

（大意）

（敵は）互いに呼び合って搖れるように逃げ回り、切り付け合った刀はどちらも缺けてしまう。火花を散らして打ち付ける切っ先は血生臭く、流れる血に足を取られて滑ってしまう。

（天子の軍は）木々を飛び交う猿のように自在に動いて、決まった陣形をとらず、輕やかなハヤブサのように、斜めから意表をついた攻撃をしかける。長江はひっくり返って大魚を川面に押しだし、山が搖れて（猛獸の）貙や猰を押しつぶす（ように敵軍は壞滅する）。

王師の進撃によって、賊軍は一氣に崩壊してゆく。「飛猱」「翩鶻」は王師の柔軟で奔放な攻撃ぶりであり、そのために川が逆巻き、山が崩れるような大きな力が働いて、賊軍が壞滅するのである。「鯨鯢」は討伐されるべき「不義の人」（『左傳』杜預注）であるが、「貙猰」の方は熟語としての用例を他に見出せない。いずれも猛獸であることから「鯨鯢」同樣の意味を與えているのだろう。

25 中離分二三　　中ごろ離れて二三に分かれ
26 外變迷七八　　外に變じて七八に迷う
27 逆頸盡徽索　　逆頸　盡く徽索せられ
28 仇頭恣髡髗　　仇頭　恣に髡髗せらる
29 怒鬚猶䰈鬡　　怒鬚は猶お䰈鬡たり
30 斷臂仍敤敁（愈）　　斷臂は仍お敤敁たり
31 石潛設奇伏　　石に潛みて奇伏を設け
32 穴覰騁精察　　穴に覰いて精察を騁す
33 中矢類妖獌　　矢に中りて妖獌に類し
34 跳鋒狀驚豽　　鋒に跳びて驚豽に狀す
35 蹋翻聚林嶺　　蹋み翻りて林嶺に聚まり
36 斗起成埃圿（郊）　　斗《にわ》かに起りて埃圿と成る

（大意）

敵は中軍が二、三に分裂し、外側の軍勢は七、八に分かれて逃げ惑う。逆賊の頸はすべて縄に繋がれ、その頭は忿に刈られて丸坊主にされる。（死んだ兵の）鬚はなおも突き立つように伸びてボサボサ、斷ち切られた腕はまだピクピクと動く。

（天子の軍隊は手を緩めず）石に姿を隠して（敵の）意表を突き、穴から覗いて詳しく様子を窺う。矢に當たった敵兵の様は妖しい狒狒に類し、切っ先をかわして跳び上がる様子は驚いて逃げ出す猴に似ている。あちこち逃げ回って嶺の林に集まるが、急に立ち向かって來て、塵、芥のようにあっけなく退治される。

破れた賊軍は捕虜となり、また死體となって惨めな姿をさらす。「髡鬜」は丸坊主、「髩鬡」は亂れてぼさぼさの様子、「黖鼓」はぴくぴく動く様子である。このような雙聲、疊韻の擬態語を頻用して身體の様子を生々しく描き、グロテスクとも言える描寫を生み出している點は、韓孟聯句の表現の一つの特徴である。31〜34の四句も王師と賊軍の對比だが、手負いの野獸（「獑」「㹶」いずれも猿の類）の姿で描かれる賊軍は、武力のみならず知力でも王師に遠く及ばないことが示されている。實際は蜀の軍隊なのだが、まるで文明で劣る異民族との戰闘のように描いている。

37 旆亡多空杠　　旆は亡せて空杠多く
38 軸折鮮聯轄　　軸は折れて聯轄鮮し
39 剟膚浹瘡痍　　膚を剟《さ》して瘡痍を浹《あまね》くし
40 敗面碎剠刮　　面を敗りて剠刮を碎く
41 渾奔肆狂勷　　渾《まじ》り奔りて狂勷を肆にし
42 捷竄脫趫黠　　捷かに竄れて脫すること趫黠たり

43 巖鉤踔狙猿　　巖に鉤《か》けて狙猿を踔《お》とし
44 水漉雑鱣蝟　　水に漉《すく》いて鱣蝟を雑う
45 投奅鬧碚礊　　奅を投げて鬧がすこと碚礊たり
46 塡隍儹傪偺（愈）　　隍を塡めて儹として傪偺たり
47 強睛死不閉　　強睛　死すとも閉じず
48 獷眼困逾眦　　獷眼　困じて逾いよ眦《にら》む
49 爇堞熇歊熺　　堞を爇《も》して熇として歊熺たり
50 抉門呀拗闔　　門を抉りて呀として拗闔たり
51 天刀封未坼　　天刀　封じて未だ坼かざるに
52 酋膽慴前揠　　酋膽は慴れて前《さき》に揠《ぬ》けたり
53 跧梁排郁縮　　梁に跧《ふ》せて排ぶこと郁縮たり
54 闖竇揳窋窡　　竇に闖《はい》りて揳《ふさ》ぐこと窋窡たり
55 迫脅聞雑驅　　迫脅せられて雑驅するを聞き
56 咿呦叫冤魤（郊）　　咿呦として冤魤なるを叫ぶ

（大意）

（敵軍の）旗は無くなって竿だけが殘り、（戰車の）車軸が折れて車輪の外れていないものは少ない。（捕虜には）膚を突き刺して身體中傷だらけにし、顔に入れ墨や皮剝（の刑罰）を與えて損なわせる。入り亂れて逃げ走る者は慌てふためき、素早く隱れた者はずる賢く逃げ回る。しかし巖から鉤で猿をひっかけて落とし、水の中から魚や蟹を一緒くたにすくい取る（ように皆捕らえられる）。身を投げる（敵兵の）聲は山が崩れるようなものすごさ、掘り割りを埋めて積み上がっても（なお死ぬことを）憚らない。大きく見開いた眼は死んでも閉じず、獰猛な犬のような目は苦しげに睨み付ける。城の姫垣を焼いて熱氣が激しく立ち上り、城門を抉ってギギッと音を立てて開ける。（天子から託された）懲罰の刀の封が切られないうちに、臆病な賊将の魂は抜けてしまう。（賊臣たちも）梁に伏せて縮こまって竝び、穴が塞がるほど潜りこんで様子を窺っている。（そうした者たちの）追いつめられて逃げ回る聲が聞こえたが、やがてワーワーと泣きながら冤罪を訴える。

45、46二句は見慣れない文字が竝んで理解しにくいが、ここは錢仲聯氏の説に從って解釋した。47、48二句は破れた賊兵の様子だが、「強睛」「獷眼」ともに前例が見出せない。大きく見開いた目と敵意のこもった目の意味か（「獷」は荒々しくて人に馴れない犬の様子）。「郁縮」は縮こまるさま、「窋窡」も穴の中に縮こまって外を窺う様子という。死ぬまで抵抗する兵士と對比させて、劉闢とその近臣たちを殊更に不様に描いている。かくして賊将は捉えられ、王師が成都へ入城する。

57窮區指清夷　窮區　指して清夷たり
58兇部坐雕鎩　兇部　坐ながらに雕鎩せらる
59邛文裁斐亹　邛文　斐亹なるを裁ち
60巴豔收婠妠　巴豔　婠妠なるを收む
61椎肥牛呼牟　肥を椎《う》ちて牛は呼ぶこと牟たり
62載實駝鳴圓　實を載せて駝は鳴くこと圓たり

63聖靈閔頑嚚　聖靈は頑嚚なるを閔れみ
64燾養均草蔡　燾養すること草蔡を均しくす
65下書遏雄虓　書を下して雄虓を遏め
66解罪弔攣瞎（愈）　罪を解きて攣瞎を弔う
67戰血時銷洗　戰血　時ありて銷洗せられ
68劍霜夜清刮　劍霜　夜に清刮せらる
69漢棧罷囂闐　漢棧　囂闐たるを罷め
70獠江息澎汃　獠江　澎汃たるを息む
71戍寒絕朝乘　戍寒くして　朝に乘《のぼ》るを絕ち
72刀暗歇宵詧　刀暗くして　宵に詧するを歇む
73始去杏飛蠭　始め去りしときは杏に蠭の飛びしに
74及歸柳嘶蚻　歸るに及んで柳に蚻の嘶く
75廟獻繁馘級　廟に獻じて馘級繁く
76樂聲洞椌楬（郊）　樂聲は椌楬を洞《とお》れり

（大意）

邊境の地域は日ならずしてきれいに平定され、兇賊の率いた部隊は手を下すまでもなく傷つき損なわれた。邛の地の色鮮やかな錦を裁って（宮中に貢ぎ）、巴の地のふくよかで美しい女を（後宮に）納める。（宴會に供される）肥えた牛は打ち殺されてモウと叫び、荷車一杯の戰利品を運ぶ駱駝はアッアッと鳴く。聖天子は德義忠節を知らぬ者たちを哀れみ、民草を均しく慈しまれる。詔書を下して武威を收めさせ、罪を許して手や眼が不自由となった者たちを悲しまれる。

戰いで流された血はやがて洗い清められ、霜のように白く輝く劍は夜に磨き淨められる。漢から通じる棧道は補給のための騒がしい動きも止み、蠻地の長江は激しい波立ちを收める。城塞は寒々として朝の物見は行われず、刀は箱に仕舞われて夜の見回りも止められた。都を發った時には杏の花に蜂が飛んでいたが、歸ってみると柳の木に秋の蟬が鳴いている。宗廟に供えられた耳は數多く、莊重な音樂が始めから終わりまで演奏される。

朝廷に背いた首謀者らが征伐されれば、その地の人民には危害を加えないことは、王師たる所以である。「草蔡」は「艸蔡」と同じで、草の亂れ生じるさまとする兪樾の說に從い、民草の形容と解する。「虓」は虎の聲、「攣瞎」は手が彎曲したり視力を失った者を指す。こうして蜀の地は平定され、靜穩な狀態を取り戾す。「清刮」は磨き淨める意、「囂闐」は王師の兵站を守るために車馬が連なっていた狀態を言うのだろう。「獠江」は蜀江、「澎汃」は激しい波の音である。そして王師は凱旋し、宗廟に勝利の報告がなされる。「椌楬」はともに打樂器で、音樂の始まりと終わりの合圖に鳴らすものである。

ところで、蜀征伐という內容からはここで一段落であり、聯句として見ても、韓愈から始まったので孟郊で終わって良かったはずである。しかし先にも述べたように、韓愈がもう一度、しかも二句にわたって句を繫いでいる。

77 臺圖煥丹玄　　臺圖　丹玄を煥かし
78 郊告儼匏楷　　郊告　匏楷を儼かにす
79 念齒慰徽纆　　齒を念いて徽纆を慰め
80 視傷悼瘢痆　　傷を視て瘢痆を悼む

81休 輪 任 訛 寢　　輪を休めて訛寢に任せ
82報 力 厚 麩 秳　　力に報いて麩秳を厚くす
83公 歡 鐘 晨 撞　　公歡　鐘を晨に撞ち
84室 宴 絲 曉 抃　　室宴　絲を曉に抃《な》づ
85盃 盂 酬 酒 醪　　盃盂　酒醪を酬い
86箱 篋 饋 巾 帓　　箱篋　巾帓を饋る
87小 臣 昧 戎 經　　小臣　戎經に昧し
88維 用 贊 勳 劼（愈）　維《ここ》に用て勳劼を贊す

（大意）

樓台に飾られた功臣の繪圖は色遣いも鮮やかで、郊祭で（天に）平定を告げるのに立派に祭具を整える。年齢を思いやって老人たちを慰め、傷を見舞って負傷者を悼む。運送の仕事を休止して牛馬を自由にしてやり、苦勞に報いて飼い葉を增やしてやる。（天子主催の）宴會は朝から鐘磬を打ち鳴らし、室內では夜明けまで琴絃を搔き鳴らす。杯や鉢で酒の應酬をし、箱や籠に入れて褒美の織物が渡される。身分低い私は兵略の書には暗いけれども、文學をもってここに功績を褒め稱えるのだ。

「匏稭」は郊祭に用いる器具と敷物、「黴黧」は老人である。「休輪」二句は戰爭で使役した牛馬への處置で、「訛寢」は『詩經』「小雅・無羊」の「或いは寢ね或いは訛く」（毛傳に「訛、動也」と注する）に基づき、また「麩秳」は飼い葉を言う。「戎經」は兵書、「勳劼」は前例が見出せないが、勳功と盡力とを言うのだろう。この「勳劼」もそうだが、韓孟聯句では擬態語に限らず、雙聲、疊韻の響きを效かせながら生硬な熟語を組み立てる例が少なくない。

さてこの一段は盛代の言祝ぎであり、憲宗の德化に對する稱贊である。王師による蜀征伐を詠うのであれば、確かにここまで含めて初めて十全なものと言えるだろう。聯句としての妙味、表現の面白さは、それまでの戰闘場面に十分に表されているが、この聯句の主たる制作意圖は、むしろこの部分にあったと見て良い。四句、六句、一〇句と句數を增やしてきた流れからは、結びとして一二句は必要であったろうし、また對應させるために更に一二句を付け加えれば、かえって冗漫になる虞がある。孟郊には當然分かっていて、この纏めの部分を韓愈に讓ったのだろうし、韓愈もその意を受けて、國子博士としての挨拶を加えたのだと思われる。

改めて「征蜀聯句」の特徵を整理すれば、一つには戰爭をテーマとしたことがあげられる。聯句では前例となる作品は殘っていない。また戰爭の悲慘さや兵士の立場を歌う樂府、詩は多いが、このように討伐としての戰闘を詠い、勝利を言祝ぐ作品は、郊廟歌辭や鼓吹曲辭に類例は有っても、一般の詩歌には少ないであろう。しかもこの聯句では、戰闘と傷つき斃れる賊軍の樣子とが、誇張を交えつつ、繰り返し描かれている點も注目される。王師の討伐であるから、賊軍がもろくも潰えるのは當然であるが、あたかも一種の「遊び」のように、賊の姿を滑稽かつグロテスクに描いている。これは遊戲的な文學として成立した聯句の性格を生かして、あえて表現の面白さを追求したということであろう。そうすることによって、王師を讃え、賊を憎む姿勢が一層明らかになっている。戰いとその殘虐さを描くことは、同時期の作である「鬪鷄聯句」にも見られるが、それはあくまで鷄の形容であった。人間同士の戰いであり、かつ人々の耳目を集めた討伐を主題として取り上げたことに、この聯句の新しさがある(17)。

もう一つの特徵は、時事的な主題を取り上げて皇帝を稱贊していることである。二人の聯句はもとより以前の聯句でも、同時代の政治的な事件を題材として、皇帝へのメッセージを籠めた作品は無い。ところで、前述したように韓愈は翌年の正月に「元和聖德詩」を獻上し、夏州の討伐、蜀の平定、そして淄靑、徐濠二鎭の節度使が朝廷の人事を受け入れたことを取り上げ、憲宗の德を讚えて盛代を言祝いでいる。敍述の中心はやはり蜀征伐に置かれているが、戰鬪場面の描寫は「征蜀聯句」に比べると一般的であり、むしろ平定後の逆賊の處刑を生々しく描く點が注目される。それは反逆者に嚴罰が下されることを描いて、犯すべからざる皇帝の權威を稱揚するためであろう。そして詩の後半(句數の上では半分以上)は盛代を言祝ぐことに力を注ぎ、『詩經』の詩篇に範を取って、國子博士の立場から皇帝を讚える姿勢を明瞭に示している。[18] 聯句は正統的な文學とは認められていないので、そこでの發言は、それ自體では社會的な意義を持ち得ない。假に想定された讀者がいたとしても、あくまで私的なメッセージに止まるだろう。それゆえ韓愈は改めて四言詩という莊重なスタイルを用いて「元和聖德詩」を作り、憲宗による新政に期待し、自らの拔擢を願う氣持ちを明らかにしたのである。しかし翻って考えれば、これも「征蜀聯句」の經驗が有ったからこそ、より踏み込んだ内容になったという側面が有るのではないか。「征蜀聯句」の最後の部分を詠ずるとき、韓愈にはすでに「元和聖德詩」の構想が生まれていた可能性がある。聯句は座の文學であるがゆえに、遊びの要素が注目されるが、一方で「柏梁臺聯句」がそうであったように、盛代を言祝ぐという政治的な要素も持っていた。ただ、聯句の中で意圖的に政治的な發言がなされることはなかった。しかし「征蜀聯句」にはそうした政治的な意味合いを敢えて含ませたのであり、その點に聯句としての新しさ、注目すべき特徴がある。

なお表現について見ると、「遠游聯句」からすでに韓孟の個性が發揮され始めているが、賦詠的な性格が前面に出た「秋雨聯句」あたりから、意圖的に難解さが追求されるようになっている。この「征蜀聯句」でも、險韻に依り、生硬な印象の強い表現を多用するだけでなく、文字も意識して難解なものを選ぼうとしている。したがって造語と見られる用語が少なくないが、それゆえに言葉の持つ衝擊力は強められており、表現される意味内容も增幅されて、容易に嚙み砕くことができない「硬さ」を備えている。繰り返しになるが、この點にこそ前代、同時代はもとより、後代の聯句にも求めがたい、韓孟聯句の大きな特徴が有る。

二人の聯句は、孟郊が鄭餘慶の招きに應じて洛陽に去ったことで收束するが、ほどなく韓愈も河南縣令となって洛陽に赴くのであり、再度續けようと思えば出來る環境だったと思われる。しかしそうならなかったのは、このときのような熱意、高揚感をすでに持ち得なかったためであろう。また聯句という「實驗」を一通りなし得たという感觸があったのかもしれない。孟郊個人について言えば、次章で検討するように、洛陽へ移った後は連作詩に新しい魅力を見出していたと考えられる。韓愈にしても長編の古詩に新しい可能性を見出したと言えるのではないか。「元和聖德詩」はその表れであるし、少し先立つ「南山詩」も「或…若…」をくり返して遍く描き盡そうとするなど、意欲的な內容を備えている。それら彼の古詩を代表する作品が、聯句と相前後して生まれていることは見過ごせない。それぞれに、聯句の經驗が新たな詩を作り出すための糧となったと言えるだろう。「征蜀聯句」は、賊軍の平定を祝い、盛代を稱贊するというメッセージを盛り込んだことで、「柏梁臺聯句」とは異なった、時代にふさわしい政治的な意義を持つ聯句となった。本來的に祝頌と遊戲という二つの側面を持った聯句の、一つの到達點を形成したと言えるだろう。二人の長編の作品では、恐らく一番最後に作られたと見られるが、それにふさわしい力作であるとともに、時局に取材し、政治的な發言を含むという點で、他の聯句とは異なる意義を持つことになった。そのことがまた、彼らに聯句から次のステップへ進ませた一因ともなったように思われる。

四　韓孟聯句の後代への影響

彼らの聯句の試みは、後の詩人たちにどのように受け止められたのか。李賀の「昌谷詩」などに「城南聯句」の影響が見られるように[19]、韓孟聯句の構想力、表現方法、そして「獲得」された詩語は、同時代および後代の詩人たちに様々な影響を與えたと考えられる。しかし、それらの點を幅廣く檢討することは現在の筆者の手に餘るので、ここでは聯句に絞って若干氣付いた點を述べておきたい。

唐代では皮日休、陸龜蒙が注目される。彼らはさかんに唱和の詩をやり取りし、その中に和韻の唱和を含む點で注目されているが、聯句も八首殘している。和韻の唱和と聯句という、中唐期に試みられた新しい文學樣式を受け繼ぎ、發展させた點で、二人は唐から宋への流れにおいて重要な位置を占める存在と言えるだろう。かつ皮日休は、その「雜體詩の序」(『全唐詩』巻六一六)の中で次のように言っており、彼らが詩作の廣がりの一端として聯句を試みたこと、その際に韓孟聯句を手本としていたことが窺える。

> 噫、古より律に至り、律より雜に至りて、詩の道は此こに盡くるなり。近代に雜體を作すは、唯だ劉賓客集の中に迴文、離合、雙聲、疊韻有るのみ。聯句の如きは則ち孟東野と韓文公の多きに若くは莫く、他集には見ること罕なり。これを爲すことの難きを知るに足るなり。陸と予は竊かに其の人となりを慕い、遂に己の作を合わせて、雜體一巻を爲し、予に屬して雜體の始めに序せしむと云う[20]。

皮・陸の聯句八首の中には、第三者を交える作品もあるが、それらは酒令的な「藥名聯句」や、宴の餘興という印象の「寒夜文宴聯句」であり、篇幅も長くない。また跨句體を用いた「報恩寺南池聯句」には缺字が有って十全な理解がしがたい。したがって彼らの聯句の本領は、二人だけで腕を競い合った「開元寺の樓にて雨を看る聯句」(四八句)や「北の禪院に暑を避く聯句」(六〇句)などに見るべきだろう。ここでは韓孟聯句との比較の意味で、賦詠的な主題を持つ「開元寺の樓にて雨を看る聯句」を取り上げよう。便宜上、八句ずつに區切って見て行く。

01海上風雨來　海上より風雨來り
02掀轟雜飛電　掀轟として飛電を雜う
03登樓一憑檻　樓に登りて一たび檻《おばしま》に憑れば
04滿眼蛟龍戰（龜蒙）　滿眼　蛟龍戰う
05須臾造化慘　須臾にして造化慘たり
06倏忽堪輿變　倏忽にして堪輿變ず
07萬戶響戈鋋　萬戶に戈鋋響き
08千家披組練（日休）　千家に組練披く

樓上から雨を見るという設定であるので、雨の訪れから詠い起こすが、眼前に蛟龍の争いが展開されると見立てたところは、聯句らしい面白さである。なお「掀轟」は音の大きなさま、「堪輿」は揚雄「甘泉賦」に出る語で、天地を意味する。「戈鋋」は大小の鉾で、雨が屋根や窓を激しく叩く様子、「組練」はここでは雨の幕の形容である。

09群飛拋輪石　群れ飛ぶ　拋輪の石
10雜下攻城箭　雜り下る　攻城の箭
11點急似摧胸　點ずること急なるは胸を摧くが似く
12行斜如中面（龜蒙）　行くこと斜めなるは面に中るが如し
13細灑魂空冷　細灑　魂は空しく冷え
14橫飄目能眩　橫飄　目は能く眩む
15垂檐珂珮喧　檐に垂れて珂珮喧しく

16擽瓦珠璣濺（日休）　瓦を擽ちて珠璣濺ぐ

陸は、蛟龍の爭いにふさわしく、激しく雨が落ちるのを戰爭に喩えて描き出す。「拋輪」は、「拋車」（霹靂車）と同じで、石を發射する戰車のことであろう。一方皮は角度を變えて、激しい風雨の様子を纖細に描いている。

17無言九陔遠　言無く　九陔の遠きも
18瞬息馳應遍　瞬息にして馳せて應に遍ねかるべし
19密處正垂絙　密なる處は正に絙を垂らし
20微時又懸綫（龜蒙）　微なる時は又た綫を懸く
21寫作玉界破　寫《そそ》ぎて玉界の破るるを作し
22吹爲羽林旋　吹きて羽林の旋るを爲す
23翻傷列缺勞　翻りて列缺の勞するを傷み
24卻怕豐隆倦（日休）　卻って豐隆の倦むを怕る

陸は引き續いて風雨の盛んな様子を詠い、皮は一轉して、風雨の勢いが衰えたことを氣付かせる。「九陔」は地の果てまでの廣がり、「絙」は太繩である。「玉界」は天空、「羽林」はここでは天の禁軍である四十五の星を指し、それが風に吹かれて動いてしまったと言うのではないか。「列缺」は『楚辭』「遠遊」篇に見え、天空の空隙であるという。雨の落ちてくる穴ということであろうか。「豐隆」はもとより風の神である。

25遙瞻山露色　遙かに瞻れば　山は色を露わし
26漸覺雲成片　漸く覺ゆ　雲の片と成るを
27遠樹欲鳴蟬　遠樹　蟬を鳴かしめんと欲し

28深檐尚藏燕（龜蒙）　深檐　尚お燕を藏す
29殘雷隱轔盡　殘雷　隱轔として盡き
30反照依微見　反照　依微として見わる
31天光潔似磨　天光　潔きこと磨くが似く
32湖彩熟於練（日休）　湖彩　練《ねりぎぬ》より熟せり

そして氣がつけば天候が變わり、やがて雨上がりの美しい景色が展開する。目にまばゆい陽光を磨いたようだと喩え、また柔らかな湖の光を練り絹に喩えるのは、戰爭のような雨の描寫の後だけに、一層新鮮である。驟雨の生み出す激しい天候の變化は、韻文の世界に多くの名作を殘したが、この作品もその列に加えて良いと思われる。

33疏帆逗前渚　疏帆　前渚に逗《とど》まり
34晩磬分涼殿　晩磬　涼殿を分かつ
35接思強揮毫　思いに接して強いて毫《ふで》を揮い
36窺詞幾焚硏（龜蒙）　詞を窺いて幾んど硏を焚かんとす
37佶栗烏皮几　佶栗たり烏皮の几
38輕明白羽扇　輕明たり白羽の扇
39畢景好疏吟　畢景　疏吟に好しく
40餘涼可清宴（日休）　餘涼　清宴に可《よ》し

景色を眺めるのとともに、互いの唱和についても言及される。陸が相手の句を見て、硯を焼きたくなると言うのは、もちろん挨拶であるが、面白い。それを承ける皮は、雨上がりの景色を文雅に樂しむ様子を描く。「佶栗」は高い様と解しておく。「畢景」は夕暮れである。

41 君攜下高磴　　君と攜えて　高磴を下り
42 僧引還深院　　僧は引きて　深院に還る
43 駮蘚淨鋪筵　　駮蘚　淨く　筵を鋪き
44 低松溼垂髯（龜蒙）　　低松　溼りて　髯を垂る
45 齋明乍虛豁　　齋明らかに　乍ち虛豁たり
46 林霽逾蔥蒨　　林霽れて　逾いよ蔥蒨たり
47 早晚重登臨　　早晚　重ねて登臨せん
48 欲去多離戀（日休）　　去らんと欲して　離戀多し

締め括りである。「離戀」は雙聲の熟語だが、前例は見出せていない。樓を下りた後、再度の訪れを望む氣持ちを述べて收めるのは、登臨の作としての常套であろう。しかし、そこに至る描寫には見るべきところが多い。とくに戰鬪に模した雨の描き方、新しい詩語を模索する姿勢には、韓孟聯句との共通點が感じられる。韓孟に學びながら、彼らの個性をも生かした作品になっていると思われる。

皮・陸の二人は、その詩作が宋人からも高く評價されている。詳しいことは言えないが、宋人は彼らの活動を通じて中唐期の新しい文學の動きを理解した側面も有ったように見受けられる。聯句についても、八首という作品數、その出來榮えから、十分注目を集めたであろう。しかも韓孟聯句よりはずっと分かりやすい內容で、親しみやすい面も有ったと思われる。なお檢討すべき點は多いが、彼らの聯句は韓孟の試みを受け繼ぎつつ、宋への橋渡しをしたと言えるのではないか。

次に宋代の聯句であるが、正直に言って現在の筆者には、作品數がどの程度あるのかすら十分に把握できていない。ただ、宋詩の風を拓いたとされる歐陽修、梅堯臣、蘇舜欽らに聯句の作品が有ること、かつ制作時期がそれぞれの早年に屬することは、宋詩の風格の形成との關わりから注目して良いだろう。(21) しかも歐陽修、蘇舜欽らの聯句で跨句體が用いられているだけでなく、蘇舜欽兄弟の「二子を悲しむ聯句」や梅堯臣と謝景初の「冬夕會飮聯句」などのように、更に新しい形式を試みている點でも注目される。「二子を悲しむ聯句」は五言、六六句の作品であるが、最初に五句續け、その後は四句ずつで交替し、最後は三句で終わっている。つまり四句交替と跨句體とを兼ね合わせた形式である。また「冬夕會飮聯句」は五言、五〇句で、最初は三句、以下三句交替を續け、二十二句目から六句交替、更に三十四句目からは八句交替となり、最後は九句で終わっている。やはり跨句體を應用しながら、句數を增やしているのである。これらはいずれも跨句體の發展形と言えるだろう。ただ相手の出句に落句を付け、さらに出句を示して交替する跨句體の緊密な構成に比べると、一人で對句を作る部分と相手の句に對を付ける部分とのバランスが惡い印象は否めない。この新しい形式については、この後どのように受け繼がれたのか、更に調査を進めた上で改めて檢討してみたい。

宋詩の風の開祖と言われる三人のうち、聯句の面でとくに注目されるのは蘇舜欽であろう。彼は兄の舜元との間で八首の作品を殘しており（うち一首は王緯を交えるが、殘りは二人だけで作っている）、かつ歐陽修、梅堯臣と出會う前、自らの文學を打ち立てる過程で聯句を試みているからである。したがって蘇舜欽はその詩作においても、韓孟聯句に學ぶ面が有ったことを想像させる。ここでは彼らの最初の作であり、時事的な主題を取り上げている「地動聯句」に着目したい。これは仁宗の天聖七年（一〇二九）十月に都で地震があったことを受けて作られたものである（題下注に

「天聖己巳十月二十二日作」と記される）。五言七二句の長編で、かつ跨句體によって構成されている。幾つかの段落に分けて見て行きたい。

01大荒孟冬月（舜元）　大荒　孟冬の月
02末旬高舂時　末旬　高舂の時
03日腹昏盲俍（舜欽）　日腹　昏くして盲俍たり
04風口鳴嗚吚　風口　鳴ること嗚吚たり
05萬靈困陰慼（舜元）　萬靈　陰の慼《せま》るに困しみ
06百植嗟陽衰　百植　陽の衰うるを嗟く
07濃寒有勝氣（舜欽）　濃寒　勝る氣有り
08天凍無敗期　天凍　敗るる期無し

地震を主題とするので、まずその發生の時間から詠い起こしている。「大荒」は巳歳、「高舂」は夕暮れをいう。「日腹」は前例が見出しがたいが、そのまま太陽の腹と解しておく。一句は太陽が暗く輝きを失ったことを言うのだろう。「風口」も用例は多くないが、音を立てることから「口」と言ったものか。「陰慼」は恐らく「陰迫」と同じ意で、『史記』「周紀」に「天地の氣、陽伏して出づる能わず、陰迫りて蒸す能わざれば、是において地の震うこと有り（天地之氣、陽伏而不能出、陰迫而不能蒸、于是有地震）」とあるのを意識すると思われる。冬に入って陰の氣が強まり、地震が起こるべくして起こったことを示すのだろう。

09六指忽搖拽（舜元）　六指　忽ち搖拽し
10羣蹠初奔馳　羣蹠　初めて奔馳す

11 丸銅落蟾吻（舜欽）　丸銅　蟾吻に落ちて
12 始異張渾儀　始めて張の渾儀を異とす
13 列宿犯天紀（舜元）　列宿　天紀を犯して
14 預念漢志辭　預め漢志の辭を念う
15 民甍函鼓舞（舜欽）　民甍　函《み》な鼓舞せられ
16 禁堞強崩離　禁堞　強いて崩離せらる
17 坐駭市聲死（舜元）　坐せるものは駭きて市聲は死《や》み
18 立怖人足踦　立つものは怖えて人足は踦《かたよ》る
19 坦途重車僨（舜欽）　坦途に重車も僨《たお》れ
20 急傳壯馬敧　急傳　壯馬も敧く
21 陵阜動撫手（舜元）　陵阜　動もすれば手を撫し
22 礫塊當揚箕　礫塊　當に箕より揚がるべし
23 停汚有亂浪（舜欽）　停汚も亂浪有り
24 僵木無靜枝　僵木も靜枝無し
25 衆喙不暇息（舜元）　衆くの喙は　息する暇あらず
26 沓嶂驚欲飛　沓なる嶂は　驚きて飛ばんと欲す
27 踊塔撼鐸碎（舜欽）　踊る塔は　鐸を撼るがして碎き
28 安流蕩舟疲　安き流れも　舟を蕩《うご》かして疲れしむ

29倒　壺　喪　午　漏（舜元）　倒壺　午漏を喪い
30顚　巢　駭　眠　鴟　　　　　顚巢　眠鴟を駭かしむ
31居　人　眩　眸　子（舜欽）　居人　眸子を眩かせ
32行　客　勞　髑　兒　　　　　行客　髑兒を勞す

地震の發生である。「六指」は上下四方、「羣蹠」は前例が見出せないが、人々の足の意味であろう。「丸銅」二句は、後漢の張衡が候風地動儀を造り、八頭の龍の首についた銅丸が、下の蟾蜍の口に落ちることで地の動きを表す仕組みであったことを言い、また「漢志辭」は、『漢書』「天文志」に、武帝の建元三年に彗星が天紀星を犯したことが翌年の地震の豫兆であったと記していることを言うだろう。但し『漢書』の記述は、彗星が天紀、織女兩星を犯したというものだが、この「列宿　天紀を犯す」句は、「列宿」の動きが天の綱紀を犯しているという意味に讀める。「民甍」「禁堞」は意味は分かりやすいが、前例は見出せていない。「陵阜」二句は丘も搖らぎ、砂礫が跳ね上がる樣子を言うのだろう。「停汚」は流れることのない水たまりである。また「髑兒」は頭（頭蓋骨）で、歩いていた者は頭がふらふらして大變だという意味だろう。地震の激しさを身近な視點から樣々に描き出しているが、山や川の樣子が繰り返されるなど、發想はやや平板ではないか。對句の作り方も、韓孟聯句に比べると工夫が乏しい印象を受ける。

33南　北　頓　倏　忽（舜元）　南北　頓に倏忽たり
34西　東　播　戎　夷　　　　　西東　戎夷を播《うつ》す
35四　鎮　一　毛　重（舜欽）　四鎮も一毛の重
36百　川　寸　涔　微　　　　　百川も寸涔の微なり
37斗　藪　不　知　大（舜元）　斗藪　大を知らず

38軒幹主者誰　　　　軒幹　主る者は誰ぞ
39共工豈復怒（舜欽）　共工　豈に復た怒れるや
40富媼安得爲　　　　富媼　安んぞ爲すを得ん
41寧無折軸患（舜元）　寧んぞ軸を折るの患無からんや
42頓易崩山悲　　　　頓に山を崩すの悲しみたり易し
43衆蟄不安土（舜欽）　衆蟄　土に安んぜず
44羣毛難麗皮　　　　羣毛　皮に麗《つ》き難し
45驚者去靡所（舜元）　驚く者は去くに所靡く
46仆或如見擠　　　　仆るること或いは擠《お》とさるるが如し
47轟雷下檐瓦（舜欽）　轟雷　檐瓦を下《お》とし
48決玉傾倉粢　　　　決玉　倉粢を傾く
49雙顚太室吻（舜元）　雙び顚《たお》る　太室の吻
50四躍宸庭螭　　　　四もに躍る　宸庭の螭
51萬宇變旋室（舜欽）　萬宇　旋室に變じ
52百城如轉機　　　　百城　轉機の如し

引き續いて地震の搖れの描寫だが、ここではより大きな視點から、その凄さを描こうとしている。ただ、角度は變えていても、先と同樣繰り返しに近い發想が見られるし、對句としても平凡であったり、逆にやや落ち着きの惡いところも見受けられる。「南北」二句は方角が分からなくなるということだろう。「百川」の句は地震によって川が寸斷されたということか。「四鎮」の句に比べて分かりにくい。「共工」は顓頊と帝位を争って敗れ、不周之山に頭を打ち付けた神、「富媼」は『漢書』「禮樂志」に「后土富媼、昭昭たる三光」と見える地の神である。「羣毛」の句の「毛」は植物、「皮」は地面の意であろう。「太室の吻」は太廟に飾られた鴟吻、「宸庭の螭」は宮廷に置かれた螭龍の像である。

53念此大災患（舜元）　此の大災患を念うに
54必由政瑕疵　必ずや政の瑕疵に由らん
55勝社勇厥氣（舜欽）　勝社　厥の氣を勇《さか》んにし
56孤陽病其威　孤陽　其の威を病む
57傳是下乘上（舜元）　傳う是れ　下　上に乘ずと
58亦曰尊屈卑　亦た曰く　尊　卑に屈すと
59夫惟至靜者（舜欽）　夫れ惟れ　至靜の者も
60猶不可保之　猶おこれを保つべからず
61況乃易動物（舜元）　況んや乃ち動き易き物をや
62何以能自持　何を以てか　能く自ら持せんや
63高者恐顚墜（舜欽）　高き者は顚墜を恐れ
64下者當鎭綏　下の者は當に鎭綏すべし
65天戒豈得慢（舜元）　天戒　豈に慢りにするを得んや
66肉食宜自思　肉食　宜しく自ら思うべし

67 變省孼可息（舜欽）　變省すれば　孼《とが》も息《や》むべく
68 損降禍可違　損降すれば　禍も違うべし
69 願進小臣語（舜元）　願わくは小臣の語を進め
70 兼爲丹扆規　兼ねて丹扆の規と爲さんことを
71 偉哉聰明主（舜欽）　偉なる哉　聰明の主
72 勿遺地動詩（舜元）　地動の詩を遺《わす》る勿かれ

「萬宇」二句で激しい地震の描寫を締め括り、「念此」二句から流れを轉換させ、天人相關の考え方を引いて、政治的な發言に移っている。「勝社」は滅ぼした國をまつる社。「孤陽」は前例を見出せないが、ここは天子の意味か。「傳是」二句は、『漢書』（巻二七下之上）「五行志」（下之上）に見える地震の記事と、それに對する劉向らの理解を踏まえているのだろう。「至靜」は大地、「鎮綏」は安撫、「肉食」は高位にある者の意である。「變省」は、前例は字體を變え省くという意味だが、ここは反省し態度を改める意だろう。「損降」は『易』「繫辭下」に「損して以て害に遠ざかる」とあり、その疏に「自ら降損して身を修むれば、物の己を害する無し」と解するのを受けると思われる。

天災を機に政治の改革を望む諫言は、それ自體珍しいことではないが、それが聯句によってなされたことは注目すべきだろう。しかも全體の構成、言葉の選び方などからは、聯句を單なる遊戲や實驗に止めていない印象がある。蘇舜欽兄弟がどういう意圖でこの聯句を作り、誰に見せようとしたのかは明らかでない。しかし聯句にオフィシャルなメッセージを籠めていることは、韓孟聯句、とくに「征蜀聯句」に學んだ點と言えるだろうし、それをより發展させているとも言えるだろう。用語にも前例の見出しがたいものが少なくなく、聯句の持つ格調からも、韓孟聯句の影響が色濃く感じられる。ただ、同じ跨句體を用いた「城南聯句」を始めとする韓孟の聯句に比べると、發想、表現共に見劣りすることは否めない。とくに對句に韓孟聯句のような妙味が乏しいと感じられる。

蘇舜欽の詩は硬質な言語感覺と生々しい描寫に特徴があるが、その政治性と合わせて、聯句によって培った感性がどう作用したか、その際に韓孟聯句からどのように學んだかが、今後の研究での一つの要點となるだろう。また歐陽修、梅堯臣においても、韓孟聯句がどのように受け止められ、どのような影響關係があるかについて檢討を加えなければならない。現時點ではその點を論ずるだけの準備を持たないが、しかし韓孟聯句が宋詩の風格の形成に一定の影響を及ばしたであろうことは、おそらく疑いないであろう。問題提起として、今後の解明に待ちたい。

また聯句自體は、宋代のみならず、淸代まで作られ續けているが、現段階ではそれらの歷史を通觀する準備がない。この點も、今後の檢討に待ちたい。

注

（1）南朝および唐初期の作品として、宋孝武帝「華林都亭曲水聯句效柏梁體」、梁武帝「淸暑殿聯句柏梁體」、梁元帝「宴淸言殿作柏梁體」（以上『藝文類聚』巻五六所收）、唐太宗「兩儀殿賦柏梁體」、唐高宗「咸亨殿宴近臣諸親柏梁體」（斷句）、唐中宗「十月誕辰內殿宴群臣效柏梁體聯句」、同「景龍四年正月五日移仗蓬萊宮御大明殿會吐蕃騎馬之戲因重爲柏梁體聯句」（以上『全唐詩』巻一、二所收）などが殘されている。

（2）聯句に關する主な先行研究には、向島成美氏「六朝聯句詩考」（『漢文教室』一四一、一九八二）、埋田重夫氏「白居易と韓愈の聯句詩について――聯句形成史におけるその位置をめぐって」（『中國詩文論叢』二、一九八三）、赤井益久氏「大暦期の聯句と詩會」（『漢文學會會報』二九、一九八四）、畑村學氏「韓孟の城南聯句――その競作意識と詩才錬磨」（『中國中世文學研究』二六、一九九四）、橘英範氏「劉白の聯句について」（『中國中世文學研究』三二、一九九七）、川合康三氏「韓愈・孟郊城南聯句初探」（『中國文學報』六一、二〇〇〇）などがある。

（3）彼らの活動については、蔣寅氏『大暦詩人研究』（上下、中華書局、一九九五）、賈晉華氏『唐代集會總集與詩人群研究』（北京大學出版社、二〇〇一）などに詳しい検討がなされている。

（4）顏眞卿らの「七言大言聯句」などの諧謔的な作品は、むしろ酒令に近いものだろう。

（5）韓愈には、李正封との「晩秋郾城夜會聯句」が有り、これは四句交替である。他に韓愈の創作と見られる「石鼎聯句」も有るが、これらは孟郊が加わっていないので除外する。

（6）本章では、韓孟聯句ならびに韓愈の作品は錢仲聯氏『韓昌黎詩繫年集釋』の本文に従う。また皮日休、陸龜蒙の作品、および唐代の聯句は『全唐詩』に、蘇舜欽兄弟の作品は傅平驤、胡問陶兩氏の『蘇舜欽集編年校注』にそれぞれ従う。

（7）華忱之氏の『孟郊年譜』では、孟郊の汴州での滯在を貞元十三年から十五年春までと見、その上で彼の江南への旅立ちを十五年初春に繫年している。しかし孟郊が一年以上汴州に滯在した證據は見えない。陸長源を頼ったのが十三年の初夏であり、それから半年後に旅立ったとしても、とくに矛盾は起こらない。韓愈の推薦で進士科を受験した張籍が參加していないこと、韓愈の「重答張籍書」に「孟君將有所適」とあり、それが十三年秋の作であることなどを理由に、十四年初春に繫ぐ錢仲聯氏の說が妥當と思われる。なお、一部に孟郊が進士下第後に江南へ戻った時と見る說も有るようだが、そうなると晩春の作となり、「春冰」などの表現と合わなくなる。

（8）「古歌」に「心思不能言、腸中車輪轉」とあり、同じ漢代の「悲歌」にも全く同じ二句が見える。孟郊は「路病」詩（卷二）に「愁環在我腸、宛轉終無端」、また「秋懷十五首・其二」（卷四）に「席上印病文、腸中轉愁盤」と、この表現を何度も用いている。

（9）第一章でも引用したが、孟郊は「戲贈無本」二首（卷六）の其一で、自らを韓愈と比較して「詩骨聳東野、詩濤湧退之」と言っている。

（10）孟郊は樂府を得意としており、韓愈の評價もまずその點にあったと思われる（「孟生詩」など）。そのことが、「有所思」を最初の聯句のテーマに選ばせた可能性もあるだろう。

(11) 皎然らの聯句では、初めだけ四句で、後は二句ずつで交替という例もある。また四句交替でありながら、途中一人だけ二句という例もある。しかしそれらは例外的であり、韓孟の奔放さとは別のものである。

(12) 「韻略上聲二腫字險窄。……若韓孟籍徹會合聯句三十四韻、除塚蛹二字韻略不收外、餘皆不出二腫中、雄奇激越、如大川洪河、不見涯涘、非瑣瑣潢汙行潦之水所可同語也。」

但し『廣韻』に從えば、張籍の擔當箇所に二字、外れる例が認められる。それは「恟」と「茸」で、『廣韻』ではともに上平三鍾に屬す。

(13) 用いられている韻は以下の通りである。

「有所思聯句」(上平三鍾)、「遣興聯句」(下平一〇陽・一一唐)、「贈劍客李園聯句」(上平二〇文)、「遠游聯句」(下平一八尤・一九侯・二〇幽)、「會合聯句」(上聲二腫)、「納涼聯句」(入聲四覺)、「同宿聯句」(去聲五二沁)、「雨中寄孟刑部幾道聯句」(去聲一六怪・一七夬)、「秋雨聯句」(去聲一四泰)、「城南聯句」(下平一二庚・一三耕・一四清)、「鬪鷄聯句」(上聲一四賄・一五海)、「征蜀聯句」(入聲一四黠・一五鎋)、「莎柵聯句」(上聲八語)

(14) 例えば「秋霖即事聯句三十韻」と「會昌春連宴即事」(三十韻)は、ともに下平一先・二仙の韻を用いるが、半數の十五の韻字が共通する。しかも後者は、奇數句末であるが、前者で韻字に用いる「涎」を使っている。また「度自到洛中……聯句」(三十韻)と「宴興化池亭送白二十二東歸聯句」(十六韻)は、いずれも上平十五灰・十六咍の韻を用いるが、後者の十六韻のうちの十四字が重複する。

(15) 雙聲、疊韻の熟語、ならびにそれを使った擬態語、擬音語が多用されることは、謝朓らの聯句からすでに認められる。聯句の持つ一つの傾向と言えるのかもしれず、賦などとの關連をも考慮して、今後更に檢討を進めたい。

(16) 舊注には韻書に見えない字があるという議論もある。しかしこの聯句では、『廣韻』に據っても外れる箇所は無い。

(17) 韓愈には、同樣に藩鎭征伐に關わって作られた「晩秋郾城夜會聯句」がある。これは元和十二年(八一七)秋、裴度の行軍司馬として蔡州の吳元濟の討伐に參加した韓愈が、ともに從軍していた李正封と、蔡州攻擊の前に郾城で行った聯句である。四句交替で二百句に及ぶ大作であるが、戰勝の豫祝であるためか、戰鬪場面の描き方などは「征蜀聯句」に比べてやや觀念的である。參考までに、その戰闘場面を描いた箇所を引いてみよう。
雨矢逐天狼、電矛驅海若。靈誅固無蹤、力戰誰敢卻。（正封）
峨峨雲梯翔、赫赫火箭著。連空隳雉堞、照夜焚城郭。（愈）
李正封の力量は決して低くはないが、韓愈は孟郊を相手にした時ほど表現を凝らしていない印象がある。全體的に纏まりは良いが、表現の豊かさや聯句に對する熱意において、「征蜀聯句」に肩を並べる作品とは言い難い。

（18）「元和聖德詩」の序文では次のように言っている。
臣愈頓首再拜言、臣見皇帝陛下卽位已來、誅流姦臣、朝廷淸明、無有欺蔽。外斬楊惠琳、劉闢、以收夏蜀、東定靑徐積年之叛、海內怖駭、不敢違越。郊天告廟、神靈歡喜、風雨晦明、無不從順。太平之期、適當今日。臣蒙被恩澤、日與羣臣序立紫宸殿下、親望穆穆之光。而其職業、又在以經籍敎導國子、誠宜率先作歌詩以稱道盛德、不可以辭語淺薄、不足以自效爲解。輒依古作四言元和聖德詩一篇、凡千有二十四字、指事實錄、具載明天子文武神聖、以警動百姓耳目、傳示無極。

（19）川合康三氏の前掲論文、ならびに原田憲雄氏『李賀歌詩編』1～3（平凡社、東洋文庫）などを參照。

（20）原文は次の通り。「噫、由古至律、由律至雜、詩之道盡乎此也。近代作雜體、唯劉賓客集中有迴文、離合、雙聲、疊韻。如聯句則莫若孟東野與韓文公之多、他集罕見。足知爲之之難也。陸與予竊慕其爲人、遂合己作、爲雜體一卷、屬予序雜體之始云。」

（21）歐陽修は康定元年（一〇四〇）から慶曆三年（一〇四三）までに三首と嘉祐三年（一〇五八）に一首（『歐陽修全集』による）、梅堯臣は天聖十年（一〇三二）に六首と慶曆四年（一〇四四）に一首（朱東潤氏の『梅堯臣編年校注』による）、そして蘇舜欽は天聖七年（一〇二九）から慶曆二年（一〇四二）までに八首（『蘇舜欽集編年校注』による）が、それぞれ作られている。

第三章　連作詩の検討

孟郊の詩に對する研究の中で、近年とくに注目されているのは、集中數多く認められる連作詩である。孟郊の集には順に「感懷八首」（巻二）「秋懷十五首」（巻四）「石淙十首」（同）「花を看る五首」（巻五）「濟源の寒食七首」（同）「寒溪九首」（同）「立德の新居十首」（同）「淡公を送る十二首」（巻八）「元魯山を弔う十首」（巻一〇）「峽哀十首」（同）「杏殤九首」（同）「盧殷を弔う十首」（同）の、十二組の本格的な連作詩が含まれており、七言古絶句形式の「濟源の寒食七首」を除く十一組が、いずれも五言古詩形式を用いている。しかも、これらの連作詩は、阮籍の「詠懷」李白の「古風」などと異なり、短時日のうちに、あるテーマの下に作られたと認められるものである。一方、近體詩による本格的連作詩は、杜甫の「秦州雜詩二十首」（『杜工部集』巻一〇）「秋興八首」（同巻一五）などが先蹤となるが、近體の場合は短期間で制作されるのが一般である。しかし近體詩であっても、一人の詩人が幾組もの連作詩を殘している例は、孟郊以前にはあまり多くない。古體詩を用いて近體の連作のような作り方をしていること、および連作の作品の多さは、それ以前はもとより當時においても珍しく、特徴的な詩作方法と言うことができる。孟郊がなぜこうした詩作の方法を愛用したのかは、その詩の全體像を明らかにする上で、避けて通れない問題點であろう。以下、推定される制作時期に據りつつ、これらの連作詩を順次取り上げて檢討を加える。

第一節　聯句から連作詩へ――「石淙十首」

一　「石淙十首」の内容と繫年

連作詩の諸作の中から、まず「石淙十首」を取り上げ、その制作時期、內容の檢討を通じて、孟郊が連作詩へと進んだ道筋に對する私見を述べたい。

華忱之氏「孟郊年譜」の繫年によれば、上記の連作詩のほとんどは孟郊の晩年、洛陽に居を定めた元和元年（八〇五）の冬以降の作とされている。ところが、「感懷八首」「石淙十首」「峽哀十首」の三組だけは、「感懷八首」が建中四年（七八三）、後の二組が貞元九年（七九三）と、いずれも科擧及第以前に置かれている。「感懷八首」「峽哀十首」については後で觸れるとして、ここでは「石淙十首」の繫年の是非について考えてみたい。華氏は「石淙十首」を貞元九年に繫屬する理由として、以下の數點を擧げている。卽ち、底本の配列で「石淙十首」の前に置かれている「花仲を邀う」詩（巻四）の題下に、「時に朔方に在り」との注が附されていること、連作其一の「朔風　空曲に入り」や其四の「朔水は刀劍のごとく利く」などの表現から朔方の地で作られたと見做せること、其十の末尾に「去らんかな　朔の隅、翛然たり　楚の甸」と言うことから、朔方から楚の地へ赴いたと考えられること、さらに作品の中に憂いを懷きつつ遠遊する樣子が窺われることなどの點を擧げ、そこから科擧に下第したこの年が最もふさわしいと判斷しているのである。

しかしこの繫年には、幾つかの問題がある。まず、孟郊が「朔方」に行った時期であるが、これは貞元九年ではなく、七年と見るのが穩當と思われる。その理由については既に第一章で觸れたが、念のために繰り返しておく。孟郊の友人であった李觀に「弟の兌に報ゆるの書」（『全唐文』巻五三三）があり、その中で「六年の春、我は小宗伯に利あらず、……乃ち其の明年の司分の月を以て、驢に乘りて長安を出で、西のかた一二の諸侯に遊び、囊を實たすことを求む」と述べている。そして「邠寧慶三州節度饗軍記」（同巻五三四）に「國家郊祀の明年、觀は布衣にて來り遊ぶ。公の筵に賓するに、宗盟兄の侍御史の益は、文行忠信なる有りて朗寧の軍に從う。羣小の日び媚を取るを惡めり、故に自ら書かず、觀にこれを書くを命じて曰く、子の文は直にして、記事に長ず、益はこれを知れり、と。乃ち題して邠寧節度饗軍記と曰う」と記すので、李觀は郊祀の大祭（貞元六年十一月）が執り行われた翌年の貞元七年春に、邠寧節度使張獻甫（貞元四年～十二年在任）のもとを訪れたことが分かる。一方孟郊にも「情を抒べ因りて郎中二十二叔、監察十五叔に上り、兼ねて李益端公、柳縝評事に呈す」詩（巻六）が有った。「郎中二十二叔」と「監察十五叔」については不明であるが、李觀の族兄の李益が「端公」として、そして柳宗元の叔父である柳縝が「評事」として登場することから、この詩は兩者が邠寧節度使の幕僚であった時の作となる。しかも柳縝は大理評事として幕に招かれてから度支判官、大理司直、殿中侍御史と昇進してゆくので、幕僚となった時期は不明ながらも、この詩は後年の作ではないと想像される。李益が侍御史（端公）であることと合わせて、おそらく李觀が訪れたのと同じ時期と考えて良いのではないか。互いの作品の中に相手の名が見えないので、同行したかどうかまでは分からないが、李觀は李益を、また孟郊は二人の族叔を賴りに、援助を求めて邠寧節度使を訪ねたということは十分考えられることだろう。そして李觀が先の弟への手紙で「西のかた一二の諸侯に遊ぶ」と言い、また孟郊に「監察十五叔の東齋にて李益端公を招きて會別す」詩（巻八）があって、春に別れをしていることから、その後に朔方節度使を訪ねたことが考えられる。李益は邠寧に來る前には朔方節度使杜希全の幕僚であったから、彼の推薦を受けた可能性もある。いずれにせよ、孟郊が朔方もしくはその方面に足を伸ばしたのは、七年と考えるのがおそらく妥當であろう。

一方、九年の下第後の孟郊の行動であるが、盧虔を頼って復州に行き、夏に盧と別れて洞庭湖周邊を巡った後、秋には汝州に赴いて陸長源の世話になったと推測される。華氏はその前に朔方へ赴いたと推定し、したがってその後の南游も復州までで止めて、洞庭湖の周遊から後を翌年に繫いでいる。しかし盧虔に贈った詩の内容からは、復州に一年近く滯在したようには見えない。やはり南游の前に朔方へ赴いたという推定に無理があると思われる。また「石淙十首」に見られる憂愁を、下第によるものと考えることにも疑問がある。落第を重ねた孟郊が抱いた忿懣は、「落第」詩（巻三）に典型的に見られるように、鬱屈した激しいものである。一方この連作詩に見える憂愁は、社會全般に對するやや漠然としたものであって、明らかに質が違っている。恐らく下第後であれば、その忿懣を直截に語る言葉が現われているのではないか。ここに見られる精神狀態は、より年輪を經てからのもののように思われる。

さらに、この連作詩を朔方での作と見る華氏の繫年では、「石淙」という題をどう理解したのかという點にも疑問を生じる。普通名詞としてなら「石のごろごろした溪流」という意味が考えられるが、もしそうであれば、そうした溪流一般に對する認識が主題であると理解しなければならない。また、固有名詞と考えるのであれば、朔方の地に該當する場所を見出ださねばならないが、いずれについても華氏の説明はない。氏は「朔風」「朔水」などの語に着目して、この連作詩を朔方での作と言うのだが、これらの語の「朔」は、中國全體の中での北部という意味合いであって、一地方としての呼稱ではない。ゴビ砂漠に近い朔方郡の地に限定されるものではないのである。(1)むしろ「石淙」から第一義的に想起されるのは、洛陽の東南の登封縣に在った地名であろう。ここは則天武后がよく避暑に訪れた、嵩山山中の名勝地であった。武后をはじめ、陪席した人々の手になる數多くの詩文が殘されている。その中から、武后の「夏日に石淙に遊ぶ詩の序」（『全唐文』巻九七）と「石淙」詩（『全唐詩』巻五）とを擧げてみよう。[2]

若し夫れ圓嶠方壺は、滄波を渉りて際靡く、金臺玉闕は、懸圃を陟りて階無し。唯だ山海の經を聞き、空しく神仙の記を覽るのみ。爰に石淙なる者有り、即ち平樂澗なり。爾して其れ嵩嶺に近接し、箕峯に俯屆し、少室を瞻ること蓮の若く、潁川を睇ること帶の如し。既にして嵜嶇たる山徑を躡み、蒙密たる藤蘿を蔭とす。洶湧たる洪湍は、虛潭に落ちて響きを送り、高低する翠壁は、幽澗を列ねて筵を開く。密葉は帷を舒べ、梅氛を屛ぎて燠を蕩い、疏松は吹を引き、麥候を淸めて以て涼を含む。林藪に就きて心神を王《さか》んにし、煙霞に對して塵累を滌ぐ。森沈たる邱壑は、即ち是れ桃源なり、淼漫たる平流は、還た竹箭を浮かぶ。薜茘を紉びて帳を成し、蓮石を聳やかして樓の如くす。洞口は全開して千年の芳髓を溜め、山腰は半ば坼けて十里の香粳を吐く。崑閬の遊びを煩わすこと無くも、自然《おのず》から形勝の所なり。當に人をして綵翰に題せしめ、各おの瓊篇を寫さしむべし。庶くは幽棲に滯ること無く、冀くは泉石に孤かざらんことを。各おの四韻を題し、咸な七言を賦す。

三山十洞光玄籙　　三山　十洞　玄籙を光かし
玉嶠金巒鎭紫微　　玉嶠　金巒　紫微を鎭む
均露均霜標勝壤　　均しき露　均しき霜は　勝壤を標し
交風交雨列皇畿　　交わる風　交わる雨は　皇畿に列す
萬仞高巖藏日色　　萬仞の高巖は日色を藏し
千尋幽澗浴雲衣　　千尋の幽澗は雲衣を浴す
且駐歡筵賞仁智　　且らく歡筵に駐まりて仁智を賞し

琱鞍薄晩雜塵飛　　琱鞍　晩に薄づきて　塵を雜えて飛ぶ

この序文と詩から、則天武后たちが石淙を仙境になぞらえ、洛陽に近い格好の景勝地として樂しんでいたことがわかる。その結果、石淙が以後の詩人達にとっても記憶に留められる場所となっていたのである。また既に見たように、孟郊は科擧を受驗する以前に嵩山の少室で生活した經驗を持っていた可能性が高い。元和元年冬以降、洛陽に居住するようになってからも、ほど近い登封縣まで出掛けることは十分可能である。したがって、孟郊のこの連作詩に歌われている「石淙」も嵩山山中の溪谷を指すと考えるのが自然だろう。

以上の點から考えて、華氏の貞元九年という繫年には根據が無いと言わなければならない。そうであればどの時期の作と考えるのがふさわしいのだろうか。據り所となるものは多くないが、筆者は何よりも、こうした連作形式が元和元年以降に集中していることに、まず注目すべきではないかと思う。つまり、連作詩が彼の晩年の詩作を特徴づけるものであるならば、明確な反證が無い限り、この「石淙十首」も同時期の作品と見做すのが妥當であろうと考えるのである。その上で、連作詩全體における位置付けを考察してみるべきではなかろうか。それでは晩年の作品という予想に立って、以下に「石淙十首」の內容を見てみよう。この連作に關しては、聯句や他の連作詩との關係を考える上から、とくに詩語の用例を多めに注記する。(3) 詳しい檢討を加えることなく羅列している箇所も多いが、使われている詩語の傾向を見る目安として受け取っていただきたい。

其一

巖谷不自勝　　巖谷　自ずからは勝ならず

水木幽奇多　　水木　幽奇多し

朔風入空曲　　朔風　空曲に入り

逕流無大波	逕流　大波無し
沼遞逗難盡	沼遞として逗れて盡き難く
參差勢相羅	參差として勢は相い羅なる
雪霜有時洗	雪霜　時に洗う有り
塵土無由和	塵土　由りて和する無し
潔冷誠未厭	潔冷　誠に未だ厭かざるも
晩歩將如何	晩歩　將た如何せん

（大意）

巖と谷と、それだけで景勝たりうるわけではない。水や木の様子に、深遠で優れたところが多いのだ。北の風が人氣のないこの一隅に吹き入り、豊かに通う流れには大きな波が立たない。遙々と連なる水は溢れて盡き難く、不揃いに突き出た巖は連なり續いている。（この溪谷には）雪や霜が降って時々に洗い清めるので、塵や土は混じりようがない。清潔で清々しく、まことにいつまでも見飽きないのだが、歩いているうちに日暮れてしまったのを、さてどうしたらよかろうか。

全體の導入となる詩であるだけに、石淙という場所とそこを訪れての印象とがまず語られている。則天武后らの描いたような仙境としてではないが、溪谷を中心とした風景の美を、清潔さ、冷たさ、鋭さという、彼の好んだ感覺を通して捉えて見せている。(4)「巖谷」は其十にもう一度見える。王維「韋侍郎の山居」詩（『全』巻一二五）の「閑花　巖谷に滿ち、瀑水　杉松に映ず」など前例は少なくない。「水木」は謝混「西池に遊ぶ」詩（『文選』巻二二）の「景昃きて鳴禽集い、水木清華なるに堪う」などの前例があり、「立德の新居十首」其十（巻五）にも「東南　水木に富み、寂寥として光輝を蔽う」と使う。「涇流」は涇水の流れをいう例が一般的だが、ここは『莊子』秋水篇の「秋水時に至り、百川河に灌ぐ、涇流の大いなる、兩涘渚崖の間、牛馬を辯ぜず」（注に「涇、通也」とある）を受けて、豊かな水の流れを言うのであろう。「逗」は、ここは留める意ではなく、漏れ溢れる意。「韋七の洞庭の別業に遊ぶ」（巻四）に「逍遙として幽韻を展べ、參差として良覿を逗らす」とある。「雪霜」は其九にも見え、逆の「霜雪」は其の六に見える。また「寒溪九首」其一（巻五）には「霜洗いて水色盡き、寒溪　纖鱗を見る」という例もあり、孟郊愛用の表現と言える。「時に洗う有り」と言うのは、あるいは『禮記』「月令」に「（孟冬）雪霜時ならず」とあるのを意識したものか。「潔冷」は他の用例が見えない。「皎潔」「泠泠」などは珍しくないが、その兩方を加味した意味であろうか。「晩歩」も前例は見えない。やや遲れる例としては、劉禹錫に「晩に揚子を歩みて南塘に遊び沙尾を望む（晩歩揚子遊南塘望沙尾）」詩（『全』巻三五五）があり、杜牧の「秋晩に沈十七舍人と樊川に遊ぶを期すも至らず（秋晩與沈十七舍人期遊樊川不至）」詩（『全』巻五二二）にも「杜邨　潏水に連なり、晩歩　垂鈎を見る」とある。宋詩には用例が多い。夕方に歩む意味であるが、ここはあるいは晩年の意味が重なっているかもしれない。

其二

出曲水未斷　曲を出でて水は未だ斷えず
入山深更重　山に入ること深くして更に重なる
泠泠若仙語　泠泠として仙語の若し
皎皎多異容　皎皎として異容多し
萬響不相雜　萬響　相い雜らわず
四時皆自濃　四時　皆　自から濃し

日月互分照　　日月　互いに分け照らし
雲霞各生峯　　雲霞　各おの峯に生ず
久迷向方理　　久しく方に向かうの理に迷いしが
逮茲聳前蹤　　茲に逮んで前蹤を聳やかす

（大意）

川の曲折した所を出て先へ行っても、水は絶えることなく、山の中に入れば、深くなるほど一層山は重なってくる。清らかな水音は仙人の言葉のようで、明らかな中に（俗世にはない）珍しいものが多く見える。様々な音が互いに混じることなく、四季いずれの時期にもこまやかな良さを見せる。日月が互いに分かれて照らし、雲や赤い雲氣はそれぞれに峯に生じる。長いこと正しい道に至る道理に迷っていたが、ここに及んで嘗て歩んだ道を高しとする。

其二では、この地が俗を離れた清淨な世界であることを詠う。冒頭は「出曲」「入山」の對應だが、「入山」が習見の語であるのに對し、「出曲」は他の用例を見出しにくい。其一にも「空曲」とあったが、「曲」は溪水の屈折した所を言うか。「泠泠」は孟郊には用例が多く、清らかな音、清らかな涼しさなどの意味を含めて、他に五例ある。そのうち「石龍渦に遊ぶ」詩（巻五）では「山下　晴れて皎皎たり、山中　陰りて泠泠たり」と、ここと同様「皎皎」と對應させている。「萬響」はありふれた語のようだが、前例は見出しにくい。孟郊は「寒江吟」（巻二）にも「一言　醜詞を縱にすれば、萬響　善應無し」と用いている。また「日月」は習見の語だが、其九、「寒溪」其五（巻五）、「峽哀十首」其三、其七、「元魯山を弔う十首」其四（以上巻一〇）、及び「城南聯句」など、孟郊には連作、聯句での用例が目立つ。「向方」は、干寶の「晉紀總論」（『文選』巻四九）に「明察を求めて以てこれを官とし、慈愛を篤くして以てこれを固くす、故に衆は方に向かうを知る（求明察以官之、篤慈愛以固之、故衆知向方）」とある。李周翰の注では「正道に向かう、方は道なり」と言い、また李善注では『禮記』「樂記」の「行うを樂しみて民は方を鄉く（樂行而民鄉方）」（「樂記」の注に「方は猶お道のごときなり」とある）を先例として引く。また「前蹤」は裴松之「三國志注を上るの表」の「將に以て前蹤を總括して、誨を來世に貽らんとす（將以總括前蹤、貽誨來世）」や、謝惠連「七月七日に牛女を詠ず」詩（『玉台新詠』巻三）の「杼を弄するも彩を成さず、轡を聳かして前蹤を驚かす」などの前例がある。ただし「聳」と「蹤」が結びつく例は見出していない。「聳」はこの場合高くする意であろうが、其五にもつかわれるように、孟郊の愛用の語である。末二句は、自然の中に自分の生き方を求めるべきだったのだという思いと解しておく。

其三

荒策每恣遠　　荒策　每に遠きを恣にし
驘歩難自廻　　驘歩　自ら廻り難し
已抱苔蘚疾　　已に苔蘚の疾を抱くに
尚凌潺湲隈　　尚お潺湲の隈を凌ぐ
驛驥苦銜勒　　驛驥　銜勒に苦しみ
籠禽恨摧頽　　籠禽　摧頽せらるを恨む
實力苟未足　　實力　苟も未だ足らざれば
浮誇信悠哉　　浮誇　信に悠なる哉
顧惟非時用　　顧みて時用に非ざるを惟い

静言還自咍　静かに言い　還た自ら咍う

(大意)
粗末な杖をついて、いつも遠くまで恣に山歩きをし、道に従わぬ愚かな足どりは、自ら引き返すことが難しい。苔がつるつるとして、それに足を取られそうになることに苦しんでいるのに、なおもさらさらと流れる川の隈を越えて行く。驛つぎの馬は、はみやおもがいで拘束されるのに苦しみ、籠の鳥は、飛べないように羽を切られたことを恨む。(なまじ役に立てば拘束に悩まされる。それに)假にも實際に役立つ力が足りなければ、浮ついた大言壮語などは全く無意味ではないか。振り返って我が身の時の用に立つ材ではないことを思い、静かに物言い、そして自ら笑うのだ。

前半では、苔に足を取られそうになっても、溪谷沿いにどこまでも歩き回る様子が描かれる。「荒策」は前例が見出せない。あるいは孟郊の造語であろうか。其十にも「荒尋」と用いるが、「荒」は「粗末な」という意味だけでなく、「人の手の入らない場所(を歩く)」という意味も含まれているのだろう。また「策」には、「野策」(巻一「長安羈旅行」)「瑤策」(巻五「王二十一員外涯と昭成寺に遊ぶ」)「雲策」(巻五「従叔述の靈巖山壁に題す」)などの用例があり、様々な形容を加えて新しい語を作り出す試みがなされている。「恣」も孟郊の愛用の語の一つで、其七、其十にも見えるほか、「城南聯句」でも三度使われるなど、用例は多い。「戇歩」は前例が見えず、彼の造語であるかもしれない。「寒溪」其二(巻五)に「癡坐　視聴を直くし、戇行　蹤蹊を失う」と見える「戇行」がこの類例である。「戇」を用いた例が多いことも孟郊の特徴と言えるが、其七の「戇獸」や、「戇叟」(巻四「靖安に寄居す」他)「癲戇」(巻五「濟源の春」)「戇人」(巻七「陝府の鄧給事に寄す」)など、他の例は意味が捉えやすいのに比べ、この「戇歩」と「戇行」は動作について言うためやや曖昧さが残る。ここでは、道に依らず意の赴くままに歩くことと解しておく。「苔蘚疾」

も見慣れないが、滑りやすく歩行に苦しむので「疾」と言ったものだろう。同様に「潺湲隈」も、「潺湲」は其八にも見えるように習見の語であるが、「隈」と結びついた例は見出しがたい。「隈」は、『說文』（一四下）に「水曲也」とあり、川筋が屈曲して深くなった所を言うだろう。後半では社會の制約に縛られて「浮誇」を求めることの空しさが述べられる。自然の中を歩き回りながら、自分や社會の在り方を振り返るという構成になっている。なお「驛驥」は前例が見えない。「驛馬」であれば普通だが、あえて「驥」と言うことで、新味を出したものか。「籠禽」の方は、韋應物「劉評事を送る」詩（『全』巻一八九）に「籠禽　歸翼を羨み、遠守　交親を懷う」という例がある。但しこれも「籠鳥」がより一般的である。このように、意味の類する語を持ってきて新しい語を構成する例は、聯句や連作詩に頻見する。

其四

朔水刀劍利　　朔水は刀劍のごとく利く
秋石瓊瑤鮮　　秋石は瓊瑤のごとく鮮かなり
魚龍氣不腥　　魚龍　氣は腥ならず
潭洞狀更妍　　潭洞　狀は更に妍なり
磴雪入呀谷　　雪を磴《ふ》んで呀谷に入り
掬星灑遙天　　星を掬いて遙天に灑ぐ
聲忙不及韻　　聲忙しくして韻するに及ばず
勢疾多斷漣　　勢い疾くして多く漣を斷つ
輸去雖有恨　　輸し去るに恨み有りと雖も

躁氣一何顚　　躁氣は一に何ぞ顚なる
蜿蜒相纏掣　　蜿蜒として相い纏掣し
犖确亦廻旋　　犖确として亦た廻旋す
黑草濯鐵髮　　黑草は鐵髮を濯い
白苔浮冰錢　　白苔は冰錢を浮かぶ
具生此云遙　　生を具すること　此に遙かなりと云うも
非德不可甄　　德に非ざれば　甄《な》るべからず
何況被犀士　　何ぞ況や　犀を被る士の
制之空以權　　これを制するに空しく權を以てするをや
始知靜剛猛　　始めて知る　剛猛を靜むるは
文敎從來先　　文敎　從來より先んずると

（大意）

北の川の水は（冷たくて）まるで刀劍のように鋭く皮膚を刺し、秋の石は美しい玉のように鮮やかに輝く。この川に住む魚や龍の吐く氣には生臭さが無く、淵や洞窟の有り樣は他のものに增して美しい。雪を踏み越えて大きな谷へと入り、星を掬い取って遙かな空に注ぎかける。水音は慌ただしくてハーモニーを奏でるには至らず、水勢は速くてしばしば波を斷ち切って流れて行く。すべてが運び去られてしまうことが恨めしくはあっても、騒がしい俗氣は何とまぁ狂ったようだ（それが消えることは喜ばしい）。うねうねと連なって流れは互いに牽き合い、ゴロゴロとした石に當たってまた旋回する。岸邊の黑い草は鐵の髮を水に洗うかのようで、白い苔は氷の錢を水面に浮かべるかのようだ。自分の生き方を全うするのは遙かなことで、そもそも徳が無ければ成すことはできない。ましてや犀甲を身につけた武士が、空しく權力で制しようとしてもできはしない。始めて解る、剛猛さを靜めるには、そもそも禮樂で教化することが一番であると。

澄明で動きのある溪谷の描寫がくり廣げられる。「刀劍利」は、手を切るような水の冷たさを喩えたものだが、「刀劍」は孟郊が愛用するイメージの一つで、特に自然物にそれを感じ取るところに獨特な感覺が有る。「秋懷十五首」其六（巻四）の「老骨　秋月を懼る、秋月は刀劍の稜あり」や「寒溪」其三（巻五）の「波瀾　凍りて刀と爲り、剸割す　梟と鸞とを」などは、その代表的な例である。「魚龍」の句は、仙境のような溪谷の雰圍氣をそこに住む動物の側から表現する。魚龍の吐く氣が生臭いことは、白居易「客の南遷するを送る」詩（『白氏長慶集』巻一九）の「蚊蚋　冬を經て活き、魚龍　雨ならんと欲して腥し」や溫庭筠「秋雨」詩（『全』巻五八三）の「雲滿ちて　鳥行滅し、地涼しくて　龍氣腥し」など、しばしば歌われており、それが感じられない點に、この溪谷の素晴らしさが表れているというのだろう。なお「腥」も孟郊の愛用の語であり、「峽哀」（巻一〇）では龍のイメージと絡めて「腥雨」「腥草」「腥語」「蘊腥」などと繰り返し用いられているし、「寒溪」其六には「刀頭　仁義腥し、君子は求むべからず」のような特異な例も見られる。「磴雪」二句に描かれる情景は美しいが、言葉としては前例の見えないものが多い。「磴雪」がまずそうであり、「磴」は韓愈「張徹に答う」詩（『昌黎先生集』巻二）の「磴蘚　撻《すべ》りて拳跼たり、梯飆　颭《うご》きて伶俜たり」のように、通常は石坂もしくは石橋の意味だが、ここは踏む意に理解するべきだろう。「呀谷」も前例は見えない。「呀」は大きく口を開けた形容で、孟郊は「峽哀」（其一、六）や「城南聯句」「征蜀聯句」でも用いている。聯句と連作詩にのみ使われている語の一つである。また「掬星」もイメージは美しいが、前例は見えない。「掬」が用いられたやや注目すべき類例に、「寒溪」其一の「淨く漱ぐ　一掬の碧、遠く消す　千慮の塵」がある。

「聲忙」の句からは激しい流れを描くが、「聲」と「忙」が結びついた用例は見出しがたい。また「及韻」も珍しい。自然の音が調べを成す時には、謝荘「月賦」（『文選』巻一三）の「風篁　韻を成す」のように、「成韻」の語を使うのが一般的である。次句の「勢疾」「斷漣」も、前例は見出せない。「躁氣」「纏掣」も同様である。「犖确」は韓愈の「山石」詩（『昌黎先生集』巻三）の「山石犖确として行徑微なり、黄昏に寺に到れば蝙蝠飛ぶ」の例が著名だが、「犖」は「會合聯句」「納涼聯句（韓愈の句）」でも使われ、また「确」は「秋懷」其十でも使われている。「廻旋」は習見の語だが、「峽哀」其一に「谷は號びて相噴激し、石は怒りて爭いて旋迴す」とあるのは、ここに類した表現として注目される。「黑草」二句も前例の見えない語が多い。「黑草」「鐵髮」ともにそうであるが、草の様子を髪に喩えることは珍しくなく、「秋懷」其七の「秋草　瘦せて髮の如く、貞芳　疎金を綴る」や「城南聯句」の「綠髮　珉甃を抽く」などの例がある。また「黑草」の形容に「鐵」はふさわしい。かつ「鐵」は彼の愛用の語の一つでもある。特に「秋懷」では、其十の「幽竹　鬼神を嘯かしめ、楚鐵　虬龍を生ず」、其十二の「老蟲　乾鐵鳴き、驚獸　孤玉咆ゆ」など、自然物に「鐵」を感じ取った表現が見える。「白苔」、「冰錢」も前例が見えない。「苔錢」であれば、劉孝威「怨詩」（『梁詩』巻一八）の「丹庭　草徑斜めに、素壁　苔錢を點ず」などの例がある。これに續く最後の六句は、其三と同様、世俗の權力の空虛さに思いを致すのだろう。但し「貝生」「被犀士」など用例の見あたらない語が多く、意味が取りにくい。溪谷の描寫の後だけに、抽象的で唐突な印象があるが、孟郊の詩にはこうした展開は珍しくない。末句で「文敎」が持ち出されているのも、孟郊の基本的な理念として注目される。

其五

空谷聳視聽　　空谷　視聽を聳やかし
幽湍澤心靈　　幽湍　心靈を澤おす

疾流脱鱗甲　　疾流　鱗甲を脱し
疊岸衝風霆　　疊岸　風霆を衝く
丹巘墮壞景　　丹巘　壞景を墮とし
霽波灼虛形　　霽波　虛形を灼かす
淙淙戹厚軸　　淙淙として厚軸を戹ち
稜稜攢高冥　　稜稜として高冥を攢つ
弱棧跨旋碧　　弱棧　旋碧を跨ぎ
危梯倚凝青　　危梯　凝青に倚る
飄颻鶴骨仙　　飄颻たり　鶴骨の仙
飛動鼇背庭　　飛動す　鼇背の庭
常聞誇大言　　常に聞く　誇大の言と
下顧皆細萍　　下顧すれば皆な細萍たり

（大意）

がらんとした谷は視力聴力を一層高め、静かな早瀬は魂を潤す。速い流れは魚や海老、蟹などの姿を取り去り、重なり聳えた岸は風や雷に突き當たって遮る。赤い肌を見せる山は、雄大で美しいその姿を水面に落とし、きらりと光る波は、實體のない物の姿を一瞬輝かす。水はザワザワと流れて大きな車軸を打ち、山はそそり立って高い空を穿つ。弱々しく頼りない架け橋は渦巻く碧緑の流れを跨ぎ、危なっかしい梯子は青々とした空に寄り掛かる。ひらひらと舞う、鶴のようなほっそりとした仙人。飛動する、鼇の背に乗った三仙山の庭。（それらは）常々誇大な話と聞いていたが、（今ここに來て）下を見れば、人間世界はすべてちっぽけな浮き草のよう。

この詩も溪谷の景色をスケール大きく描き、末二句で大きな自然から見た、世俗の社會の卑小さを述べる構成になっている。「空谷」は『詩經』「小雅・白駒」の「皎皎たる白駒、彼の空谷に在り」（毛傳に云う、空は大なりと）以來、賢者の隱棲する山谷というイメージがある。「視聽」は習見の語であり、王羲之「三月三日蘭亭詩序」（『全晉文』巻二六）の「仰ぎて宇宙の大いなるを觀、俯して品類の盛んなるを察するは、目を遊ばせ懷を騁する所以にして、以て視聽の娯しみを極むるに足り、信に樂しむべきなり（仰觀宇宙之大、俯察品類之盛、所以遊目騁懷、足以極視聽之娯、信可樂也）」などはその著名な例である。しかし「聳」と結びつけるのは、孟郊らしい表現だろう。なお「戲れに無本に贈る二首、其二」（巻六）には「燕僧　聳聽の詞、袈裟　新翻を喜ぶ」という例もあった。「幽湍」は奥深い所を流れる早瀬の意味だろうが、前例は見出せない。「幽澗」ならば普通である。「脫鱗甲」はよく分からない。ただ孟郊は「脫」字を連作詩や聯句によく用いている。「疊岸」は意味は分かるが、前例は見出しがたい。「壞景」「霽波」も前例は見えない。「虛形」は儲光羲「諸公の慈恩寺の塔に登るに同ず」詩（『全』巻一三八）の「虛形　太極の賓なり、手を攜えて翠微を行く」などの前例があるが、基本的には木華「海賦」（『文選』巻一二）の「芒芒たる積流、形を含みて内は虛なり」（李善の注に云う、水は能く衆形を含みて内は虛なるを言うと）を踏まえる。「稜稜」の句については、後の作である「生生亭」詩（巻五）にも「裊裊として平地に立ち、稜稜として高冥に浮かぶ」と、類似した表現が見られる。「弱棧」は前例が見えない。「弱」は頼りなく危なっかしい意味だろう。「秋雨聯句」の「弱途　行軟を擁す」はその類例。また「同宿聯句」には「朝行　危棧多し」の例もある。「旋碧」も、渦を巻く流れの意味だろうが、前例は見出せない。「峽哀」其一（巻一〇）の「峽水　聲は平らかならず、碧沱　清洄を牽く」はその類例。「危梯」も前例が見當たらない。「終南山下に作る」詩（巻九）の「家家　碧峯に梯し、門門　青煙を鏁す」や、韓愈の「惠師を送る」詩（『昌黎先生集』巻二）の「發跡して四明に入り、空に梯して秋旻に上る」は、この句と類する發想である。「飛動」の句も、「城南聯句」の「危望　飛動に跨る」に類する。「鶴骨」「鼇背」はともに習見の語。仙境であることを強調して、最後の二句が導かれる。「下顧」は賈島「易州にて龍興寺の樓に登り郡北の高峯を望む（易州登龍興寺樓望郡北高峯）」詩（『長江集』巻二）に「何時か一たび登陟し、萬物　皆　下顧せん」という例がある。また高所から見た物の小ささを萍に喩えた例には、「朝賢の新羅の使を送るに同じ奉る」詩（巻八）の「淼淼　遠國を望めば、一萍　秋海の中」がある。

其六

百尺明劍流　　百尺　明劍流れ
千曲寒星飛　　千曲　寒星飛ぶ
爲君洗故物　　君が爲めに故物を洗えば
有色如新衣　　色有ること新衣の如し
不飮泥土汚　　泥土の汚れを飮まず
但飮霜雪饑　　但だ霜雪を飮みて饑う
石稜玉纖纖　　石稜は玉のごとく纖纖たり
草色瓊霏霏　　草色は瓊のごとく霏霏たり
谷磑有餘力　　谷磑　餘力有り
溪舂亦多機　　溪舂　亦た機多し

從來一智萌　　從來　一智の萌えれば
能使衆利歸　　能く衆利をして歸せしむ
因之山水中　　これに因りて山水の中に
喧然論是非　　喧然として是非を論ず

（大意）

百尺の明るく輝く劍（のような水）が流れ行き、幾つもの隈には冬の星（のような冷たい光）が飛ぶ。君のために古くからの物を洗えば、鮮やかな色が出て新しい衣のようになった。泥土に汚れた水を飲まず、ただひたすら霜と雪とを飲んで飢えている。尖った石の角は玉のようにほっそりと美しく、草の色は瓊《たま》のように青く濃い。谷という石臼には余力があり、谷川の水は臼づいて働きが多い。從來一つの智恵が兆せば、諸々の利をそこへ歸屬させることができた。それ故にこの山水の中に、騒がしく是非の論が起こる。

明るく冷たい溪流の様子から詠い始めるが、この詩では仙境と見えた溪谷にも人智が及んでいることをテーマとしている。「百尺」で水の流れを形容する例は、李白「宛溪館に題す」詩（『全』巻一八四）の「吾は憐む　宛溪の好きを、百尺　心を照らして明らかなり」などがある。「明劍流」のように、川の流れや月光などの自然物に「刀劍」を感じ取るのが孟郊の感覚の特徴であることは、其四ですでに述べた。但し「明劍」も「劍流」も前例は見えない。「寒星飛」は溪流の輝きを言うだろう。言葉としては「寒星」も「星飛」も珍しくはないが、表現としては新しいのではないか。「有色」は鮮やかな色が保たれているという意味か。同様の意味で使われた用例は見出せない。「但飲」の句も獨特な表現だが、「雪霜」については其一で觸れた。また「饑」は、後に述べるように彼の詩的表現を特徴づける點の一つである。「谷碓」二句は具體的には水車を指して言っているのだろう。「谷碓」の前例は見出せない。孟郊の造語であろうか。「溪春」も前例は見えない。「城南聯句」の「機舂　潺湲の力」はここに類似する。また「寒溪」其五（巻五）の「凍飆　雜碎して號び、蠻音　坑谷辛し」も、表現は異なるが、同様に溪谷に物を微塵に碎く力を讀みとっている。なお「多機」は、習見の語ではあるが、詩には餘り用いられない言葉だと思われる。これに續く最後の四句は、その意圖がつかみにくい。恐らく水車の描寫を受けて、仙境に見えた溪谷にも、すでに機心が入り込んでいることを言うのだろう。

其七

入深得奇趣　深きに入りて奇趣を得
昇險爲良躋　險しきに昇りて良躋を爲す
搜勝有聞見　勝を搜すに聞見有り
逃俗無蹤蹊　俗を逃るるに蹤蹊無し
穴流恣迴轉　穴流　恣に回轉し
竅景忘東西　竅景　東西を忘る
饞獸鮮猜懼　饞獸　猜懼すること鮮なく
羅人巧罝罘　羅人　罝罘に巧みなり
幽馳異處所　幽馳　處所を異にするも
忍慮多端倪　忍慮　端倪すること多し
虛獲我何飽　虛しく獲て　我　何ぞ飽かん
實歸彼非迷　實もて歸りて　彼　迷うに非ず

斯文浪云潔　　斯文　浪りに潔と云う
此旨誰得齊　　此の旨　誰か齊しきを得ん

（大意）

奥深い所へ入って、優れて珍しい趣を手にし、険しい所を登るにも、上手に登ってゆく。勝地を捜すのに、見聞した知識は有るが、俗を逃れるのに、踏み分けられた小道は無い。穴に注ぎ込む流れは恣に回轉し、洞窟の中の景色はどちらが東西か解らなくなる。愚かな獸は疑い恐れることが少なく、獵師は巧みに網を掛ける。人目に付かぬように走って場所を變えても、殘忍な考えを持った獵師は大抵推し量ってしまう。私は空しく名を得ても、どうして飽くことが有ろう。彼は實（獲物）を得て歸り、迷うことは無い。儒の道はみだりに潔さを言うが、その主旨は誰が等しく會得できるのか。

この詩も、前半は山中深くまで跋渉して、目にし得た景色を描く。「入深」は其二の「山に入ること深くして更に重なる」を縮めた言い方か。孟浩然「采樵の作」（『全』巻一五九）の「采樵　深山に入り、山深くして　水重疊たり」など「入深山」の例は多いが、二字に詰めた例は珍しい。「昇險」「良隮」は、ともに前例が見出せない。「隮」は『詩經』鄘風「蝃蝀」に「朝に西に隮る（朝隮于西）」（毛傳に「隮は升る」と云う）とある。「捜勝」も前例は見えない。「探勝」、「尋勝」であれば、韓愈「惠師を送る」詩（『昌黎先生集』巻二）の「日び擕う　青雲の客、勝を探りて崖濱を窮む」、同じく「靈師を送る」詩（同）の「勝を尋ねて險なるを憚らず、黔江　屢しば洄沿す」などの例がある。また「城南聯句」の「流滑　仄歩に隨い、捜尋して深行を得たり」の二句もこれに類した表現である。「逃俗」は俗世間を逃れる意味だろうが、前例は見えない。「蹤蹊」も、孟郊には「寒溪」其二（巻五）に「凝坐　視聽を直にし、戇行　蹤蹊を失う」の例があるが、前例は見出せない。謝靈運「南山より北山に往き湖中を經て瞻眺す」詩（『文選』

巻二二）の「石横わりて水分流し、林密にして蹊蹤を絶つ」が参考となる例であろう。なお「蹤跡」ならば普通であり、これも敢えて生硬な語に變えて用いた例と言えるかもしれない。「穴流」はそのままではないが、木華「海賦」（『文選』巻一二）に「江河既に導き、萬穴倶に流る」という例がある。また「恣迴轉」は、意味は異なるが、「城南聯句」に「奇慮恣に迴轉す」の例が見える。「竅景」は前例が見えない。次の「饞獸」二句は、溪谷を跋渉する描寫から離れて、其六同様、山中に潛む機心を取り上げている。「饞獸」の前例は見出せない。「饞」は其三で觸れたように孟郊がしばしば用いる語。「猜懼」は、『後漢書』七四上「袁紹傳」の「馥は自ら猜懼を懷き、紹を辭して去るを索め、往きて張邈に依らんとす（馥自懷猜懼、辭紹索去、往依張邈）」など、史傳などでは習見の語だが、詩には餘り用いられていない。「羅人」は、前例が見えない。「羅者」であれば、司馬相如「蜀の父老を難ずるの文」（『文選』巻四四）の「羅者は猶お藪澤を視る（羅者猶視乎藪澤）」などの例があり、言い換えたものと思われる。また「罝罘」は「罝」「罘」ともに兎あみを意味するが、熟語としての用例は見出せない。「幽步」「幽行」などは普通だが、ここは獸であるので「馳」を配したのだろう。「忍慮」も前例は見えず、おそらく『詩經』「大雅・桑柔」に「維れ此の良人は、求むる弗く迪む弗し、維れ彼の忍心は、是こに顧み是こに復す（維此良人、弗求弗迪、維彼忍心、是顧是復）」（鄭箋に云う、國に善人有るに、王は求索せずこれを進用せず、忍びて惡を爲すの心有る者は、王は反りて顧念し重ねてこれを復すと）と見える「忍心」を言い換えたものであろう。獵をする「羅人」も、水車同様に山中の機心を體現する存在だが、最後の四句では、そうした生活者に對して自らの儒の立場の無力感を言う點が注目される。なお言葉の上では、「虛獲」は曹操「孫權に與うるの書」（『全三國文』巻三）の「赤壁の役は、疾病有るに値いて、孤は船を燒きて自ら退くに、橫に周瑜をして虛しく此の名を獲しむ（赤壁之役、値有疾病、孤燒船自退、橫使周瑜虛獲此名）」、「實歸」は『莊子』「德充符」篇の「立ちて敎えず、坐して議せず、虛しくして往き、實ちて歸る（立不教、坐不議、虛而往、實而歸）」（疏に云う、請益すれば則ち心を虛しくして往き、理を得れば則ち腹を實たして歸ると）などの前例がある。

其八

屑珠瀉潺湲
裂玉何威瓌
若調千瑟絃
未果一曲諧
古駭毛髪慄
険驚視聴乖
二老皆勁骨
風趨縁欹崖
地遠有餘美
我遊採棄懐
乗時幸勤鑒
前恨多幽霾
弱力謝剛健
蹇策貴安排
始知随事静

屑珠　瀉ぐこと潺湲たり
裂玉　何ぞ威瓌たる
千瑟の絃を調するが若く
未だ一曲の諧するを果たさず
古えの駭きに毛髪は慄え
険の驚きに視聴は乖る
二老は　皆　勁骨たり
風のごとく趨りて欹崖に縁る
地遠くして餘美有り
我遊びて棄懐を採る
時に乗じて勤めて鑒るを幸うも
前恨　多くは幽霾たり
弱力　剛健に謝し
蹇策　安排を貴ぶ
始めて知る　事に随いて静かなるを

何必當夕齋　　何ぞ必ずしも夕に當たりて齋せんや

（大意）

碎けた珠（のような飛沫）がサラサラと瀉がれ、裂けた玉（のような輝き）は何と嚴かに美しいことか。水音は千の琴を奏でているようで、これまで一度もハーモニーを成したことがない。古さによる驚きには毛髪が震えるが、險しさによる驚きには視覺と聽覺が乖離する思い。二人の老人はともに力強い骨相で、傾いた崖の上を風のように走る。この地は中央から遠く離れているので殘された美が有り、私はここに遊んで嘗て棄てた思いを拾い取る。時機に乘じて訪れ、つとめてその美を鑑賞することを願うが、以前の恨みは多くは覆われ隱れたまま。弱々しい體力で、頑健な人に感謝をし、行き惱む杖で、世話して貰えることを尊く思う。始めて解る、事に隨って行動しても靜寂な心は得られるのだと。何も夕方に齋戒する必要など無いのだ。

水流の激しさから詠い起こされる。「屑珠」の「屑」は碎ける意味だろうが、前例は見えない。韓愈「雪を詠じて張籍に贈る」詩（『昌黎先生集』卷九）の「定めて鵠鷺を燖くに非ざれば、眞に是れ瓊瑰を屑かん」が類する例と言えよう。「裂玉」「威瓌」はともに前例を見出せない。「千瑟絃」に關しては、「峽哀」其六（卷一〇）に風の音に喩えた「石齒　百泉を嚼み、石風　千琴を號ばしむ」という例がある。續く四句は峽谷の險しさを體驗した驚きが詠われる。「古駭」「險驚」はいずれも生硬な表現であり、前例は見えない。「毛髮慄」「視聽乖」も同樣である。なお感情の動きを毛髮によって表す言い方は時々用いており、「嚴かなる河南」詩（卷六）には「赤令　風骨峭え、語言　清霜のごとく寒し、必ずしも雄威を用いざるも、見る者は毛髮攅る」という例が見える。「二老」は具體的に指す相手がいるのかもしれないが、分からない。用例を見ると、『孟子』離婁篇上の「二老は天下の大老なり、これに歸せば、是れ天下の父はこれに歸すなり（二老者天下之大老也、而歸之、是天下之父歸之也）」は伯夷と太公望、孫綽「天台山に遊ぶの賦」（『文選』巻一二）の「義農の絶軌を追い、二老の玄蹤を躡む（追義農之絶軌、躡二老之玄蹤）」は老子と老萊子というように、具體的な人物を意識することが一般的である。取りあえずここは、そうした古代の聖賢のイメージを借りながら、この地に隱棲する高士を指したものと理解しておく。なお「土老」に作るテキストもあり、その場合は土地の老人の意味になるだろうが、前例は見出せない。この詩で興味深いのは續く四句である。「餘美」「棄懷」ともに意味は分かるが、前例は見えない。そして「棄懷」は、人が棄てたとも、自分が嘗て棄てたとも解釋できそうだが、後に「前恨」とあることからすれば、自分が一旦は棄てた懷いと理解するのが妥當だろう。若年、山中で生活していた頃の懷いをもう一度振り返ってみるということではないか。「勤鑒」は「勤めて鑒る」意味かと思うが、やはり前例は見出せない。「前恨」も「幽霾」も同樣である。なお「秋懷」其十一（巻四）に「前悔」、また「令狐侍郎郭郎中の項羽廟に題するに和す」詩（巻九）に「舊恨」の例がある。また「霾」だけであれば、塵土が巻き上げられて邊りが暗くなる意で、前例は少なくない。「元魯山を弔う」其四（巻一〇）でも「賢人は多く自ら霾す、道理　俗と乖う」と使っている。最後の四句では、力が弱いなりに山行を樂しみ、それによって山中の靜かな境地を味わうことができたと言う。「蹇策」は前例が見えない。「蹇」は晩年の孟郊の情況を反映するのか、連作詩においてのみ見られ、中で「秋懷」其十二に「蹇行　餘鬱を散じ、幽坐　誰れか與曹たらん」とあるのが比較的近い用例である。なお「策蹇」は、孟浩然「唐城館中に早に發して楊使君に寄す」詩（『全』巻一六〇）に「人を訪いて後信を留め、蹇に策して前程に赴く」という例がある。また「夕齋」も前例が見出せない。「嚴かなる河南」詩（巻六）には「苦竹　聲は雪に嘯き、夜齋　千竿を聞く」の例がある。

其九

昔浮南渡飆　　昔　南渡の飆に浮かび

今攀朔山景　今　朔山の景に攀づ
物色多痩削　物色　多くは痩削たり
吟笑還孤永　吟笑　還た孤永たり
日月凍有稜　日月　凍りて稜有り
雪霜空無影　雪霜　空しく影無し
玉噴不生冰　玉は噴きて冰を生ぜず
瑤渦旋成井　瑤《たま》は渦まきて旋ち井を成す
潛角時聳光　潛角　時に光を聳やかし
隱鱗乍漂冏　隱鱗　乍ち冏を漂わす
再吟獲新勝　再吟　新勝を獲
返步失前省　返步　前省を失う
愜懷雖已多　愜懷　已に多しと雖も
惕慮未能整　惕慮　未だ能く整わず
頽陽落何處　頽陽　何處にか落つ
昇魄銜疎嶺　昇魄　疎嶺を銜む

（大意）

昔、南へ渡って行く疾風に乗って船を浮かべたが、今は、この北の山の景色を見ながら高く登っている。ここに見る物の姿は多くは痩せて削ぎ落とされ、詩を吟じ笑ってもやはり何時までも獨り。日月は凍って角ができ、雪や霜によってすべてが白く形が解らない。しかし、その中で玉が噴き出るような泉には氷が張ることもなく、瑤《たま》が渦巻くような流れは忽ちのうちに井戸のような深い渦を成す。潜んでいる虬の角は時折キラリと光り、隠れている魚は一瞬光を水面に浮かべる。再び吟じて新しい勝地を手に入れたが、歩を返して元へ戻ろうとしても以前の思いは失われたまま。こうしていると心に適うことは多いけれども、恐れ惑う氣持ちはまだ整理がつかない。傾いて行く太陽は何處に落ちて行くのか。昇ってきた月が疎らな山の嶺をくわえるように掛かっている。

冒頭の「昔」と「今」の對比は珍しくないが、その後に續く「南渡の飆に浮かぶ」「朔山の景に攀づ」は、言葉の繋がりの上で新鮮さがある。とくに「浮飆」「攀景」はいずれも前例が見當たらない。「吟笑」「孤永」も同様である。「物色　多くは痩削たり」であるから、「日月　凍りて稜有り」も當然なのかもしれないが、物が凍って尖るという發想は孟郊の好みであった。凍る對象は異なるが、「寒溪」其三（巻五）の「波瀾　凍りて刀と爲る」もその一例である。「玉噴」「瑤渦」は意味は分かるが言葉としては目新しい。なお孟郊には「噴玉の布」詩（巻九）もある。「潛角」「聳光」「漂冏」は、いずれも前例が見出せない。「潛角」は「隱鱗」との對から見て、角を持つ龍の屬である虬を指すのだろう。著名な謝靈運「池上の樓に登る」詩（『文選』巻二二）の「潛虬　幽姿媚なり」を意識するのかもしれない。「前省」は其八の「前恨」と同様、過去の山中での思いを言うのだろうが、やはり前例は見えない。「愜懷」は「愜心」の言い換えか。最後の句は、表現は異なるが、謝靈運「南亭に遊ぶ」詩（『文選』巻二二）の「遠峯　半規を隱す」と同様の光景を描くものであり、孟郊も「立德の新居」其五（巻五）で「素魄　夕岸を銜む」と類似の表現を用いている。全體として、寒冷だが清澄な「朔山」を、以前の經驗を思い返しつつ、日の暮れるまで歩き回ることが述べられている。

其十

聖朝搜巖谷　聖朝に巖谷を捜す
此地多遺玩　此の地　遺玩多し
怠墮成遠遊　怠墮にして遠遊を成し
頑疎恣靈觀　頑疎にして靈觀を恣にす
勁飆刷幽視　勁飆　幽視を刷い
怒水懾餘湍　怒水　餘湍に懾えしむ
曾是結芳誠　曾て是れ芳誠を結ぶ
遠茲勉流倦　遠く茲に勉めて倦を流す
冰條聳危慮　冰條　危慮を聳やかし
霜華瑩遐眄　霜華　遐眄を瑩かす
物誘信多端　物誘　信に多端
荒尋諒難遍　荒尋　諒に遍くし難し
去矣朔之隅　去らんかな　朔の隅
翛然楚之甸　翛然たり　楚の甸

（大意）

聖天子の治める御代に巖に包まれた谷を（勝地を）捜して歩く。この地には前人の賞玩に漏れた景勝が多い。（官吏として）怠惰であるがゆえに遠遊を爲し、頑なで粗野であるから心で恣に眺め渡す。激しい風が微かな視力しかない私の目を拭い拂ってくれ、怒ったように逆巻く水は早瀬から彈け飛んでくる飛沫によって怯えさせる。嘗て私は芳しい誠の心をこの自然と結び合った。それから遠く時の經った今、勉めて倦んだ心を洗い流す。冰柱は危險に對する思いを際だたせ、霜の花は遠くまでの眺めを一層磨き上げる。物の誘いはまことに樣々だが、荒野を尋ね歩くことは、まことに遍くし難い。この北の隅の地を去り、無心の境地で楚の地を訪れたい。

この詩は先にも觸れたように、華氏の繫年において貞元九年說を取る一つの根據となっている。「遺玩」は其八の「餘美」が思い合わされるが、やはり前例は見當たらない。三句目の「遠遊」は、もとより『楚辭』「遠遊」篇にもとづく言葉だが、天子のもとを離れればそう言いうるのであり、とくに遠方に出かけることと考えなくとも良いだろう。長安で朝官に用いられることなく、河南府の幕僚として洛陽に來たことを意識した表現としても理解できると思われる。そもそも冒頭の「聖朝に巖谷を搜す」が、朝に仕えようとする者にとって望ましい行爲ではない。だから「遠遊」を「怠墮」のためと言い、自らを「頑疎」と言うのだろう。嵆康「幽憤詩」（『文選』卷二三）の「天より降るに匪ず、寔に頑疎なるに由る」を意識するものと思われる。なお「靈觀」は心の働きで觀賞することを言うだろうが、その意味での前例は見えない。「勁飆」も前例は見當たらない。「勁風」ならば、潘岳「秋興賦」（『文選』卷一三）の「勁風戾《いた》りて帷を吹く」など用例は多い。其九に「南渡飆」と言い、また「寒溪」其五（卷五）に「凍飆」の例が見えるが、いずれも「飆」を用いて意味を強めるのだろう。「幽視」も前例は見えない。「幽覿」であれば、顏眞卿「陸處士の杼山にて青桂花を折りて寄せらるるの什に謝す（謝陸處士杼山折青桂花見寄之什）」詩（『全』卷一五二）の「會ず名山の期に愜い、君に從いて幽覿を恣にせん」などの例がある。また「刷視」の例は、「元魯山を弔う」其八（卷一〇）に「二三　貞苦の士、視を刷いて危望を聳やかす」と見える。「怒水」は韓愈「靈師を送る」詩（『昌黎先生集』巻二）に「怒水　忽ち中より裂け、千尋　幽泉に墮ちん」と見えるが、「餘湍」の方は前例が見出せない。「懾湍」という例も見えない。「曾是」二句は、連作の後半で繰り返されている過去の體驗を反芻する思いであろう。ただ「芳誠」「流惓」ともに前例は見當たらない。なお「遐盼」の「盼」は『廣韻』では去聲霽韻に屬するが、『集韻』（巻七）では去聲襉韻に「盼」の異體字として收められており、ここもその例と判斷される（この點、平田昌司氏のご教示による）。「荒尋」は「立德の新居」其五（巻五）にも「崎嶇　懸歩有り、委曲　荒尋饒し」と使われるが、前例は見えない。「荒」については其三で言及した。末二句は華氏が朔方から楚に行くと解された根據となっているが、「去矣」と言っても、今からここを離れて南へ行こうという意味ではあるまい。また「翛然」は、『莊子』大宗師篇の「翛然として往き、翛然として來らんのみ」（郭注「これを至理に寄す、故に往來して難からざるなり」釋文「翛然は、自然無心にして、自ら爾るの謂いなり」）に基づく言葉で、捉われない心の様を言う。斷定することは難しいとしても、石淙の地を歩き回った後、懐かしくもあり、また自然の美に富んでもいる故郷が、自ずと心に思われたというのではないか。

連作全體の構成を言うならば、險峻で寒冷だが、同時に澄明な美しさを備えた自然を歩き回り、世俗の煩わしさを感じて自然の中の生活に心惹かれながらも、なおそこに入って行けない自分の在り方が、改めて確認されるという流れになっている。一般に山水を跋渉して景勝を求めることは、官僚社會における不遇感と結びついていることが多いが、孟郊のこの連作の場合も、長安で中央の職を得ることがかなわず、河南府の下級官として洛陽に來ざるを得なかったという思いが背景に有ったと考えられる。謝靈運の詩に對する連想が見られるのはその現れであろうし、とくに其十の冒頭四句は、その思いが顯著に表れた箇所である。長安から洛陽に來ることを「遠遊」と言うのは大げさなようだが、中央政府で然るべき職を得られなかった不遇感を表すのには、むしろふさわしい表現であろう。かつ「石淙」が則天武后以來の著名な景勝地であり、多くの宮廷詩人達が詩作の腕を競い合った場所であることを思い合わせれば、この地を獨り歩き回って「遺玩」を捜していることは、もとより望ましい行動ではなかったはずだ。其三の末四句の、とくに「顧惟」の句はその一例であるし、また其四の「何況」二句なども、明瞭ではないけれども當塗者への批判をこめた表現だろう。ただ一方で注目しておくべきことは、そのように不遇感を表し、かつ「前蹤」「棄懷」など嘗ての隱棲の經驗を思い起こすかのような表現を重ねながらも、官僚社會への失望感をあからさまに口にしていないだけでなく、水車や「羅人」などの山中の「機心」に言及して、そこが必ずしも人智を去った理想の場所ではないことを示していることである。それは、あくまで士人として、官僚として生きようとする彼の基本的立場の表明であると言えよう。嘗ての隱棲の經驗や江南への旅のことが思い出され、また最後に故鄉を思っているが、この時の孟郊は官僚社會に一定の希望が持てる狀態であったと想像される。

二　「石淙十首」の問題點

以上のような構成を持つ「石淙十首」が、連作詩および彼の詩全體の中でどういう意味を持つのかを、次に考えてみたい。十二組の連作詩の中で較べてみると、基調が穩やかであることがまず指摘できる。同じく川をテーマとした「寒溪九首」「峽哀十首」の二組の連作と比較するなら、「寒溪」が寒氣に凍りついた川を描いて、それによってもたらされた「天殺」の不當を訴えるというモチーフを持ち、また「峽哀」が自然の險阻と世道の險阻を重ね合わせて、自らの世途を遮る惡者として觀念的に讒者を設定し、これに對する憤りと被害感を強く詠っているのとは、大きく異なっている。溪谷は險峻で寒冷であっても、あくまで美的な對象として歌われており、また自然に對する人爲、特に惡を爲す者として羅人が登場するが、これも自らに惡意を持つ者ではなく、自然の中の對象の一つとして取り上げられていて、「峽哀」に登場する讒人の役割とは全く異なるものとなっている。それは、基本的に彼の精神狀態が安定していることの反映と考えて良いだろう。

「石淙十首」の制作時期については、「石淙」が嵩山山中の景勝地を指すと考えて誤り無いものと思われるので、元和元年（八〇六）冬に河南水陸轉運判官、試協律郎に任じられて、洛陽に住むようになって間もない頃と判斷する。(5)孟郊が若年に嵩山山中で生活した經驗を持つという『舊唐書』本傳の記事に從うなら、すでに五十代の後半になって現以前の隱棲の經驗を振り返る氣持ちが、「晩步」「前蹤」「棄懷」「前恨」「前省」「曾是結芳誠」などの表現となって現れているのだろう。また其九冒頭の二句も、貞元年間に楚や越の地を遊歷した經驗と、そこからは北方に當たる嵩山の景勝を步く現在の情況とが對比されていると考えて良い。上述のように、不遇感を懷きつつも全體の調子が落ち着いていることがこの連作詩の一つの特徵と言えるが、それは不滿足ながらも官職を得ていたという事情が有ったからではなかろうか。同じく遊適をテーマとする「濟源の春」「枋口に游ぶ二首」（いずれも巻五）など、元和七、八年頃と推定される諸作と比べてみても、それらに老殘の思いや後嗣の無い悲しみが色濃く表れているのとは明確に異なっている。テーマが異なる故に單純な比較はできないとしても、全體に元和二年の作と推定される「立德の新居十首」と相い通じる落ち着いた精神狀態が感得される。

用語について見ると、指摘に努めたように聯句と他の連作詩に共通する例が多い。また常套的な言葉を、形容語を代えることや賓語を類語に置き換えることで、意味内容を大きく變えることなく生硬な語にする手法が多用されており、それによって獨自の語感を傳えている例も多數見られる。その際に注意しておきたいのは、「幽」「聳」「腥」「蹇」「聰」などの、孟郊愛用の語を形容語としてかぶせることで、新しい詩語を作り出している例が多いことである。

そうすることによって、用語に新しさだけでなく、孟郊らしさも加えられている。このことはまた、連作詩という形式を孟郊獨自のものとして練り上げる上で、極めて有效に作用していると思われる。用いられる詩語の傾向を大づかみに見れば、彼の詩にはその初期から、用語の意圖的な古めかしさ、大仰さが見られ、それが韓愈等に評價される特徴ともなっている。しかし晩年の詩、特に連作詩の持つ晦澁さ、奇矯さは、初期の作品には見られない。そして、意識的に晦澁にし、生硬な言葉や表現を用いる傾向は、年を追うほど酷くなり、それとともに繰り返しを含む饒舌さ、くどさも現れてくる。こうした晦澁、奇矯な用語の多用、および詩の散文化、饒舌さは、當時の詩人一般にも見られる傾向であり、大きく言えば孟郊もまた時代の傾向の下にあったと言えるかもしれない。しかし孟郊の場合は、その度合いが群を抜いており、しかもそれが聯句と連作詩に強く表れているのである。

　ところで聯句との關係であるが、連作詩制作の背景にはやはり聯句での經驗が作用していたと想像される。とくに「石淙十首」の場合には、用語を中心として、聯句の經驗をなぞっている點が少なくないと感じる。ここでは韓孟聯句の代表作とされる「城南聯句」を例にあげてみよう。既に述べたように、これは全體で三〇六句に及ぶ長編で、恐らくは長安城南にあった韓愈の別莊を舞台として、城南の秋の風物を様々に描く作品である。全體を掲げる餘裕がないので、內容をごく大まかに言えば、「城南の秋の自然〜田園風景〜廢屋〜懷古〜嘗ての文人達の酒宴〜文學による世界の創造〜都の贊美〜名望ある一族〜狩獵〜郊祀〜城南・終南山中の風景〜元和の新政〜聯句制作の意氣込みと喜び」という流れを持っている。そこには、繰り返しつつ展開する重層的な構成があり、またそれにふさわしい様々な表現が試みられている。例えば冒頭の「竹影　金　瑣碎たり、泉音　玉　淙琤たり」では、「竹影」は通常は竹の影の意であるのを、ここは竹に當たる日光の意に變えて用い、また「泉音」も、「泉聲」であれば普通であるのを、意味の似た別の語と結び付けることで生硬な語に變えており、ともに新鮮な印象を強めている。また「囚飛　網に黏して動き、盜啅　彈に接して驚く」（一五・一六句）のような、從來歌われなかった素材（小動物）を新しい言葉で捉えようとする試みや、第一章にも引いた「奇を窺いて海異を摘み、韻を恣にして天鯨を激す。腸胃　萬象を繞らし、精神　五兵を驅る」（九一〜九四句）のように、奇拔な表現で自らの詩作を語る箇所も見られる。總じて、自分達の新しい見方、表現方法を盛り込もうとする意欲と、そのために聯句という非正統的な文學形式を敢えて用いた實驗的な意圖とが感じとれる作品である。さて、こうした聯句を集中的に作成した後、そこで得られた經驗を基に自らの詩作の新しい方法を模索したとき、孟郊が選び取ったものが連作詩だったのではないだろうか。聯句は、二人ないし數人が、主題や流れに即して、二句から十數句を交互に連ねるものだが、假にそれに近いことを一人で行なおうとすれば、一つの主題の下に、次々と詩を重ねる連作詩に落ち着くことになるだろう。元和元年の晩夏から初冬にかけて合わせて九首の聯句を集中的に作り、その後で一人洛陽に來た孟郊には、恐らく韓愈と相互に與え合った文學的な刺激の余韻が殘っていたのではないかと思われる。その結果、聯句の體驗を生かして自分の文學を特徵づける試みとして、連作詩が選ばれたのではなかろうか。この想像を多少なりとも補強するのは、用語の上で聯句との共通性が多く見られることである。共通する詩語、類似した表現は枚擧に暇がない。發想を見ても、例えば其六の「谷磑」二句は、「城南聯句」の「機舂　潺湲の力」（六一句）と類似している。これは、具體的には水車を表現したものだろうが、其六の表現は谷川全體を石臼に見立てるような大きさが有り、獨特の魅力を備えている。この表現の基礎に「城南聯句」での經驗が有ったと言ってもあながち牽強ではないだろう。強引であることを恐れずに言えば、筆者には、連作詩の中で唯一遊適詩という主題を持つこの「石淙十首」には、全體として、同樣に遊適という主題を持ち、かつ聯句の中で最も力を注いだ、「城南聯句」の經驗を反芻する氣持ちが有ったように思われる。

敢えて言えば、聯句の制作の經驗を受けて、文學による自己實現を求めた正統的な方法が連作詩であり、これこそが孟郊の文學のあり方とその力量を主張する作品群なのである。表現の晦澁さ、くり返しを含む饒舌さが目につくことになるのも、聯句での實驗を通して得た用語の新しさを更に突出させようとし、また詩篇を重ねることによって導かれる重層性を、角度を變えつつ表現をくり返すことによって更に強調しようとしたからであろう。これらの點をむしろ自らの個性として敢えて主張したと言えるかもしれない。そして「石淙十首」は、聯句の經驗を生かしながら獨自の方法を摑んで行く、その轉換點を示す作品だと思われる。

注

（1）孟郊の詩の例を見ても、長安から范陽に歸る賈島に贈った「戲れに無本に贈る」（二首、巻六）の其二では「朔雪　別れの句を凝らし、朔風　征魂を飄えす」と詠っている。

（2）『全唐詩』には、「石淙」の題で則天武后、中宗、睿宗、李嶠、徐彥伯に、「奉和聖製夏日遊石淙山」の題で姚崇、閻朝隱、武三思、張易之、張昌宗、薛曜、楊敬述、于季之に、そして「嵩山石淙侍宴應制」の題で蘇味道、崔融、沈佺期にそれぞれ詩が有る。また『全唐文』には則天武后の序文の他、張易之の「秋日宴石淙序」（巻二三九）も載せる。なお、岑參に「終南雲際精舍尋法澄上人不遇歸高冠東潭石淙望秦嶺微雨作貽友人」詩（『全唐詩』巻一九八）が有り、終南山中にも石淙と呼ばれる地が有ったことが分かる。

「夏日遊石淙山詩序」の原文は以下の通り。「若夫圓嶠方壺、涉滄波而靡際、金臺玉闕、陟懸圃而無階。唯聞山海之經、空覽神仙之記。爰有石淙者、卽平樂澗也。爾其近接嵩嶺、俯屆箕峯、瞻少室兮若蓮、睇潁川兮如帶。既而躡嵜嶇之山徑、蔭蒙密之藤蘿。洶湧洪湍、落虛潭而送響、高低翠壁、列幽澗而開筵。密葉舒帷、屛梅氛而蕩燠、疏松引吹、清麥候以含涼。就林藪而王心神、對煙霞而滌塵累。森沈邱壑、卽是桃源、淼漫平流、還浮竹箭。紉薜荔而成帳、聳蓮石而如樓。洞口全開、溜千年之芳髓、山腰半坼、吐十里之香粳。無煩崑閬之遊、自然形勝之所。當使人題綵翰、各寫瓊篇。庶無滯於幽棲、冀不孤於泉石。各題四韻、咸賦七言。」

（3）以下、孟郊、韓愈らの使用例を中心とした語注を記す。唐以前の詩文の用例は、『文選』、『玉台新詠』以外は、基本的に『先秦漢魏晉南北朝詩』、『全上古三代秦漢三國六朝文』に従い、また唐人の詩文については、特に書名を示していない場合は、便宜的に『全唐詩』、『全唐文』に據っている。なお巻數の前の『全』は『全唐詩』の略號とする。用例の検索には數種の索引を利用したが、もとより十分ではない。「前例が見出せない」と記したのも、主要な作家、作品集に捜し當てられないということであり、一つの目安として受けとっていただきたい。

（4）孟郊には鋭く、堅く、冷たいものに對する嗜好があったようで、そうした性質を持つ自然物を意識的に取り上げる傾向が見られる。とくに晩年には、それらが却って孟郊自身を傷つけ苛むものとして歌われるようになり、「寒溪九首」「峽哀十首」「秋懷十五首」の各項で觸れるように、そうした苛虐的な自然像が一つの特徴となっている。

（5）假に嵩山近邊に生活の據點を持っていたとすれば、まずそこに赴いたことが想像される。洛陽の立德坊に新居を構えるのは翌二年のことであり、正式に任官した後である。長安から嵩山の寓居に歸ったとすれば、その折に作られたと考えて良いだろう。

第二節　榮譽と悲哀――「立德の新居十首」と「杏殤九首」

一　「立德の新居十首」

次に、「石淙十首」とともに十組の中では早期の作品に屬し、かつ制作の時期と背景が明らかなことでも注目される「立德の新居十首」（卷五）を取り上げて檢討したい。舞台となった洛陽の立德坊は、洛水によって南北に分かれた外郭城の北郭に在り、東城のすぐ東側に南北に竝ぶ坊の南から二つ目に位置した。元の『河南志』卷四などに據れば、この立德坊は洛水から分かれた漕渠が南側を、また北西の城外から含嘉倉城を通り、この坊を遶って漕渠に注ぐ洩城渠が北側と東側を、そして洩城渠から分かれて漕渠に注ぐ寫口渠が西側をそれぞれ流れており、周圍をぐるりと水に圍まれていた。しかも南側には新潭と呼ばれる遊水池が出來ており、そこは柳が繁り、石積みが施された船着き場が有ったという。從ってこの坊は、周圍が水に圍まれて低い分、中は小高い地勢になっていたと見られる。

それでは作品の檢討に入る。便宜上、十首を先に一括して掲出する。

其一

立 德 何 亭 亭　　立德　何ぞ亭亭たる

西 南 聳 高 隅　　西南　高隅に聳ゆ

陽崖洩春意　　陽崖　春意を洩らし
井圃留冬蕪　　井圃　冬蕪を留む
勝引即紆道　　勝引　即ち紆道
幽行豈通衢　　幽行　豈に通衢ならんや
碧峯遠相揖　　碧峯　遠く相い揖す
清思誰言孤　　清思　誰か孤たりと言う
寺秩雖未貴　　寺秩　未だ貴からざると雖も
家醪良可哺　　家醪　良に哺すべし

（大意）

立徳坊の地は（徳を立つるというその名のように）なんと高々とぬきんでていることか。（我が家は坊の）西南の小高い隅に聳え立っている。南側の崖にはすでに春の息吹が洩れ出ているが、區切られた野菜畑には冬ざれの姿が殘っている。我が良き友は細くうねうねと連なる道。ひとり散策するのにどうして大通りを行こうか。綠の峯は遠くから挨拶をくれる。この淸らかな思いがなんで孤獨なことが有ろう。太常寺の職の品秩は高いとは言えないが、それでも自家製の濁り酒は飲むに十分有る。

其二

聳城架霄漢　　聳城　霄漢に架し
潔宅涵絪縕　　潔宅　絪縕に涵さる

開門洛北岸　　門を開く　洛北の岸
時鎖嵩陽雲　　時に鎖す　嵩陽の雲
夜高星辰大　　夜高くして　星辰大いに
晝長天地分　　晝長くして　天地分かる
厚韻屬疎語　　韻を厚くして　疎語を屬し
薄名謝囂聞　　名を薄んじて　囂聞を謝す
茲焉有殊隔　　茲に殊に隔たる有り
永矣難及羣　　永《とわ》に羣に及ぶこと難し

（大意）
聳え立つ洛陽の城《まち》は大空に掛け渡され、私の清潔な家は天地の氣に浸される。門は洛水の北岸に開いており、嵩山の南から來る雲が時に視界を閉ざす。夜空は高く澄んで星は大きく、春が兆して晝が長くなり、天と地が明らかに分かれている。私は韻律の響きを大切にして疎らな言葉を綴り合わせ、名聲をうとんじて喧しい評判を謝絶する。この今の自分の狀態は、世俗とはとりわけ隔たっている。永遠に羣に入ることなど困難だ。

其三
賓秩已覺厚　　賓秩　已に厚きを覺え
私儲常恐多　　私儲　常に多きを恐る
清貧聊自爾　　清貧　聊か自から爾するも

素責將如何　素責　將た如何せん
儉教先勉力　儉教　先ず勉力し
修襟無餘它　修襟　餘它無し
良棲一枝木　良棲　一枝の木
靈巢片葉荷　靈巢　片葉の荷
仰笑鵾鵬輩　仰ぎて笑う　鵾鵬の輩の
委身拂天波　身を天を拂う波に委ぬるを

（大意）
自分の幕賓としての官秩は十分に手厚いと感じ、私的な蓄えが多くなることを常に恐れている。自ずから清貧な生活となるのは良いが、日頃の債務はさてどうしようか。儉約の教えを守ることにまず力を盡くし、修養した胸の内にはそれ以外の雑念は無い。鳳凰のような良い鳥が棲むのも木の一枝であり、靈妙な龜の巢も蓮の葉のひとひらであると言う。仰ぎ見て鵾や鵬が、（名利を求めて）天にも届く大波に身を委ねていることを笑うのだ。

其四
疏門不掩水　疏門　水を掩わず
洛色寒更高　洛色　寒く更に高し
曉碧流視聽　曉碧　視聽を流し

夕清濯衣袍　　夕清　衣袍を濯ぐ
爲於仁義得　　仁義において得るを爲し
未覺登陟勞　　未だ登陟の勞を覺えず
遠岸雪難暮　　遠岸　雪に暮れ難く
勁枝風易號　　勁枝　風に號び易し
霜禽各嘯侶　　霜禽　各おの侶に嘯く
吾亦愛吾曹　　吾も亦た吾が曹を愛せん

（大意）
隙間の多い柴の門は川の姿を覆わず、洛水の様子は寒々として、いっそう水かさが高い。暁の川の縁は眼や耳をさっぱりと洗い流し、夕方の清らかな水は衣や上着を洗い濯ぐ。仁義において得るものが有ることを求めるので、高い所に登る苦労を感じることも無い。遠くの岸は雪に包まれてなかなか暮れず、強い枝は風に吹かれてかえって音を立てやすい。冬の鳥達はそれぞれ仲間を呼んでいる。私もまた我がともがらを愛そう。

其五

崎嶇有懸步　　崎嶇　懸步有り
委曲饒荒尋　　委曲　荒尋饒し
遠樹足良木　　遠樹　良木足く
疎巢無爭禽　　疎巢　爭禽無し

素魄銜夕岸　素魄　夕岸を銜み
綠水生曉潯　綠水　曉潯に生ず
空曠伊洛視　空曠たり　伊洛の視
髣髴瀟湘心　髣髴たり　瀟湘の心
何必尚遠異　何ぞ必ずしも　遠異を尙ばん
憂勞滿行襟　憂勞　行襟に滿つ（1）

（大意）
險しい場所ではまるで吊り下がるような歩みになるが、それでもあちこちと特に目的もなく尋ね步くことが多い。遠い樹々には良木が多く、疎らにかけられた巣には爭い合う鳥はいない。白い月が夕方の岸邊を銜えるように姿を見せ、綠豐かな水は明け方の汀に生じる。がらんとした伊水、洛水の眺め、それはさながら瀟水、湘水を愛でる心に通じる。だから何も遠方の珍しい景色を尊ぶことはないのだが、しかし愁いの氣持ちが故鄉を離れている私の胸に滿ちる。

其六

懸途多仄足　懸途　仄足多く
崎圃無脩畦　崎圃　脩畦無し
霜蘭與宿艾　霜蘭と宿艾と
手擷心不迷　手づから擷みて　心に迷わず

品子懶讀書　　品子　讀書するに懶く
轅駒難服犂　　轅駒　犂に服し難し
虛食日相役　　虛食　日び相い役し
夸腸詎能低　　夸腸　詎ぞ能く低からん
恥從新學遊　　新學に從いて遊ぶを恥ず
願將古農齊　　願わくは古農と齊しからん

（大意）
吊り下がるような險しい道では傾いて歩くことが多く、險しい場所の野菜畑には長い畦が無い。霜を受けた蘭と年を越した雑草とを、手づから摘むのにどちらを選ぶか迷うことはない。下級官である私の子供は勉強することを面倒がり、ながえに繋いだ若駒には鋤を引かせ難い。僅かな食で毎日我が身を勞するが、飢えに誇った腸は一向におとなしくなってくれない。しかし今の新しい學問を學ぶために出かけることを恥じ、古くからの農民と等しくあることを願うのだ。

其七

都城多聳秀　　都城　聳秀多し
愛此高縣居　　此の高く縣《かか》れる居を愛す
伊洛遶街巷　　伊洛　街巷を遶り
鴛鴦飛閶闔　　鴛鴦　閶闔に飛ぶ

翠景何的皪　　翠景　何ぞ的皪たる
霜颸飄空虚　　霜颸　空虚に飄る
突出萬家表　　突出す　萬家の表
獨治二畝蔬　　獨り治む　二畝の蔬
一旬一手版　　一旬に一たび版を手にし
十日九手鋤　　十日に九たび鋤を手にす

（大意）
この都は高く秀でた場所が多く、この高所の住まいを私は愛する。伊水と洛水が街をぐるりと取り巻き、鴛鴦が里の門の邊りに飛ぶ。綠の水の光は何ときらきらと明らかなことか。霜を帶びた風はがらんとした空にひるがえる。多くの家々の上に突き出た所に、私は獨り二畝の野菜畑を營んでいる。一旬に一回役人として笏を手にし、十日に九回は農夫として鋤を手にするのだ。

其八
手鋤良自勗　　鋤を手にして　良に自ら勗む
激勸亦已饒　　激勸　亦た已に饒し
畏彼梨栗兒　　畏る　彼の梨栗の兒の
空資玩弄驕　　空しく玩弄の驕に資するを
夜景臥難盡　　夜景　臥すも盡き難く

晝光坐易消　　晝光　坐せば消え易し
治舊得新義　　舊を治めて新義を得
耕荒生嘉苗　　荒を耕して嘉苗を生ぜしむ
鋤治苟愜適　　鋤治　苟も愜適せば
心形倶逍遙　　心形　倶に逍遙たらん

（大意）
鋤を手に自ら農業に努める。我が身を勵ますこともまた多い。心配なのは（この努力が）、あの梨や栗ばかりを欲しがる子供の、やんちゃに遊ぶためだけに役立つこと。夜は寢ていても容易に明けず、晝は坐っているうちに過ぎてしまいやすい。昔からのやり方を習い治めて新しい意義を得、荒れ地を耕して良い苗を生まれさす。鋤を使って畑を營むことが、かりにも心に適うなら、精神も肉體も共に自適できるだろう。

其九

玉蹄裂鳴水　　玉蹄　鳴水を裂き
金綬忽照門　　金綬　忽ち門を照らす
拂拭貧士席　　拂拭す　貧士の席
拜候丞相軒　　拜候す　丞相の軒
德疎未爲高　　德疎にして　未だ高しと爲さざるも
禮至方覺尊　　禮至りて　方に尊きを覺ゆ

豈惟耀茲日　豈に惟に茲の日を耀かすのみならんや
可以榮遠孫　以て遠孫を榮えしむるべし
如何一陽朝　如何ぞ　一陽の朝
獨荷衆瑞繁　獨り衆瑞を荷《う》くること繁き

（大意）
立派な馬の、玉のような蹄の響きが（川の）水音を裂き、金色の印綬が突然我が門を輝かした。貧しい士の敷物を拂い拭って、丞相のお乘りの車を出迎え拜す。我が身の德が足りないので位は高いと言えないが、こうして禮を受けると始めて身の尊さを感じる。今日の事はどうしてただこの日だけを輝かすに止まろう。遠い子孫まで榮譽となることなのだ。何と嬉しいことだろう、一陽來復の日の朝に、私ひとりが目出たい徵《しるし》を多く受けることになったとは。

其十

東南富水木　東南　水木に富み
寂寥蔽光輝　寂寥として光輝を蔽う
此地足文字　此の地　文字足きも
及時隘駿騑　時に及んで　駿騑隘《せま》し
仄雪踏爲平　仄雪　踏みて平らかと爲し
澁行變如飛　澁行　變じて飛ぶが如し

令畦生氣色　　令畦　氣色を生じ
嘉綠新霏微　　嘉綠　新しく霏微たり
天意資厚養　　天意　厚養に資す
賢人肯相違　　賢人　肯えて相い違わんや

（大意）
東南の方向は水や木々が豊かで、ひっそりとこの榮えあるご來臨を覆っている。私の住居は文學は豊かに有るが、惠みの及ぶこの時に丞相の車馬を停めるには狹い。傾いて積もった雪も踏んで平らかにし、行きなやんでいた歩みが一變して飛ぶようにスムーズになる。良い畑には春の氣配が生じ、めでたい綠が新たにきらきらと目に映る。天の意志は人々を厚く養うことを助けるのであり、賢人はその意志に反することは無いのだ。

其十の末尾に、「末二章は冬至の日に鄭相の門に至れば以て意のここに在るを屬す（末二章冬至日鄭相至門以屬意在焉）」という自注が付されている。「鄭相」とは、貞元十四年（七九八）から十六年と永貞元年（八〇五）から元和元年の二度にわたって宰相を勤め、元和元年十一月庚戌に河南尹に轉じた鄭餘慶である。そして孟郊は韓愈らの推薦によって鄭餘慶の賓佐、すなわち河南水陸運從事、試協律郎として、洛陽に招かれたのであった。(2) ところで、『唐代の暦』（平岡武夫氏他編『唐代研究のしおり』一、同朋社）に據れば、元和元年十一月庚戌は二十一日であり、この年の冬至は癸巳（四日）であるので、孟郊の自注に言う「冬至の日」は、翌二年の十一月己亥（十六日）であろう。(3) この連作詩は、その日か、それから間もない時に作られたと考えられる。

さて十首の流れを簡單に整理すれば、まず「立德坊」という名に絡めて、地勢の高さを言うことから詠い起こされ、續いて新居の樣子とそれを取りまく狀況が述べられる。都の一隅でありながら散策するに堪える周圍の狀況や、其二の前半のような大きな自然に包まれた新居の描寫には、孟郊の思想や生活の志向とともに、その詩的表現の特徵も隨所に表わされている。特に淸澄で寒冷な自然物や、斜めあるいは銳角的なものに敏感な感覺は、これ以降晩年の詩において顯著となる傾向である。なお散策の樣子や景物の描寫には、「崎嶇　懸步有り、委曲　荒尋饒し」（其五）など、發想や語彙において「石淙十首」と共通する側面が認められる。ただし奇拔でスケールの大きい表現が見られた「石淙」に比べると、こちらは全體に調和のとれた穩やかな表現が多いと感じられる。またこれら新居および周圍の描寫とあわせて、世俗を離れた淸貧な生活に身を置いて、その中で自足しようとする意志が、其六、七、八の自ら農作業に從事することの表明に明瞭に示されている。吏隱を氣取るかのような「突出す　萬家の表、獨り治む　二畝の蔬。一旬に一たび版を手にし、十日に九たび鋤を手にす」（其七）などは、特に印象的である。其三の末尾に中央で高官への道を目指す人々への羨望が逆說的に漏らされ、また其五の後半に故鄕である南方の地への思いが歌われてはいるが、全體の基調は落ち着いていて、安定した現況を受け入れようとする姿勢が窺える。連作詩の中でも、最も落ち着いた心境が表れていると言ってよい。また家族についての表現が見え、まだ幼い子供について、勉學に熱心でないことを嘆いているのも、從來に無い態度と言って良い。(4) そうした流れの最後に、新居への鄭餘慶の來臨という榮譽を歌って締め括られているのも、ようやく得られた幸福を印象づけている。

ところで、この連作詩を形式の上から見た場合、實は大きな特徵が認められる。それは十首いずれも五言十句の古詩で統一されていることである。五言古詩形式という點では、「濟源の寒食七首」を除く十一組の連作詩いずれもが同じであるが、他の連作詩では構成する個々の詩の長短がまちまちであり、統一がとれているのは「立德の新居十首」だけである。他の詩人でも、古詩を用いた連作詩の場合は長短不揃いの例が少なくない。それならばなぜ、近體詩の連作を思わせるような形式の統一が計られたのだろうか。それは、この作品が鄭餘慶に獻呈することを前提として作られたからではないかと思われる。十首の構成は其八までが新居とそこでの新しい生活を描き、鄭餘慶の來臨を歌うのは末二首に過ぎない。上述したように、「立德の新居」と題していることとあわせ、連作の主たる制作意圖は前に在るように見える。しかし新居を手に入れ、安定した生活を得た喜びを歌うことは、同時に、その基礎となる官職を與えてくれた鄭餘慶への感謝の氣持ちを表すことでもある。そして其九の「豈に惟に茲の日を耀かすのみならんや」以下四句で、その來臨に深い感謝の念を見せていることからも、連作の力點はむしろ末の二首に置かれていると考えるべきだろう。(5) そうであれば、この連作は新居の詩ではあるけれども、また官長への獻呈という極めてオフィシャルな面も合わせ持つ作品であると言える。形式的に揃っているだけでなく、孟郊にしては感情の起伏が小さく、また表現の上では奔放さを缺いてややおとなしい印象があるのも、恐らくそれと無關係ではないだろう。しかし翻って考えれば、感謝の意を込めて獻呈される詩の場合、このような十首に及ぶ古詩の連作形式を用いるのは、珍しいことではないだろうか。現時點では、前例となる作品を見出せていない。その點で文學史的に新しい試みとして注目されるし、孟郊の詩作の側から見ても、また大きな意味を持つであろう。すなわち、自分の個性に合った新しい詩の方法として連作形式を採用し、これを様々なテーマに應用しようとする意志を表明したと見ることができるからである。先の「石淙十首」の検討において、韓愈らとの聯句の體驗から連作という方法が選び取られた可能性を指摘したが、この「立德の新居十首」はその連作形式を幅廣く應用し、自らの方法として定着させた作品と言うことができるだろう。

　從來の古詩形式による本格的な連作詩は、阮籍の「詠懷詩」や陳子昂、張九齡の「感遇」、そして李白の「古風」など、どちらかと言えば抽象的な題を持つことが多かった。また内容でも、思索や感慨を主に詠ずることが一般的であった。その點で、具體的な題を用い、住居を得た落ち着きと顯官の上司の來訪を喜ぶという、生活の一側面をテーマに加えた點は、この連作詩の大きな特徴と言ってよいだろう。こうしたテーマの具體性、日常性は、中唐期の文學全般に見られる顯著な傾向でもあるが、それを古詩の連作詩にも及ぼした點は、やはり注目されよう。十首前後という比較的小さな纏まり、短期間での制作などの點と竝んで、テーマの捉え方においても、孟郊の連作詩は從來のそれとは明らかに異なる方向を開いたと言えるのではないか。

二　洛陽の住居と晩年の生活

次にやや視點を變えて、住居を歌った詩としてこの連作を檢討してみたい。孟郊の作品のうち、自分の住居をテーマとするものには、他に「秋夕貧居にて述懷す（秋夕貧居述懷）」（巻三）「靖安に居を寄す（靖安寄居）」（巻四）「北郭の貧居」「新たに青羅の幽居を卜し陸大夫に獻じ奉る（新卜青羅幽居奉獻陸大夫）」「生生亭」（以上巻五）が有る。このうち「新たに青羅の幽居を卜し陸大夫に獻じ奉る」は、華忱之氏の繫年によれば貞元十三年（七九七）の夏、汴州に居を構えた際に宣武軍行軍司馬であった陸長源に贈った詩であり（陸の答詩が殘る）、また「生生亭」は、洛陽立德坊の新居の向かい側に溪流を挾んで建てられた四阿で、詩はこの「立德の新居」の連作にやや遲れて作られたと見られる。他の三首については時期の推定が難しいが、「秋夕貧居にて述懷す」は科擧受驗のために長安に滯在していた時期の作か。また「靖安に居を寄す」は長安の靖安坊に家を借りた際の詩とすれば、韓愈が靖安坊に屋敷を構えた後と見るのが妥當であり、內容や用語から判斷して、溧陽縣尉を辭して後に長安に出てきた、元和元年の作と推測される。「北郭の貧居」は手がかりがより乏しいので、明確な判斷は下しがたい。ともかく數は格別多くはないが、いずれも都市部での住居を描いていると見られる點は、一つの特徴として指摘できる。

ところで、從來個人の住居が詩のテーマとなる場合には、山居、別業、郊宅など、隱棲の場として提起される例が一般的である。陶淵明、王維等の詩を始めとし、そうした作品は數多く見られる。それ以外では、王族や高官の私邸に天子が御幸した、いわゆる幸宅の作や、宴集、會宿の作が擧げられるが、これらの場合にはそうした特別な場として描かれているのであって、日常的な住居としては意識されていないと言って良い。山中や田園における隱棲の場としてではなく、都市における日常的な住居が個人的立場から取り上げられた作品は比較的新しく、管見の範圍では、杜甫がその浣花草堂を詠じた「居を卜す」（『全唐詩』巻二二六）などの一連の作が先蹤となる。そして中唐後期に至って目立ってくるようだ。特に都市部での「新居」を主題とする作品を見ると、概ね貞元から元和期に登場している。そのうち他人の新居を取り上げた詩は、王建の「洛中張籍の新居」（同巻三〇〇）「元郎中の新宅に題す」（同）、劉禹錫の「秋日竇員外の崇德里の新居に題す」（同巻三五九）、張籍の「楊祕書の新居に題す」（『張籍詩集』巻六）など、比較的多く見られるが、自らのそれを歌う例は餘り多くない。中では孟郊にやや後れて、長安の新昌坊と洛陽の履道坊の新居を描いた白居易の「新昌の新居にて事を書す四十韻、因りて元郎中、張博士に寄す（新昌新居書事四十韻因寄元郎中張博士）」（『白氏長慶集』巻一九）「履道の新居二十韻」（同巻二三）など數首が、量的な纏まりで目を引く。[6]このように、中唐後期になって新居を詩のテーマとして取り上げることが盛んになるのは、テーマの日常化という全般的な流れだけでなく、韓愈の「盆池五首」（『昌黎先生集』巻九）などにも見られるように、この時期に住宅や造園に對する關心が高まったこととも關連するのであろう。孟郊の「立德の新居十首」も以上のような大きな流れの中で生まれた作品と言うことができるが、ただ注目しておきたいのはこの作品が他に類例の乏しい連作形式であることと、都市の中に在りながら俗を離れた雰圍氣が有ることを歌い、また一方で鄭餘慶の來駕を感謝する氣持ちを歌っていて、ちょうど從來の住居を主題とする詩が持っていた隱棲と幸宅という二つの要素を合わせ持ちつつ新しい境地を作り上げていることである。その點で、住居を取り上げた詩の流れの中でも新しさを持つ作品と言うことができる。

さて「立德の新居十首」には、官職と住居を得たことによる落ち着いた感慨が隨所に感得される。家族を歌い込むという、孟郊の詩には珍しい生活感が表れていることも大きな特徵である。「秋夕貧居にて述懷す」「靖安に居を寄す」などの場合は、不遇な中での假住まいであり、「新たに青羅の幽居を卜し陸大夫に獻じ奉る」の際も、陸長源という庇護者に贈った詩ゆえに落ち着きを得た喜びがこめられてはいるが、官職を伴っていなかったので、安定した住まいとは言えなかった。今回得た官職は、孟郊の人生では溧陽縣尉以來のものであり、この「新居」はその時以來の定まった住居と言えるのかもしれない。しかし溧陽縣尉の際には住居を歌うことは無いし、詩そのものも餘り多くはない。陸龜蒙の「李賀小傳の後に書す」に記されるように、溧陽での官僚生活は彼自身滿足できるものではなかった。したがって、この洛陽の立德坊において、ともかくも安住できる環境を得たと言えるのだろう。そして、河南水陸運從事、試協律郎の官職を元和四年（八〇九）春の母の死によって辭し、兵部尚書兼任で東都留守となっていた鄭餘慶が、六年冬に吏部尚書を拜して長安へ去ってしまった後も、孟郊はこの家に住み續けていた。九年の秋、興元尹、山南西道節度使に轉じた鄭餘慶に再度招かれて、赴任の途次に客死するまで、この洛陽の住まいを離れなかったのは、もとより樣々な理由が有ったのだろうが、一つには此處が氣に入っていたからだと思われる。

すでに見たように、立德坊は周圍を川によって圍まれており、孟郊の家の門前にはその川の一つが流れていた。江南出身の孟郊にとって、こうした水に圍まれた地が心地良く思われたであろうことは想像に難くない。もとより洛陽は、都でありながら權力鬪爭からは遠く、白居易の例が典型的であるように、「吏隱」という士大夫の理想を實現するのに望ましい場所でもあった。官僚と農夫の兩立を述べた第七首末の四句は、都の中の住居に隠棲の境地を重ねていて、とりわけ印象深い。ただ、新居を構えたのは今回の就職が機であったが、孟郊は若年時からなじみのある、この洛陽の地を好んでいた。貞元十六年（八〇〇）洛陽での銓選において溧陽縣尉を授かるが、その時の「初めて洛にて選に中る（初於洛中選）」詩（卷三）の後半に、次のように言っている。

終然戀皇邑　終然　皇邑を戀い
誓以結吾廬　誓うに吾が廬を結ぶを以てす
帝城富高門　帝城　高門富み
京路饒勝居　京路　勝居饒し
碧水走龍狀　碧水　龍狀に走り
蜿蜒遶庭除　蜿蜒として庭除を遶る
尋常異方客　尋常　異方の客
過此亦踟躕　此こに過りて亦た踟躕たり

（大意）
（この度は溧陽に赴くが）いつまでも天子の都であるこの街を慕い、ここに自分の庵を結ぼうと誓う。帝都は高貴な人々の家が多く、都大路には素晴らしい家竝みが續く。青々とした川が龍のように走り流れ、うねうねと庭先を廻っている。日頃遠方を旅している私は、この地を訪ねて去り難い思いにとらわれている。

立德坊のこの家は、まさにその望みを叶えたものと言えるのではないか。さればこそ職を失って後も、その死の間際まで此處に住み續けたのだろう。そして八年に及ぶ晩年の洛陽での生活は、中原と江南とを行き來することの多かったそれまでの生活とは明らかに異なるものとなった。また定住できる家を持つことで、日常的な生活やその感慨を織り込んだ詩を書き、身近な新しいテーマの連作詩を作るなど、晩年の詩に新しい側面が加わることにもなったのであろう。立德坊の家は、晩年の生活の基盤となっただけでなく、晩年の詩、特に以後の連作詩を生む場所ともなったのである。

三 「杏殤九首」

「立德の新居」において官僚としての榮譽と、家庭生活の喜びを詠った孟郊は、しかし間もなく大きな悲しみと直面しなければならなかった。それは孝養を盡くしてきた母親と將來を託す息子の死であった。時間的な順序から言えば、息子の死が先であり、しかもそれは一人だけではなかった。

「立德の新居」の中で、「品子　讀書に懶し」（其六）と息子の不勉強を嘆いて見せ、また「梨栗兒」（其八）と言ってもいるが、それだけ可愛がっていたことは間違いない。士大夫の子として、修めるべき學業の途に就いたばかりのこの子は、しかし十歳になるかならぬかという幼年で生涯を終えてしまった。(7)「幼子を悼む」（巻一〇）は、薄命であった息子への哀悼の作である。

一閉黃蒿門　　一たび黃蒿の門を閉ざせば
不聞白日事　　白日の事を聞かず
生氣散成風　　生氣は散じて風と成り
枯骸化爲地　　枯骸は化して地と爲る

負我十年恩　我が十年の恩に負くも
缺爾千行淚　爾に千行の淚を缺かんや
灑之北原上　これを北原の上に灑ぐ
不待秋風至　秋風の至るを待たず

（大意）
一旦冥土の門を閉じて（その中に入って）しまえば、太陽の照らすこの世のことは聞くことがない。生氣は風となって散ってしまい、枯れた死骸は化して土となる。私の十年間の恩愛に背いたからと言って、お前のために千筋の淚を缺いたりしようか。その淚を北の原に注ぐ、（草木を枯らす）秋風がやって來るのも待たないで（お前は死んでしまったのだ）。

この子の死がいつ頃であったのか、詳しいことは分からない。「杏殤九首」の背景となった生まれたばかりの子の死は、元和三年の春のことだったと見られる。それは、元和四年の正月に母親の裴氏が亡くなっており[8]、母の喪中に子の死を嘆く詩を作ることはないので、それより前と考えられること、また後に見る「花を看る五首」（元和六年春の作）の其五に「三年　此の村落におり、春色　心に入りて悲し」とあり、それが子を亡くした悲しみを言うと見られるからである。また韓愈に「孟東野子を失う」詩（『昌黎先生集』巻四）が有り、その序には「東野は連りに三子を產むも、數日ならずして、輒ちこれを失えり。幾んど老ならんとして、後無きことを念いて以て悲しむ。其の友人昌黎の韓愈は、その傷らんことを懼るるや、天の其の命を假すを推して以てこれに喩す」と言っている[9]。孟郊はこの年五十八歲であるから、「後無きことを念う」のも無理はないであろう。ところで、この韓愈の詩は、直接は「杏殤九首」を受けて作られているとしても、先の幼子のことを含んではいないのだろうか。華忱之、喩學才兩氏の校注本では、

「杏殤九首」と「孟東野子を失う」とが「一時先後の作」であると認める一方で、「幼子を悼む」詩とは切り離して考えている。しかし、元和二年の冬至の日に鄭餘慶が來訪してくれたことを喜んだ「立德の新居」に詠われていた幼子が、「杏殤九首」が作られるまでに死んでいる（後に見るように「杏殤九首」では「子無きの家」という表現が用いられている）のであれば、その時期はかなり接近していると考えるのが妥當であろう。むしろこの幼子と新生兒は、あまり時間を置かずに續けて死んだのではなかろうか。それゆえに孟郊は嘆き悲しみ、韓愈もこの詩を書いて慰めたのではないかと思われる。

さて「幼子を悼む」詩の内容を見ると、詩語として前例の見えない語は有るが、とくに難解な箇所は無い。「黃蒿の門」は蒿里の門の意であろう。孟郊は後の「淡公を送る十二首」其一でも「黃蒿の翁」という例を用いている。「生氣」二句は陶潛「挽歌詩三首」其一の「魂氣　散じて何くにか之く、枯形　空木に寄す」、あるいは阮籍「詠懷詩」其三十三の「但だ恐る　須臾の間に、魂氣　風に隨いて飄るを」を連想させる。また末句は、華氏校注本が庾信の神道碑の「風秋なる北原、日は沒して川は逝けり」という例を引くのが參考になる。ただこの詩での「北原」は廣く墓地を意味しており、それが實際に北邙であったとは限らないだろう。「貞曜先生墓誌銘」に見るように、孟郊の先人の墓は洛東に在った。また「秋風」は實際の季節を意識するのではなく、まだ人生の春を迎えたばかりなのに、肅殺の氣が訪れるより先に死んでしまったことを悼む氣持ちであろう。全體に子を失った悲しみがよく表されているが、「杏殤九首」のように後嗣が絶えたという嘆きは發していない。つまり、近く子が生まれることが分かっていたのではないかと思われるのである。些細なことではあるが、その點にこの詩の制作時期を考える一つの據り所があると思う。

それでは次に「杏殤九首」を取り上げよう。この連作詩に關しては、先の「幼子を悼む」をも含めて、後藤秋正氏に詳細な論考が有る。(10) したがって本來なら氏の論に讓るべきであるが、それぞれの詩の大意が示されていないことと、論點に若干の私見を付け加えることが可能と思われることから、敢えてすべての作品を取り上げることにする。まず序と連作の一首目を掲げる。

序

杏殤、花乳也、霜翦而落。因悲昔嬰、故作是詩。

（杏殤、花乳なり、霜翦りて落とす。因りて昔嬰を悲しみ、故に是の詩を作る。）

（大意）

杏殤とは（杏の）花の乳兒であり、霜がそれを切ったので落ちて（死んで）しまった。そこで亡くした嬰兒を悲しみ、この詩を作ったのである。

其一

凍手莫弄珠　　凍手　珠を弄する莫かれ

弄珠珠易飛　　珠を弄すれば　珠は飛び易し

驚霜莫翦春　　驚霜　春を翦る莫かれ

翦春無光輝　　春を翦れば　光輝無し

零落小花乳　　零落す　小花乳

斕斑昔嬰衣　　斕斑たり　昔嬰の衣

拾之不盈把　これを拾うも把に盈たず
日暮空悲歸　日暮　空しく悲しみて歸る

（大意）
（霜の）冷たい手よ、珠を弄んではならない。珠を弄べば、珠は飛び散りやすくなる。突然の霜よ、春の芽生えを切ってはならない。春の芽生えを切れば、輝きは失われる。散り落ちてしまった、小さな花のつぼみ。それはきらきらと散らばって、死んだ嬰兒の產着の（模様の）ようだ。花のつぼみを拾い取ろうとするが、（悲しみのあまり）手のひらにも滿たすことができず、日暮れにただ悲しんで歸るばかり。

孟郊の連作詩で序文がついているものは他に無い。そればかりか、序のついた詩は他に「任載、齊古二秀才の洞庭より宣城に遊ぶを送る」詩（卷七）が一首有るだけである。(11) したがって、序が附されている點が、この連作の一つの特徵と言えるだろう。孟郊はこの序において「杏殤」という題に込めた作意を簡潔に說明している。敢えてなぞらえれば、『詩經』の小序のような役割を持たせたものだろうか。小序とは書き方も意義も異なるが、「採詩官」が居るなら、この連作を取り上げて欲しいという思いがあったのではなかろうか。其二だけ二句多いが、後はみな五言八句に統一されていることも、『詩經』以來の歌謠の傳統を意識した連作と言えそうである。(12) 杏花の蕾に喩えた發想と言い、全體に個人的な哀悼の思いを越えて、より多くの人の目を意識した作品になっていると思われる。

ところで嬰兒の死を悼むこの連作が、なぜ「杏殤」と題されたのかは、序では明らかにされていない。「杏殤」の語も、前例は見當たらないようである。(13) その說明である「花乳」は、直譯すれば花の乳兒であり、つまりは花の蕾を言うのであろう。子が蕾のまま早死にをしたという意味であるとして、それではなぜその花が杏でなければならなかったのか。ちょうど杏の花が咲く時期であったため、觸發されたと見るのが自然な考え方である。しかしそれだけであるなら、連作全體を領する詩題に用いる必要は無かったように思う。穿鑿であるかもしれないが、杏花に春を代表する意味合いがあったからではないかと思われる。後藤氏は前掲論文の中で、杏花が唐詩にどのように描かれるかを、沈千運、韓愈、張籍らの作品を通じて檢討されている。筆者は、それらの作品で杏花が華やかな春、とくに都の春を體現するものとして意識されていることに注目したい。それは士大夫にとって甚だ大きな意味を持つ、科擧及第の祝宴の頃に咲き誇る姿が印象的だったからではないだろうか。杏園での祝宴が春を最も華やかに印象づけるものであったからこそ、及第の春を迎えることなく夭折した息子たちを悼む連作に「杏殤」の題を用いたように思われる。

さて其一は全體の導入であり、序の内容を敷衍し、連作のテーマを明確にする役割を果たしている。冒頭の「凍手」は印象的な語であるが、通常は凍えてかじかんだ手の意味であろう。それを「霜の手」として用いたところに新しさがある。そして春であるにも關わらず霜が襲い、その春を剪り落としてしまったと詠うことで、嬰兒を襲った殘酷な運命を嘆くのである。孟郊は以前にも類似の發想を用いており、初下第後の作である「貧女詞　從叔の先輩簡に寄す」詩（卷一）では「蠶女は勤めざるに非ざるに、今年　獨り春無し。二月　冰雪深く、死盡す　萬木の身」と言っている。しかし「杏殤」では子を亡くしたというより重い事實を背景とするので、冷たい霜によって花がはかなく散らされたと詠うことに比喩を越えた深みが加わっている。後にも述べるが、霜が春を剪り落とすという發想は、「寒溪九首」において寒冷な氣が動植物を死に追いやるという形で受け継がれ、發展されている。

其二

地上空拾星　　地上に空しく星を拾う
枝上不見花　　枝上に花を見ず
哀哀孤老人　　哀哀たり　孤老の人

戚戚無子家　　戚戚たり　子無きの家
豈若沒水梟　　豈に若かんや　水に沒する梟に
不如拾巣鴉　　如かず　巣を拾う鴉に
浪觳破便飛　　浪觳　破りて便ち飛び
風雛褭相誇　　風雛　褭として相誇る
芳嬰不復生　　芳嬰は復た生きず
向物空悲嗟　　物に向かいて空しく悲嗟す

（大意）

地面からただ星（のように明るい花びら）を拾うばかり。枝に花は見えない。悲しいことだ、獨り老いた人は。心を痛める、息子の居ない家に。水に潛る梟に及ばないし、（他の鳥の）巣を拾い取（って子育てす）る鴉にもかなわない。波間の雛は（卵の殼を）破るとすぐに飛び、風の中の幼鳥はゆらゆらとしながら（その存在を）誇っている。優れた（私の）子は生き返らない。動物たちに向かってただ嘆き悲しむしかない。

この詩には「拾星」「浪觳」「風雛」「芳嬰」など、前例の見出し難い言葉が多い。また「孤老」は通常は孤兒と老人の意味で使われ、孤獨な老人の意味では前例を見出していない。梟と鴉を取り上げているのは、身近な鳥を水と陸に分けて選んだということだろうが、梟に關しては、『詩經』「大雅・梟鷖」の「梟鷖　涇に在り（梟鷖在涇）」の毛傳に「太平なれば則ち萬物衆多なり」と言うのを意識した可能性もある。先にも記したが、この詩だけ十句に及んで、連作の形態上の統一を缺く結果となっている。どういう理由からそうなったのかは分からないが、嬰兒と幼鳥の比較に重點を置き、その對比をふまえて鳥にも及ばない嬰兒の脆弱さを慨嘆する構成であるため、兩者のバランスを重視した結果、八句を越えることになったのかもしれない。

其三

應是一線涙　　應に是れ一線の涙の
入此春木心　　此の春木の心に入るなるべし
枝枝不成花　　枝枝　花を成さず
片片落翦金　　片片として　翦られし金を落とす
春壽何可長　　春壽　何ぞ長かるべし
霜哀亦已深　　霜哀　亦た已に深し
常時洗芳泉　　常時　芳を洗いし泉にて
此日洗涙襟　　此の日　涙襟を洗えり

（大意）

きっと一筋の涙が、この春の樹の芯に入り込んだのだろう。どの枝も花をつけず、金を切り取ったような美しい花びらをはらはらと落とす。春の壽命がどうして長いだろう、霜による（切られた）悲しみはもう十分に深いのだから。いつもは花びらを洗う流れで、この日は涙に濡れた襟元を洗うのだ。

この詩では冒頭二句の「涙」の表現が注目される。この涙は一義的には子を亡くした孟郊自身のものなのだろうが、壽命の短いことを悲しむ春が流す假想の涙とも取れる。いずれにせよ、涙が木心に入って花を落とすという發想は新しいのではないか。「木心」は其六にも見えるが前例は見出せない。「心」は芯だけでなく、樹木の精神の意味も持たせているのだろう。なお「翦金」「春壽」「霜哀」などの語も、前例が有りそうで容易に見出せない。

其四

兒生月不明　　兒生まれて　月明らかならず
兒死月始光　　兒死して　月始めて光あり
兒月兩相奪　　兒と月と兩つながら相奪う
兒命果不長　　兒の命　果して長からず
如何此英英　　此の英英を如何せん
亦爲弔蒼蒼　　亦た爲に蒼蒼に弔せん
甘爲墮地塵　　甘んじて地に墮ちし塵と爲り
不爲末世芳　　末世の芳と爲らざりき

（大意）

息子が生まれたとき、月は明るくなかったが、息子が死んで始めて月は輝きだした。息子と月が兩方で（命を）奪い合ったので、息子の命はやはり長くはなかったのだ。この（優れた才能を祕めながら散ってしまった）花をどうしたら良かろうか。蒼く奥深いあの天に向かってその死を悼むしかない。地に落ちて塵となることに甘んじて、後世の譽れとならずに終わってしまったのだから。

この詩は前半四句の句作りが注目される。「兒」と「月」を對比させて、互いに生命を奪い合うという發想を用いているのは、子供のはかない命を悼む思いがよく表されている。月の初めに生まれ、數日のうちに死んだという事實（韓愈の詩の序文とも合致する）が、月と命を奪い合うというこの發想を生んだのだろう。あるいはそこに、生後まもなく死んだ子供の宿命を見ようとしているのかもしれない。悲痛であるが斬新な表現である。この命を脅かす月のイメージは、後の「秋懐」に見える加害者的な月の像と結びついているだろう。なお「末世の芳」は、これも前例の見出せない表現だが、「杏殤」という題名とは響き合うと言えよう。

其五

踏地恐土痛　地を踏むに　土の痛み
損彼芳樹根　彼の芳樹の根を損なうを恐る
此誠天不知　此の誠　天は知らず
翦棄我子孫　我が子孫を翦棄す
垂枝有千落　枝を垂れて　千の落つる有り
芳命無一存　芳命は一も存する無し
誰謂生人家　誰か謂わん　生人の家
春色不入門　春色は門に入らずと

（大意）

地面を踏む際にも土が痛がり、あの芳しい樹の根に傷が付くのを恐れる。（それほどに大切に扱ってきたのに）この誠意を天は知らずに、私の子孫を切り落としてしまった。樹は枝を垂れて千もの花を落とし、香り高い命は一つも生き殘っていない。思いもかけないことだ、人民の家には、春景色が門の中に入ってこないとは。

根を守るのは、子孫を育てる努力であり、それに絡んで「土が痛む」という表現が出てきたのだろうが、これも新しい發想ではなかろうか。さてこの詩では、直接的な加害者である「霜」と「月」に替わって、より根本的な責任者である「天」が引き出されている。子孫の死は天によって引き起こされた冤罪であり、その不當を天に訴えかけるという、この連作の主要テーマがここで見えている。

其六

冽冽霜殺春　冽冽として　霜は春を殺し
枝枝疑纖刀　枝枝　纖刀かと疑う
木心既零落　木心　既に零落し
山竅空呼號　山竅　空しく呼號す
班班落地英　班班たる地に落ちし英は
點點如明膏　點點として明膏の如し
始知天地間　始めて知る　天地の間
萬物皆不牢　萬物　皆　牢《かた》からざると

（大意）

冷たく染み通って霜は春を殺し、（花を切り落とした）枝はみな細い刀かと思われる（ほど鋭く尖る）。樹の芯はもうすっかり生氣を失い、山の洞穴が（風に）悲しげな聲をあげているばかり。ぱらぱらと地に落ちた花びらは、點々と紅く、明るい燈火のようだ。始めて分かる、天地の間においては、萬物はみな不安定な存在なのだと。

この詩は、直接的な加害者である「霜」に對する怒りがもう一度詠われている。そして「霜」が春を「殺す」という發想は、其一の「春を翦る」よりも激しい言い方であり、霜の殘忍さが強調されている。また霜によって殺された春、それを體現する落ちた花びらを「明膏」に比喩する發想も新鮮である。落ちた命の鮮やかさは、その無念さを一層強調するものであろう。なお「霜殺」「不牢」の語は、いずれも白居易の「簡簡吟」（『白氏長慶集』巻一二、長慶年間の作という）に「二月　繁霜　桃李を殺す」、「大都《なべ》て好物は堅牢ならず」という形で使われている。安易に斷定すべきではないが、白居易もこの連作を知っていた可能性があるだろう。

其七

哭此不成春　　此《か》く春を成さざりきを哭けば
淚痕三四班　　淚痕は三四班
失芳蝶既狂　　芳を失いて蝶は既に狂い
失子老亦孱　　子を失いて老は亦た孱《よわ》し
且無生生力　　且に生生の力無かるべし
自有死死顏　　自から死死の顏有り
靈鳳不銜訴　　靈鳳　訴を銜まざれば
誰爲扣天關　　誰か爲に天關を扣かん

（大意）
こうして（散り、華やかな）春を成しとげられなかったことを泣けば、涙の痕は三筋、四筋と殘る。芳しい花を失って蝶は狂おしく飛ぶし、息子を失った老人もまた衰弱する。生を養う力も無くなるのだろう、自ずと死が間近い顏になっている。靈力を持つ鳳凰が（花のために冤罪の）訴えを銜えて（運んで）くれなければ、（他の）誰が天帝の宮門を叩いてくれるだろうか。

末二句の天に對する冤罪の申し立ては、『楚辭』「離騷」で主人公が己の無實を訴えるため天帝のもとへ向かう折の、

「吾は鳳鳥をして飛騰せしめ、これに繼ぐに日夜を以てす。……吾は帝閽をして關を開かしむるも、閶闔に倚りて予を望むのみ（吾令鳳鳥飛騰兮、繼之以日夜。……吾令帝閽開關兮、倚閶闔而望予）」という一節を踏まえるだろう。なおその前の「生生力」「死死顔」は、意味は分かるが表現としては珍しい。其五と其七で詠われる天への訴えが、この連作の一つの大きな特徴である。韓愈の「孟東野子を失う」詩も、この點を受けて、天が「玄衣巾」の人物を派遣して孟郊を諭したという物語を作り、慰めの言葉を發している。

其八

此兒自見災　此の兒　災せられてより
花發多不諧　花發くも　多く諧せず
窮老收碎心　窮老　碎けし心を收め
永夜抱破懷　永夜　破れし懷いを抱く
聲死更何言　聲死して　更に何をか言わん
意死不必喈　意死して　必ずしも喈《な》かず
病叟無子孫　病叟　子孫無く
獨立猶束柴　獨り立つこと　猶お束ねし柴のごとし

（大意）

この息子が災いに遭ってから、花が咲いても氣持ちが和むことはない。困窮した老人は千々に砕けた心をとり收め、長い夜の間、破れた思いを抱き續けている。（悲しみで）聲は死んでしまい、この上何を話せようか。意識も死んで何も分からず、啼く必要もない。病んだ翁には子孫が無く、獨り立っていると束ねた柴のように痩せ枯れている。

この詩では獨翁の無惨さが強調されている。とくに末句の「東柴」は痛切な比喩で、生氣を失って、ただ立ちつくす樣子が巧みに表現されている。この語は、子孫を失った悲しみを詠う後世の作品に影響を與えている。[14] なお「碎心」「破懷」などの語も、意味は分かるが、言葉としては新しいようだ。

其九

霜似敗紅芳　霜は紅芳を敗るが似く
剪啄十數雙　剪啄す　十數雙
參差呻細風　參差として　細風に呻き
噞喁沸淺江　噞喁して　淺江に沸く
泣凝不可消　泣《なみだ》は凝りて消すべからず
恨壯難自降　恨は壯んにして自から降し難し
空遺舊日影　空しく遺す　舊日の影
怨彼小書窗　彼の小さき書窗を怨む

（大意）

霜は紅い花を（意圖的に）損なうかのように、十數組もの花を切り啄んだのだ。不揃いに散って、微かな風の中で呻き、息をつくように淺い流れの水面に集まって搖れている。涙は凍りついて消すことができず、恨みは壯んで自然に収めることは難しい。ただ空しく（目に）殘っている（子の）在りし日の樣子、あの小さな書齋の窗が怨めしい。

この詩は風に吹かれ、波に搖られる花びらの形容が印象的だが、それとともに末二句にも注目してみたい。この「小さき書窗」とは、自分の書齋を言うのであろうか。一義的にはそうだろうが、それを怨むとすれば、そこを使うべき子が亡くなったことを指すものと解される。但し「舊日の影」は過去の面影を言うのであり、今後成長した後の姿を想像したとは讀みにくいように思う。しかし、もし「小さき書窗」が子供の勉強部屋の窗を言うとするなら、ここに嬰兒に先だって亡くした幼子の姿を見ていると讀むことが可能であろう。そう讀んでおきたい。孟郊は幼子と嬰兒とを續けて襲った不幸を悲しんだはずであり、「杏殤」と名付けたこの連作詩は、嬰兒の死によって最終的に後嗣を絶たれたという思いを強調するものと思われるからである。

後藤氏が檢討されているように、後嗣を得ることができなかった詩人は少なくなく、また子を亡くした嘆きの詩も相當の數に上る。しかし、孟郊のように立て續けに失った例は珍しく、それ故に彼はこの「杏殤」で子孫を殺された理由を問い、天の下した冤罪の不當を訴えたのだろう。連作形式をとったのも、その點を繰り返し明らかにしようとしたからではないか。なお先に記したように、冤罪の告發という點は「寒溪九首」と繫がっているので、詳しくはそちらで再檢討したい。また孟郊の連作詩では、自然が加害者として自らを苛むという發想が、とくにその後半で顯著に現れる。「寒溪」を始め、「峽哀」「秋懷」などでは、加害者に變貌した自然像が生み出され、孟郊の詩を特徴づけているが、その契機はこの後嗣を失うという出來事にあったように思われる。霜が春を剪るという表現から、月が兒と命を奪い合い、霜が春を殺すという表現に廣がっていって、やがて自然物が加害者となる發想へと展開していったのではなかろうか。さらに老殘の思いについて見れば、それを最も強く感じるのは、無官よりも、むしろ無子であったろう。後嗣を失った孤獨感は、詩人の薄命の嘆きと重なって「盧殷を弔う」「元魯山を弔う」の哀傷の連作、及び

「淡公を送る」とも響き合うのであり、晩年の詩作の重要なポイントとなって行くのである。これらの點から言えば、「杏殤」詩は彼の連作詩の流れの中で一つの轉換點を形成する作品であった。

注

（1）「勞」は底本は「芳」に作るが、明弘治刻本および『全唐詩』が「勞」に作るのに從って改めた。

（2）舊注に據れば、韓愈の「薦士」詩は孟郊を鄭餘慶に推薦した作という。なお『舊唐書』本傳には、「李翺分司洛中、與之遊、薦於留守鄭餘慶、辟爲賓佐」とあるが、先にも記したようにこの記事には内容に事實と合致しない點があるので、參考に止めておきたい。鄭餘慶は、『舊唐書』卷一五八の傳（『新唐書』は卷一六五）に據る限り、古禮に詳しく儒教を重んじた廉潔な人物であった。それゆえに孟郊の思想信條や古怪な詩風も理解してもらえたのではなかろうか。孟郊が再三にわたって歌う「貧」「儉」「粗衣粗食」などは、一面では儒教的な德目に合致するものであった。彼がそれを言うのは、原憲、顏回以來の賢人たちの生き方に自らを準えようとするためであり、結果として自らの德の高さを主張するためであったと思う。そして鄭餘慶が孟郊を賓佐に招き、新居を訪ね、さらに再度興元の幕に招こうとしたのも、やはり孟郊のそうした主張に理解を示し、その文學や思想信條をある程度評價していたからではなかろうか。鄭餘慶は考え方に共通する面を持つ、孟郊にとっては貴重な理解者であったと言えるだろう。この後も、鄭が長安へ戻るのを洛陽の西の外れにある壽安の渡しまで見送った際の「壽安西渡奉別鄭相公二首」（卷八）や、鄭が興元尹、山南西道節度使になった際の「送鄭僕射出節山南」（卷八。「酬鄭興元僕射招」と作るテキストもある）などの作が有り、鄭との關係を重んじていたことが窺える。また後に述べるように、「弔元魯山十首」も鄭を讀者として想定した作品であった可能性がある。なお韓愈の「貞曜先生墓誌銘」に據れば、鄭餘慶は孟郊の葬儀に數萬錢を給し、以後も遺族の面倒を見たという。

（3）ちなみに元和三年の冬至は甲戌（二十六日）である。しかし、鄭餘慶は三年の六月に河南尹から檢校兵部尚書、東都留守に轉じているので、制作時期をこの年まで遲らせるのは疑問であろう。また、孟郊は三年の春に子を亡くしており、三年冬の制作とすると、家庭の情況と合わなくなる。

（4）「梨栗兒」（其九）という表現は、陶淵明の「責子」詩（『陶靖節集』巻三）の「通子垂九齡、但覓梨與栗」を承けたものであろう。

（5）孟郊には鄭のために作った樂府の「寒地百姓吟」（巻三）が有り、題下に「爲鄭相其年居河南、畿内百姓大蒙矜恤」という自注が付されている。しかし詩の内容は、題そのままに嚴寒に苦しむ貧しい人民と驕奢な豪族を對比することに大半を費やしており、最後にようやく人民のために「鬱陶」たる思いを懷く「君子」の存在を指摘して締め括られている。鄭に言及するのは十六句から成る詩の最後の一句のみであるが、自注と照應させればそれで意は盡くされているということなのであろう。そして、それまでの孟郊一流の表現技巧を驅使した嚴寒下の人民の描寫は、彼の詩人としての力量をアピールする役割を果たしているのだと思われる。スタイルは違うが、構成の上でこの連作との類似性が認められよう。なおこの樂府は、元和元年冬に鄭が河南尹に赴くに當たって、韓愈らの推薦を承けた孟郊が獻じた挨拶の作であろう。斷定はできないが、樂府體であることもその想像を補強する。

（6）他に新昌では「題新昌新居」「新居早春二首」（『白氏長慶集』巻一九。以上新昌坊の新居の詩はいずれも長慶元年の作）、履道では「題新居寄宣州崔相公」「題新居呈王尹兼簡府中三掾」（同巻二三）「履道春居」（同巻二五）「履道居三首」（同巻二八。以上履道坊の新居の詩は長慶四年以後の作）が有る。

（7）注（4）で指摘したように、「梨栗兒」は陶淵明「責子」詩を承けた表現と見られるが、前の句の「垂九齡」も響いているとすれば、この幼子は八、九歳であったと想像される。なお孟郊には、子が生まれたことを喜ぶ「子慶詩」（巻九）も殘っている。初めて男子が生まれたことを喜ぶ内容であり、恐らくこの幼子が生まれた時に作られたと見られる。

（8）韓愈の『貞曜先生墓誌銘』に「母卒五年、而鄭公以節領興元軍」とあり、かつ李翺の「來南錄」に「元和四年正月乙未、去東都。明日及故洛東、弔孟東野」とあるので、裴氏の死が四年の正月のことであったと分かる。

（9）序の原文と詩は以下の通り。

「東野連產三子、不數日、輒失之。幾老、念無後以悲。其友人昌黎韓愈、懼其傷也、推天假其命以喩之。」

「失子將何尤、吾將上尤天。女實主下人、與奪一何偏。彼於女何有、乃令蕃且延。此獨何罪辜、生死旬日間。上呼無時聞、滴地涙到泉。地祇爲之悲、瑟縮久不安。乃呼大靈龜、騎雲款天門。問天主下人、薄厚胡不均。天曰天地人、由來不相關。吾懸日與月、吾繋星與辰。日月相噬齧、星辰踣而顚。吾不女之罪、知非女由緣。且物各有分、孰能使之然。有子與無子、禍福未可原。魚子滿母腹、一一欲誰憐。細腰不自乳、擧族常孤鰥。鴟梟啄母腦、母死子始翻。蝮蛇生子時、拆裂腸與肝。好子雖云好、未還恩與勤。惡子不可說、鴟梟蝮蛇然。有子且勿喜、無子固勿歎。上聖不待敎、賢聞語而遷。下愚聞語惑、雖敎無由悛。大靈頓頭受、即日以命還。地祇謂大靈、女往告其人。東野夜得夢、有夫玄衣巾。闖然入其戶、三稱天之言。再拜謝玄夫、收悲以歡忻。」

詩の方には、具體的な情況を窺わせる内容は認められない。むしろこの連作詩を見て、冤罪を訴える孟郊の氣持を宥めようとした内容である。

ところで、序文で言う「連產三子」は、續けて三人の男の子を產んだという意味であるから、ここに先の「幼子」を含んでいても良さそうだが、「數日ならずして、輒ちこれを失えり」と言う點から見ると、この時三人の子が生まれながら、いずれも數日のうちに死んだと考えるのが自然であろう。その場合、妻と妾に續けて子が生まれたのかもしれないが、數日のうちにすべて死んでしまったことを考えれば、あるいは三つ子だったのかもしれない。

(10) 「幼兒の死を悼む唐詩——孟郊の詩」（『唐代の哀傷文學』第四章「唐詩と幼兒の死」所收。研文出版、二〇〇六）。

(11) 「送任載齊古二秀才自洞庭遊宣城」（卷七）の序文については序章を參照。

ところで孟郊の詩には、序のみならず題下注が付されているものも少ない。現存する作品では「寒地百姓吟」（卷三）「贈李觀」（卷六）「李少府廳弔李元賓遺字」（卷一〇）「逢江南故晝上人會中鄭方回」（同）「覽崔爽遺文因抒幽懷」（同）の五例のみである。

(12) 悲哀があまりに深かったため、歌謠の型を踏んで一般化しなければ表現できないという面があったのかもしれない。この點、川合康三氏のご指摘による。

(13) 「杏殤」の語は索引の類に據る限り、前例は見出せていない。そして後世ではこの連作が典據となって、幼兒の死を悼む語として使われている。宋の鄭剛中「和季平哭小女、時避地靈峯」詩（『北山集』卷一一）の「自是杏殤風易翦、不須慙痛淚闌干」、あるいは注（14）に引く元好問の「清明日改葬阿辛」詩と錢謙益の「桂殤」詩、さらに清の査愼行の「四殤詩」（『敬業堂集』巻一一）の「便擬報杏殤、作書寄江湖」など、その例は多い。

（14）元好問「清明日改葬阿辛」詩（『遺山集』巻一〇）の尾聯に「孟郊老作枯柴立、可待吟詩哭杏殤」と言う。また清の錢謙益は孫の死を悼んで「桂殤」四十五首を作っているが、その序に「桂殤、哭長孫也。孫名佛目、字重光、小名桂哥。生辛卯孟陬月、殤以戊戌中秋月。聰明勤敏、望其早成。擬作志傳、毒痛憑塞、啜泣忍淚、以詩代之、效東野杏殤之作」と言い、第一首には「銀輪丹桂翦枝枝、璧月新圓汝命虧。世上無如爲祖好、人間只有哭孫悲。踏翻大地誰相報、叫斷高天竟不知。身似東柴憐病叟、拾巣空復羨雅兒」と、「杏殤」を踏まえた表現を用いている。

第三節　詩人の運命――「盧殷を弔う十首」

次は友人の死を悼んだ連作である。後に見る「元魯山を弔う十首」は、自らの復古の思想とそれに即した生き方を述べるために古人を哀悼したものだが、こちらは親しい友の死を悼む作である。先に幼子を悼んだ「杏殤九首」を見たが、哀悼の連作というのも、從來は一般的な作り方ではなかった。[1]孟郊には友人を哀悼する詩が少なくないが、盧殷に對しては、その運命に自らを重ねて見る氣持ちが強かったから、あえて連作形式を用いたのだろう。孟郊は「詩人」の語を自覺的に用いるが、盧殷は孟郊から見て、自らと同じく「詩人」と呼ぶにふさわしい人物だったのである。

一　盧殷について

まず盧殷の事跡について簡單に整理しておきたい。彼は正史に傳が無く、依據しうる傳誌は韓愈の「登封縣尉盧殷墓誌」（『韓昌黎集』巻二五）のみである。まずこれを掲げる。

元和五年十月日、范陽の盧殷は故の登封縣尉を以て登封に卒す、年六十五。君は能く詩を爲し、少きより老いるに至るまで詩の錄して傳うべき者は、紙に在るもの凡そ千餘篇なり。書の讀まざる無きも、然れども止だ用うるに以て詩を爲すに資するのみ。諫議大夫孟簡、協律孟郊、監察御史馮宿と好し、期して相い推挽せんとするも、卒に病を以て官と爲る能わず。登封に在りては盡く爲す所の詩を寫して故との宰相、東都留守の鄭公餘慶に抵す。留守は數しば帛米を以て其の家に周《めぐ》み、書して宰相に薦むも、宰相は用いる能わず、竟に飢寒にて登封に死せり。將に死せんとして、自ら書を爲して留守と河南尹とに告げ、己を葬うことを乞う。又た詩を爲して常に來往する所の河南令の韓愈に與えて、曰く、我が爲めに棺を具せ、と。留守と尹とは爲めに凡ての葬事を具し、韓愈は與めに棺を買い、又た爲めに銘を作す。十一月某日に嵩下の鄭夫人の墓中に葬う。

君は始め滎陽の鄭氏を娶り、後に隴西の李氏を娶る。男を生むも輒ち死し、卒に子無し。女一人、浮屠の法を學びて、嫁がず、比丘尼と爲ると云う。(2)

墓誌であるため、必ずしも詳しい事跡は記されていないが、晩年の交友と生活振りについては窺うことができる。元和五年（八一〇）に六十五歳で卒していることから、生年は天寶五載（七四六）となり、孟郊より五歳年長になる。名門である范陽盧氏の出身と記すが、これは郡望であり、出身地は恐らく江南であろう。『全唐詩』巻四七〇に一三首の詩が殘っているが、その中に「仲夏江南に寄す」詩があり、(3)江南の出身であったことを窺わせる表現が見られる。また後に擧げる連作の其七から見ると、孟郊との交流も若い時期に始まっていたようだ。ただし、孟郊の側に殘された詩は、いずれも盧殷が登封縣尉となった元和三年以降のものである。また盧殷には、孟郊との交流を窺わせる作品は殘されていない。なお孟郊以外には、盧殷との寄贈詩を殘している者はいないようである。

墓誌に見える官歷は卒した時の登封縣尉だけであり、それ以前のことを知る手がかりは無い。科擧の及第時期も不明である。あるいは登封縣尉が初任の官であった可能性もあるだろう。登封縣に着任したのは元和三年と見られるが、孟郊にはこの時彼に贈った「從叔簡の盧殷少府に酬ゆに同ず」詩（巻七）が殘っている。

梅尉吟楚聲　　梅尉　楚聲を吟じ

竹風爲凄清　　竹風　爲に凄清たり
深虚水在性　　深虚　水は性に在り
高潔雲入情　　高潔　雲は情に入る
借水洗閒貌　　水を借りて閒貌を洗い
寄蕉書逸名　　蕉に寄せて逸名を書す
羞將片石文　　羞ず　片石の文を將て
鬪此雙瓊英　　此の雙瓊英と鬪わすを

（大意）

梅福のように優れた縣尉どのが楚調の詩を吟じると、竹を吹く風もそれによって冷たく淸らかになる。思慮深く、虚心な人柄は水が本性であり、高潔な態度は雲が情の本であるからだ。質素な生活で、水を人に借りてゆったりと靜かなその顔を洗い、（紙のかわりに）芭蕉の葉にすばらしい名聲を得た詩文を書いて寄越す。誠に恥ずかしい、こんな石ころのように詰まらない詩で、お二人の玉のような秀作と競い合うことが。

墓誌に盧殷と親しかった人物として、孟郊とともに孟簡が擧げられているが、この詩から孟簡にも同時の贈詩が有ったことがわかる。先にも記したように、連作の其七から若年時にすでに交流があったことが窺えるのだが、その當時から孟簡とも面識が有ったのかもしれない。

なお、墓誌で仲の良かった友として名が上がっている馮宿は、韓愈や李觀らと共に貞元八年の進士に合格している。盧殷が同じ年に及第したのであれば、韓愈は「同年」と稱するはずであり、恐らく別の緣で親しくなったのであろう。(4)また東都留守の鄭餘慶と河南尹の房式とは、登封縣に着任後に關係ができたものと見られる。生活の面倒をみてくれた鄭餘慶は韓愈と親しく、また孟郊を理解してくれた人でもあるから、盧殷に對しても援助を惜しまなかったのであろう。

二　「盧殷を弔う十首」

「盧殷を弔う十首」はその死後まもなく作られたであろうから、元和五年十月からその年の暮れまでの作と見て良い。以下に順次作品を掲げ、簡單な検討を加える。

其一

詩人多清峭　　詩人は清峭たること多く
餓死抱空山　　餓死して空しき山を抱く
白雲既無主　　白雲　既に主無く
飛出意等閑　　飛び出づるも意は等閑なり
久病牀席尸　　久しく病みし　牀席の尸
護喪童僕孱　　喪を護る童僕は孱し
故書窮鼠嚙　　故き書は窮鼠の嚙りて
狼籍一室間　　狼籍たり　一室の間
君歸新鬼鄉　　君は新鬼の鄉に歸し
我面古玉顏　　我は古玉の顏に面す

羞見入地時　羞じて見る　地に入る時
無人叫追攀　人の叫びて追い攀る無きを
百泉空相弔　百泉　空しく相弔い
日久哀潺潺　日久しきも　哀しみて潺潺たり

（大意）
詩人とはすっきりと研ぎ澄まされた（餘分な物を持たない）存在。だから餓死してがらんとした山に沈淪することになるのだ。白雲はもう主を持たず、大空に飛び出しても意を用いずに流れて行く。久しく病んでベッドに横たえられた屍。棺桶を護っている童僕は弱々しい。古い書物は飢えた鼠が嚙った痕が殘り、書齋は部屋全體が亂雜な狀態。君は新しい亡者たちの住處に落ち着き、私は古玉のような顏に對面する。君を埋葬するとき誰も泣いて取りすがる人が無く、私も後を追えないことが恥ずかしい。詮無いことながら數多くの流れが君の死を弔って、日を久しく經てもさらさらと悲しみの音を立てている。

この詩では、冒頭二句に示された「詩人の死」のあり方がまず注目される。「詩人」についは後で更に檢討することとしたいが、「淸峭」であるが故に「餓死」するという認識は、優れた文學の不遇な運命を鮮烈に語っている。またこの詩では、餓死に至る貧困の樣子が印象的に語られると共に、最後の方で後嗣の居ないことにも言及している。不遇とそれによる貧困、および無子の嘆きが、この連作の主要なテーマであり、第一首にそれが明瞭に示されている。

其二
喞喞復喞喞　喞喞　復た喞喞
千古一月色　千古　一月色

新新復新新　　新新　復た新新
千古一花春　　千古　一花春
邙風噫孟郊　　邙風　孟郊を噫《なげ》かしめ
嵩秋葬盧殷　　嵩秋　盧殷を葬う
北邙前後客　　北邙　前後の客
相弔爲埃塵　　相弔うも　埃塵と爲る
北邙棘針草　　北邙　棘針の草
淚根生苦辛　　淚根　苦辛を生ず
煙火不自煖　　煙火　自から煖かならず
筋力早已貧　　筋力　早に已に貧し
幽薦一盃泣　　幽かに薦む　一盃の泣《なみだ》
瀉之清洛濱　　これを清洛の濱に瀉がん
添爲斷腸聲　　添うるに斷腸の聲を爲せば
愁殺長別人　　愁殺せん　長別の人を

（大意）

チーチーと蟲が鳴き、また蟲が鳴き、そうして千古の年月も同じ秋月の色の下で過ぎて行く。年が新たまり、また新たまり、そうして千古の年月のあいだ同じように花の春が繰り返される。北邙に吹く風が孟郊を嘆かせ、嵩山の秋に盧殷を埋葬する。かつて北邙に相次いで弔問に訪れた人々も、弔った人と同じく今や塵埃と化してしまった。北邙に生える葉の尖った草も、弔問の人々の涙を吸った根には苦しみが生じる。乏しい火はそれだけでは暖かでなく、我が筋力はとっくに弱々しく貧しい。人知れず我が一杯の涙を君に捧げ、清らかな洛水の濱に注ぎかけよう。それに腸のちぎれるような悲しい聲を添えれば、永の別れをした彼の人をひどく悲しませることだろう。

この詩では、句作りの工夫にまず着目したい。冒頭四句に用いられる對比、そして續く六句での北邙の繰り返し、いずれも樂府にしばしば見られる技巧であり、孟郊も頻用するものである。但し、この詩では時間の流れの早さを印象づける四句と、埋葬の地である北邙を強調する六句によって、人世のはかなさが効果的に表現されている點は見逃せない。それによって末四句の深い哀悼の思いも生きている。

其三

棘針風相號　　棘針　風は相號び
破碎諸苦哀　　破碎す　諸もろの苦哀を
苦哀不可聞　　苦哀　聞くべからず
掩耳亦入來　　耳を掩うも亦た入り來る
哭絃多煎聲　　哭せる絃は煎聲多く
恨涕有餘摧　　恨める涕は餘摧有り
噫貧氣已焚　　貧しきを噫けば　氣は已に焚え
噫死心更灰　　死を噫けば　心は更に灰となる
夢世浮閃閃　　夢世　浮くこと閃閃たり

涙波深洄洄　　涙波　深きこと洄洄たり
薤歌一以去　　薤歌して一たび以て去らば
蒿閉不復開　　蒿閉ざされて復た開かず

（大意）

棘や針のように突き刺す冷たい風は泣き叫ぶかのような音を立てて吹き、諸もろの苦しみ哀しみを粉々に打ち破る。砕かれた苦しみ哀しみの聲は聞くに耐えないが、耳を覆ってもなお入って來る。泣くがごとき樂器からは心を煎るような音が多く、恨みの涙にはなお殘る傷ましい思いがある。貧しさを嘆けば氣力はすでに燃え盡き、死を嘆けば、心はあらためて灰のように冷たくなる。夢のような人世は波間に浮いたように束の間現れては消え、涙の波は深く渦を巻く。挽歌の「薤露」を歌ってひとたびここを去れば、冥土へ通じる門は閉ざされてもう開くことはない。

「棘針」は前首の「草」と異なり、ここでは冷たい風の形容に用いている。それを冒頭に置くことにより、前首の流れを受けて、哀悼の思いをさらに展開させている。注目されるのは悲しみの表現、特に涙の描き方だろう。まず「哭絃」と琴の弦に哭聲を聞き、ついで「恨涕」「涙波」と、前例の見えない語を用いて、盧殷の死を悼む思いの深さを表現している。また、この連作では「噫」字を多用し、嘆聲を表すこの語を動詞として使う例が目を引くが、「噫貧」「噫死」の一聯は、その斬新な語感が下三字の激しい表現と重なって、深い嘆きの表出となっている。

其四

登封草木深　　登封　草木深く
登封道路微　　登封　道路微なり

日月不與光　　日月　光を與えず
莓苔空生衣　　莓苔　空しく衣を生ず
可憐無子翁　　憐れむべし　無子の翁
蚍蜉緣病肌　　蚍蜉　病肌に緣る
攣臥歲時長　　攣臥　歲時長く
漣漣但幽噫　　漣漣たるは但だ幽噫
幽噫虎豹聞　　幽噫　虎豹聞くも
此外相訪稀　　此の外に相訪うは稀なり
至親唯有詩　　至親　唯だ詩のみ有り
抱心死有歸　　心に抱きて　死して歸する有り
河南韓先生　　河南の韓先生
後君作因依　　君に後れて因依を作す
磨一片嵌巖　　一片の嵌巖を磨き
書千古光輝　　千古の光輝を書せり

（大意）

登封の地は草木が深く茂り、登封の道路は微かにしか見えない。日月も光を與えることはなく、苔が空しく繁茂しているだけ。ああ、子の無い翁よ、君の病んだ肌を大蟻が取り巻くのだ。身體を屈曲させて床に臥していた年月は長く、涙をぽろぽろ流してはひそかに溜息をつくばかり。そのひそかな溜息は虎や豹が聞くだけで、その他に訪れる者は稀である。眞に親しめたのはただ詩のみ、それを心に抱いて死んで冥府に歸す。河南縣の韓愈先生が、君の後始末をしてくれた。山の巖の一面を磨いて、そこに千古の年月を越えて輝く文章（墓誌銘）を書いてくれたのだ。

「登封」は地名ではあるが、盧殷の任地であることから、比喩的にも用いられている。つまり「道路微」とは、盧殷が體現しようとした古の道が覆われて微かにしか見えなくなっている、ということだろうし、日月が光を與えないと言うのも、天子の恩寵が無いという意味だろう。古の正しい道が覆われて顯彰されず、訪れる人も稀であるため、彼は後嗣も無いまま、孤獨な死を遂げるほかはなかった。さらに親しんだ對象はただ詩だけと言うが、これらの點は、まさに孟郊自身にも當てはまることである。盧殷への哀悼の深さは、同時に自らの運命への哀悼でもあったと言えよう。末四句は、しかしその死にも救いがあることを示す。韓愈に棺を買って葬儀を行ってくれるよう頼んだことは墓誌銘に記されているが、そうした具體的な後事のみならず、その墓誌銘こそが盧殷の事跡を後世に傳える最も大切な後事であり、一番の救いとなるものであった。

其五

賢人無計校　　賢人　計校すること無し
生苦死徒誇　　生は苦しく　死は徒らに誇る
它名潤子孫　　它の名は子孫を潤すも
君名潤泥沙　　君の名は泥沙を潤す
可惜千首文　　惜しむべし　千首の文
閃如一朝花　　閃くこと一朝の花の如し

零落難苦言　　零落して苦ろに言い難し
起坐空驚嗟　　起坐して空しく驚き嗟く

（大意）

賢人は利得を計り比べることをしない。したがってその生は苦しく、死はむやみに勝ち誇る。他の連中の名聲はその子孫を潤すが、君の名聲は（子が無いので）ただ泥や砂を潤すだけ（で役に立たない）。殘念なことに、君の千首の詩文は、ひと朝咲くだけの花のようにキラリと輝いて消えてしまう。落ちぶれ果てた身には（この思いを）ねんごろに言うことが難しい。身體を起こし座り直して（君の運命を）ただ驚き嘆くばかりだ。

孟郊は詩の永遠性を信じようとしていたと思われるが、しかし後嗣の無いことは家業の傳承を斷ち切らせる恐れがあり、大きな不安となっていたことがわかる。この詩で盧殷について言うことは、そのまま孟郊自身の嘆きでもあった。「生苦」も、「詩人」として生きることの苦しさであろう。なお初句の「計校」は、後に見る「峽哀」の其五でも惡者の行爲として使われており、ここと照應している。

其六
耳聞陋巷生　　耳に聞く　陋巷生
眼見魯山君　　眼に見る　魯山君
餓死始有名　　餓死して始めて名有り
餓名高氛氳　　餓名　高く氛氳たり
饑叟老壯氣　　饑叟　壯氣老い
感之爲憂雲　　これに感じて憂雲を爲す

所憂唯一泣　　憂うるところは唯だ一泣
古今相紛紛　　古今は相紛紛たり
平生與君說　　平生　君と說くに
逮此倶云云　　此に逮ぶこと倶に云云たり

（大意）

かの陋巷生（顔回）のことを耳にしていたが、魯山君（元德秀）を目の當たりに見ることになってしまった。（德を守って）餓死して初めて名聲を得て、餓死したというその名聲ばかりがどんどん高くなる。愚かな爺さんは壯んな氣力も老い衰えて、この有り樣に感じて憂いの雲を立ち上らせる。憂えるのは（賢人が世に容れられずに餓死したという）同じ涙にくれること。今も昔も結局のところごたごたとしたまま。平生君と話し合っていて、このことをお互いに認識していたのだ。

この詩は「計校」をしない賢人としての生き方、そしてその結果迎える死について詠う。其一の冒頭二句と同樣、詩人であり、賢人であることで「餓死」に行き着いてしまうことを詠っており、この連作の要點となる一首である。とくに「餓死」の名しか殘らない嘆きが表出されていること、しかも賢人が餓死せざるを得ないという認識を盧殷と共有していたことが示されている點は重要であろう。

其七

初識漆鬢髮　　初めて識るは漆の鬢髮
爭爲新文章　　爭いて新しき文章を爲せり
夜踏明月橋　　夜に踏むは　明月の橋

店飲吾曹牀　　店で飲むは　吾曹の牀
醉啜二盃醲　　酔うて啜る　二盃の醲
名郁一縣香　　名は郁る　一縣の香
寺中摘梅花　　寺中に梅花を摘み
園裏剪浮芳　　園裏に浮芳を剪る
高嗜綠蔬羹　　高く嗜《たしな》む　綠蔬の羹
意輕肥膩羊　　意に輕んず　肥膩の羊
吟哦無滓韻　　吟哦　滓韻無く
言語多古腸　　言語　古腸多し
白首忽然至　　白首　忽然と至り
盛年如偸將　　盛年　偸み將《と》らるるが如し
清濁俱莫追　　清濁　俱に追う莫し
何須罵滄浪　　何ぞ須いん　滄浪を罵るを

（大意）

初めて知り合った頃はお互い眞っ黒な髪で、競って新しい詩文を作ったものだった。夜には明月の照らす橋を踏んで歩き回り、酒屋で飲むときには自分たち専用の席が有った。二杯の酒を啜って酔っぱらったが、名聲は縣中に高かったのだ。寺に出かけて梅の花を摘み、庭園では華やかな花を切り取った。氣高くて青物の煮物を好み、肥え太った羊の肉を輕んじた。作る詩に汚れた響きは無く、用いる言葉には古えの正しい思いが籠もっていた。白首は突然やって來て、若く壯んな年月はまるで盜み取られたように無くなった。（世の中の）清も濁も追いかけないのだから、何も滄浪の水の清濁（に應じた生き方）を罵るまでもない。

この詩によって、盧殷との交遊の樣子が窺い知れる。前首で日頃から腹打ち割った話をしていたことが示されていたが、この詩の懷舊の情によって、その親しさが裏付けられる。十二句までの高踏的な振る舞いと十三、四句の老いの嘆きとは鮮やかな對照をなしており、末二句の現實と食い違ってしまった處世に對する嘆きを印象づけている。

其八

前賢多哭酒　　前賢　多く酒に哭く
哭酒免哭心　　酒に哭けば心に哭くを免る
後賢試銜之　　後賢　試みにこれを銜めば
哀至無不深　　哀しみの至ること深からざる無し
少年哭酒時　　少年　酒に哭く時
白髮亦以侵　　白髮　亦た以て侵す
老年哭酒時　　老年　酒に哭く時
聲韻隨生沈　　聲韻　生に隨って沈む
寄言哭酒賓　　言を寄す　酒に哭く賓に
勿作登封音　　登封の音を作す勿れと
登封徒放聲　　登封　徒らに聲を放つも
天地竟難尋　　天地　竟に尋ね難し

（大意）

前代の賢者はたいてい酒を飲んで泣いた。酒で泣くと、（憂いが鬱積して）心から泣く事態を免れるからだ。後代の賢者が試みにその酒を口に含むと、深い悲しみに襲われずにはいられない。少年が酒を飲んで泣くとき、白髪も（憂いとともに）身を侵している。老年の者が酒を飲んで泣くとき、その聲は生命とともに沈んでゆく。言葉をかける、酒を飲んで泣いている賓客に、登封縣尉の詩を吟じてはならないと。登封の詩をやたらに放吟したところで、結局のところ（その高い調べは）天地の中ではもはや尋ね當てられないのだ。

この連作は前後の承應關係が比較的見やすい例が多いが、これも前首の懷舊の情と老いの嘆きを承けて詠われている。かつ、「哭酒」の繰り返しや、「登封」を盧殷の代詞に用いるなど、既に見た句作りの工夫が重ねられている。この詩の要點は、盧殷の詩の素晴らしさ、得難さを言う點にあるが、連作の中の有機的な繫がりを窺わせる作品でもある。

其九

同人少相哭　　同人　相哭すること少なく
異類多相號　　異類　相號すること多し
始知禽獸癡　　始めて知る　禽獸は癡なるも
却至天然高　　却って天然の高きに至るを
非子病無淚　　子に非ざれば病みても淚無く
非父念莫勞　　父に非ざれば念いても勞る莫し
如何裁親疏　　如何ぞ　親疏を裁《はか》り
用禮如用刀　　禮を用いること刀を用いるが如き

孤喪鮮匍匐
閉哀抱鬱陶
煩他手中葬
誠信焉能褒
嗟嗟無子翁
死棄如脫毛

孤喪　匍匐すること鮮く
哀を閉ざして鬱陶を抱く
他の手中の葬を煩わし
誠信　焉ぞ能く褒めん
嗟嗟《ああ》　無子の翁
死棄せらること　脫毛の如し

（大意）

志を同じくするはずの人たちが泣くことは少なく、むしろ多くの異類のものたちが啼き聲をあげている。それで初めてわかった、禽獸は愚かでも、かえって天然の氣高さを備えるまでになっているのだと。息子でなければ病氣になっても涙を流すことはなく、父親でなければ思いやっても勞ることはない。なんとまあ、肉親かそうでないかを判斷して、禮の規定を刀のようにスッパリと當てはめるとは。（喪主となる息子のいない）寂しい葬儀には、這いつくば（って懸命に手助けす）る者も少なく、悲しみを（心の中に）閉ざして、鬱々とした思いを懐く。他人の手を煩わす葬儀では、（喪主の）眞心をどうやって褒められようか。ああ、息子を持たない老人は、死んで棄てられること、拔け落ちる毛のよう（に粗末に扱われるの）だ。

この詩では盧殷の孤獨な死が、彼の志を知る人が少ないことと、後嗣のいないことの二點から強調されている。それはともに孟郊自身の嘆きでもあり、それ故に哀切を極める末二句が導かれているのだろう。なお「死棄」は見捨てられたまま死ぬことで、「同宿聯句」には「生榮　今分踰え、死棄　昔情任えたり」という韓愈の句があった。

其十

聖人哭賢人　　聖人　賢人を哭す
骨化氣爲星　　骨は化して　氣は星と爲る
文章飛上天　　文章　飛びて天に上り
列宿增晶熒　　列宿　晶熒を增す
前古文可數　　前古　文　數うべし
今人文亦靈　　今人　文　亦た靈なり
高名稱謫仙　　高名　謫仙に稱うも
昇降曾莫停　　昇降　曾ち停まること莫し
有文死更香　　文有れば　死して更に香り
無文生亦腥　　文無ければ　生くるも亦た腥《なまぐさ》し
爲君鏗好辭　　君が爲に好辭を鏗《う》ち
永傳作謐寧　　永く傳えて　謐寧と作さん

（大意）

孔子は顔回のために哭した（そのように、宰相を務めた立派な方が賢人のために哭す）。賢人の骨は仙化し、氣は天上の星となる。優れた文章は飛んで天に昇り、そのために居並ぶ星座は輝きを増す。以前の名文は一篇一篇數え上げることができるが、今の人の文章もやはり靈妙さを持っている。高い名聲は謫仙人に匹敵するが、その歩んだ人生は上り下りが止むことのない、不安定なものだった。優れた文章が有れば、死んでも一層名聲は高まるが、文章が無ければ、生きていたところで生臭いだけだ。君のためにこうして高らかな響きの詩を作ったから、これを永く傳えて、安らかさを祈る證としよう。この詩は盧殷に對する稱贊であるが、「文」字を多用して「文學の價値」を強調している點が注目される。孟郊はこうした特定の文字を詩の中で繰り返して、意味を強調する表現法を用いることが多い。この詩に示される、世間で正當な評價を受けられなくとも、優れた文學を殘すことで永遠の價値を得るのであり、むしろそれが無いなら生きていても仕方がないという認識は、價値觀を逆轉させても文學に沒入する意志を示すものと言えるだろう。それこそが、「詩人」の生き方であり、運命であると考えていたのだと思われる。こうした文學至上主義的な發想は、孟郊の文學觀の特徵であり、その評價の要點でもある。

連作の構成にとくに明瞭な流れはないが、盧殷に對する哀悼の思いは一貫している。そして其七に若年の思い出を挾むことで、哀悼の意をいっそう強めている。それぞれの詩の内容から、主題となる點を導いてみると、其一に鮮明に示される「詩人の運命である窮乏と餓死」を始めとして、「生のはかなさと永別の悲しみ」「後嗣の無い悲しさ」「優れた人物による顯彰」「詩人とその詩が失われたことへの哀悼」などが擧げられる。その中で特に重點が置かれているのは「詩人の運命と詩の不遇」であると思うが、また「後嗣の無い悲しみ」も強調されていて、盧殷の運命に自己の運命を重ねていることも、哀悼の要點として見逃せない。孟郊は盧殷との共通性を意識していたからこそ、深い哀悼を寄せたと言えよう。若い頃からの友人で、ともに「詩人」であり、それ故に社會的に不遇であったこと、かつ後嗣に惠まれなかったこと、それらの「運命」が共通していただけでなく、また賢人が「餓死」せざるを得ないという認識も共有していたことが、盧殷を哀悼する根底に有ったのである。

三　「詩人」の規定

「詩人」であるがゆえに餓死せざるを得ないという思いは、やはり晩年に交流のあった劉言史にも向けられている。元和七年にその死を弔った「劉言史を哭す（哭劉言史）」詩（巻一〇）は次のように言う。

詩人業孤峭　　詩人は孤峭を業とす
餓死良已多　　餓死すること　良に已に多し
相悲與相笑　　相悲しむと相笑うと
累累其奈何　　累累として　其れ奈何せん
精異劉言史　　精異たり　劉言史
詩腸傾珠河　　詩腸　珠河を傾く
取次抱置之　　取次にこれを抱置し
飛過東溟波　　飛びて過ぐ　東溟の波
可惜大國謠　　惜しむべし　大國の謠の
飄爲四夷歌　　飄りて四夷の歌と爲るを
常於衆中會　　常に衆中に會し
顏色兩切磋　　顏色　兩《ふた》りながら切磋す
今日果成死　　今日　果して死を成し

葬襄之洛河　襄の洛河に葬らる
洛岸遠相弔　洛岸より遠く相弔えば
灑涙雙滂沱　涙を灑ぐこと　雙つながら滂沱たり

（大意）

詩人は孤獨に研ぎ澄まされていることを運命とする。だから餓えて死ぬことはとても多い。（その死を）悲しむ人と嘲笑する者と、繰り返される（だけで變わることが無い）のを、いったいどうすれば良いのか。人竝み優れた劉言史は、詩想が眞珠の河を傾けたかのように溢れ出た。それを思いのままに抱いて竝べると（優れた作品となり）、東海の波を越えて飛んで行くのだ。殘念なことだ、中國の立派な歌謠が、（本國で認められないで）遙かに飛んでいって四方の異民族の歌になってしまうとは。（私と彼とは）いつも大勢集まる詩會で出逢い、眞劍な顏でお互い切磋した。今日、とうとう彼は死んでしまい、襄陽の洛河に葬られたという。ここ河南の洛水の岸から、はるかその靈を弔っていると、兩の目から涙がしとどに流れ落ちる。

劉言史も正史に傳が無く、その事跡は皮日休の「劉棗強碑」（『皮氏文藪』巻四）によって窺うだけであるが、それに據れば李賀と竝び稱される詩人であり、出身地は不明であるが、恆州刺史、恆冀都團練觀察使となった王武俊に才能を評價されて棗強縣令となり、その後山南東道節度使となった李夷簡の幕下に招かれたという。そしてそのまま襄陽で死に、その地に葬られた。李夷簡は元和八年の正月に成都尹に轉じているので、その死は七年中のことであろう。なお、孟郊が劉言史と交流したのは、洛陽に居を定めて以降のことであったようだ。劉言史に「初めて東周に下りて孟郊に贈る」詩（『全唐詩』巻四六八）があり、洛陽に來た時に孟郊にこの詩を獻じたことがわかる。その末六句に「素より堅し　冰櫱の心、潔く持して堅貞を保つ。文を修めて正風に返し、字を刋みて古經に齊しからんとす。慚ず衰末の分を將て、高棲して世名を喧がすを（素堅冰蘖心、潔持保堅貞。修文返正風、刋字齊古經。慚將衰末分、高棲喧世名）」と言うのも、初見の挨拶であろう。劉言史にはもう一首、孟郊と茶を樂しんだことを詠う「孟郊と洛北の野泉の上《ほとり》にて茶を煎る」詩（同）がある。その言葉遣いを見ていると孟郊と共通した個性が感じられ、劉言史が孟郊に近づき、また孟郊が評價して彼を「詩人」の列に加えたのも頷ける思いがする。なお、劉言史には李翺と交わした唱和の作も殘されている。(5)

さて「劉言史を哭す」詩は、まず「詩人の運命」を述べた後、劉言史が優れた詩想によって正しくその一員たりうることを詠う。「取次にこれを抱置し」以下の四句は、あるいは當時彼の詩が日本人に持ち歸られているという事實が有り、それに基づいているのかもしれないが、要はその詩が優れているにも關わらず、正當な評價を受けていないことを言う點にある。優れていながら、それに見合う評價を受けないのは孟郊も同じであり、それ故「詩人」の本質を知る二人が顔を合わせると、互いに切磋して詩作を高め合うことになったのだろう。劉言史を哀悼するのは、同志として共に過ごした經驗を持っていたからだと思われる。ところで盧殷の場合は、その葬儀の場に立ち會ったと見られるが、劉言史については訃報を受け取っただけで、襄陽まで赴いたわけではない。またその死の詳しい情況は不明だが、盧殷のような窮迫した狀態に置かれていたかどうかは分からない。にも關わらず、孟郊が劉言史に對しても「餓死」と言っていることは注目すべきだろう。假にそれがどのような形の死であったにしても、孟郊は「詩人」の死であるが故に「餓死」と表現した可能性が高いからである。

「盧殷を弔う」の其一で、詩人は「餓死して空しき山を抱く」と詠っていた。しかし理解されず、用いられずに山に隠れるしかないという嘆きは、また孟郊自らの運命を嘆く言葉でもあった。やはり晩年の作と見られる「懊惱」詩

（巻四）では、[6] 己の不遇を次のように詠う。

悪詩皆得官　悪詩は皆な官を得
好詩空抱山　好詩は空しく山を抱く
抱山冷殑殑　山を抱きて　冷たきこと殑殑たり
終日悲顔顔　終日　悲しみて顔顔たり
好詩更相嫉　好詩は更ごも相嫉み
剣戟生牙關　剣戟　牙關に生ず
前賢死已久　前賢は死して已に久しきも
猶在咀嚼間　猶お咀嚼の間に在り
以我殘杪身　我が殘杪の身を以て
清峭養高閒　清峭として高閒を養わん
求閒未得閒　閒を求むれども　未だ閒を得ず
衆誚瞋䶑䶑　衆誚　瞋りて䶑䶑たり

（大意）

つまらない詩を書く者はみな官位を得、良い詩を書く者は何も與えられず山に籠もるばかり。山に籠もっても心は冷え冷えと寒く、一日中悲しんでそれが顔に現れる。その上良い詩同士が嫉み合い、歯に剣や鋒が生じて傷つけ合う。前代の賢者は死んで久しいが、なおその言葉を味わうことはできる。私も殘り少ない老身を研ぎ澄まして高雅な精神を養おう。しかし閑雅な境地を得ようにも、得ることができない。多くの譏りが集まって、目をむいて怒っているからである。

詩に「惡詩」と「好詩」が有ると言わざるを得ないところに、孟郊の考える「詩人」の立場の險しさが窺えるが、この詩ではさらに「好詩は更ごも相嫉み」と言い、彼の作る「好詩」が二重に疎外されていることを訴えている。嫉みの言葉の激しさを「劍戟　牙鬭に生ず」と表現するのは、彼一流の感覺が表われていて面白いが、以後の六句は「好詩」同士であるにも關わらず、自らの側を一方的に高みに置いていて、共感できる內容とは言い難い。ただ、孟郊の「詩」に對する峻別の嚴しさと、それ故に逆に追い込まれていく情況とが見て取れる作品であることは確かだろう。ここに言うように「好詩」が排斥されるのであれば、「詩人」は「空しく山を抱く」のも仕方ないことであり、したがって窮乏の果てに「餓死」という運命を迎えざるを得ないという論理も、無理からぬことに見える。

それでは孟郊において「詩人」の語はどのように用いられているのであろうか。詩に「惡詩」と「好詩」が有るとしても、「好詩」を書いてこそ「詩人」たりうるはずである。孟郊が「詩人」の語を用いる詩は五首で、「盧殷を弔う」其一と「劉言史を哭す」以外は溧陽縣尉の時の作である「文士を招きて飲む」詩（卷四）の「文士　酒を辭する莫かれ、詩人　命は花に屬す」、「嚴かなる河南」詩（卷六）の「詩人は偶たま耳を寄せ、苦を聽きて心多端なり」、及び「淡公を送る」詩（卷八）其十二の「詩人　詩を爲すに苦しむ、如かず　空に脫して飛ぶに」である。「文士を招きて飲む」詩の場合はやや廣く言っている印象もあるが、後の二例はいずれも自らを言うだろう。いずれの例も、「詩人」が薄命と苦難とを伴う存在であるという認識が込められている點に注意したい。孟郊は他に「詩老」「詩叟」の語も使用しているが、それらはいずれも元和年間の作で、かつ自身を指して言う例である。「詩老」は五例で、「秋懷」（卷四）其十四の「詩老　古心を失い、今に至るまで寒きこと皚皚たり」、「花を看る」（卷五）其二の「唯だ應に詩老を待ちて、日日　殷勤に開くべし」、「孝義の渡に至りて鄭軍事と唐二十五とに寄す」詩（卷七）の「岸亭　四迥に當るも、詩老は獨り一家のみ」、「人を邀えて薔薇を賞す」詩（巻九）の「何人か是れ花侯なる、詩老　強いて相呼ぶ」、及び「會合聯句」（『昌黎先生集』巻八）の「詩老　獨り何の心ぞ、江疾　餘尰有り」である。また「詩叟」は二例で、「洺州の李大夫に寄す」（巻七）の「詩叟は未だ相識らざるも、竹兒は爭いて君を見ん」と「周況先輩に憑りて朝賢より茶を乞う（憑周況先輩於朝賢乞茶）」詩（巻九）の「曾て貴人に向いて得しに、最を詩叟と同じうす（曾向貴人得、最將詩叟同）」である。「詩老」「詩叟」の語は、いずれも孟郊以前の用例が見出せず、あるいは彼一流の造語なのかもしれない。第一章に引いた「戲れに無本に贈る　其二」の「詩骨　東野より聳え、詩濤　退之より湧く」や、「盧仝に答う」の「楚屈　水に入りて死し、詩孟　雪を踏みて僵る」に彼の詩に對する自負がよく表れていたが、「詩」に懸ける思いが強いからこそ、自らを「詩人」と呼び、また「詩老」「詩叟」という語をも用いたのであろう。「好詩」を作り、それゆえに不遇と苦難を運命づけられて「餓死」を甘受することが「詩人」の條件であり、そしてそれは孟郊自らと彼が認める人々にのみ使用しうる言葉だったと言って良さそうである。ところで、「詩人」の語が『詩經』の歌人《うたびと》の意味から、「詞客」などの語に替わって一般的に詩人を意味するようになるのは、山之内正彦氏が「孟郊詩論（上）——連作詩を中心に——」（東洋文化研究所紀要第六八）で論じられるように中唐期あたりと見られる。但し、孟郊は『詩經』を詩の理想として位置づけており、上述のような思い入れから見ても、詩人の語を古代の「詩」の精神を承け繼ぐ理想的な作品を作りうる「人」の意味で用いていると思われる。その點で、「詞客」のような一般的な使い方とはなお開きがあると見るべきであろう。[7]

孟郊は社會における「詩」の無力を嫌というほど味わったにも關わらず、結局詩を書くことによってしか自らを發揮することができなかったし、またそのことを十分に自覺してもいた。だからこそ「詩人」の死を悼み、社會にはびこる「惡詩」と「讒者」を憎む言葉を發したのだろう。盧殷、劉言史という同じ「詩人」の不遇は、そのまま自らの不遇に重なっており、彼らを悼むことが自らの立場のアピールともなっているのだと思われる。しかし、「詩人」は不可避的に不遇な運命を受けるとしても、なぜ「餓死」しなければならないのだろうか。この點が孟郊の認識の大きな特徴であり、それが端的に示されているのがこの「盧殷を弔う」連作なのである。孟郊が「詩人」の死として「餓死」を強調する背景には、恐らくある賢人のイメージが被せられていたと思われるが、それは次節でさらに検討したい。(8)

注

（1）悼亡の作には江淹「悼室人詩十首」（『先秦漢魏晉南北朝詩』梁詩巻四）などの前例が、また複数の人々への哀悼を連ねた例には、杜甫「八哀詩」（『杜工部集』巻七）などがある。

（2）韓愈「登封縣尉盧殷墓誌」の原文、竝びに注記は以下の通り。
「元和五年十月日（下或有五日）、范陽盧殷以故登封縣尉卒登封、年六十五。君能爲詩、自少至老詩可錄傳者、在紙凡千餘篇。無書不讀、然止用以資爲詩。與諫議大夫孟簡、協律孟郊、監察御史馮宿好、期相推挽、卒以病不能爲官。在登封盡寫所爲詩抵故宰相東都留守鄭公餘慶。留守數以帛米周其家、書薦宰相、宰相不能用、竟飢寒死登封。將死、自爲書告留守與河南尹（房式也）、乞葬己。又爲詩與常所來往河南令韓愈、曰、爲我具棺。留守尹爲具凡葬事、韓愈與買棺、又爲作銘。十一月某日葬嵩下鄭夫人墓中。君始娶滎陽鄭氏、後娶隴西李氏。生男輒死、卒無子。女一人、學浮屠法、不嫁、爲比丘尼云。」

（3）「仲夏寄江南」詩に「五月行將近、三年客未迴。夢成千里去、酒醒百憂來。晩暮時看槿、悲酸不食梅。空將白團扇、從寄復裴回」と言う。

（4）韓愈には「與馮宿論文書」（『昌黎先生集』巻一七）など、馮宿に贈った文章が數編殘っている。韓愈と馮宿とは親しかったと見られるので、あるいは馮宿を通じて韓愈と盧殷の交流が始まったのかもしれない。

（5）劉言史の「上巳日陪襄陽李尚書宴光風亭」詩（『全唐詩』巻四六八）と李翺の「奉酬劉言史宴光風亭」詩（同巻三六九）で

ある。

（6）この詩の制作時期について、華譜は韓愈「薦士」詩の「酸寒溧陽尉、五十幾何耄。……俗流知者誰、指注競嘲慠」との詩句を理由に、溧陽縣尉を辭めた後の、永貞元年から元和元年までの期間に比定している。しかし、その場合「山を抱く」という表現の適切さが失われるのではないか。「殘杪の身」などの表現からは、晩年、とくに元和五年以降の作と考える方がふさわしいように見える。なお「寒溪九首」其一にも「殘悴の身」という表現が見える。

（7）韓愈、白居易には詩を作る人という意味の、一般的な用例が見られる。それと比較しても、「詩人」に餓死を運命づける孟郊の用法には、彼の主張が含まれていたと言って良いだろう。孟郊は作品の中で『詩經』に言及することは少ないし、あくまで理想として觀念的にとらえていて、その意義を説くことはしていない。また四言詩を書いて模倣することもない。しかし次節に述べるように、觀念的に「古」を標榜し、具體性、實踐性に缺けるのが孟郊の思想的特徴である。また自分の詩が受け入れられないのも、今の時代が『詩經』の精神を失っているためと考えていた。したがって『詩經』を受け繼ぐ作品を書く「詩人」は、宿命的に餓死せざるを得ないのだと主張したのだろう。

（8）この點は、次の「元魯山を弔う十首」の項でもう一度検討するが、「餓死」は一般には窮乏の果ての死を意味するだろう。楊萬里の「雪巣小集後序」（巻八一）に、孟郊、賈島と王涯、賈餗とを對比させて「郊島は以て飢死し寒死するに、涯餗は未だ必ずしもこれを憐れまざるなり」と言うのも、その方向で使われていると思われる。ただ、このように孟郊についても、「飢死」したという認識が後世に傳わっていることは興味深い。それは恐らく、彼の詩を通じて生まれた見方だったのだろうが。

第四節　「古」への志向――「元魯山を弔う十首」

一　孟郊の「古」の理念と實踐

中唐元和期は、韓愈をはじめ柳宗元、李翶、皇甫湜らによって古文運動が展開され、復古主義的な傾向が文學、思想に比較的色濃く見られた時期であった。それは、安史の亂後に相對的に地位を高めた士人層が、駢文に代表される貴族的な文學に代わる自らの文學と理念とを求めた動きであり、漢魏に範をとりつつ、それを現實の社會に卽して再生させようとするものであった。盛唐後期の李華、蕭穎之、元結らの活動を前驅とし、また元和期においては、士人層を中心に比較的幅廣い活動力と影響力とをもった。先述したように、孟郊は、文章の作品はごく僅かしか殘していないが、樂府を中心とした五言古詩形式に優れていた。また「蘇州の韋郎中使君に贈る」詩（巻六）で「塵埃たり徐庾の詞、金玉たり曹劉の名」と詠うように、漢魏詩の質實雄健の風に模範を仰いでいた。そして、韓愈の「其の高きは魏晉より出で、懈らざれば古に及ばん、其の他漢氏に浸淫せん」（「孟東野を送るの序」）との評はやや褒めすぎであるとしても、當時の孟郊に對する認識と評價の基本は、まさに漢魏詩の風骨に學ぶ點に置かれていた。したがって孟郊の文學活動は、復古運動の大さな潮流の中に位置し、その一翼を擔ったものと言える。だが、彼の保持していた復古の理念は、韓愈らのそれと共通點をもちながらも、一面でかなり特殊な要素を含んでおり、當然のことながらそれが彼の文學のもつ個性、およびその生き方にも反映されていたと思われる。ここではその視點に立って、「元魯山を弔う十首」詩（巻一〇）を中心に、孟郊の「古」の理念と實踐のあり方について検討してみたい。

孟郊は三十代になって科擧受験のために上京し、やがて韓愈や李觀らと親しく交わるのだが、その年令からも推察されるように、長安に出た時には文學や思想の骨格はすでに固まっていたと考えられる。そして彼の考え方や文學の傾向は、當時の一般的な士人達とかけ離れていただけでなく、會ってたちまち忘年の交りを結んだという韓愈から見ても、一種の驚きをもって受けとめられる面があったようだ。韓愈が合格し、孟郊が二度目の落第をした貞元八年（七九二）の春、徐州へ向かう孟郊に贈られた韓愈の「孟生詩」（『昌黎先生集』巻五）は、次のように詠い起されている。

孟生江海士　　孟生　江海の士
古貌又古心　　古貌　又　古心
嘗讀古人書　　嘗て古人の書を讀み
謂言古猶今　　謂いて言く　古は猶お今のごとしと
作詩三百首　　詩を作る　三百首
窅默咸池音　　窅默たり　咸池の音
騎驢到京國　　驢に騎して京國に到り
欲和薫風琴　　薫風の琴に和せんと欲す
豈識天子居　　豈に識らんや　天子の居の
九重鬱沈沈　　九重　鬱として沈沈たるを
一門百夫守　　一門　百夫もて守り

無 籍 不 可 尋　　籍無くば尋ぬべからず

詩は以下、科擧に落第し、長安での生活もままならぬまま、とりあえず徐州の張建封を訪ねることとなった孟郊を慰めつつ、再起をうながすのであるが、ここには長安に出てきた孟郊が、古人の書を讀んで培った己れの認識、文學がそのまま現在に通用すると信じていたかのように、誇張と好意とを交えて描かれている。なかでも注目されるのは、孟郊の容貌と心ばせを「古貌　又た古心」と表現していることである。古代の純樸さと、それゆえに時流にはなじまない異質さとをあわせもつことを表現したのであろうが、「古」が心だけでなく顔立ちにまで現われていると言い表わされたことは、韓愈の受けとめた孟郊の異質さを示すとともに、孟郊の「古」の重みをも語っていると言えよう。韓愈にとってこの印象は強く、それがまた「酔いて東野を留む」詩（『昌黎先生集』巻一）に顯著に見られる、深い敬愛の念を抱かせる一因ともなったようだ。なお韓愈は「孟郊に答う」詩（同巻五）の中でもう一度「古心」の語を用いている。いずれも孟郊について言われており、他では用いていないことから見れば、これは韓愈が孟郊の思想の個性を射抜いた言葉と言えるのかもしれない。

それでは韓愈に「古心」と表現された、孟郊の「古」に對する意識のあり方はどのようなものであったのか。文章がほとんど殘らず、思想的内容を直接開陳した詩も見られないが、彼の詩には「古」字が頻用されており、また詩題にも「古怨」「古別離」（いずれも巻一）など「古」を冠するものが多く見られるので[1]、それらの作品を通して検討してみよう。まず二首を例にあげる。

「遣興」（巻二）

絃 貞 五 條 音　　絃は貞《ただ》し　五條の音
松 直 百 尺 心　　松は直し　百尺の心

貞紘含古風　　貞紘　古風を含み
直松凌高岑　　直松　高岑を凌ぐ
浮聲與狂葩　　浮聲と狂葩と
胡爲欲相侵　　胡爲れぞ相侵さんと欲す

（大意）
琴の五弦は正しい音をたて、百尺の松は眞っ直ぐな心を持っている。正しい弦は古來の風格を持ち、眞っ直ぐな松は高い峯をも凌ぐ勢いがある。それなのに浮ついた音樂とけばけばしい花は、どうして琴と松を脅かそうとするのか。

「秋懷十五首　其十四」（巻四）

黃河倒上天　　黃河は倒《さかしま》に天に上るも
衆水有却來　　衆水の却《もど》り來ること有り
人心不及水　　人心は水に及ばず
一直去不廻　　一直《ひたすら》に去りて廻らず
一直亦有巧　　一直にして亦た巧み有り
不肯至蓬萊　　肯えて蓬萊に至らず
一直不知疲　　一直に疲れを知らず
唯聞至省臺　　唯だ聞く　省臺に至るを

忍古不失古　古に忍びて　古を失わざれ
失古志易摧　古を失えば　志　摧け易し
失古劔亦折　古を失えば　劍も亦た折れ(2)
失古琴亦哀　古を失えば　琴も亦た哀し
夫子失古涙　夫子の古を失いし涙
當時落漼漼　當時　落つること漼漼たり
詩老失古心　詩老　古心を失い
至今寒皚皚　今に至るまで寒きこと皚皚たり
古骨無濁肉　古骨　濁肉無く
古衣如蘚苔　古衣　蘚苔の如し
勸君勉忍古　君に勸む　勉めて古に忍べ
忍古銷塵埃　古に忍ぶれば塵埃を銷さん

（大意）

黄河は逆流して天に昇ることがあるが、多くの水はまた流れ戻ってくる。しかし人の心は水に及ばず、ひたすら去ってゆくだけで返ってこない。ひたすら去っても、やはり上手く立ち回ろうとする心があり、（世を逃れて）蓬萊山に行ってしまおうとはしない。ひたすら去って疲れを知らず、聞こえてくるのは高位高官に成り上がったという話ばかり。古の道をじっと守って、古の道を失ってはならない。古の道を失えば、志は容易く挫けてしまう。古の道を失えば劍も折れ、古の道を失えば琴の音も悲しげだ。夫子が古の道を見失って流した涙は、その時ポロポロと落ちた。老いた詩人も古の心を失ってからは、今まで白々とした寒氣に包まれて凍えている。古の骨に汚れた肉は付かず、古の衣服は苔のようだ。君に勸める、古の道を守るよう努めたまえと。古の道を守れば、世俗の塵芥は消えてしまうのだ。

孟郊の作品には繫年の容易でないものが多く、かつ大半が三十歲以降の作と見られるが、前者はおそらく貞元年間、全體の中では比較的早い時期の作、そして後者は元和七、八年頃で、彼の最晩年の作と推定されるものである。前者は解釋の上でとくに問題となるところは無いだろう。聖王舜の雅聲を奏でる五絃琴と松とに自分の姿を託し、堅持しようとする古直さと世俗の妨害との葛藤を歌ったものである。一方後者はきわめて難解であるが、「古」の價値を強調し、これを失ってはならないことを說いた一種の教戒の詩であると見ておく。

この二首の詩を讀んで注目されることは、「古」の「今」に對する優位とその絕對的な價値が提出され、強調されていながら、その具體的內容についてはほとんど觸れられていないことだろう。とくに後者の場合は、詩の後半部に毎句のように「古」が言われていながら、それほどまでに強調される「古」の具體的意義については何の言及もない。古代の聖王の德治に學び、その精神を現代に回復させることの意義などについて開陳されることが期待されるにもかかわらず、「古」の語に封じ込められたまま解きほぐされていない。はなはだ一本調子で、あたかも念佛でも唱えているがごとき印象がある。しかも、こうした抽象的、觀念的な「古」の敍述はこの二首に限られたことではなく、おおむね「古」について詠う彼の詩のすべてに當てはまることなのである。韓愈など親しい人々に對してなら、「古」と言えば彼の意圖を理解してもらえただろうが、「古」を言う詩は友人達に見せるためだけではない。むしろ、對社會的にみずからの立場を示そうとする詩が多いのである。したがって孟郊の「古」の理念のあり方自體が、そもそも觀念的なものであったと言わなければならないだろう。「古」の理念の根底にあるとみられる儒教倫理についても、

孟郊が表わすものは同様の傾向下にある。著名な「列女操」（巻一）を見ても、

梧桐相待老　梧桐　相待ちて老い
鴛鴦會雙死　鴛鴦　會ず雙《なら》び死す
貞婦貴徇夫　貞婦は夫に徇うを貴び
捨生亦如此　生を捨つること亦た此くの如し
波瀾誓不起　波瀾　誓って起てず
妾心井中水　妾の心は井中の水

（大意）
梧桐の樹は竝んで老いてゆき、鴛鴦は必ず一緒に死ぬ。貞淑な妻は夫に従うことを尊び、（梧桐や鴛鴦と同様）やはり自分の命を捨てることも辭さない。波風は誓って立てない。私の心は井戸の水のように靜か。

と、觀念的でかつストイックな倫理觀ばかりが印象に殘ってしまうのである。孟郊は自らの説く「古」や儒教的な倫理觀が、そのまま當時の人々の理解を得られると認識していたのであろうか。そうであるとすれば、「古」と對比される「今」に對する孟郊の認識が、現實的でなかったと言わざるを得ない。韓愈が「孟生詩」で「嘗て古人の書を讀み、謂いて言く　古は猶お今のごとしと」と詠うのも、あながち誇張ではなかったのかもしれない。

また「遣興」と「秋懷」の二首は、制作時期が隔たっていると見られるにもかかわらず、「古」の理念は大きく變っていないことが窺えるが、そのように孟郊は「古」に對してほぼ一貫した考え方を保持したようだ。それは、同樣に「古」への志向をもつ韓愈が、自らの理念を時間、經驗の堆積とともに社會的に順應させ成長させて、復古運動の旗頭となっていったのとは、異なる態度と言わなければならない。もとより孟郊の「古」の理念が社會に受け入れ

られたからではない。韓愈でさえも一種の驚きをもって受けとめた孟郊の考え方は、一般にはほとんど受け入れられなかった。數度の科擧の落第、およびその後の官界での不遇、それはとりもなおさず彼の「古」の理念の不遇を意味するが、しかし彼はその考え方や實踐態度を基本的に變えることはなかった。そして自分の不遇の理由を、「今」は「古」が衰えており、賢者を登用する道が妨げられて、小人や讒人がはびこっているためと考えたのであった。

「交わりを審らかにす」（巻二）

種樹須擇地　樹を種うるに　須らく地を擇ぶべし
惡土變木根　惡土は木根を變ず
結交若失人　交りを結ぶに　若し人を失わば
中道生謗言　中道に謗言を生ず
君子芳桂性　君子は芳桂の性
春榮冬更繁　春榮え　冬も更た繁し
小人槿花心　小人は槿花の心
朝在夕不存　朝在れども　夕には存せず
莫躡冬冰堅　躡む莫かれ　冬冰の堅きを
中有潛浪翻　中に潛浪の翻る有り
唯當金石交　唯だ金石の交わりに當りて
可以賢達論　賢達を以て論ずべし

（大意）

樹を植えるには土地を選ばなくてはならない。悪い土は樹の根を變えてしまうからだ。交わりを結ぶのにその相手を間違えれば、途中で譏りの言葉が起こる。立派な男子は芳しい桂のような性格を持っていて、春に榮え、冬にも變わらずに繁茂する。詰まらぬ輩は朝顔のような心で、朝には咲いていても夕方にはもう無くなっている。冬の氷が堅いからと踏んではならない。その中で見えない浪が逆巻いているのだ。ただ金石のような確かな交遊において、賢明で道に達することが議論できるのだ。

「友を擇ぶ」（巻三）

獸中有人性　獸中　人性有り
形異遭人隔　形異なれば　人の隔てに遭う
人中有獸心　人中　獸心有り
幾人能眞識　幾人か　能く眞に識らん
古人形似獸　古人は　形　獸に似るも
皆有大聖德　皆　大いなる聖德有り
今人表似人　今人は　表　人に似るも
獸心安可測　獸心　安んぞ測るべけん
雖笑未必和　笑うと雖も　未だ必ずしも和せず
雖哭未必戚　哭くと雖も　未だ必ずしも戚しまず
面結口頭交　面には口頭の交わりを結び

肚裏生荆棘　肚の裏には荆棘を生ず
好人常直道　好き人は常に直道をもってし
不順世間逆　世間の逆に順わず
惡人巧諂多　惡き人は巧諂多く
非義苟且得　義に非ざるに苟且《かりそめ》に得
若是傚眞人　若し是れ　眞人に傚い
堅心如鐵石　堅心　鐵石の如ければ
不諂亦不欺　諂わず亦た欺かず
不奢復不溺　奢らず復た溺れざらん
面無恡色容　面に色容を恡しむ無く
心無詐憂惕　心に憂惕を詐る無からん
君子大道人　君子は大道の人
朝夕恆的的　朝夕　恆に的的たり

（大意）

獸の中には人と同じ本性を持つものが居るが、外形が異なっているので人から（獸として）隔てられてしまう。人の中にも獸のような心を持つ者が居るが、何人の人がそのことにきちんと氣付いているだろう。古人は外形は獸のようでも、だれもが優れた德を身につけていた。今の人は表面は人間らしくとも、その獸のような殘忍な心をどうして推し量れるだろう。笑っていても、必ずしも和んでおらず、哭泣していても、必ずしも悲しんでいない。顔では口先だけの交わりを結び、腹の内には荊のような棘を生じている。良い人は常に眞っ直ぐな道を守り、世間が道に外れても、それに從わない。惡い人は言葉巧みに諂い、道義に反してでも手に入れる。もし道を守る人に習って、鐵や石のように堅固な心を持っていれば、諂ったり欺いたり、奢ったり溺れたりすることは無い。顔に心が表れることを惜しむ必要は無く、心に憂いや恐れが生じることを隠す必要もない。立派な男子は大いなる道を歩む人。朝も晩も變わらずに、いつも明らかな態度でいるのだ。

これらの作品からも、孟郊の考え方は十分窺えると思う。しかし、「古」の價値を説いても受け容れられず、自らの立場を守っても報われることが無いまま、やがて老殘の思いが加わって、「秋懷十五首」に典型的に見られるような、激しい被害者意識の噴出と敎戒的な「古」の價値の強調に至るというのが、孟郊の「古」の展開の一面である。不毛と言えばまことに不毛、頑固と言えばまことに頑固であるが、しかし、その頑固とも言える一途さにこそ、孟郊の「古」の理念と實踐の特徴があり、韓愈らの評價の一因があったのである。

ところで孟郊が官界での不遇とそれに由來する貧窮の中に身をおきながら、なお一途な姿勢を保とうとしたことには、精神的に支えとなる一つの理想像があったのではないかと思われる。その理想像とは、盛唐期の高士として知られる元德秀である。孟郊は晩年ではあるが、「元魯山を弔う十首」をはじめとして何度か元德秀に言及し、強い關心を寄せている。したがって、孟郊の「古」の理念と實踐のあり方を考える上では、元德秀との關わりを見ておく必要があるだろう。

二 「元魯山を弔う十首」

元德秀は字を紫芝といい、魯山縣（河南省）の令となったことから、一般には元魯山と呼ばれる。「系樂府十二首」（『全唐詩』卷二四〇）などで知られる詩人で、古文運動家の一人でもある元結の叔父に當たり、その傳は『舊唐書』卷一九〇「文苑傳」および『新唐書』卷一九四「卓行傳」に載せられている。(3) 幼くして父を亡くした彼は母に孝養をつくし、科擧の受驗の際には、離れるに忍びずに母を背負って長安へ赴いたといい、その沒後は墓の側に廬を建てて服喪した。親の存命中に結婚できなかったために、終生妻を娶ることなく、また兄の死後に赤子が殘され、乳母も雇えないと、みずから乳を與えたという。(4) 魯山縣令の時には、害をなす虎を殺して罪を贖いたいと願う罪人の言を信じて人々を感嘆させ、また制作した「于蔿于歌」は、玄宗の賞讃を受けた。縣令を辭すと、河南の陸渾の山水を愛してそこに住み、彈琴讀書を樂しみ、賢不肖の別なく人と交わり、天寶十三年（七五四）五十九歳で貧窮のうちに生涯をとじた。元結のみならず、李華、蕭穎之、蘇源明らの古文運動家と親しく、これら彼を慕う人々から文行先生と謚された。蘇源明は「吾不幸にして衰俗に生くるに、恥じざるところは、元紫芝を識ればなり（吾不幸生衰俗、所不恥者、識元紫芝也）」（『舊唐書』「文苑傳」の元德秀の傳）とさえ言っている。

元德秀は、このように德行の人として當時非常に評價が高く、李華ら古文運動家にとって精神的なよりどころとなる存在であった。(5) 中唐後期、韓愈らによって古文運動が本格的な活動を見せるようになると、かえって元德秀に關する發言は目だたなくなるが、それは決して忘れられたわけではなく、むしろ高士のシンボルとして受けとめられるようになっていたようだ。白居易は「座隅に題す」詩（『白氏長慶集』卷七）の中で「伯夷は古の賢人、魯山も亦た其の徒なり。時なるかな奈何ともする無く、倶に化して餓殍と爲る。彼を念えば益ます自ら愧じ、敢えて斯須も忘れず（伯夷古賢人、魯山亦其徒。時哉無奈何、倶化爲餓殍。念彼益自愧、不敢忘斯須）」と詠い（「倶に化して餓殍と爲る」の句には、「元魯山山居して水を阻て、食絶えて終る」との自注がある）、また皮日休はその「七愛詩」（『皮子文藪』巻一〇）の一首を元德秀に充てている。韓愈、柳宗元らの作品には直接の言及が見られないが、復古運動に關わる人々にとって忘れられぬ存在であったことは疑いなかろう。そして孟郊は「元魯山を弔う十首」を中心に、同時代の人々の中で最も多くの發言を殘しているのである。また先人の事跡を追懷し、その生き方に學ぼうとする意志を示す場合、詠史や詠懷のスタイルをとることが一般的である。唐代の人とは言え、世代が異なり、面識の無い元德秀になぜ哀悼の意を寄せているのか。そこに孟郊における元德秀の存在の大きさを窺うことができる。

それではこの連作詩の検討に入る。便宜上、十首纏めて掲出する。

其一

搏鷙有餘飽　搏鷙　餘飽有るも
魯山長飢空　魯山　長に飢空
豪人飫鮮肥　豪人　鮮肥に飫くも
魯山飯蒿蓬　魯山　蒿蓬を飯す
食名皆霸官　名を食するものは　皆　霸官
食力乃堯農　力を食するものは　乃ち堯の農
君子恥新態　君子は新態を恥ず

魯山與古終　　魯山　古と終う
天璞本平一　　天璞　本と平一なるも
人巧生異同　　人巧　異同を生ず
魯山不自剖　　魯山　自ら剖かず(6)
全璞竟沒躬　　全璞にして竟に躬を沒す

（大意）
猛禽が獲物を捕えるごとく、權力をふるうものは十分滿腹していても、元魯山はいつも空腹。金持ちはご馳走に飽きていても、魯山はよもぎを食べるだけ。名で食うものは、みな仁義を輕んじて榮達した官吏。力で食うものは、堯帝の昔からの純朴な農民。君子は新しい事態になずむのを恥じ、それゆえ魯山は古えを守ったまま死んだ。生れながらの本性にはもともと何の差も無いが、人の巧らみの心によって違いが生じるのだ。魯山は純粹な本性を自ら劈いて世俗に合わせることをせず、本性をまっとうしたままその身を終ったのだ。

其二
自剖多是非　　自ら剖くは是非多し
流濫將何歸　　流濫　將た何れに歸せん
奔競立詭節　　奔競　詭節を立て
凌侮爭怪輝　　凌侮　怪輝を爭う
五帝坐銷鑠　　五帝　坐ろに銷鑠し

萬類隨衰微　　萬類　衰微に隨う
以茲見魯山　　茲を以て魯山の
道蹇無所依　　道蹇《なや》みて依る所無きを見る

（大意）
自ら劈いて世俗に合わせることはなすべきではない。みだれ流されて、いったいどこに落ちつくのか知れはしない。世の中はわれがちに爭って、いつわりの節操をたて、淩ぎ侮りあって、あやしげな輝きを競う。それがために聖代の五帝の道もいつのまにかとけ消え、萬物は衰微してしまったのだ。この有様から見れば、元魯山の行わんとする道は、險しくて依り所もない。

其三

君子不自蹇　　君子は自ら蹇まず
魯山蹇有因　　魯山　蹇むに因有り
苟含天地秀　　苟も天地の秀を含まば
皆是天地身　　皆是れ天地の身
天地蹇既甚　　天地　蹇むこと既に甚だし
魯山道莫伸　　魯山　道　伸ぶる莫し
天地氣不足　　天地　氣　足らず
魯山食更貧　　魯山　食　更に貧し

始知補元化　　始めて知る　元化を補うに
竟須得賢人　　竟に賢人を得るを須うを

（大意）

君子は自分から苦しむようなことはしない。元魯山が苦しんだのには理由がある。かりにも天地のすぐれたところを含み持てば、すべて天地によって成った身體。天地が苦しむことすでに甚だしいのであれば、魯山の行う道は伸展のしようがない。天地に萬物を育む氣が不足しているのであれば、魯山の食はいっそう貧しい。始めてわかる。造化の働きを補うべく政治を行うには、結局賢人の手が必要だということが。

其四

賢人多自霾　　賢人は多く自ら霾す
道理與俗乖　　道理　俗と乖う
細功不敢言　　細功　敢えて言わず
遠韻方始諧　　遠韻　方に始めて諧すべし
萬物飽爲飽　　萬物　飽くを飽くと爲し
萬人懷爲懷　　萬人　懷くを懷くと爲す
一聲苟失所　　一聲　苟も所を失わば
衆憾來相排　　衆憾　來りて相排す
所以元魯山　　所以に　元魯山は

饑衰難與偕　　饑衰して與に偕い難し

（大意）

賢人は多く自ら身をくもらせて、存在を明らかにしない。行う道理が俗と異なっているのだ。小さな功績は口にしようとしない。高遠な言葉であってはじめて賢人と調和する。萬物は腹が満ちたら満腹と思い、萬人はふところに入れたら、それで手に入れたと思う（ように即物的なのだ）。ひと聲でも、その思うところをはずれようものなら、もろもろの恨みが集って押しのける。元魯山が飢え衰えて、世俗と調和することができなかった理由もそこにある。

其五

遠階無近級　　遠階　近級無し
造次不可昇　　造次に昇るべからず
賢人潔腸胃　　賢人　腸胃潔く
寒日空澄凝　　寒日　空しく澄凝たり
血誓竟訛謬　　血誓　竟に訛謬
膏明易煎蒸　　膏　明なれば　煎蒸され易し（7）
以之驅魯山　　これを以て魯山を驅らば
疎迹去莫乘　　疎迹　去りて乘《ふ》む莫し

（大意）

高きに至る階段には近道などはない。たちまちのうちに登ることはできないのだ。賢人は胸の內は清く食もなく、寒ざむとした日には腸が空っぽで澄みとおるありさま。しかし、血をすすっての誓いも結局はあてにならず、膏は明らかなためにかえって燃やされて身を失いやすいものだ。こんな俗世の道理が元魯山を驅りたてる。足あともまばらな道すじは、後を追いかけようもない。

其六

言從魯山宦　言に魯山の宦に從い
盡化堯時心　盡く化す　堯時の心に
豺虎恥狂噬　豺虎　狂噬を恥じ
齒牙閉霜金　齒牙　霜金を閉ざす
競來闢田土　競い來りて田土を闢き
相與耕嶔岑　相與に嶔岑を耕す
常宵無關鏁　常宵　關鏁無く
竟歲饒歌吟　竟歲　歌吟饒し
善教復天術　善教　天術を復し
美詞非俗箴　美詞　俗箴を非とす
精微自然事　精微　自然の事
視聽不可尋　視聽　尋ぬべからず

因書魯山績　　因りて書す　魯山の績を
庶合簫韶音　　庶くは簫韶の音に合せん

（大意）

魯山令の官に就き、人々をみな堯帝の昔の純朴な心に教化する。豺や虎もむやみに人を咬むことを恥じ、冷たくかたいそのきばをとざす。人々は競って田を開墾し、一緒になって高い嶺まで耕やす。夜はいつも戸じまりせず、一年中人々の喜びの歌聲が滿ちる。すぐれた教化は天のわざを回復し、美しい言葉は世俗の箴言の誤りを正す。教化の深奥微妙なところは自然のうちになしとげられることで、見聞きできるようなことがらではない。そこで、ここに元魯山の功績を記す詩を作る。どうか雅正な舜帝の音樂に調和してほしいものだ。

其七

簫韶太平樂　　簫韶　太平の樂
魯山不虛作　　魯山　虛しく作さず
千古若有知　　千古　若し知有らば
百年幸如昨　　百年　幸いに昨の如し
誰能嗣教化　　誰か能く教化を嗣ぎ
以此洗浮薄　　此を以て浮薄を洗わん
君臣貴深遇　　君臣　深遇を貴び
天地有靈橐　　天地　靈橐有り(8)

力運既艱難　力の運は既に艱難たり
徳符方合莫　徳の符は方に莫に合すべし(9)
名位苟虚曠　名位　苟も虚曠ならば
聲明自銷鑠　聲明　自から銷鑠す
禮法雖相救　禮法　相救うと雖も
貞濃易糟粕　貞濃　糟粕たり易し
哀哀元魯山　哀哀たり　元魯山
畢竟誰能度　畢竟　誰か能く度《はか》らん

（大意）
舜帝の樂は太平の音樂であり、元魯山は現實と無關係にその樂を奏でることはしなかった。遠く千年を離れてでも、もし知己を得られれば、百年の時間も昨日のように感じられるものだ。いったい誰が魯山の教化の後を嗣ぎ、それによって世俗の浮薄を一洗することができるのか。君臣の關係には、よく理解して任用することが尊ばれ、天地の活動には、靈妙なふいごの働きがある。力による治政の命運はすでにゆきづまって困難な状態となり、徳治のきざしは、ちょうど幽冥の世界の意志にかなっている。名譽や地位がかりにも空しいものなら、それにともなう裝飾はおのずと銷け消えてしまう。禮のきまりによって守られても、貞潔でねんごろな行いは、とかく粗末にされてしまいがちだ。ああ哀しいことだ、元魯山。結局のところ誰がその行いを理解できるのか。

其八

當今富敎化　　當今　敎化富み
元后得賢相　　元后　賢相を得たり
冰心鏡衰古　　冰心　衰古を鏡《てら》し
霜議清遐障　　霜議　遐障を清む
幽埋盡光洗　　幽埋　盡く光洗し
滯旅免流浪　　滯旅　流浪を免れしむ
唯餘魯山名　　唯だ餘す　魯山の名
未獲旌廉讓　　未だ廉讓を旌わすを獲ず
二三貞苦士　　二三　貞苦の士
刷視聳危望　　視を刷いて危望を聳かす
髮秋青山夜　　髮　秋なり　青山の夜
目斷丹闕亮　　目斷す　丹闕の亮かなるを
誘類幸從茲　　類を誘ふこと幸わくは茲よりせん
嘉招固非妄　　嘉き招きは固より妄りに非ず
小生奏狂狷　　小生　狂狷を奏し
感愓增萬狀　　感愓して萬狀を增す

（大意）

現在は教化が豊かに施され、天子は賢相を得られた。賢相の清らかな心は古えが衰えた今の情況を写し出し、嚴正な議論は遠い邊境までも靜める。人知れず埋もれている賢者にことごとく光をあて、罪無く左遷された人々も召還する。しかしその善政から、元魯山の名のみが落ちており、いまだに清廉謙讓の徳によって顯彰されるに至っていない。二三の貞直で貧苦の士が、詔敕を待って、目をこすってはるか高く望みやる。だが白髮となって山中にいるこの夜、宮闕の明らかな輝きを望もうにも、目路は斷たれてしまう。魯山の仲間である賢者たちを招くには、どうか彼の顯彰から行ってほしいし、立派なお招きは、もとよりいつわりであってはならない。私はここに常識外れなお願いを申し上げ、心が動きおそれて、千々の思いがいっそうわき上がる。

其九

黃犢不知孝　　黃犢　孝を知らず
魯山自駕車　　魯山　自ら車を駕す(10)
非賢不可妻　　賢に非ざれば妻るべからず
魯山竟無家　　魯山　竟に家無し
供養恥它力　　供養　它力なるを恥ず
言詞豈纖瑕　　言詞　豈に纖瑕あらんや
將謠魯山德　　將に魯山の德を謠わんとすれば
海贖誰能涯　　海贖(11)　誰か能く涯めん

（大意）

黃色い子牛は孝道を知らない。だから元魯山は自分で車を馭した。賢者でなければ妻にはできない。だから魯山には家族がなかった。親の供養を人の手に頼るのを恥じた。その言葉にはわずかのきずもない。魯山の徳を謠おうとすれば、海のごとく奥深くてきわめようもない。

其十

遺嬰盡鶵乳　遺嬰は盡く鶵乳す
何況肉骨枝　何ぞ況んや肉骨の枝なるをや
心腸結苦誠　心腸　苦誠結し
胸臆垂甘滋　胸臆　甘滋垂る
事已出古表　事は已に古の表に出づ
誰言獨今奇　誰か言う　獨り今に奇なりと
賢人母萬物　賢人　萬物に母たり
愷悌流前詩　愷悌　前詩に流る

（大意）

残された嬰兒はすべて乳を與え育てる。ましてや骨肉を分けた兄の子はなおさらのこと。心のうちには苦しくも變らぬ眞心が凝結し、胸からは甘い乳の汁が流れる。男が乳を與えることは古えも滅多になかったこと。どうして今の世にだけ珍しいことと言えよう。賢人は萬物の母たりうる存在。長大な徳は、前代の詩に廣くうたわれている。

この連作には、尻取りをするように詠い繼いでいるところが見られるが、內容を見ると、前半五首と後半五首ではやや色彩を異にしている。まず全體の導入となる其一で、元德秀は古えの純朴な本性を保持し、それが世俗の名利と相容れないものであったがゆえに貧窮し、飢えて死んだという認識が示され、それは其五までの前半五首で方向を少しずつ變えながらくり返されている。ここでは、元德秀の具體的人生や思想のあり方には觸れられておらず、むしろ古えの道を守った賢人として觀念化されており、彼のような賢人が惡しき世俗に容れられず、窮死しなければならなかったことへの憤り、悲しみに重點が置かれている。なお元德秀の傳には、その死が餓死であったとは記されていないが、盧載の「元德秀誄」（『全唐文』卷四三五）に「誰か府君と爲るも、犬は必ず肉を啗う、誰か府僚と爲るも、馬は必ず粟を食らう、誰か元公を死せしめ、餒えて空腹に死せしむ（誰爲府君、犬必啗肉、誰爲府僚、馬必食粟、誰死元公、餒死空腹）」とあることから見れば、やはり實態は餓死であったらしい。(12) そして先に引いた白居易の「座隅に題す」詩にも、伯夷と竝べて「倶に化して餓殍と爲る」と歌われていたように、そのことは當時共通の認識であったようだ。

其六からの後半部は、元德秀の傳記中の著名なできごとのいくつかに卽しつつ展開される。まず其六は、魯山縣令としての善政をとりあげる。だが、その善政には例えば罪人の言を信じて虎を退治させるという特筆すべき事績が含まれているにもかかわらず、ここに描かれているのは理想化された「善政」である。孟郊の詩は抽象化、觀念化の強いことが一つの特徵であることは旣に述べたが、こうした點にもそれが表われていると言えるだろう。ところで魯山縣令としての事績は、元德秀の傳記中に缺かすことのできない事柄だが、この詩での賞讚の仕方を見れば、それが孟郊の認識の中でもきわめて重要であったことがわかる。すなわち、正當な機會さえ與えられれば、聖代の政治を實現し古えの道を回復させることのできる人物なのであり、そこに孟郊が彼を悼み、かつ敬慕する要點がある。其七、其八は、こうした爲政者としての元德秀の後繼者が世に出ておらず、かつ彼自身も顯彰されることもなく忘れられていることへの不滿を詠う。其九は、妻を娶ることなく、したがって子の無いまま終ったこと、其十は、兄の子にみずから乳を與えて養育したことを取り上げ、いずれも元德秀の家庭面を詠っている。ともによく知られた事柄であるが、ただこれらを詠う背景には、孟郊自身の事情も關わっていたろう。「杏傷九首」「悼幼子」で見たように、孟郊は息子を幼少のうちに亡くしており、妻を娶らなかった元德秀と事情は異なるにせよ、息子の無いことは同じであった。また常州義興縣の莊園に、まだ幼い娘を預けていた。この娘を思いやった「義興の小女子に寄す」詩（巻七）の最後には「我は詠う　元魯山の、胸臆に甘滋流るるを、終には當に自ら乳するを學び、起坐　常に相隨わしむべし」と詠い、元德秀の自乳の故事に習いたいという氣持ちを表している。(13) したがって其九、其十兩首は、自己の情況と暗に比擬させつつ、その行いを慕う氣持を詠っていると言うことができよう。

ところで其八に登場する「賢相」について、華氏は鄭餘慶を指すと推定している。すでに見たように、孟郊は元和元年（八〇六）冬に河南尹に轉じた鄭餘慶のもとで、河南水陸運從事、試協律郎に任用され、母の死によって辭任するまで數年間その幕下にあった。また元和九年の秋に、旅の途中に死ぬことになるのも、山南西道節度使となった鄭餘慶から、興元軍參謀、試大理評事として招かれたがためであった。こうした鄭餘慶とのつながりの深さから考えれば、この詩の「賢相」はやはり彼を指しているとみるのが妥當であろう。鄭餘慶は韓愈とも親しく、復古運動にも比較的理解のあった人物である。かつ『舊唐書』の鄭餘慶の傳に據るならば、父の慈（『新唐書』宰相世系表では「慈明」）は元德秀と親交が有ったという。そうであればその父と元德秀との關係を十分に意識した上で、彼を主たる讀者に想定して作られた連作詩であったと考えて良いかもしれない。敢えて言えば、個人的なつながりを背景に、元德秀の顯彰と、その道を嗣ぎうる人物として自らの登用を希望する作品だったのではないか。この連作の制作時期は何年とは定めがたいが、鄭餘慶を讀者として想定したものだとすれば、母の喪が明けて以降、再度の任用を求めて作られたものであり、元和六年冬に鄭が朝廷へ戻る際に贈られたものである可能性が高いだろう。

さて連作全體を通して整理してみると、孟郊が元德秀を哀悼する重點は、彼が古えの純朴な本性を保持し、機會を與えられれば古代の聖王の教化を回復しうる德をもつ人物であったにもかかわらず、世俗の容れるところとならずに、山野に隱れて餓死する道をたどったという點にある。そして注目されることは、元德秀に深い敬慕の念を寄せるだけでなく、その人となり及び運命に、自分自身のそれを重ねている印象があることである。それは外面的な比擬が認められる最後の二首に顯著であるだけでなく、元德秀が世俗に合わずに孤高を守り、貧窮のうちに死なねばならなかったことへの憤りをくり返し歌う前半部についても同樣である。貧窮のなかで社會への憤りを懷いていた當時の孟郊の情況が、その背後に感じとれるからである。そう考えると、元德秀は孟郊にとって敬慕の對象であるだけでなく、實踐における模範となる人物、一つの理想とするに足る人物であったと言うことができると思われる。ことに晩年に及んで、外面的な類似性が強まるにつれ、その意識は深まったのではないだろうか。そして、彼を理想と仰ぐことを一つの支えとして、孟郊は老いと貧窮とに苛まれつつも、なお「古」の價値を頑なに唱え、拙い處世を守り通す道に就いたのではなかったかと思うのである。孟郊がこの連作詩を書いた理由は、一義的には「古」の道を守った元德秀を顯彰し、その德を讚えることにあるが、同時に自らの生き方を鄭餘慶を始めとする現在の賢人たちに明らかにしようとする意圖も含まれていたものと思われる。

三　孟郊の自己規定とその評價

次に孟郊の自己規定と當時の人々の孟郊評價について考えてみたい。先に見たように、孟郊は自らを「詩人」と稱した。そして「詩人」であることの運命には、「餓死」が付隨すると詠っていた。盧殷、劉言史がそうであり、もとより自らの運命としても受け止めていた。このことは後に見る「淡公を送る十二首」（卷八）の中でも明瞭に示されている。

意恐被詩餓　意は恐る　詩餓を被らんかと
欲住將底依　住まらんと欲して　將た底にか依る
盧殷劉言史　盧殷　劉言史
餓死君已噫　餓死して　君　已に噫けり
（其十一。第五句より第八句）

倚詩爲活計　詩に倚りて活計を爲すは
從古多無肥　古より多く肥無し
詩飢老不怨　詩に飢えて　老いるも怨みず
勞師淚霏霏　師が淚の霏霏たるを勞す
（其十二。第九句より第十二句）

親しい間柄ゆえにやや感傷的な口吻を感じさせながらも、結局のところ自分も詩人として孤峭の業を守りながら飢える道を歩むしかないという思いが語られている。

それでは、なぜ「詩人」の運命は「餓死」をもって終らなければならないのだろうか。出世のために世俗的な詩を書くのでなく、古えの道に即した高潔な詩を作っていれば、社會と相容れず、困窮することになるのだろうし、そうして窮乏した果ての死は一般に「餓死」と認識されうる。だが孟郊の場合には、文字通りの餓死をイメージしていた印象がある。そして劉言史を弔う詩のように、事實がどうであったかではなく、「詩人」であるが故にその死を「餓死」と表現する例も見られるのである。なぜそこまで「餓死」に拘るのであろうか。山之内正彦氏は前掲論文において、孟郊が「詩飢」「餓死」と書かねばならなかった必然性について、その詩的方法の側面から次のように説明する。

精神的な痛みを身體に轉移させるというのが、孟郊の獨自な詩的方法なのであって、この方法が困窮を對象とするなら、生活と身體とがもっとも鋭く交叉する一點である飢餓が引き出されてくるのは當然であろう。

山之内氏のこの見解は、この疑問に對する一つの有力な解答だと思われる。だが筆者はそれとともに、詩人と餓死を結びつける作品がいずれも晩年の作であることであることから、ここにも元德秀への同化という意識が投影されていると考える。先に見た「盧殷を弔う十首」其六の冒頭で、「耳に聞く　陋巷生、眼に見る　魯山君。餓死して始めて名有り、餓名　高く氛氳たり」と、盧殷に元德秀の姿を重ねて見ているのはその顯著な例であろう。「詩人」は古えの道に即した詩を作るが、それは當世には受け入れられず、結局のところ「餓死」するしかない、それはもとより望ましいことではないが、「餓死」することによって元德秀のような高士の列に加わっていくのが自分たち「詩人」の運命であり、あり方なのだというのが孟郊の認識だったのではなかろうか。「餓死」せざるを得ないような情況が前提にあったことは確かだろうが、それをあえて甘受したことには、元德秀を一つの模範とする考え方が根底にあったからだと思われる。

さて、こうした認識の持ち主であった孟郊を、周圍の人々はどのように見ていたのであろうか。當時の人々の中では、もとより韓愈が最も多く孟郊を語り、最も高く評價する。その韓愈をはじめとして、孟郊に對する多くの評價の中で注目されることは、彼の文學的成就は貧窮を代償にしてのものであるという認識が色濃く見られることと、人格の高潔さと貧窮とが結びついて語られることが多いということである。

前者については、「大凡そ物は其の平を得ざれば則ち鳴る」という書き出しで著名な韓愈の「孟東野を送るの序」（『昌黎先生集』巻一九）がまずあげられる。また白居易は、張籍と竝べて「琴を愛し酒を愛し詩を愛するの客、多くは賤しく多くは窮して多くは苦辛たり、中散　歩兵は　終に貴からず、孟郊　張籍は　貧に過ぐ（愛琴愛酒愛詩客、多賤多窮多苦辛、中散歩兵終不貴、孟郊張籍過於貧）」（「詩酒琴の人、例として薄命なる多し、予は酷だ三事を好めば、雅に此の科に當る、而して得る所已に多ければ、幸いと爲すこと斯れ甚し、偶たま狂詠を成して、聊か愧懷を寫す」詩の冒頭四句。『白氏長慶集』巻三二）と歌い、また「況んや詩人は多く蹇《なや》む、陳子昂、杜甫の如きは、各おの一拾遺を授けられ、而も迍剝して死に至る、李白、孟浩然の輩は、一命にも及ばず、窮悴して身を終ゆ、近日、孟郊は六十にして、試協律に終わり、張籍は五十にして、未だ一太祝を離れず（況詩人多蹇、如陳子昂、杜甫、各授一拾遺、而迍剝至死、李白、孟浩然輩、不及一命、窮悴終身、近日、孟郊六十、終試協律、張籍五十、未離一太祝）」（「元九に與うるの書」同巻四五）と論じている。さらに陸龜蒙は、天物の情狀を暴露したために天の罰を受けた詩人の列に、「東野窮す」として彼を加えている。[14] この文學的成就が困窮の代償であるという考え方、あるいは詩作によって「萬物　陵暴に困しむ」（韓愈の「士を薦む」詩に見える句）がゆえに、その咎を受けて困窮するという考え方は、當時の文學論に顯著に見られるものであるが[15]、しかし、孟郊がそうした文學者の代表格として意識されていることは見のがせない。

後者の、高潔さと貧窮とが結びつけられた發言は、とくに友人を中心に見られるものだが、やはり韓愈の言にまず耳を傾ければ、「孟東野に與うるの書」（『昌黎先生集』巻一五）で次のように言っている。

　足下は才高く氣清く、古の道を行いて、今の世に處す。田つくりて衣食する無く、親の左右に事えて違う無し。

足下の心を用うること勤なり。足下の身を處すること勞にして且つ苦し。混混と世と相濁するも、獨りその心は古人を追いてこれに從う。（足下才高氣清、行古道、處今世、無田而衣食、事親左右無違、足下之用心勤矣、足下之處身勞且苦矣、混混與世相濁、獨其心追古人而從之。）

また李翺は、推薦の文ではあるが「所知を徐州の張僕射に薦むるの書（薦所知於徐州張僕射書）」（『李文公集』巻八）の中で、「茲に平昌の孟郊有り、貞士なり。……郊は窮して餓え、其の親を安らかに養うを得ず、天下を周くするも遇する所無し（茲有平昌孟郊、貞士也。……郊窮餓、不得安養其親、周天下無所遇）」と言い、賈島は彼の死を哀悼した「孟協律を弔う」詩（『長江集』巻三）の中で、「才行　古人に齊しきも、生前　品位は低し」と歌っている。友人の言であり、しかも推薦や哀悼の言葉であるから、もとより割り引きして受けとる必要はある。また、不遇の士を高潔さゆえと記すのも、珍しいことではない。しかし、孟郊は貧窮の中にあっても、貞潔な行いを守り通したと認識され、それが古人の行いに學ぶものと受けとめられていたことは、やはり、その評價の要點として考える必要があろう。

このように見てくると、孟郊の評價にはその生活同様貧窮がつきまとっているわけだが、文學・人格ともその貧窮を乘りこえて高みに達していると認定されることによって、一連の高い評價を得ていると言うことができよう。それには、頑なまでに「古」の道に固執し、貧窮をも辭さぬ孟郊の生き方が、ある種の感動を與えたということがもとよりあるだろうが、それとともに、そういう人を高士として認識する素地が士人たちの側にあったとも言えるのではなかろうか。その際、高士のイメージには樣々なモデルがあり得るが、古文運動を中心とする復古主義の活動を行ってきた人々にとって、元德秀が大きな存在として仰がれていたのであり、そのことは孟郊を高く評價した人々にも十分意識されていたと思われる。そして、元德秀をモデルとした高士のイメージが孟郊の評價に間接的に影響しただけでなく、「元魯山を弔う」詩に見られる比擬に對しても理解を與えたのではないだろうか。

韓愈は貞元十四年（七九八）に汴州で孟郊と別れる際に贈った「孟郊に答う」詩の前半で、當時の孟郊の樣子を次のように描いている。

規模背時利　　規模　時利に背き
文字覷天巧　　文字　天巧を覷う
人皆餘酒肉　　人皆　酒肉餘れるに
子獨不得飽　　子　獨り飽くを得ず
纔春思已亂　　纔かに春にして　思ひは已に亂れ
始秋悲又攪　　始めて秋にして　悲しみ又た攪る
朝餐動及午　　朝餐　動もすれば午に及び
夜諷恆至卯　　夜諷　恆に卯に至る

世間と規格が合わず、文學は造化の祕密にせまる。生活に事缺きながら、感受性豐かに季節を詠い、日常の生活時間をも無視して詩作に耽る。ここには古今を問わぬ、天生の詩人の姿が描かれていると言ってよい。孟郊が自身を「詩人」と規定する、その背景には先のような思い入れが存在したわけだが、しかし彼はその規定以前に、生れながらにして詩人としての資質を持ちあわせていた。そして、彼は結局その資質のままに生きた人だと思われる。

孟郊は韓愈・李翺・張籍らと親しく交際し、『詩經』を理想とし、漢魏詩の風格に學ぶその詩作によって、復古運動においても一翼を擔った。また詩作とともに、その「古」への志向によっても、復古運動の中で一定の役割を果したのだと思う。観念的な「古」の理念は、社會的にはほとんど効果を持ちえなかったであろうが、社會に受け容れられずとも頑なに姿勢を守り續けるその態度は、韓愈たちから評價されていたのである。孟郊が元德秀に心を寄せたのは、彼自身の「古」の道を一貫させる支えとするためであったと思う。だが、視野を廣げて復古運動の中で考えてみると、元德秀に學ぼうとした孟郊は、韓愈たちから見て一種の精神的な支えとなっていたのではないか。ちょうど元德秀が李華、蕭穎之らの精神的支えであったように。それが孟郊の望むところであったか否かはもとよりわからない。だが、ともかくそこに、孟郊の「古」の實踐の意義があったと思われる。

注

（1）詩中の「古」字の用例は一〇八例、また詩題では一一例に及ぶ。孟郊の詩には、他に「高」「道」「君子」などの語の用例も多く、單純な見方だが、まずそのあたりに彼の思想の大まかな傾向を見てとることができる。

（2）「亦」は、底本は「上」に作るが、諸本に從って改めた。

（3）元德秀の傳記については、この他、元結の「元魯縣墓表」（『全唐文』巻三八三）、李華の「元魯山墓碣銘」（『全唐文』巻三二〇）などの資料がある。また李肇『唐國史補』錢希白『南部新書』などに逸事を記す。

（4）『舊唐書』によれば、「初、兄子襁褓喪親、無資得乳媼、德秀自乳之、數日湩流、能食乃止」と記されている。

（5）古文運動家と元德秀の關わりについては、林田愼之助氏に論がある（「唐代古文運動の形成過程」日本中國學會報第二九集）。

（6）「自剖」は、言葉としては東方朔「七諫・怨思」（王逸『楚辭章句』巻十三）の「比干思而剖心、子推自割而飤君兮」が先例となるが、この詩の場合は次句の「全璞」と對應して、純粋な本性を分別して自ら君主や世俗に合わせる意と解した。

（7）『漢書』兩龔鮑傳に「膏以明自銷」とある。なお「煎蒸」は他の用例を見出していない。

（8）『老子』第五章に「天地之間、其猶橐籥乎」とあるのをふまえたものか。

（9）「合莫」は『禮記』禮運篇の「君與夫人交獻、以嘉魂魄、是謂合莫」をふまえるか。

（10）元德秀が母を自ら背負って長安へ出たことは知られるが、自ら車を駕したことについての記事は見出せない。なお前句には「老牛舐犢」の語との關わりが有るか。

（11）弘治本、全唐詩などでは「贖海」に作るが、いずれも他の用例は見出せない。なお、宋の國材・劉辰翁評『孟東野詩集』には、この部分（同書は「贖海」に作る）に「毎有此等新字」との國材の評語を記す。

（12）丁用晦『芝田錄』（『重較說郛』三八所收）には「元德秀退居安祿縣南、獨處一室、去家數十里、値大雨水漲、七日不通、餒死室中。中書舍人盧載爲之誄曰、誰爲府君、犬必啗肉、誰爲府僚、馬必食粟、誰使元公、餒死空腹」とある。

（13）詩全體は「江南荘宅淺、所固唯疏籬。小女未解行、病叔老更癡。家中多吳語、敎爾遙可知。山怪夜動門、水妖時弄池。所憂癡酒腸、不解委曲辭。漁妾性崛強、耕童手皴釐。想茲爲襁褓、如鳥拾柴枝。我詠元魯山、胸臆流甘滋。終當學自乳、起坐常相隨」である。

（14）「吾聞淫畋漁者、謂之暴天物、天物卽不可暴、又可抉摘刻削、露其情狀乎、使自萌卵至於槁死、不得隱伏、天能不致罰耶、長吉夭、東野窮、玉溪生官不挂朝而死、正坐是哉、正坐是哉」（「書李賀小傳後」『甫里先生文集』巻一八）。

（15）例えば、韓愈の「荊潭唱和詩序」（『昌黎先生集』巻二〇）、「柳子厚墓誌銘」（同巻三二）など。なお、韓愈のこうした考え方については、羅根澤「中國文學批評史」第四編第七章四「不平則鳴與文窮益工」の項に整理があり、また林田愼之助「韓愈における發憤著書の說」（文學研究、第七〇）にも論がある。

第五節　變貌する川――「寒溪九首」と「峽哀十首」

孟郊には川を主題とする連作詩が三組ある。溪谷を詠う「石淙」、溪流を詠う「寒溪」、そして三峽を詠う「峽哀」である。それぞれに創作動機は異なると見られるので、とくに關連づけるには及ばないのかもしれないが、溪谷の風景に關心を持っていたことは確かであろう。「石淙十首」は先に見たので、ここでは殘る二組の連作を順次取り上げたい。制作時期や順序は必ずしも明らかではないが、内容から「寒溪九首」の方を先と見て、こちらから取り上げる。

一　川の冰結

「寒溪九首」の舞台は、洛陽の立德坊にあった孟郊の自宅の側を流れる川であり、恐らく洛水の支流、漕渠を指していると見られる。それが凍りついた情景が詠われているが、そうした事實を詩の背景として想定すべきか否かをまず考えなければなるまい。孟郊には長江が凍りついたと詠う「寒江吟」（卷二）や、寒風に苦しめられる農民の姿を描いた「寒地百姓吟」（卷三）などの作品があるが、前者は行路難の思いを託した作であり、後者は元和元年冬に鄭餘慶に獻上されたと見られる詩で、鄭の善政を讃える點に主眼が有り、いずれも背景となる事實を想定するには及ばない作品である。しかしこの連作の場合は、其二で「洛陽　岸邊の道、孟氏　莊前の溪」と詠うように、ある種のリアリティを感じさせる面があり、嚴寒の體驗を背景として發想されている印象が強い。假にそうであるとすれば、それはいつのことと見るべきだろうか。『新唐書』巻三六「五行志」三「常寒」の項を見ると、彼が洛陽に居を構えて以降の記事には「元和六年十二月、大いに寒し。八年十月、東都大いに寒く、霜は厚きこと數寸、雀鼠多く死せり」という二條がある。連作の後半に春の訪れを感じさせる表現が見られることを考慮すれば、この二條の記事の中では「元和六年十二月、大いに寒し」の方に該當する可能性が高いだろう。華譜では元和二、三年の作と見ているが、加害者的な自然像が現れている點からも、最晩年に近い作品であったと考える方が穩當であろう。(1)

假にその時期を連作の背景として想定した上で、以下に九首の詩を順に検討する。(2)

其一

霜洗水色盡　　霜洗いて　水色盡き
寒溪見纖鱗　　寒溪　纖鱗を見わす
幸臨虛空鏡　　幸わくは虛空の鏡に臨んで
照此殘悴身　　此の殘悴の身を照らさん
潛滑不自隱　　潛滑　自から隱れず
露底瑩更新　　露底　瑩きて更に新たなり
豁如君子懷　　豁如たり　君子の懷
曾是危陷人　　曾て是れ危陷の人
始明淺俗心　　始めて明かなり　淺俗の心は
夜結朝已津　　夜結びて　朝已に津《と》くと
淨漱一掬碧　　淨く漱ぐ　一掬の碧

遠消千慮塵　　遠く消す　千慮の塵
始知泥歩泉　　始めて知る　泥歩の泉は
莫與山源鄰　　山源と鄰る莫きを

（大意）

霜が洗い盡くして水の色は消えてしまい、寒々とした川は（澄んで）小さな魚までが見える。清く虚ろな鏡の前に立って、老いさらばえたこの身を映し出してみたい。水中のつるつるした石も姿を隠すことなく、底までが明るく見えて新鮮な感じがする。君子（である私）の心は（このように）大きく開かれているが、以前は危ない目にも遭わされた人間である。初めて明らかになった、世俗の淺はかな心は（氷のように）夜結ばれて、朝にはもう解けてしまうと。一掬いの水で清らかに口を漱ぎ、數々の雜念を遠く消し去る。初めて分かる、人の泥にまみれた流れは、（清らかな）山の源とは一緒にならないのだと。

「潛滑」など見慣れない表現が使われているため、その解釋は確定しがたいが、前半六句は川のもつ清淨さが詠われ、その川に自らの影を映しつつ眺めているということだろう。しかし七句から十句は、世俗への不信感が頭をもたげている。自分は川同樣の清く廣い心を持つにも關わらず、世俗に陥れられた經驗を持ち、それゆえ世俗に交わることが出來ないことを言う。自らを「危陷の人」と言う根據は明らかでないが、溧陽縣尉の折の經驗などがそう言わせているのだろうか。清淨な川を描きながら、汚れた世俗への嫌惡感が示されるのは、そうした川に惡者が入り込み、川を加害者に變貌させることを詠うこの連作の導入とするためだろう。讒言されたと自らが感じた體驗の記憶も、後の「讒者」の發想へと繋がるのだと思われる。

其二

洛陽岸邊道　洛陽　岸邊の道
孟氏莊前溪　孟氏　莊前の溪
舟行素冰拆　舟行　素冰拆かれ
聲作青瑤嘶　聲は青瑤の嘶《むせ》びを作す
綠水結綠玉　綠水　綠玉を結び
白波生白珪　白波　白珪を生ず
明明寶鏡中　明明たり　寶鏡の中
物物天照齊　物物　天照齊し
仄步下危曲　仄步　危曲を下り
攀枯聞孀啼　枯に攀りて孀啼を聞く
霜芬稍消歇　霜芬　稍や消歇し
凝景微茫齊　凝景　微茫として齊し
癡坐直視聽　癡坐　視聽を直にし
戇行失蹤蹊　戇行　蹤蹊を失う
岸重斷棘勞　岸重なりて　棘を斷るに勞す
語言多悲淒　語言　多く悲淒たり

（大意）

洛陽の岸邊の道、孟氏の屋敷の前の川。舟の行き來に白い氷は裂かれ、青い玉が擦れるような音をたてる。綠の水は（凍って）綠の玉を結び、白い波は白い珪玉を生じる。明らかに映る寶鏡の中では、すべての物が天に等しく照らされる。斜めになって歩みながら、急な川べりの坂を下り、枯れ枝をつかんで、つがいを失った鳥の啼き聲を聞く。霜の寒氣はすこし和らいで、凍りついた川の景色は、何處も明瞭さを欠いて同じように見える。ぼんやりと坐っていると、見る物聞く物が眞っ直ぐに届いてくるが、當て所無く歩いて行くと、道を見失ってしまう。岸は幾重にも重なり、酸棗の樹を切るのに苦勞するので、語る言葉もひどく悲しげになるのだ。

前半は、引き續き寒冷で清淨な川の樣子が詠われる。凍った川の樣子が「素冰」「青瑤」「綠玉」「白珪」と、美しく形容されている點が印象的である。其三以降の「冰」とは性格が異なり、あくまで美的に捉えられている。後半は一轉して分かりにくくなるが、川邊を歩くことと開墾の苦勞とを言うのだろうか。一五句目の「岸重」は「岸童」と作るテキストもあるが、先の注（1）に擧げた韓愈の詩との關わりから言えば、「重」とするのが良いと思われる。「立德の新居」で農作業に携わっていることが詠われていたが、ここも日常の生活の勞苦を描いていると見ておきたい。

其三

曉飲一杯酒　　曉に一杯の酒を飲み
踏雪過清溪　　雪を踏んで清溪を過ぐ
波瀾凍爲刀　　波瀾　凍りて刀と爲り
剸割梟與鷖　　剸割す　梟と鷖とを
宿羽皆翦棄　　宿羽　皆　翦棄せられ
血聲沈沙泥　　血聲　沙泥に沈む
獨立欲何語　　獨ち立ちて何をか語らんと欲す

默念心酸嘶　　默念　心は酸嘶たり
凍血莫作春　　凍血　春を作す莫かれ
作春生不齊　　春を作せば　生ずること齊しからず
凍血莫作花　　凍血　花を作す莫かれ
作花發孀啼　　花を作せば　孀啼を發す
幽幽棘針村　　幽幽たる棘針の村
凍死難耕犁　　凍死して耕犁すること難し

（大意）

朝に一杯の酒を飲み、雪を踏んで清らかな川の側を通る。波は凍って刀となり、水鳥の鳧や鷺を切り裂く。水面に羽を休めていた鳥たちは皆斬り捨てられ、血にそまった鳴き聲をあげて沙泥に沈む。私は獨り立って何を言えばよいのか。默り込んだまま、心は辛く悲しい。凍った血がそのまま春となってはいけない。春となったなら、萬物の生じ方に偏りが出る。凍った血がそのまま花になってはいけない。花になったら、つがいを亡くした啼き聲が起こる。寂しく暗い寒風の村、そこでは（人々が）凍死して（春を）鋤き起こすことは難しい。

第二首の最後で、川での生活の嚴しさが點描されたが、連作はここから嚴寒の様子が重點的に描かれ、とくに寒氣によって執行される刑罰の激しさが詠われる。三句目以下の凍って刀と化す波は、前首とは相貌を異にしており、自然が加害者となった典型的な例と言える。「凍血　春を作す莫かれ」以下の四句、とくに「生ずること齊しからず」の解釋は難しい。春の紅い花に傷ついた鳥たちの血が入ってはならないと言うのだろうが、孟郊一流の發想で分かりにくい。連作の流れから言えば、美しいと思っていた氷が、ふと氣付くと加害者に變貌し、春を迎えることのできない惨状を引き起こしていたということだろう。

なお、この一首には「杏殤」との關係が窺えるように思う。「杏殤」では、霜の冷氣によって散らされる花に死んだ子供達が比喩され、これと對比するように梟や鴉の幼鳥の元氣な姿が印象的に描かれていた。しかしここでは、冷氣で凍りついてしまった波によって、その鳥たちも切られるという光景が描かれている。「凍血」四句も、霜や涙が木心に入って花を散らしたと詠った「杏殤」の發想を受けて、グロテスクなイメージへと増幅させた表現と言えるかもしれない。ともかくこの連作では、天による殺傷が動物たちにも及んでいるのであり、それゆえ次首に述べられる冤罪の訴えも、「杏殤」の時の個人的なものから、禽獸の側に立ったより廣がりのある内容になっている。

其四

篙工磓玉星　　篙工　玉星を磓ち
一路隨迸螢　　一路　迸螢に隨う
朔凍哀徹底　　朔凍　底に徹するを哀しみ
獠饞詠潛鯹　　獠饞　潛鯹を詠ず
冰齒相磨嚙　　冰齒　相磨嚙し
風音酸鐸鈴　　風音　鐸鈴より酸たり
清悲不可逃　　清悲　逃るべからず
洗出纖悉聽　　洗いて纖悉の聽を出だす
碧瀲卷已盡　　碧瀲　巻きて已に盡き
彩雙飛飄零　　彩雙　飛びて飄零たり

下躡滑不定　下に躡《ふ》めば　滑りて定まらず
上棲折難停　上に棲めば　折れて停まり難し
哮嘐呷喢冤　哮嘐として　呷喢たる冤
仰訴何時寧　仰ぎて訴うること　何時か寧かならん

（大意）

船頭は棹で冰を打って星のように輝く冰塊を彈き、蛍のように飛び散る冰の中を一筋に進んで行く。この北の地の凍りつく寒さが川底まで及んだのを哀しみ、貪欲に獲物を求める漁師は、川に潜む魚を思って歌う。冰の齒は互いに擦れて嚙み合い、風の音は風鈴よりも悲しく響く。研ぎ澄まされた悲しみからは逃れようがなく、夾雜物を洗い落としたように、纖細な音までが耳に届く。綠の波は巻き取ったように今は無く、美しいつがいの鳥も飛び去って居なくなった。（獸が）下で川邊を踏めば、滑って安定せず、（鳥が）上で枝に棲もうとすれば、（風に）折れて止まっていられない。（鳥獸の）啼き聲にこめられた冤罪の思いは、仰いで天に訴えられて、いったい何時已むことだろう。

この詩も、冒頭は美しい情景に見えるが、すぐにおぞましく變貌した川の描寫に移っている。四句目は、「獠饞」「潜鯹」がともに見慣れない語であるため解釋が難しいが、とりあえず魚を求める漁師のことと解してみた。末二句では、生活の場を奪う嚴寒をもたらした「天」に對して、鳥獸たちから冤罪の訴えが起こる。「哮嘐呷喢」の四字は鳥獸たちの叫び聲を形容するのだろう。その切實な聲を承けて、次首で孟郊が「諫書」の筆をとることになる。

其五

一曲一直水　一曲　一直の水

白龍何鱗鱗
凍飆雜碎號
齏音坑谷辛
柧榆吃無力
飛走更相仁
猛弓一折弦
餘喘爭來賓
大嚴此之立
小殺不復陳
皎皎何皎皎
氳氳復氳氳
瑞晴刷日月
高碧開星辰
獨立兩脚雪
孤吟千慮新
天讒徒昭昭
箕舌虛斷斷
堯聖不聽汝

白龍　何ぞ鱗鱗たる
凍飆　雜り碎きて號び
齏音　坑谷辛《つら》し
柧榆　吃《ども》りて力無く
飛走　更ごも相仁なり
猛弓　一たび弦を折れば
餘喘　爭いて來り賓す
大嚴　此こにこれを立つ
小殺　復た陳べず
皎皎　何ぞ　皎皎
氳氳　復た　氳氳
瑞晴　日月を刷い
高碧　星辰を開く
獨り兩脚の雪に立ち
孤り吟ずれば　千慮新たなり
天讒　徒らに昭昭たり
箕舌　虛しく斷斷たり
堯聖　汝を聽かず

孔微亦有臣　　孔は微なるも亦た臣有り
諫書竟成章　　諫書　竟に章を成すも
古義終難陳　　古義は終に陳べ難し

（大意）

曲がったり眞っ直ぐになったりして流れる川、白い龍（のような川）は鱗のような波をなんと多く立てていることか。凍りつく風は何もかも砕いて、叫ぶような音を立て、風に搔き混ぜられる音が谷の中で辛く響く。（上書して天に訴えようとする私の）文書は口ごもって力無いが、飛び走る鳥獸はそれぞれに親愛の情を見せてくれる。強い弓がひと度弦を切れば、かろうじて生き延びた動物は爭うように身を寄せて來る。嚴かな天の戒めが今なされたのだから、小さな殺生についてはもう言うまでもない。（天の刑罰は）なんと明らかなことであるか。（今は替わって）天地の元氣が盛んに滿ちる。めでたく晴れて日月の汚れは拭われ、高い空いっぱいに星が煌めく。私は獨り雪に足を踏ん張って立ち、獨りで詩を吟じれば新たな思いが千々に湧き上がる。（口舌を司る）天讒星は意味もなく明らかで、箕星の舌も齒嚙みの音を立てているばかり。堯のような聖人はお前達の言には耳を貸さないし、孔子は身分が低くとも然るべき家來を持っている。（古代にはそのように正しく道が行われていた。）私の天への諫書は最終的に書き上がったものの、古人が踏み行った道理は結局のところ述べ難い。

「一曲一直水」「白龍」いずれも黃河をいう典據のある言葉である。目前に見るのは洛水であるが、黃河の支流の一つであるため、敢えてこれらの語を用いたのだろう。大河をイメージすることで、天による刑罰のスケールも、それによって引き起こされる問題も大きくなり、彼の「諫書」の意義も增すことになる。四句目の「柧棱」は木札の意味で、諫書がまだ書き上がらない狀態を言うのであろう。五句から一六句は諫書の正しさを主張する。この詩の要點は、嚴寒に苦しめられる動物たちの要請によって、天に諫書を差し出すというモチーフにある。しかし、天にも「天讒星」「箕星の舌」という讒者が存在すると指摘し、聖人は讒者の言に耳を貸さないと言いながら、「諫書」の有効性には疑念を見せている。ところで孟郊の詩には、讒者への憎惡を詠う例が少なくないが、「讒」字を用いるのは四例のみである。そして貞元八年に落第した後で梁肅に贈った「古意梁肅補闕に贈る」（巻六）以外は、ここと「峽哀」其六、「秋懷」其七で、いずれも連作詩の中で使われている。(3) 官僚社會で孟郊が受けた讒言の實態は明らかでないが、彼の詩における「讒者」の現れ方が極めて觀念的であることは注意されなければならない。「讒」を問題にしていても、それを行う具體的な人の姿はいずれの作にも示されていない。後に見るように、「峽哀」では蛟龍に姿を借りており、「秋懷」ではより觀念化されているのである。星の名として「讒」が用いられているこの詩も、孟郊の「讒」の觀念性を表わす例と言える。そして、天に「諫言」を行おうとしても、それを遮る讒者が天上にも居るという發想は、「諫書」が持つ效用を始めから放棄しているとも言え、それは見方を變えれば、「詩人」の不遇が運命づけられているという考え方とも通じ合っているように思われる。

其六

因凍死得食　　凍死に因りて食を得るも
殺風仍不休　　殺風は仍お休まず
以兵爲仁義　　兵を以て仁義と爲さば
仁義生刀頭　　仁義　刀頭に生ず
刀頭仁義腥　　刀頭　仁義は腥たり

君子不可求　　君子は求むべからず
波瀾抽劍冰　　波瀾　劍冰を抽き
相劈如仇讎　　相劈くこと仇讎の如し

（大意）
凍死したものは他の動物の食物となるが、死に追いやる冷たい風はなお已まない。武器を使って仁義を實現しようとすれば、仁義は刀の先に表されることになる。刀の先では仁義は生臭く、君子は（そんな仁義を）求めることはできない。（それなのに）波は（なお）劍のような冰を引き抜き、仇同士のように斬り合いをしている。

前首の諫書を承けて、改めて天が下す刑罰の不當性を訴える。とくに刑を執行する據り所となる「仁義」が、「君子」の奉ずる仁義とは乖離したものであることを告發する點に注意すべきだろう。それは天の行いが孟郊の考える儒家的な理想とかけ離れているということでもある。「腥」は次の「峽哀」でも頻用されるが、孟郊の詩では、否定されるべき存在が具有する性格として認識されている。そのような「仁義」が刑罰を通じて行われようとすれば、末二句のようなおぞましい波が登場するのもむしろ當然であろう。これは「峽哀」に見える波の形象とも繫がっている。

其七
尖雪入魚心　　尖雪　魚心に入り
魚心明愀愀　　魚心　明らかに愀愀たり
恍如罔兩說　　恍如たり　罔兩の說
似訴割切由　　割切の由を訴うるが似し

誰使異方氣　誰か異方の氣をして
入此中土流　此の中土に入りて流れしむ
翦盡一月春　翦り盡くす　一月の春
閉爲百谷幽　閉して爲す　百谷の幽
仰懷新霽光　仰ぎて懷う　新霽の光の
下照疑憂愁　下照して憂愁を疑《とど》めんことを

（大意）

尖った雪が魚の心に入り、魚は明らかに憂わしげだ。ぼんやりと聞こえる魑魅魍魎の話し聲は、鳥魚が切り裂かれた理由を天に問いただすかのよう。いったい誰が北の邊地の寒氣を導いて、この中原の地に流れ込ませたのか。（その寒氣は）一ヶ月分の春の氣配を切り取り、多くの谷を暗く寂しく閉ざしてしまったのだ。振り仰いで慕い願う、晴れたばかりの陽光が、下土を遍く照らしてこの愁いを晴らしてくれることを。

其六、其七は天への「諫書」の内容を更に敷衍しているが、其七は仁政への期待を詠う。動物たちを苦しめた嚴寒は、あくまで「異方の氣」によって起こされたもので、天が「中土」にふさわしい陽光を注げば、異常な事態はすぐに解消されることを說く。あるいは、異民族の侵入や節度使の跋扈に對して、朝廷が力を發揮することを求める意が込められているのかもしれないが、そうした社會的な背景や政治に對する意圖を具體的に讀み取ることはできない。讒者同樣、冰結した川を舞台に繰り廣げられる孟郊の觀念世界の中に止まっているのである。

其八

溪老哭甚寒　溪老　甚だ寒きことを哭けば

涕泗冰珊珊　　涕泗は冰りて珊珊たり
飛死走死形　　飛死　走死の形
雪裂紛心肝　　雪裂けて心肝を紛らす
劍刄凍不割　　劍刄　凍りて割かず
弓弦彊難彈　　弓弦　彊くして彈き難し
常聞君子武　　常に聞く　君子の武は
不食天殺殘　　天殺の殘を食わずと
斸玉掩骼胔　　玉を斸りて骼胔を掩えば
弔瓊哀闌干　　弔瓊は哀しみて闌干たり

（大意）
溪流の側に住む翁がひどい寒さを泣き悲しめば、涙は凍ってきらきらと光る。飛び走る姿のままで死んだ鳥獣は、雪を裂くように死骸を見せていて、私の心をかき亂す。劍の刄は凍って物を割くことができず、弓弦は堅くなって矢を放つことが難しい。常々聞いている、君子の武道では、（狩りの獲物は得ても）天の（意志による）災害で死んだ鳥獸は食物にしないと。玉（のような冰雪）を切って死骸を覆ってやると、弔い哀しむ涙は（凍って）珠のようにはらはらと落ちる。

この詩で「天殺」という概念が示され、嚴寒という災いによって死んだ動物たちへの哀悼が表明される。其三では無惨に殺される鳥たちを描いて悲しんだが、ここではより廣く動物全體に目を向けている。凍死した遺體を葬るのが現實の行爲であったかどうかは別としても、この連作が描く詩的世界の中では、天の刑罰の終息を表す役割を持っているだろう。同じように寒氣によって命が奪われる不當性を主題としているが、「杳殤」の個人的な歎きや訴えに比べて視野の廣がりが感じられる。

其九

溪風擺餘凍　溪風　餘凍を擺い
溪景銜明春　溪景　明春を銜む
玉消花滴滴　玉消えて　花滴滴たり
虬解光鱗鱗　虬解けて　光鱗鱗たり
懸歩下清曲　懸歩　清曲に下り
消期濯芳津　消ゆる期に　芳津に濯う
千里冰裂處　千里　冰裂くの處
一勺暖亦仁　一勺　暖かく亦た仁なり
凝精互相洗　凝精　互いに相洗い
漪漣競將新　漪漣　競うに新しきを將てす
忽如劍瘡盡　忽如として劍瘡盡き
初起百戰身　初めて百戰の身を起こす

（大意）

溪谷を吹く風は殘っていた寒氣を拂い、溪流の景色は明るい春の氣配を兆す。玉のような冰は消えて花は滿ちあふれ、川は解き放たれ、光を集めて虬のように動き出す。ぶら下がるような危うい歩みで淸らかな川の隈に下り、氷が消えるこの時に、美しい水で洗い清める。千里の遠くまで續く氷が裂けるとき、一掬いの水は溫かく慈愛にみちている。陽光とそれを受ける川の水とは互いに淨め合い、漣は競うかのように新たに押し寄せてくる。こうして川は忽ちのうちに刀傷が消え、百戰した兵士のような身を起ちあがらせるのだ。

凍りついていた川が春を迎えて復活する樣子を詠う。不死身のように蘇る川の姿は、冷たくも清淨な樣子から詠い起こした連作の締め括りとして適切であり、首尾が一貫している。冬から春への季節のめぐりを描いていることも、川の氷結という具體的事實を背景として詠われた連作であることを印象づけている。

連作全體の流れには、「清淨な川に嚴しい寒氣が入ることによって、そこが肅殺の場となり、罪のない禽獸が無慘に殺された。その慘たらしい姿を見て、彼は天に冤罪の訴えを行い、仁政を求める諫言を出さざるを得なくなる。そして、それが功を奏したのか、やがて天による殺戮は終わり、死者への哀悼を經て、復活の春を迎えることになる」というストーリーが見てとれる。孟郊の連作詩は全體的な流れが明瞭でない作品が多いので、このように時間の推移に沿ったかたちでストーリーが讀み取れる點は、「寒溪」の特徵と言って良いだろう。表現の上では冷涼さ、清淨さを表す言葉がまず目につくが、これは冷たく、澄んだ、硬く、鋭いものを好む孟郊の感覺に合致しており、その點では彼の詩本來の傾向に卽したものと言える。連作の中でも「石淙」に見られた表現に近い。しかし川が肅殺の場と化した後は、氷結し、凶器となった波の形象など、從來の作に見られない異樣なイメージが多用されており、それが大きな特徵となっている。これは「杏殤」に見られた寒氣の加害性を、より具象化したものと言え、ここから「峽哀」「秋懷」へと繫がって、孟郊の自然像の顯著な特徵として定着してゆく。また內容の面では、やはり「杏殤」と同樣に、冤罪の告發というモチーフを用いていることが擧げられる。しかも禽獸たちに代わって天への諫書を書くという發想を詠い込んでいて、孟郊の詩には珍しい社會的な廣がりを感じさせていることは一つの特徴であろう。しかしこれは、すぐ後に天にも讒者がいると指摘することで、更なる發展を見せることなく終わっている。後の連作詩の展開においても、「諫書」という發想は受け繼がれておらず、「峽哀」「秋懷」では讒者や嚴しい自然に對する憤りが中心に述べられることになる。(4) そこに、内向的で、社會的な效用という考え方に乏しい孟郊の詩の立場が浮き彫りになっているように思われる。

なお、すでに何度も指摘したように、この「寒溪」は「杏殤」との關連性が高い。そもそも九首という詩の數も、「杏殤」と二組だけである。寒氣によって死に追いやられた者たちのために、天に對して冤罪の訴えをするというモチーフの共通性と言い、「杏殤」を受けて發展させた側面があると言って良いだろう。加害者的な自然のイメージがより具體的になっており、天への訴えも諫書となって、幼子から禽獸へと對象が廣がり、個人的な思いから社會的なものへと廣がる契機を見せている點は大きな發展であり、「寒溪」の特徵であるが、それらも「杏殤」の體驗が有って生まれたものであることは確かだろう。ところで華譜がこの連作を元和二、三年に繫屬するのは、こうした「杏殤」との關連を重視したためだと思われる。しかし嬰兒の死に對する悲嘆を背景とする「杏殤」と、川が凍り付くほどの寒氣を詠う「寒溪」とでは、やはり主題に大きな差が認められるのであり、上述の共通性も、必ずしも制作時期を接近される根據とはならない。むしろ元和六年十二月であれば、韓愈が職方員外郎として長安に去っただけでなく、賴みとしていた鄭餘慶も十月に吏部尙書として朝廷に戻った後であり、そうした身邊の寂しさから、嚴寒の氣候が強く印象づけられたと見ることができる。韓愈の詩から判斷できるように、この連作も韓愈の元へ屆けられているが、あるいは鄭餘慶にも屆けられたかもしれない。禽獸への哀悼という、より大きなテーマに、そうした公的な意圖が含まれているように思えるし、春光の訪れによって傷ついたものたちが復活するというモチーフにも、鄭がもう一度手をさしのべてくれることを期待するメッセージが籠められている可能性を感じる。其六の「君子」も彼を想定しているのかもしれない。また天に對する冤罪の訴えという發想も、「杏殤」にはそれを言う根據があるが、この「寒溪」の場合は、制作時期を元和二、三年としてしまうと背景となる事柄の具體性が薄れ、それを唱える蓋然性が弱くなると思う。嚴寒という事實のみならず、鄭餘慶や韓愈との關係をも敍述の展開に組み入れて考える方が、この連作を理解しやすいのではないか。それは決して深讀みではないと思う。

二　幻想の旅

次には「峽哀十首」（巻一〇）を取り上げる。これは、峽谷が一匹の蛟龍に化すという怪奇なイメージを有し、孟郊の幻視の力と特有の感覺とが最大限に發揮されている點で、連作詩の中でもとりわけ注目される作品である。怪を尙ぶと稱される中唐詩壇での孟郊の位置づけを考える上でも、重要な意味をもつ。ここでは詩のもつ基本的構造と、加害者的な自然像とに重點を置いて考察したい。

「峽哀」は、三峽に斃れた人を弔い、三峽の自然の奇怪さ、險しさを歌うというテーマに沿って、反復旋回しながら展開する。まず十首それぞれの詩を檢討する。

其一

昔多相與笑　　昔　多く相與に笑う
今誰相與哀　　今　誰か相與に哀しまん
峽哀哭幽魂　　峽に哀しみて幽魂を哭せば

噭噭風吹來
墮魄抱空月
出沒難自裁
齏粉一閃間
春濤百丈雷
峽水聲不平
碧淹牽清洄
沙稜箭箭急
波齒斷斷開
呀彼無底吭
待此不測災
谷號相噴激
石怒爭旋迴
古罪有復鄉
今縲多爲能
字孤徒髣髴
銜雪猶驚猜
薄俗少直腸

噭噭として風吹き來たる
墮魄は空月を抱き
出沒も自ら裁し難し
齏粉す一閃の間
春濤　百丈の雷
峽水　聲　平らかならず
碧淹　清洄を牽く
沙稜　箭箭として急に
波齒　斷斷として開く
呀たる彼の無底の吭は
此の不測の災を待つ
谷は號びて相噴激し
石は怒りて爭いて旋迴す
古の罪は鄉に復する有るも
今の縲は多く能と爲る
字孤　徒らに髣髴たり
雪を銜みて猶お驚猜す
薄俗　直腸少く

交結須橫財　　交結　橫財を須う
黃金買相弔　　黃金もて相弔を買う
幽泣無餘濯　　幽泣には餘濯無し
我有古心意　　我に古心の意有るも
爲君空摧頹　　君が爲に空しく摧頹す

（大意）

昔は笑いあう相手も多かったのに、今は誰が哀しんでくれるのか。峽谷に哀しみ、幽魂を哭して弔えば、風も哭聲をあげて吹き來る。浮かばれぬ魂魄は空しい月を抱き、出沒も自らの自由にならない。その魂魄を一瞬に粉みじんにする大波は、百丈の雷のようにすさまじい音をたてる。峽の流れは不平の聲をあげ、深くたたえられた水は渦を巻く。流れに突き出た沙嘴は次々と現れ、波は齒ぐきまでむき出して口をあけている。大きく開いた底無しの口は、我々が豫期せずに引き込まれるのを待っている。谷は號んで水しぶきを吹きあげ、石は怒って流れの中をぶつかり旋る。古の罪人は故鄉に歸ることもできたが、今の罪人の多くはこの地に斃れ、三足の鼈となり果てる。人の手に育てられる孤兒のことがぼんやり浮かび、晴れぬ冤罪を抱いて驚き猜しむ。浮薄な世俗には直い心の人は少なく、つきあいには橫しまな財を用いる。弔うにも黃金でそれを買うのだ。そんな世にあっては自分の幽けき淚も涸れはて、自分のもつ古の純樸な心も、君を悼むために空しく碎けくずれてしまった。

第一首は三峽の旅で死んだ知人を弔う意を表す。ここで問題となるのは、想定される人物の有無であるが、それは具體的には示されていない。「字孤　徒らに髣髴たり、雪を銜みて猶お驚猜す」の二句には、何らかの背景が有るようにも見えるが、根據とするには十分でない。また孟郊自身に三峡を旅した經驗が有るか否かも、殘る資料からは明らかでない。洞庭湖までは行っているが、恐らく三峡は通っていないだろう。[5] 體驗でなく、傳聞等に基づいて構想されているために、かえって「沙稜」からの六句のような、想像力を驅使した表現を用い得たのではないかと思われる。中でも「波齒　斷斷として開く」や「呀たる彼の無底の吭」などの表現には、後で明らかになる峡谷と蛟龍が合體するイメージが既にほの見えている。

其二

上天下天水　天に上り　天より下る水
出地入地舟　地を出で　地に入る舟
石劍相劈斫　石劍　相い劈斫し
石波怒蛟虬　石波　蛟虬を怒らしむ
草木疊宿春　草木　宿春を疊ね
風飆凝古秋　風飆　古秋を凝らしむ
幽怪窟穴語　幽怪　窟穴に語り
飛聞肸響流　飛聞　肸響流る
沈哀日已深　沈哀　日に已に深し
銜訴將何求　訴を銜みて將た何にか求むる

（大意）

天に昇り、また天より下る水、陸地を出、また陸地に入る舟。劍のような石は互いに斬り合い、石のような波は蛟龍を怒らせる。草木は長い春を重ね、疾風は古くからの秋を凝固させている。妖怪たちは洞窟の中で語り、その聲が響いて耳に屆いてくる。悲しみは日々に深まるが、それを訴えようにもどこに相手を求めればよいのか。

この詩では、三峽が旅の難所であるだけでなく、異樣な情景に包まれた場所でもあることを描き出す。天に上り下りするような激しい川の流れ、劍のように鋭い石や波、そして「蛟龍」が姿を見せて、「幽怪」が聲を響かせる。言わば「異界」として三峽の地を詠うのであり、その「異界」に閉じ込められた「幽魂」と「逐客」の哀しみという連作全體の構圖が、ここで明らかになっている。

其三

三峽一線天　　三峽　一線の天
三峽萬繩泉　　三峽　萬繩の泉
上仄碎日月　　上は仄《かたむ》きて　日月を碎き
下掣狂漪漣　　下は掣《おさ》えて　漪漣を狂わす
破魄一兩點　　破魄　一兩點
凝幽數百年　　凝幽　數百年
峽暉不停午　　峽暉　停午ならず
峽險多饑涎　　峽險　饑涎多し
樹根鏁枯棺　　樹根　枯棺を鏁し
直骨裊裊懸　　直骨　裊裊として懸る

樹枝哭霜棲　　樹枝　霜棲を哭し
哀韻杳杳鮮　　哀韻　杳杳として鮮かなり
逐客零落腸　　逐客の零落せる腸は
到此湯火煎　　此こに到りて湯火に煎らる
性命如紡績　　性命は紡績するが如く
道路隨索緣　　道路は索に隨い緣る
奠淚弔波靈　　淚を奠えて波靈を弔えば
波靈將閃然　　波靈　將に閃然たらんとす

（大意）
三峽の空は一筋、三峽には幾多の瀧が流れ込む。峽谷は峙って上は日月を碎き、下は流れを押さえつけて激しく波立たせる。破れた魂が一つ二つ、數百年の昔からこの地に留まっている。峽谷の日はいつまでも南中せず、峽谷は險しくて餓えた蛟龍の涎があちこちに漂っている。樹の根は古びた棺桶を抱え込み、（剛直な人の）眞っ直ぐな骨はブラブラと懸かっている。樹の枝には冬の鳥が悲しんで啼き、その哀しげな響きは遠く、しかしはっきりと傳わってくる。地位を逐われた旅人の落ちぶれた腸は、ここにきて燃えたぎるように痛む。命は綿を紡ぐように細々とし、道は綱にすがってたどる。淚を供えて波間の魂を弔えば、魂もきらりと光るようだ。

死者を弔う第三首は、連作の中では比較的理解しやすい。數字を用いた對を多用して三峽の險しさを詠う前半は、あたかも實體驗を語るかのようだが、「樹根」の二句が六朝期の小說に想を得たものと見られるように(6)、故事や傳承に基づいて旅が假構されていると考えるのが穩當であろう。この詩で注目されるのは、後半で「波靈」を弔う作中人物が、この地で死んだ人同様に「逐客」とされていることである。この主人公の設定の仕方が、連作全體の意圖と大きく關わっていると思われる。この點は後で整理したい。

其四

峽亂鳴淸磬　峽亂れて淸磬を鳴らし
產石爲鮮鱗　產石　鮮鱗と爲る
噴爲腥雨涎　噴きて腥雨の涎と爲り
吹作黑井身　吹きて黑井の身と作る
怪光閃衆異　怪光　衆異を閃めかせ
餓劍唯待人　餓劍　唯だ人を待つ
老腸未曾飽　老腸　未だ曾て飽かず
古齒嶄嵒嗔　古齒　嶄嵒として嗔る
嚼齒三峽泉　齒を嚼む　三峽の泉
三峽聲斷斷　三峽　聲は斷斷たり

（大意）

峽の流れは亂れて、淸らかな磬のような音をたて、屈曲して重なる石は、くっきりと一枚一枚鱗となる。噴きあげてなまぐさい涎の雨をふらせ、風が吹けば、井戸から登った龍のような黑く長い雲が出る。怪しい光は周圍の多くの異形のものを閃めかせ、餓えた波は劍となって、ひたすら餌食となる人を待つ。峽の老いた腸はいまだに飽いたことがなく、古びた齒は鋭くとがって怒っている。その齒をかみあわせる三峽の流れ、その流れは齒ぐきまでむき出して怒った聲をあげている。

この詩では、峽谷全體が蛟龍へと變貌する。「産石」の句はその變貌の様子を生々しく描くが、龍の姿は直接現れず、具體的に示されるのはその脅威の象徴としての「涎」「腸」「齒」である。それはまるで蛟龍の存在がその飢餓感に集約されているかのようである。蛟龍の口の中に引きずり込まれるかのようなこの發想は、舞台化された三峽を描くこの連作のハイライトをなすだけでなく、「怪を尙ぶ」と評される元和期の詩の中でも、異彩を放っている。

其五

峽螭老解語　　峽螭　老いて語を解し
百丈潭底聞　　百丈の潭底に聞く
毒波爲計校　　毒波　計校を爲し
飮血養子孫　　血を飮みて子孫を養う
既非皐陶吏　　既に皐陶の吏に非ざれば
空食沈獄魂　　空しく沈獄の魂を食らう
潛怪何幽幽　　潛怪　何ぞ幽幽たる
魄說徒云云　　魄說　徒らに云云たり
峽聽哀哭泉　　峽は聽く　哀哭の泉
峽弔鰥寡猿　　峽は弔う　鰥寡の猿
峽聲非人聲　　峽聲は人聲に非ず
劍水相劈翻　　劍水　相劈翻す

斯誰士諸謝　　斯れ誰が士なるか　諸謝
奏此沈苦言　　此の沈苦の言を奏せる

（大意）

峽谷に住む蛟龍は老いて人語を解するようになり、百丈もある淵の底で話を聞いている。人を毒する波を計ったように起こし、血を飲んで子孫を養う。刑獄を司る皐陶の吏でないのに、むざむざと獄に落ちた人の魂を食べている。潜んでいる怪異の姿はなんと幽かなことか、死者の魂が語るのも言葉ばかり多くてはっきりとしない。峽谷に聞くのは死者を傷んで泣く水の音、峽谷で死者を弔うのはつがいと離れた猿。峽谷に響く音は人の聲ではなく、劍のように尖った波は斬り合っている。これは謝一族のどの士人が、この深い苦しみの言を奏上するのだろうか。

峽谷が蛟龍と化す前首のイメージを承け、峽谷に潜む惡辣な蛟龍と、それに食われた人々の悲しみとを詠う。ただ、末二句の解釋はとりわけ自信がない。刑死した謝靈運や謝朓を冤罪であったと見、彼らをこの地に空しく死んだ人々の代辯者に立てるという發想ではなかろうか。「寒溪」ほど明瞭ではなく、また更なる展開もなされていないが、この連作にも冤罪の告發というモチーフが含まれているように思われる。

其六

讒人峽虬心　　讒人　峽虬の心
渇罪呀然潯　　罪を呀然たる潯に渇す
所食無直腸　　食らう所　直腸無く
所語饒魄音　　語る所　魄音饒し

石齒嚼百泉　　石齒　百泉を嚼み
石風號千琴　　石風　千琴を號ばす
幽哀莫能遠　　幽哀　能く遠くする莫く
分雪何由尋　　分かち雪ぐこと　何に由りてか尋ねん
月魄高卓卓　　月魄　高きこと卓卓たり
峽窟清沈沈　　峽窟　清きこと沈沈たり
銜訴何時明　　訴を銜むも　何時か明らかならん
抱痛已不禁　　痛みを抱きて　已に禁えず
犀飛空波濤　　犀飛びて　空しき波濤
裂石千嶔岑　　裂石　千ぢに嶔岑たり

（大意）

讒言する者の心は峽谷の蛟龍のようで、罪を深い淵で求めている。人を食らっても眞っ直ぐな腸を持たず、口をきけば死者の魂の音ばかり。峽谷の石はぎざぎざと尖って多くの流れを嚙み砕き、石を吹く風は千もの琴を奏でたかのように響く。閉ざされた哀しみは遠くまで傳えることはできず、冤罪を雪ぎ明らかにしようにもそのすべはない。月は高くかかり、峽谷の洞窟は深く清らか。冤罪の訴えをしようにも何時になったら明らかにされるのか、胸の痛みはもはや耐え難い。（犀の角を燃やして怪異の姿を明らかにしようとしても）犀はすでに無く空しく波を見るばかり、引き裂かれた石が險しくそそり立っている。

この詩で水中の蛟龍に對應する社會的惡者の「讒人」が登場し、三峽の險が世途に重ねられるという二重構造が明らかになる。またそれ故に、讒言で受けた冤罪を晴らすことができない哀しみが、後半で痛切に詠われている。とくに末二句は、訴えるすべもない冷厳な峡谷の現状が「波濤」「裂石」によって印象付けられている。

其七

峡稜剸日月　峡稜　日月を剸り
日月多摧輝　日月　多く摧輝す
物皆斜仄生　物は皆　斜仄に生じ
鳥翼斜仄飛　鳥翼も　斜仄に飛ぶ
潛石齒相鑠　潛石　齒は相鑠《とざ》し
沈魂招莫歸　沈魂　招けども歸る莫し
恍惚清泉甲　恍惚たり　清泉の甲
斑斕碧石衣　斑斕たり　碧石の衣
餓嘸潺湲號　餓えて嘸む　潺湲たる號び
涎似泓泓肥　涎は泓泓として肥ゆるが似し
峡春不可遊　峡春　遊ぶべからず
腥草生微微　腥草　生えること微微たり

（大意）
峡谷は尖って日月を切り裂き、そのために日月はその輝きを砕かれてしまう。物はみな斜めに生え、鳥の翼も斜めに飛んでいる。隠れた石は歯のように並んで出口を閉ざし、ために沈んだ魂は招いても帰ってこない。清らかな流れに住む甲殻類もぼんやりと見え、緑の苔はまだらのように廣がる。餓えて飲み込む流れの叫び、蛟龍の涎は分厚く廣がっている。峽谷の春に出かけてはならない。生臭い草がわずかに生えているばかり。前首の「裂石」の句を承けて、まず峽谷を圍むそそり立つ山々が描かれる。その險しさは周圍に有る物も異様な姿に變え、また峽水もそれに對應するように、不氣味な蛟涎を廣く浮かべている。この連作では、峽谷の脅威を鋭角的な「劍」「齒」などと、粘液的な「涎」「滑」「腥」などの二面から描いているが、この詩はその兩面が取り入れられていて、峽谷の恐ろしさが強調されている。

其八

峽景滑易墮　　峽景　滑りて墮ち易く
峽花怪非春　　峽花　怪にして春に非ず
紅光根潛涎　　紅光　潛涎に根ざし
碧雨飛沃津　　碧雨　沃津に飛ぶ
巴谷蛟螭心　　巴谷　蛟螭の心
巴鄉魍魎親　　巴鄉　魍魎親しむ
飲生不問賢　　生を飲むに賢を問わず
至死獨養身　　死に至るまで獨り身を養う
腥語信者誰　　腥語　信ずる者は誰ぞ
拗歌歡非眞　　拗歌　歡ぶは眞に非ず
仄田無異稼　　仄田　異稼無きも

毒水多獰鱗　毒水　獰鱗多し
異類不可友　異類は友とすべからず
峽哀哀難伸　峽哀　哀しみて伸び難し

（大意）
峽谷の陽は滑るかのように落ちやすく、峽谷の花は怪しげで春を感じさせない。赤い光が隠れた涎から發し、綠の雨は水かさの增した渡し場に降る。巴の地の谷は蛟龍の心、巴の里の人々は魑魅魍魎と馴染んでいる。（蛟龍は）生き血を飲むのに賢愚を問わず、死に至るまでひとりその身を養っている。生臭い言葉を誰が信ずるのか、ねじ曲がった歌を喜ぶのは正しい者ではない。斜めの田に變わった穀物は無いが、危險な川には獰猛な魚が多い。人間でないものと友達にはなれない。峽谷の哀しみは、哀しみのまま癒やすことができない。

この詩では前首の後半を承けて、峽谷の粘液的な脅威から詠い出している。連作全體で、そうした繼承關係を持つ詠い方がされているわけではなく、また意圖されているのかも明らかではないが、ここ數首には一種の連想が働いているように見える。さてこの詩は、峽谷およびそこに有る物の異樣さだけでなく、三峽を含む一帶の地域に對しても否定的な見方が示されている點で注目される。「腥」「拗」「仄」「異」「毒」「獰」と、正當でないことを表す修飾語を連ねるのはそのためだが、それは同時に末句で慨嘆される峽谷の哀しみの癒し難さに對する理由付けともなっているのだろう。

其九
峽水劍戟獰　峽水は劍戟のごとく獰《わる》く
峽舟霹靂翔　峽舟は霹靂のごとく翔る

因依颸蜴手
起坐風雨忙
峽旅多竄官
峽氓多非良
滑心不可求
滑習積已長
漠漠涎霧起
斷斷涎水光
渴賢如之何
忽在水中央

因依す　颸蜴の手
起坐す　風雨の忙《せわ》しきに
峽旅は竄官多く
峽氓は非良多し
滑心　求むべからず
滑習　積むこと已に長し
漠漠として涎霧起こり
斷斷として涎水光る
賢に渴するも　これを如何せん
忽ち水の中央に在り

（大意）

峽谷の水は劍や矛のように獰猛で、峽谷をゆく舟は稻妻のように激しく走る。それは害毒を振りまくもののためであり、だから起きあがって激しい風雨に身構える。峽谷を旅するのは地位を逐われた者がほとんど、峽谷の民は良からぬ者ばかり。狡猾な心は賴むことができないし、狡猾な習慣がもう長く積み重なってしまっている。もうもうと（蛟龍の）涎の霧が立ちこめ、齒を尖らせて涎が光っている。ここで賢人を渴望してもどうにもならない、（その賢人は魂となって）突然川の中央に現れるだけだ。

この詩では、再び峽水の激しさが詠われ、それが惡意を持つもののために引き起こされていることを言う。しかし、それは蛟龍ではなく、三峽を含む地域の民の惡意であり、彼らが持つ惡しき習慣である。これは讒人と蛟龍が合體する其六と着眼點は異なるが、やはり世途と三峽の險しさが重なっているという趣旨を表すのであろう。それ故に、最後はまた人を飲み込む峽水と、ここに死んだ賢者を描いて締めくくっているのだと思われる。

其十

梟鴟作人語　　梟鴟　人語を作し
蛟虬吸山波　　蛟虬　山波を吸う
能於白日間　　能く白日の間に
諂欲晴風和　　諂いて晴風と和せんと欲す
駭智蹶衆命　　駭智　衆命を蹶《くつがえ》し
蘊腥布深蘿　　蘊腥　深蘿に布く
齒泉無底貧　　齒泉は底無しに貧しく
鋸涎在處多　　鋸涎は在處に多し
仄樹鳥不巣　　仄樹　鳥も巣くわず
踔踏猿相過　　踔踏として猿は相い過ぐ
峽哀不可聽　　峽哀　聽くべからず
峽怨其奈何　　峽怨　其れ奈何せん

（大意）
フクロウやミミズクは人の言葉を話し、蛟龍は山のような波を吸い込む。晝間には、欲望を隱して晴朗な風と調和することもできる。人の知恵を欺いて多くの命を損ない、生臭い涎は繁った松蘿の中まで廣がっている。

齒の（ように食らいつく）流れは底なしの貧しさで、鋸の（ように獰猛な）涎はそこらじゅうにある。斜めに生えた樹には鳥は巣をかけず、飛び移りながら手長猿が過ぎて行く。峽谷の哀しい音は聽くに堪えない。峽谷の怨みをいったいどうすれば良いのか。

纏めとなるこの詩では、連作後半の流れを承け、峽谷全體の異樣さとそこに住むものたちの狡猾さを言い、この地に籠もる怨みと哀しみを強調している。

連作全體を振り返ると、三峽に死んだ人への哀悼に始まり、人を飲み込む峽谷の恐ろしさ、異樣さがまず語られる。次にその原因である惡者、即ち蛟龍と讒人の存在が浮き彫りにされ、それらによってもたらされた冤罪の怨みが詠われている。そして、最終的には三峽を含む地域全體の持つ劍呑さ、異樣さが明らかにされて、哀しみが一層深まるという構成になっている。但し、冤罪の怨み、逐客の哀しみが詠われても、それを告發するというモチーフは弱い。その點は「寒溪」と大きく異なるが、後述するように、むしろそこにこの連作の個性があると言えるだろう。

表現は十首いずれも難解で、大意の取りにくい箇所も少なくない。特に用語は、前例の見えないものが少なくなく、「峽暉」「峽險」や「石齒」「石風」などのように、同じ修飾語を被せた生硬な語が多數使われている。これは孟郊の連作詩では常用の手法だが、この「峽哀」ではそれらの用語が、異樣な峽谷の情景を構築する道具として多用されており、三峽の地の異常さと旅の險しさとを印象づける働きを擔っている。(7)

さて、この連作の表面上のテーマは冤罪によって地位を逐われ、三峽に斃れた人を弔うことにあるが、それは具體的な人物を特定するものではない。詩の中にそうした表現が見えないし、彼の知友の中でも該當する人物は見當たらない。そもそも孟郊の事跡の上でも、三峽の地に足を踏み入れた樣子はない。三峽を旅し、ここに斃れた知友を弔うという設定自體が一つの假構と見るべきであろう。むしろ作詩の主たる目的は、三峽という難所に世途の險しさを重ね、讒言などで放逐されることの無念さと、人を陷れる者たちのおぞましさを詠うことに有ると思われる。[8] それ故に、作中人物は死者を弔うだけでなく、自らも逐客の立場にあって、冤罪の恨みを共有するという設定になっているのである。また同時に、蛟龍という自然界の惡者と、讒人という社會的惡者とが重なった形で描かれ、三峽の地が難所であるだけでなく、また惡意の籠もった地域でもあるという認識が示されているのだろう。この二重構造は、社會的惡者との對立を含めることによって三峽での死者への哀悼に切實味を加え、また世途を重ねることで三峽の險しさに象徴的意味を付與する效果をもったが、同時に表現の面でも孟郊がその想像力を飛翔させ、異樣な自然像を生み出す據り所となっている。この連作の基本構造であり、また最大の特徴とも言えるだろう。

そこで次に「峽哀」に見られる自然像の特色、特にその加害者的な側面について、「寒溪」「秋懷」と比較しつつ檢討し、これを孟郊の自然像の全體的な傾向の中に位置づけてみたい。

三　自然像の特徴

「峽哀」に見られるイメージで、最も注目を惹くものは、峽谷とそこに住む蛟龍とを合體させて捉えるイメージである。中でも其四は、峽谷全體が一匹の蛟龍と化しており、このイメージが最も尖鋭に現われている。川の深潭には蛟龍が藏れ住むものとされており、川と蛟龍との結びつきは普通のことであるが、川の流れそのものを一匹の蛟龍に喩える發想は、以前には稀であろう。孟郊は、先の「寒溪九首」の其五に「一曲　一直の水、白龍　何ぞ鱗鱗たる」、其九に「玉消えて　花滴たり、虬解かれて　光鱗鱗たり」と同樣の發想を見せる他、「初めて洛にて選に中る」（巻三）でも「碧水　龍狀に走り、蜿蜒として庭除を遶る」という表現を用いていた。とくに「寒溪」の二例は、前者は白く光りながら曲直を重ねて流れる樣を龍に喩え、後者は春に氷がとけて流れはじめた川を虬と見ているが、いずれも形態上の比喩に止まらず、川の流れに蛟龍の生動感を感じとっている點で注目される。したがってこの「峽哀」其四に見られる峽谷全體が蛟龍と化し、齒がみの音をたてながら人を待ちかまえているという不氣味かつ加害者的なイメージは、こうした川に蛟龍を感じとる發想を極端におし進めて生れたものと言える。その際、イメージが不氣味なまでに增殖された背景には、先に述べた自然界の惡者と社會の惡者とを重ねる二重構造が、大きく作用しているだろう。つまり孟郊の被害者意識が險しい三峽の自然を加害者的に變貌せしめたのであり、奇怪な自然像を生み出したのだと思われる。

其四の表現のうち、蛟龍と化した峽谷の最も加害者的な側面を擔うものとして注目されるのは、第三句に見える蛟涎のイメージ、及び第六句の「餓劍」に象徵される、劍のような波のイメージだろう。そしてこの二樣のイメージは、連作全體でも、峽谷に蛟龍を感じとり、その加害性を具體化するものとして、くり返し用いられている。蛟涎は、蛟龍が人を引き込むために吐き出す涎と言われ(9)、蛟龍の加害性の具體物と意識されるものだが、この連作に歌われる蛟涎は、無生物であるはずの涎そのものまでが加害者的な相貌を帶びており、そこに著しい特徵をもつ。其三では「峽暉　停午ならず、峽險　饑涎多し」、其十では「齒泉は底無しに貧しく、鋸涎は在處に多し」と詠うが、前者の「饑涎」は、飢えた蛟龍の吐き出す涎を意味しながらも、涎すら飢えている印象があり、後者の「鋸涎」も、ギザギザにとがって待ちかまえている兇暴さを感じさせる。また、涎が腥くべとつく性質を備えることを強調し、蛟涎が峽谷の各所に吐き出されることにより、峽谷の自然が異樣に變貌するというイメージも生み出されている。「噴きて腥雨の涎と爲り」（其四）、「紅光　潛涎に根ざし、碧雨　沃津に飛ぶ」（其八）、「漠漠として涎霧起こり、齗齗として涎水光る」（其九）などはその例である。水面に浮んでいるだけでは濟まずに、雨となって降りかかってくる「腥雨涎」や、霧となってたちこめる「涎霧」は、蛟涎のもつ加害者的性格を鮮明に表すものだろう。こうした蛟涎のイメージは、峽谷に蛟龍を感じ、峽水やその飛沫を蛟龍の涎と受けとめるだけでなく、涎としての性質を具體的にふくらませて異樣な自然像にまで擴大した點で、奇拔な表現の多い孟郊の詩の中でもとりわけ目立っている。

次に劍のような波のイメージだが、既に何度も述べたようにこれは孟郊の好む感覺に基くイメージである。孟郊の感覺の特徵は、銳利で硬く、冷たく乾いたものに好尙を見せる點にあり、とくに被害者意識と結びついた時には、刀劍とそれによる創傷のイメージとして現われる傾向をもつ。しかも刀劍のイメージは樣々な自然物に現われ、例えば其十の「鋸涎」では、蛟涎の加害性を鋸によって捉え、また「秋懷」其三の「一尺　月　戶を透り、仡栗として劍の飛ぶが如し」では、月光に刀劍を感じとるという具合である。したがって、波が凝固して劍となり、それが自分に襲いかかったり、互に斬り合ったりするという、「峽聲は人聲に非ず、劍水　相劈翻す」（其五）や「峽水は劍戟のごとく獰く、峽舟は霹靂のごとく翔る」（其九）などのイメージは、孟郊の基本的な感覺に基くものと言える。しかし、其四の「餓劍　唯だ人を待つ」は、そうしたイメージの中でもかなり特殊である。蛟涎の例に擧げた其三の「饑涎」同樣、饑餓という生理的な形容語をかぶせることによって、飢えた蛟龍が、その饑餓感を劍のように銳い齒に凝集させて待ちかまえるという異樣なイメージを作りあげている。この「餓劍」や、同じ其四の「古齒　嶄嵒として嗔る」、其一の「波齒　斷斷として開く」などは、波が刀劍を通りこして蛟龍のイメージと結びついたものであり、孟郊獨特の加害性を象徵する刀劍のイメージが、この連作のテーマと深くかかわって更に尖銳化されたものと言える。

ところで孟郊の詩において一般的に印象づけられる自然像は、冷涼感に滿ちた澄明な像である。これは山中での生活を經驗し、かつ山寺の僧との交際も多かった、若年時の彼の生活が恐らくは影響していよう。山中や人の別墅など、社會から隔絶され、自然と直接向い合う時には、おおむねこうした自然像が現われる。ここでは、冷たく鋭いものを好む彼の感覺も、一般には清淨感や冷涼感に沿って發揮されている。いま一例として「洛橋晩望」詩（巻五）を擧げる。

天津橋下冰初結　　天津橋下　冰初めて結び
洛陽陌上人行絕　　洛陽陌上　人行絕ゆ
楡柳蕭疎樓閣閑　　楡柳蕭疎として　樓閣閑たり
月明直見嵩山雪　　月明　直ちに見る　嵩山の雪

（大意）
天津橋の下の洛水には冰が結び初め、洛陽の街には人の行き來も絕えた。楡や柳が葉を落として樓閣はひっそりとし、月明かりのもと嵩山の雪が遮られることなく見える。

一方、彼の精神が社會と直接向き合う時には、被害者意識を露わにすることが多く、そこでは彼の感覺も、たとえば「落第」（巻三）の「棄て置かれ　復た棄て置かれ、情は刀刃の傷の如し（棄置復棄置、情如刀刃傷）」のように、しばしば刀劍とそれによる創傷のイメージとして現われている。ところが晩年になると、肉體的な衰弱や社會からの孤絶感が強まることが大きな原因であると思うが、被害者意識が社會に對してだけでなく、自然、特に嚴しい自然にも向けられ、好んでいた冷たく澄明な自然像も、冷涼感、澄明さを通り越して、かえってとげを持って身に迫るものとして受けとめられる例が見られるようになる。先の「寒溪」や「秋懷十五首」には、前者が凍てついた溪谷のさまを詠い、後者が寒冷な秋の自然の中で老いた自分の姿を詠うことから、加害者的に變貌せしめられた自然像が現われている。「寒溪」其三の「波瀾　凍りて刀と爲り、剸割す　鳬と鷖とを。宿羽　皆　剪棄せられ、血聲　沙泥に沈む」、其六の「波瀾　劍氷を抽き、相劈くこと仇讎の如し」や、「秋懷」其二の「冷露　夢に滴りて破り、峭風　骨を梳りて寒し」、其六の「老骨　秋月を懼る、秋月は刀劍の稜。纖威　干すべからず、冷魂　坐自《いなが》らに凝る」などは、その代表的な例である。

　したがって「峽哀」の自然像は、嚴しい自然環境に加害者を感じとるという點において、基本的に「秋懷」など晩年の詩の場合と共通の感覺基盤から生れていると考えるのが妥當であろう。但し「峽哀」の自然像は、加害者的である點で晩年の諸作と共通點を持つが、その質は必ずしも同じではない。何よりも峽谷が蛟龍に變貌するという怪奇さにおいて群を抜いており、そこに大きな特色がある。またその反面、「秋懷」などでは加害者的な自然が孟郊の肉體を直接苛むものとして捉えられているのに對し、「峽哀」では加害者に對する恐怖、憎惡に意識の重點が有り、危險な狀況を描きながら自身の直接の被害は述べられていない。それはこの連作が三峽を旅した實體驗に基く作品ではなく、三峽に斃れた人への哀悼を主題とし、孟郊の幻視によって描き出された虛構の作であることに由るのだろう。志怪や蛟涎の傳承などを含めた三峽についての知識を基礎とし、そこを旅するにふさわしい「逐客」を設定することで、世道の險しさとその元凶である讒人に對する憤りとを、自然像に轉化させる形で重ねていったのが、この「峽哀十首」であったと筆者は考える。[10]

　中唐元和期には、白居易、元稹等が平易な詩を目指したのに對應して、韓愈を中心とするグループでは、盧仝の「月蝕詩」（『玉川子詩集』卷一）、劉叉の「氷柱」「雪車」（共に『全唐詩』卷三九五）など、意識的に難解さ、奇怪さを求める動きが見られた。「峽哀十首」もこうした文學傾向の中で、孟郊の存在を主張する作品であったと言えよう。

注

（1）韓愈の「雪後寄崔二十六丞公」（『昌黎先生集』巻七）は「藍田十月雪塞關」と詠い出すので、『新唐書』「五行志」の「八年十月東都大寒」の記事に合致すると見られるが、その中に孟郊を詠う「詩翁憔悴斸荒棘、清玉刻佩聯玦環」という一聯がある。これは孟郊の不遇を言うものであるが、前句は「寒溪」其二の末二句を承けている點が注目される。韓愈がこの表現を選んだのは、孟郊の置かれている情況を説明するのに適切だったからだろうが、同時に「寒溪」詩が近作であって、印象に殘っていたという可能性も有るのではないか。

（2）「寒溪九首」については、すでに和田英信氏に「孟郊〈寒溪〉九首試論」（『集刊東洋學』五八號）があり、九首の本文と大意が示されて、詳細な検討が行われている。したがってこれに譲るべきであるかもしれないが、詩の解釋に若干の相違があり、また論點も多少異なるので、敢えてすべての作品を掲げて筆者なりの解釋を示し、検討を加えることにしたい。

（3）「讒」の現れ方であるが、「峽哀」「秋懷」の例は後述する。「古意梁肅補闕に贈る」詩の例は「曲木　日影を忌み、讒人賢明を畏る（曲木忌日影、讒人畏賢明）」というもので、讒言にも耳を貸さない梁肅の賢明さを讃えるための措辭である。抽象的な意味で用いられているのは同じであるが、「讒」に重きが置かれていない點で、連作に見られる三例とは異なっている。
　ところで孟郊の詩には、「讒」の字面が使われていなくても、讒人や佞人に對する憤りを詠うことがしばしばあり、殊に晩年にはその傾向が強い。そして重要なことは、孟郊の讒人への憤りのあり方は、被害の體驗を具體的に問題にするものではなく、彼の對社會的な不幸、疎外の根本原因として、人倫を損う惡者である讒人が觀念的に捉えられ、これに對して被害者意識を噴出させる例が一般であるということである。社會的な不幸の原因として讒人の存在を想定するのは、進士出身の大官を生んだ反面、黨爭による混迷も深まっていた當時の政治狀況下で、下層士人である孟郊が抱いた希望と、現實に味わった苦汁との落差を埋めるために、道を遮る惡者が求められなければならなかったためであろう。また世俗的な交際術に長けぬことから、人間關係における不幸を、見捨てられたという被害者意識に代置することの多かった、彼の意識の偏りも作用していたであろう。

（4）もとより、それぞれの連作の持つ性格が關わってもいるのだろう。「寒溪」の舞台となった川は彼の生活圏にあったが、三峽という観念化された難所を舞台とする「峽哀」は虚構性がより強く、それ故に「讒者」に對する憤りも具體性、社會性を持たなかったという側面がある。また「秋懷」は詠懷陳思の作であるために、意識が内向きになって、個人的な側面から加害者的な自然の脅威が描かれることになったのだと思われる。

（5）　華譜は孟郊が洞庭湖周邊を遊歷した折の作と見て、貞元九年に繫屬しているのだが、洞庭湖から更に長江を遡った形跡は認められない。以下に記すように、これは虚構の作と見るべきで、それゆえ制作時期も元和年間に繫ぐのが妥當と思われる。

（6）　「神怪錄」に載せる次の話に想を得ていよう。「將軍王果、昔爲益州太守、路經三峽、船中望見江岸石壁千丈、有物懸之在半崖、似棺櫬、令人緣崖、就視、乃一棺也、發之、骸骨存焉、有石誌云、三百年後水漂我、欲及長江垂欲墮、欲墮不墮遇王果、果視銘愴然云、數百年前知我名、如何捨去、因留爲營斂葬埋、設祭而去」（魯迅『古小說鈎沈』上、引）

但し長江流域には「崖墓」の習俗が有り、二句はそれを傳え聞いたことによって發想された可能性もある。この點、平田昌司氏のご注意による。

（7）　范成大の「初入峽山效東野」詩（『范石湖集』卷十五）では、「峽哀」に模して「峽山」「峽泉」「峽禽」「峽馬」など「峽」を被せた熟語を多用し、三峽の地の異樣さとそこを旅する悲しみとを詠っている。「峽哀」の獨特な世界とそれをもたらした手法が、後代の詩人にも印象づけられていたと言えるだろう。

（8）　三峽に世途の險しさを重ねるという發想自體は珍しいものではないだろう。他の詩人の例はまだ見出してはいないが、孟郊は進士及第以前の作と見られる「感興」（卷二）でも、「吾欲進孤舟、三峽水不平。吾欲載車馬、太行路崢嶸」と、三峽と太行を竝べて、その險しさを世途に重ねている。

なお、讒言によって放逐され川に死んだという點では、屈原のイメージがまず想起されるが、三峽という設定にも因るのだろうが、この連作には屈原の影は感じられない。孟郊は他の詩で「離騷」の主人公のイメージを借りた表現を用いているし、屈原も故事としては使っているのだが、一方で彼を否定的に見ている「旅次湘沅懷靈均」詩（卷六）を書いてもいる。屈原は孟郊にとって、必ずしも共感し、追慕する對象ではなかったのかもしれない。

（9）　宋、彭乘『墨客揮犀』「蛟如蛇、其首如虎見人先以腥涎繞之、既墜水即於腋下吮其血」

柳宗元「嶺南江行」詩「潭心日暖長蛟涎」童宗說注「蛟於江內吐涎、人爲涎制不得去、遂沒江中」（『柳宗元集』巻四二）

（10）深讀みであるかもしれないが、制作の背景に、韓愈が元和七年に比部郎中から國子博士に降格されたことが關わっているのではないだろうか。そもそも韓愈が讒言によって陽山に左遷され、その途次で苦勞したことは、元和元年に彼が歸京した際に孟郊も聞かされていたことである。孟郊自身、溧陽での「文士を招きて飲す」詩（巻四）や「連州吟三章」（巻六）において、韓愈が放逐されたという認識を示している。したがって「逐客」には、貞元末に朝廷を逐われた韓愈の影が働いている可能性もあるだろう。それが官途の險しさというイメージと重なって、彼が再度地位を逐われたこの時期に、自らの不遇と重ね合わせてこの連作を書いたということは考えられないだろうか。

一般に詩は何らかの背景、もしくは社會的意義をもって作られるものであり、孟郊の場合も知友に對して何らかの働きかけを目的に作られる例が多い。とくに連作詩はそうであり、中でも韓愈や鄭餘慶に關わって作られている連作が多いと感じる。それ故筆者は深讀みであることを敢えて恐れず、この連作を韓愈の降格と絡めて考え、制作時期を元和七年と推定してみたい。

第六節　詠懷陳思の作――「感懷八首」と「秋懷十五首」

孟郊以前の連作詩の代表作品と言えば、阮籍の「詠懷詩」が眞っ先に擧げられ、その後も陶淵明の「飮酒」や張九齡の「感遇」、李白の「古風」が思い浮かぶが、それらは概ね事に觸れて感慨を記した、詠懷陳思の作であった。これらは長い期間にわたって同じ題で作られ續けたもので、一時の連作ではないが、孟郊が連作詩を己の詩作の方法として選び取った時、當然意識に上った作品群であったと思われる。そうであれば、孟郊の連作にも詠懷陳思の作品が有るのは、むしろ當然のことであろう。「感懷」と「秋懷」の二組がそれに當たるが、彼はある事柄を背景とした連作詩から作り始めたので、これら詠懷陳思の連作は、全體の中ではむしろ後半の時期に屬することになったようだ。そして「秋懷」の場合は、詠懷の作であっても前人の風格とは全く異なる側面を持っており、ある意味で異端の作とも言えるものである。ここではこの二組の連作詩を順に取り上げ、それぞれの問題點に卽しつつ檢討してみたい。

一　「感懷八首」

華氏の年譜では、この連作を德宗の建中四年（七八三）から興元元年（七八四）の間に河陽で作られたと推定している。(1) それは、孟郊が一生の内に經驗した唐王室の重大な混亂は、建中四年に涇原節度使の朱泚が反旗を翻して帝號を僭稱した事件だけであることを根據として、連作に詠われる「感懷」をこの亂を傷むものと見たことによる。そうであれば、連作詩の中で最も早い作品ということになるが、後に述べるように、この繫年は正しくないだろう。
ところで孟郊の集には、もう一首「感懷」と題される作品（巻三）が有る。

孟冬陰氣交　　孟冬　陰氣交わり
兩河正屯兵　　兩河　正に兵を屯す
烟塵相馳突　　烟塵　相い馳突し
烽火日夜驚　　烽火　日夜驚かす
太行險阻高　　太行　險阻高きに
輓粟輸連營　　粟を輓きて連營に輸す
奈何操弧者　　奈何ぞ　弧を操る者
不使梟巢傾　　梟巢をして傾けしめざる
猶聞漢北兒　　猶お聞く　漢北の兒は
怙亂謀縱橫　　亂を怙みて縱橫を謀ると
擅搖干戈柄　　擅搖す　干戈の柄
呼叫豺狼聲　　呼叫す　豺狼の聲
白日臨爾軀　　白日　爾が軀に臨むに
胡爲喪丹誠　　胡爲れぞ　丹誠を喪える
豈無感激士　　豈に　感激の士の
以致天下平　　以て天下の平を致す無からんや(2)

登高望寒原　　高きに登りて寒原を望めば
黃雲鬱崢嶸　　黃雲は鬱として崢嶸たり
坐馳悲風暮　　坐馳す　悲風の暮
歎息空沾纓　　歎息して空しく纓を沾す

（大意）
十月、陰の氣が交錯し、河北河南でまさに軍が對峙している。土煙を立てて衝突し、烽火は晝夜分かたずに急を告げる。太行山は高く險しいが、糧秣を載せた車が幾つもの宿營地に運ばれる。どうしたことか、討伐軍の大將がフクロウの巢を取り除いて亂を平定しないとは。その上漢水の北にいる小僧が、この亂を利用して勢力を廣めようとし、兵權を振りかざして、山犬のような獰猛な叫び聲をあげていると聞く。白日がその身を照らし出しているのに、どうして天子への忠誠心を失ってしまったのか。このような世の有様に憤りを發し、天下に太平をもたらそうとする士が居なくなってしまったのだろうか。高所に登って寒々とした平原を望みやると、戰塵を含んだ黃色い雲が聳えたって空を覆っている。私は悲しい風が吹く日暮れに遠く思いを馳せ、むなしく嘆いては冠の紐を淚で濡らしている。

華氏の年譜では、この詩を魏博節度使の田悅、幽州節度使の朱滔、成德軍節度使の王武俊、平盧淄青節度使の李納などが連合して唐王室に反旗を翻し、淮西節度使の李希烈がそれに呼應した建中三年冬の事件を詠う作と推定しており、(3)詩中の表現からもこの繫年は概ね首肯しうる。すなわち前半八句は馬燧、李懷光、李抱眞、李芃の四節度使の軍が朱滔等の叛亂軍と魏橋（永濟河）を挾んで對峙したことを言い、九句目の「漢北の兒」は淮西節度使、兼漢北都知諸軍馬招撫處置使でありながら、この年の十一月に自ら天下都元帥、建興王と稱して叛亂軍側に加わった李希烈を指すと

見られるからである。(4)

但し華氏は孟郊が當時河陽に居たと見ているが、この點には疑問が殘る。氏は「河陽の李大夫に上る」詩（巻六）の「李大夫」を李芃と見て、これを李が河陽三城懷州節度使となった建中二年の作と推定しており、それに關連してこの「感懷」詩を河陽に旅居した折の作と判斷したものと思われる。しかし賈晉華氏が「華忱之『孟郊年譜』訂補」（前出）で指摘するように、「河陽の李大夫に上る」詩に言う「李大夫」は李芃ではなく、貞元四年に河陽三城懷州節度使となった李元淳である可能性が高い。したがって、この時期に孟郊が河陽に居たという華氏の推定は根據が無いことになる。そして「感懷」詩についても、孟郊の所在地を明らかにできる表現は見られない。內容から見れば、江南に居て作ったと考えても何ら問題はないだろう。假に黃河流域であれば、むしろ嵩山に居たと考える方が穩當であると思う。(5)

さて華氏は、この「感懷」詩と關連づけて連作の「感懷八首」の繫年を行ったように見受けられるのだが、內容を仔細に檢討すれば、兩者の「感懷」の中身はかなり違っていることが明らかになるだろう。まず、連作の各詩を掲出する。

其一

秋氣悲萬物　　秋氣　萬物を悲しましめ
驚風振長道　　驚風　長道に振るう
登高有所思　　高きに登りて思う所有り
寒雨傷百草　　寒雨　百草を傷ましむ

平生有親愛　　平生　親愛する有るも
零落不相保　　零落して相保てず
五情今已傷　　五情　今已に傷つく
安得自能老　　安んぞ自から能く老いるを得ん

（大意）
秋の氣は萬物を悲しませ、激しい風は遠くまで續く道に吹き渡る。高所に登れば遠い人への思いがわき起こるが、冷たい雨は樣々な草を一樣に枯らしている。（そのように）日頃親しくしていた人も、落ちぶれてしまって交流を保てない。喜怒哀樂の情が傷ついてしまっては、どうして無事に老いることができようか。

導入をなす詩であるが、彼の「感懷」の中心は秋の思いと、親しい人々と別れている孤獨感とであることをまず示している。高きに登って見渡す行爲は、詠懷の詩の一つの型であるが、そこで眼にはいるのが「長道に振るう驚風」と「寒雨に凋む百草」であるのは、單に秋の景物であるというだけでなく、「五情今已に傷つく」と言うように、孟郊の傷ついた内面を表現するものでもあるだろう。

其二
晨登洛陽坂　　晨に登る　洛陽の坂
目極天茫茫　　目は極むれど　天は茫茫たり
羣物歸大化　　羣物　大化に歸し
六龍頽西荒　　六龍　西荒に頽る
豺狼日已多　　豺狼　日に已に多く

草木日已霜　　草木　日に已に霜あり
饑年無遺粟　　饑年　遺粟無く
衆鳥去空場　　衆鳥(6)　空場を去る
路傍誰家子　　路傍　誰が家の子
白首離故鄉　　白首にして故鄉を離る
含酸望松柏　　酸を含みて松柏を望み
仰面訴穹蒼　　面を仰ぎて穹蒼に訴う
去去勿復道　　去り去りて復た道う勿けん
苦饑形貌傷　　饑に苦しみて　形貌傷つく

（大意）

朝に洛陽の坂を登り、目路の限りに眺めても天は茫々と廣がるばかり。萬物は四時の變化に隨い、太陽は西の果てに落ちかかる。山犬のような輩が日々數を增し、草木は日々霜に枯れゆく。不作の年は殘される粟も無く、鳥たちはがらんとした籾打ち場からいなくなる。路傍にいるのはどこの者か、白髮頭で故鄉を離れている。辛い思いを懷きながら節操を守る松柏を望み、振り仰いで天に訴える。やめよう、もう何も言うまい。苦しみと飢えは容貌すら損なってしまう。

洛陽の坂の上から眺め渡せるのは、雄大ではあるが、また荒廢した光景でもある。世界が崩れかかっているかのような印象を與える光景がまず示されているので、その後に詠われる老いと孤獨の嘆きも自ずと深さを增している。最後にそうした精神的な痛みが、肉體的な飢餓感に轉じられているのも、據り所を失った世界に取り殘された嘆きを鮮烈に表現している。

其三

徘徊不能寐　徘徊して寐ぬる能わず
耿耿含酸辛　耿耿として酸辛を含む
中夜登高樓　中夜　高樓に登り
憶我舊星辰　我が舊《もと》の星辰を憶う
四時互遷移　四時は互いに遷移するに
萬物何時春　萬物は何時か春ならん
唯憶首陽路　唯だ憶う　首陽の路
永謝當時人　永く謝せん　當時の人

（大意）

歩き回って寝ることができない。辛い思いが胸の内に有って消えないのだ。夜半に高殿に登り、星宿をみて我が故郷を思いやる。四季は交互に移り變わるが、萬物に春が訪れるのはいつだろうか。心に思うのは首陽山へと續く道だけ、伯夷叔齊にならって、名利を追い求める今の人々に別れを告げたい。

眠れぬ夜に不安と孤獨を感じつつ高いところに立つのも、詠懐の詩に多い發想である。また遷りゆく季節への嘆き、世を離れて隱棲する希望も、魏晉以來の詠懐、感傷の詩の型を踏んでいると言える。後で整理するように、この連作は阮籍らの作品との關連が認められるが、中でもこの詩はその近似性が強い。

其四

長安嘉麗地　　長安　嘉麗の地
宮月生蛾眉　　宮月　蛾眉に生ず
陰氣凝萬里　　陰氣　萬里に凝り
坐看芳草衰　　坐ろに看る　芳草の衰うるを
玉堂有玄鳥　　玉堂に玄鳥有るも
亦以從此辭　　亦た以て此れより辭す
傷哉志士嘆　　傷しきかな　志士は嘆く
故國多遲遲　　故國は遲遲たること多し
深宮豈無樂　　深宮　豈に樂しみ無からんや
擾擾復何爲　　擾擾として　復た何をか爲す
朝見名與利　　朝に名と利とを見れば
暮還生是非　　暮れには還た是非を生ず
姜牙佐周武　　姜牙は周武を佐け
世業永巍巍　　世業は永く巍巍たり

（大意）

長安は美しい都、宮女の眉のような繊月が昇る。秋の陰氣が萬里の彼方まで凝り固まり、見る間に芳草は衰えてゆく。玉のような宮殿には燕が巣をかけていたが、やはりそこを去っていってしまう。悲しいことだ、志士が嘆いている、都では何事もぐずぐずとして決まらないと。奥深い後宮に樂しみはあるだろうが、ごたごたと騒がしく何をしているのか分からない。朝に名利を逐えば、暮れにはその是非を問われる。かの姜子牙は周の武王を補佐し、その勳功は永遠に高く聳え立っている。

この詩は前首とは印象がやや異なっている。具體的な背景は明らかではないが、朝廷が機能していない事態があり、それに對する嘆きが主たるテーマとなっているように見える。とくに志を持つ人が正しく處遇されていないことの嘆きであり、不滿である。だから末二句で輔弼の才を發揮しうる立場への登用が期待されているのだろう。姜子牙は、埋もれている自分に比擬するのではないか。孟郊には自らを渭濱に居た呂尚になぞらえる例が少なくない。やや唐突な印象はあるが、崩れかかっている世界は、その中心である長安、つまりは朝廷の不安定さに原因があるのであり、さればこそ社會を安定させ、天子を支えるために自らの登用を希望するのだろう。

其五

舉才天道親　　才を擧げて　天道親しめば
首陽誰採薇　　首陽　誰か薇を採る
去去荒澤遠　　去り去りて　荒澤遠く
落日當西歸　　落日　西に當りて歸る
羲和駐其輪　　羲和　其の輪を駐め
四海借餘暉　　四海　餘暉を借る
極目何蕭索　　目を極むるも何ぞ蕭索たる
驚風正離披　　驚風　正に離披たり
鴟鴞鳴高樹　　鴟鴞　高樹に鳴き

衆鳥相因依　　衆鳥　相因り依る
東方有一士　　東方に一士有り
歳暮常苦饑　　歳暮　常に饑えに苦しむ
主人數相問　　主人は數しば相問いしも
脉脉今何爲　　脉脉として　今　何をか爲さん
貧賤亦有樂　　貧賤も亦た樂しみ有り
且願掩柴扉　　且に願うべし　柴扉を掩うを

（大意）
才能を取り上げて天がこれに親しむのであれば、伯夷叔齊が首陽山で薇を採ることはない。もうやめよう、誰もいない未開の地は遠く、落日は西へと歸ってゆく。羲和が車を走らせるのを止め、四海はその餘光に照らされている。目路の限りに眺めてもなんと寂しいことだろう。激しい風は定めなく吹きすさぶ。フクロウどもが高い樹に啼き、鳥たちはそれに賴っている。東方に一人の士がおり、歳暮にはいつも苦しみと飢えに惱まされている。主人はたびたび樣子を尋ねてくれたが、（離れてしまったので）慕う氣持ちを懷きながら、今はどうすれば良いのか。貧賤にも樂しみはある、しばらくは柴の扉を閉じて世との交わりを絶っていよう。

この詩は一轉して、登用が期待できないという思いから、不遇な志士のまま隱棲したいという氣持ちが述べられている。そう思うのは朝廷に問題があり、詩中の表現を借りれば「鴟鴞　高樹に鳴き、衆鳥　相因り依る」という狀態だからなのであろう。それは指導者に人材を得ていないことを表すのだろうが、それに對應する事實があるのかは明らかではない。孟郊の意識の中で作り出された情況であるかもしれないのである。ただそれに續く「東方の一士」は陶淵明の「擬古」詩其五の「東方に一士有り」の句を踏まえつつ、洛陽にいる自分を指していると見て良い。そうであるとすれば「主人」とは誰なのか。やはり鄭餘慶を意識し、以前のように「數しば相問」うて欲しいという希望を表しているのではなかろうか。隱棲への思いを詠うようで、最後は推薦を期待しているように見える。

其六

火雲流素月　　火雲　素月を流し
三五何明明　　三五　何ぞ明明たる
光曜侵白日　　光曜きて白日を侵し
賢愚迷至精　　賢愚　至精に迷う
四時更變化　　四時は更ごも變化し
天道有虧盈　　天道も虧盈する有り
常恐今已沒　　常に恐る　今　已に沒せしに
須臾還復生　　須臾にして還た復生するを

（大意）

燃えるような赤い雲が白い月を流すように動き、この十五夜はなんと明るいことだろう。月の光は晝の太陽をも凌ぐほど、賢人も愚者も輝く月の有様に戸惑う。四季はこもごも移り變わり、天の道にも滿ち欠けがある。常に恐れるのは（月が）今沒したのに、すぐにまた生き返ってくること。

天道の衰退は、やはり朝廷の不穩な情況を反映するものであろう。ただこの詩で注目されるのは、その衰退を象徴するかのような、太陽を侵す月の輝きである。「杳殤」で嬰兒と命を奪い合った月のイメージは、後の「秋懷」では加害者の相貌を帯びて孟郊の身に迫るものとして描かれるが、ここはそうした月の像に繋がる不氣味な表現と言えよう。

其七

河梁暮相遇　　河梁　暮れに相遇い
草草不復言　　草草として復た言わず
漢家正離亂　　漢家　正に亂に離《あ》い
王粲別荊蠻　　王粲は荊蠻へと別る
野澤何蕭條　　野澤　何ぞ蕭條たる
悲風振空山　　悲風　空山に振るう
擧頭是星辰　　頭を擧ぐれば是れ星辰
念我何時還　　念う　我　何時か還ると

（大意）
（李陵と蘇武のように）橋のたもとで日暮れに出逢い、慌ただしく何も言わずに別れた。漢が亂れたとき、王粲は荊蠻の地へと別れていった（その人もまた南方へと去っていった）。秋の野や澤はなんと寂しいことか、誰もいない山に風が悲しく吹く。空を見上げれば星宿が望めるが、私が故郷の地に歸れるのはいつの日だろうか。

冒頭の典故と言い、王粲の故事と言い、何か具體的な事柄を踏まえているようでありながら、はっきりしない。南へ向かう親しい友人を見送った時の經驗を借りつつ、都の地の不安定さを表現しようとしているのではなかろうか。不安定な社會を描いて、不安定な自分の情況を示し、そうした社會に對する失望感と、それ故に強まる望郷の思いとを印象づけるのであろう。

其八

親愛久別散　　親愛は久しく別れ散じ
形神各離遷　　形神は各おの離れ遷る
未爲死生訣　　未だ死生の訣を爲さず
長在心目間　　長く心目の間に在り
有鳥東西來　　鳥有りて東西より來り
哀鳴過我前　　哀鳴して我が前を過ぐ
願飛浮雲外　　願わくは浮雲の外に飛び
飲啄見青天　　飲啄して青天を見ん

（大意）

親しい人は久しく別れ別れとなり、そのために心と體が離れてしまうような悲しみを味わっている。まだ生と死の別れをしていないし、（その人の姿は）いつまでも心と瞼に殘っている。鳥が東西から飛び來たり、哀しげに啼いて私の前を過ぎてゆく。どうか（一緒に）浮き雲の向こうまで飛んでゆき、青い空を見ながら餌を啄んでいたいものだ。

其一で詠われた親しい人と別れている孤獨感が、最後にもう一度強調されている。そして何度か繰り返された脫俗の思いを述べて締め括っているが、それは不安定な社會に對する失望を言うのではなく、むしろ自分の登用を求める氣持ちの表れと見るべきだろう。

さて、先の「感懐」詩には背景となる事件を踏まえた具體的な表現が認められたが、この連作の方には、そうした特定のできる表現は見られないように思う。華氏と喩學才氏の『孟郊詩集校注』では、其四の「傷しきかな　志士は嘆く、故國は遲遲たること多し」を取り上げて、『詩經』「王風・黍離」の「行邁靡靡たり、中心搖搖たり」を引きつつ「この詩の主旨が長安が朱泚の手に落ちたことにあることを正面から描き出している」と述べ、さらに「この時西京も東京も藩鎭の手中に落ちていたので、詩人は都が荒廢した悲しみを詠う」と解説している。しかし其二での表現に從えば、この時孟郊は洛陽に居るのであり、長安の情況を思って「黍離の悲しみ」を起こしたという解釋は直ちには首肯しがたい。むしろ其四の內容は、朝廷內部が混亂していて機能していないことを嘆いているように見える。また其七の「漢家　正に亂に離い、王粲は荆蠻へと別る」の二句については、王粲の故事について説明した後、「東野はこの故事を用いて自らに準え、國家の體制が亂れたので故鄉に歸りたいという思いを述べている」と解説するのみである。しかし「河梁　暮れに相遇い、草草として復た言わず」は自分が見送る側で詠われた詩句であろうし、誰を送ったのかは具體的に特定できないとしても、「國家の體制が亂れたので故鄉に歸りたいという思いを述べた」と言うだけでは、繫年の背景を説明したことにはならない。結局のところ、朱泚の亂を背景とすると特定できる表現は、華氏も示すことができないのである。上記以外でも、「豺狼　日に已に多く、草木　日に已に霜あり」（其二）、「陰氣萬里に凝り、坐ろに看る　芳草の衰うるを」（其四）、「鵁鶄　高樹に鳴き、衆鳥　相因り依る」（其五）などは、不穩な情況を反映した表現とも取れ、朝廷に賢臣を得ず、國內に藩鎭が跋扈していることを憂慮しているように見えなくもない。しかし、いずれも漠然とした表現に止まっていて、具體的な事件に對應しているとは受け止め難いのである。

唐王室が混亂した事件を擧げれば、確かに德宗が奉天へと避難する事態となった朱泚の亂が當時では最大であろうが、しかし河朔三鎭を始めとする藩鎭の叛亂は、安史の亂後の日常と化しており、憲宗の淮西討伐の成功まで、基本的に變わらない情況であったと言える（その間の事情は『通鑑紀事本末』巻三三「藩鎭連兵」に纏められている）。したがって、特定できる表現が見られない以上、この連作詩に示された「感懷」を、朱泚の亂を契機に發せられたものと判斷することには無理がある。

一方、この連作で繰り返されているのは「平生　親愛する有るも、零落して相保てず」（其一）、「親愛は久しく別れ散じ、形神は各おの離れ遷る、未だ死生の訣を爲さず、長く心目の間に在り」（其八）および「路傍　誰が家の子、白首にして故郷を離る」（其二）、「中夜　高樓に登り、我が舊星辰を憶う」（其三）、「頭を擧ぐれば是れ星辰、念う我　何時か還ると」（其七）などに見られる親しい人々や故郷から離れている孤獨感、「四時は互いに遷移するに、萬物は何時か春ならん」（其三）「四時は更ごも變化し、天道も虧盈する有り」（其六）など、安定しているはずの自然の動きの中で、自らの運は開けないという不遇感、そしてそれと關わっての「唯だ憶う　首陽の路、永く謝せん　當時の人に」（其三）「才を擧げて　天道親しむ、首陽　誰か薇を採る……貧賤も亦た樂しみ有り、且に願うべし　柴扉を掩うを」（其五）「願わくは浮雲の外に飛び、飲啄して靑天を見ん」（其八）という隱棲、脫俗への願い、さらに其二と其五に繰り返される「苦饑」の語に象徵される飢餓感である。朝廷を蔑ろにする藩鎭たちへの憤慨と傍觀するしかない無力感が主たる內容であった先の「感懷」詩とは、この點でも大きく異なると言って良い。詠われた內容も感慨の質も、兩者にはかなりの開きが有る。

そうであれば、この連作詩の制作時期はいつと見るのがふさわしいのであろうか。筆者は他の連作詩同樣、元和年間と見るのが妥當であると考える。一つには、其二の「晨に登る　洛陽の坂」を始めとして、孟郊が洛陽に居てこの連作詩を作っているという印象が強く、それが立德坊に居を構えていた元和二年以降の情況と合致するからである。華氏は河陽に旅居しての作と見たわけだが、無理に早年に比定しなくとも、住居を持っていた晩年の作と考える方が穩當ではないか。もう一つには、遲暮の感、孤獨感、飢餓感などは、晩年に連作詩を中心として繰り返し詠われたテーマであり、この連作の場合もその流れの中にあると考えるのが自然だからである。それでは、元和年間のいつ頃と考えるのが適切であろうか。具體的な根據は無いが、敢えて推定するなら「平生　親愛する有るも、零落して相保てず」（其一）、「親愛は久しく別れ散じ、形神は各おの離れ遷る」（其八）という孤獨感、および「去り去りて復た道う勿けん、饑に苦しみて　形貌傷つく」（其二）「東方に一士有り、歳暮　常に饑に苦しむ」（其五）と「苦饑」の語で繰り返される飢餓感に着目して、元和七年秋を擧げてみたい。孟郊は元和四年に母を亡くし、その喪に服するため河南水陸運事、試協律郎の職を辭したが、鄭餘慶は東都留守として、また韓愈も河南縣令として洛陽にいた。家居していても、日常的な交流はなお可能であった。しかし六年には、秋に韓愈が職方員外郎となって長安に戻ったばかりか、十月には鄭餘慶も吏部尙書として長安に召還されたのである。庇護者と親友とに相次いで別れた孟郊には、身邊蕭條たる思いがあったことだろう。そして相變わらず任官の望みが叶わないことを、飢餓感として表現したのではないかと思う。朝廷が機能していないことを嘆く其四や、隱棲、脫俗の思いが詠われる其三、其五、其八も、仕途が開けない情況を反映するものと見ることが可能だろう。假にこの推定に誤りが無いとすれば、「感懷八首」は連作詩の中でも後半の作品ということになる。そして、同じ詠懷陳思の作であり、おそらく最晩年の作に屬する「秋懷十五首」の前驅的作品と見ることができよう。

ところで先行作品との關連から言えば、阮籍の「詠懷詩」（『文選』巻二三に收錄される十七首）との類比が當然ながら想起される。其一から其三にかけて、高いところに登って思いを詠うが、「詠懷詩」でも次の詩（其六）などに同樣の表現が見られる。

登高臨四野　高きに登りて四野に臨み
北望青山阿　北のかた青山の阿を望む
松柏翳岡岑　松柏　岡岑を翳にし
飛鳥鳴相過　飛鳥　鳴きて相い過ぐ
感慨懷辛酸　感慨　辛酸を懷い
怨毒常苦多　怨毒　常に多きに苦しむ
李公悲東門　李公　東門に悲しみ
蘇子狹三河　蘇子　三河を狹しとす
求仁自得仁　仁を求めて自ら仁を得れば
豈復歎咨嗟　豈に復た歎きて咨嗟せんや

高所に登って四周を見渡す行爲は、世界を眺め渡すことに通じており、自らの思いを詠う際の一つの型となっていた。中でも「詠懷詩」の場合は、內容や憂いの質に異なる面はあっても、不遇感、孤獨感を強く詠う點から見て、孟郊が直接學んだ對象であった可能性が高い。また其三では眠れぬ夜が詠われているが、これも著名な「詠懷詩」其一が先例として擧げられる。

夜中不能寐　夜中　寐ぬる能わず
起坐彈鳴琴　起坐して鳴琴を彈ず
薄帷鑒明月　薄帷　明月を鑒らし
清風吹我衿　清風　我が衿を吹く

孤鴻號外野　　孤鴻　外野に號び
翔鳥鳴北林　　翔鳥　北林に鳴く
徘徊將何見　　徘徊して　將た何をか見ん
憂思獨傷心　　憂思　獨り心を傷ましむ

眠れぬままに、愁いを懐きつつ歩き回ることも、漢魏の樂府から見られる詠懐の一つの型ではあるが、孟郊はとりわけこの「詠懐詩」其一を強く意識していたと思われる。さらに其三、其五に見える「首陽」の故事も、「詠懐詩」其十に先例を見ることができる。

歩出上東門　　歩みて上東門より出で
北望首陽岑　　北のかた首陽の岑を望む
下有采薇士　　下に采薇の士有り
上有嘉樹林　　上に嘉樹の林有り
良辰在何許　　良辰　何許にか在る
凝霜霑衣襟　　凝霜　衣襟を霑す
寒風振山岡　　寒風　山岡に振るい
玄雲起重陰　　玄雲　重陰を起こす
鳴雁飛南征　　鳴雁　飛びて南征し
鶗鴂發哀音　　鶗鴂　哀音を發す
素質由商聲　　素質　商聲に由り

　悽愴傷我心　　悽愴として我が心を傷ましむ

士の不遇は「詠懷詩」の主要なテーマの一つであり、脱俗の願いも同樣であった。また四季のめぐり、時の推移、それによる運命の變轉も、「詠懷詩」のテーマであり、次のような作品（其十三）がある。

　炎暑惟茲夏　　炎暑　惟れ茲の夏
　三旬將欲移　　三旬　將に移らんと欲す
　芳樹垂綠葉　　芳樹　綠葉を垂れ
　淸雲自逶迤　　淸雲　自から逶迤たり
　四時更代謝　　四時　更ごも代謝し
　日月遞差馳　　日月　遞いに差馳たり
　徘徊空堂上　　徘徊す　空堂の上
　忉怛莫我知　　忉怛として　我を知る莫し
　願覩卒歡好　　願わくは卒に歡好するを覩
　不見悲別離　　悲しき別離を見ざらんことを

そして親しい友と離ればなれであることを嘆く思いも、「詠懷詩」其十五に主たるテーマとして詠われている。

　獨坐空堂上　　獨り空堂の上に坐す
　誰可與歡者　　誰かともに歡ぶべき者ぞ
　出門臨永路　　門を出でて永路に臨むも
　不見行車馬　　行く車馬を見ず

登高望九州　高きに登りて九州を望めば
悠悠分曠野　悠悠として曠野分かる
孤鳥西北飛　孤鳥　西北に飛び
離獸東南下　離獸　東南に下る
日暮思親友　日暮　親友を思い
晤言用自寫　晤言　用て自ら寫す

きわめて簡單な眺め方ではあるが、これだけを見ても、阮籍の「詠懷詩」がこの連作の發想の一つの基礎となっていたことが窺える。また其五の「東方に一士有り」は、先にも記したように、陶淵明「擬古」九首の其五の「東方に一士有り、被服は常に完たからず。三旬に九たび食に遇い、十年に一冠を著く」という表現を明瞭に意識していると思われる。したがって「感懷八首」は、阮籍の「詠懷詩」、陶淵明の「擬古」などの、先行する詠懷陳思をテーマとした連作詩を念頭に置き、時にその枠組みを借りながら、自らの表現方法に即して「感懷」を述べた作品と考えるべきだろう。いわば傳統的な詠懷の型を踏まえた作品であると思う。そうであれば明確な背景を示さずに、漠然とした不遇感、孤獨感、また脱俗への思いや飢餓感などが詠い込まれていることも理解できる。

二「秋懷十五首」

次に、同様に詠懷陳思をテーマとする「秋懷十五首」を檢討してみよう。先に「元魯山を弔う十首」の項で其十四を引用したので、ここでは殘りの作品を一括して揭げる。なお「秋懷十五首」については、山之内正彥氏の前揭論文に詳細な譯注が示されており、本來はこれに讓るべきだが、連作詩の全編に試譯を掲げて來たので、敢えてその方針を貫くこととする。

其一

孤骨夜難臥　　孤骨　夜　臥し難し
吟蟲相喞喞　　吟蟲　相喞喞たり
老泣無涕洟　　老泣　涕洟無く
秋露爲滴瀝　　秋露　爲めに滴瀝たり
去壯暫如翦　　去壯　暫くなること翦るが如く
來衰紛似織　　來衰　紛たること織るが似し
觸緒無新心　　觸緒　新心無く
叢悲有餘憶　　叢悲　餘憶有り
詎忍逐南帆　　詎ぞ忍びん　南帆を逐い
江山踐往昔　　江山に往昔を踐むに

（大意）

孤獨なこの身は夜も床に臥していられない。秋の蟲たちがチーチーと鳴き交わす。老いて泣けば涙も鼻汁も涸れて、秋の露が代わりにポタポタと滴り落ちる。去りゆく壯年はまるで斷ち切られたように瞬く間に消え、やって來る老衰はまるで織ったように群れ集まる。物事に觸れる心に新しい感動は無く、むらがる悲しみの中に追憶ばかりが殘っている。（だからと言って）南へ渡る船を追い、江南の山河での足跡をもう一度訪ねる氣にはとてもなれない。

導入の一篇。秋の夜の孤獨な情況が描かれるのは「感懷」と同じだが、しかし冒頭に「孤骨」という鑛物的な表現が登場する。自身を「骨」と表現するのは、「詩骨　東野より聳え」（「戯れに無本に贈る」其一）のように他の詩でも見られるが、ここではそれが秋の乾いた空氣に響き合っており、連作中に再三登場する鑛物的な自然物に對峙するかのようである。彼の好んだ感覺が、衰弱した肉體感覺の中で異樣に研ぎ澄まされていると言える。懷かしい江南の地への思い、それは同時に昔年の思い出を含むはずだが、それを斷ち切る末二句は、自らを狹い生活空間の中に置いて秋と向かい合おうとする意志の表れであろう。

其二

秋月顔色冰　　秋月　顔色冰り
老客志氣單　　老客　志氣單なり
冷露滴夢破　　冷露　夢に滴りて破り
峭風梳骨寒　　峭風　骨を梳りて寒し
席上印病文　　席上に病文を印し
腸中轉愁盤　　腸中に愁盤轉ず
疑懷無所憑　　疑懷　憑る所無く
虛聽多無端　　虛聽　多くは端無し
梧桐枯崢嶸　　梧桐　枯れて崢嶸たり
聲響如哀彈　　聲の響くこと　哀彈の如し

（大意）

秋の月の色は冰りつき、（それを見る）老いた私の氣力は萎えてしまいそうだ。冷たい露が滴って夢を破り、尖った風が骨を梳るように寒々と吹く。（寝台の）筵の上に病みついたための模様が印され、腸の中では愁いが盤のように蟠って回轉する。これという根據も無く疑いの思いが起こり、ありもしない物音が空耳となって聞こえてくる。庭の梧桐は枯れてそそり立ち、落ちる葉の音は哀しげな演奏のようだ。

同じように秋の夜を詠っていても、「感懐」と大きく異なるのは月、露、風が彼の弱った身體を苛む加害者となって登場することである。これらの冷たく狂暴な自然に取り巻かれ、肉體のみならず精神的にも衰えることが述べられる。桐の葉の枯れ落ちる乾いた音に哀しい秋を感じているが、聽覺が特に強調されるのは、病床に在って秋を捉えようとするためであろう。なお「老いし恨み」（巻三）でも「闘蟻　甚だ微細なるも、病聞　亦た清冷たり」と、病床に在って聽覺が異様に研ぎ澄まされることを詠っている。

其三

一尺月透戸　　一尺　月　戸を透り
仡栗如劍飛　　仡栗として劍の飛ぶが如し
老骨坐亦驚　　老骨　坐《いなが》らに亦た驚き
病力所尙微　　病力　尙う所は微なり
蟲苦貪剪色　　蟲は苦しげに夜色を貪り
鳥危巣星輝　　鳥は危うくも星輝に巣くう
孀娥理故絲　　孀娥　故絲を理め

孤哭抽餘噫　　孤哭　餘噫を抽く
浮年不可追　　浮年　追うべからず
衰歩多夕歸　　衰歩　多く夕べに歸る

（大意）
一尺ほどの月光が戸の間から差し込んでくるが、それがきらりと輝いて、まるで劍が飛ぶようだ。老いたこの身は座りこんだ儘でただ驚き、病んで衰えた力では願うものも僅かである。蟲たちは苦しげに夜の氣配を貪るように鳴き、鳥たちは危うくも星の輝く空近くに巣くっている。美しい寡婦は古い琴を彈いて、獨り泣いてはなお殘る嘆きを引き出している。ふわふわと過ぎてしまう年月を追い求めることはできない。（外出してみても）衰えた足を引きずって、夕方に（ようやく）歸ってくることばかり。

室内に居ても入り込んでくる月の冷たい光、その脅威は其六でより詳しく描かれるが、ここはその冷たい月光を劍と捉えた表現が注目される。劍は輝き、冷たさ、鋭さなどの點から、孟郊が最も好んだ物の一つであり、そのイメージは詩の中に樣々な形で使われている。それが強固な志の表象として使われた例もあるが、連作詩になると次第に武器として人や動物を傷つけるという側面が強調されるようになる。「寒溪」の冰、「峽哀」の波、そしてこの月のように、加害者の相貌を帶びた自然物の武器となって迫ってくるのである。身體的、精神的な衰えが、彼本來の感性を變質させ、自然物に鋭利な切っ先を感じ取るという、いわば逆の形で個性を發揮させることになったのであろう。

其四
秋至老更貧　　秋至りて　老いて更に貧しく
破屋無門扉　　破屋　門扉無し

一片月落床　　一片　月　床に落ち
四壁風入衣　　四壁　風　衣に入る
疏夢不復遠　　疏夢　復た遠からず
弱心良易歸　　弱心　良に歸り易し
商葩將去綠　　商葩と去綠と
繚繞爭餘輝　　繚繞として餘輝を爭う
野歩踏事少　　野歩　事を踏むこと少なく
病謀向物違　　病謀　物に向かいて違う
幽幽草根蟲　　幽幽たる草根の蟲
生意與我微　　生意　我と與に微なり

（大意）
秋が訪れて、老いの上に貧乏が重なり、このあばら屋には門に扉すら無い。ひとひらの月光が寝床の上に落ち、四方の壁から來る隙間風が衣服の中まで吹き込む。途絶えがちな夢は遠くまで至らず、弱った心は歸ることばかり考える。秋の花と消え行く草木の綠は、庭先を取り巻いて僅かに殘った日差しを奪い合う。野歩きをしてきた足には物事を踏んで行う經驗が乏しく、病の身での思惑は實際とは食い違うことばかり。か細い音で鳴いている草の根の蟲、お前たちの生命力は私同樣に微かだ。

其三の末句に「衰歩」と表現されていたが、愁いを懷きつつ徘徊することが、こうした詠懷の詩の一つの型であることは先にも述べた通りである。そして貧しく何もない室內同樣に、搖落の季節を迎えた戸外の寂しい樣子が、その視界に捉えられている。自身に比擬されるものとして、「餘輝」を争う植物と聲も微かな昆蟲とが選ばれているが、それによって彼の衰殘の情況を一層強く印象付けている。

其五

竹風相戛語　竹風　相戛語するを
幽閨暗中聞　幽閨　暗中に聞く
鬼神滿衰聽　鬼神　衰聽に滿ち
恍惚難自分　恍惚として自ら分ち難し
商葉墮乾雨　商葉　乾雨を墮とし
秋衣臥單雲　秋衣　單雲に臥す
病骨可剸物　病骨　物も剸るべし
酸呻亦成文　酸呻　亦た文を成す
瘦攢如此枯　瘦　攢《あつま》りて　此くの如く枯れ
壯落隨西曛　壯　落ちて　西曛に隨う
裊裊一線命　裊裊たる一線の命
徒言繫絪緼　徒らに言う　絪緼に繫がると

（大意）
竹と風がコツコツと打ち合ってしている話を、靜かで暗い寝室の中で聞いている。鬼神の聲が衰えた耳に滿ち、ぼんやりとして自分では（現實か空耳か）聞き分けられない。枯れ葉は乾いた雨となって落ち、私は秋の衣を着て一重の布團に横たわっている。病んで尖った我が身體は物を切り取れるほど、悲痛な呻吟もやはりそれなりに文學となる。痩せた狀態が集まって身はここまで枯れ果て、壯年の氣力は西日を追うように身から離れ落ちる。ゆらゆらと搖れる一筋の命、それが天地の生生の氣に繫がっているなどとは徒言にすぎない。

この詩も老殘の思いが述べられるが、秋の氣の中で自らも尖ってくると言う七句目、呻吟も詩になるという八句目には、そうした衰えた情況にあって、なお自己主張するかのようなしぶとさを感じる。それに續く四句も、弱音に見えて必ずしもそうではないのだろう。なお表現としては、「竹風」の「夏語」、「商葉」の「乾雨」が鑛物的な秋の景物を表すものとして斬新である。

其六

老骨懼秋月　　老骨　秋月を懼る
秋月刀劍稜　　秋月は刀劍の稜
纖威不可干　　纖威　干すべからず
冷魂坐自凝　　冷魂　坐《いなが》自ら凝る
羇雌巢空鏡　　羇雌　空鏡に巢くい
仙飆蕩浮冰　　仙飆　浮冰を蕩かす
驚步恐自翻　　驚步　自ら翻るを恐れ
病大不敢凌　　病大なれば　敢えて凌がず
單床寤皎皎　　單床　寤めること皎皎たり
瘦臥心兢兢　　瘦臥　心は兢兢たり

洗河不見水　　河を洗いて水を見ず
透濁爲清澄　　濁りを透かして清澄と爲す
詩壯昔空説　　詩の壯なること　昔は空しく説けり
詩衰今何憑　　詩衰えて　今は何にか憑らん

（大意）
老いた身には秋の月が恐ろしい。秋の月は刀劍の切っ先。細く尖った威力には手出しができず、冷え冷えとした私の魂はそのまま凝り固まる。雄と離れた雌鳥は（割れて姿を寫さない）空っぽの鏡に巣くう（ように殘り）、仙界に吹く疾風は（夜空に）浮かぶ氷片（のような月）を搖り動かす。（一歩一歩）びくびくするような歩みに自分でひっくり返りはしないかと恐れ、病狀は重大なので敢えて無理はしない。たった一人の寢床で白々と目が冴え、痩せた身を横たえて心は恐れおののく。（月光は）銀河を洗っているが水は見えず、濁りを透って來る光で（銀河が）清く澄んだと感じるのだ。自分の詩が盛んであることを昔は意味もなく說いたが、今や詩が衰えてしまっては何に賴ったら良いのか。

ここで、秋の月、恐らく三日月であろうが、その脅威が強調されている。五句目以降は、その冷たい月光に照らされた夜の情景として解釋してみた。「空鏡」「浮冰」いずれも月の形容であろう。七句目の「自」は、底本では「白」に作り、山之內氏の論文では「あからさまに」と訓讀する。それではやや讀みにくいと感じたことと、華氏が校注本では「自」に改めていることから、安易かもしれないが、ここは華氏の校訂に從った。なお、末二句で自らの「詩」の衰退にも言及する。言葉通りには受け取れないとしても、老いの自覺の表れではあるだろう。

其七

老病多異慮
朝夕非一心
商蟲哭衰運
繁響不可尋
秋草瘦如髮
貞芳綴疏金
晚鮮詎幾時
馳景還易陰
弱習徒自恥
暮知欲何任
露才一見讒
潛智早已深
防深不防露
此意古所箴

老病　異慮多く
朝夕　一心に非ず
商蟲　衰運を哭き
繁響　尋ぬべからず
秋草　瘦せて髮の如く
貞芳　疏金を綴る
晚鮮　詎幾《いくばく》の時ぞ
馳景　還た陰り易し
弱習　徒《いたず》らに自ら恥じ
暮知　何にか任えんと欲する
才を露わさば　一に讒せらる
智を潛むること　早に已に深し
深きに防ぎて露わるるに防がず
此の意　古の箴むる所なり

（大意）

老いて病みがちな身は氣が變わり易く、朝と晩でもう心の中が異なっている。秋の蟲は（自分たちの）衰え行く運命を悼んで鳴くが、（その聲も弱々しく）盛んな鳴き聲はもはや尋ねようもない。秋の草は髮の毛のように細く瘦せ衰え、貞節な菊の花がまばらに黃金を竝べている。しかしこの晚秋の鮮やかな色もいったい何時までのことか。馳せ行く太陽にしても（陰氣に覆われて）陰りやすいのだから。若い時の學習が使い物にならないことを恥ずかしく思うが、年老いて知ったこともどれほどの役に立つというのか。才能を外に顯せばひたすら讒言を浴びることになる。それ故以前から智慧を深く包み隠してきた。深く隠すことに注意して、外に顯れることに注意しない、それは古人が戒めていることなのだ。

止めようのない時の動きに伴って衰えてゆく嘆きが詠われるが、この詩ではその後の處世に對する發言が目を引く。これまで自然の中の加害者が詠われてきたが、ここで社會における加害者である讒人が登場している。この連作では、仕途を遮る社會的惡者に對する非難や「古」に學ぼうとしない人々への訓戒などが述べられることが大きな特徴だが、この一首は搖落の季節の中で衰殘の思いを述べていた流れから、己の不遇の背後にある社會的な問題點に眼を向ける轉換點となっている。

其八

歲暮景氣乾　歲暮　景氣乾き
秋風兵甲聲　秋風　兵甲の聲あり
織織勞無衣　織織　無衣を勞《うれ》え
喓喓徒自鳴　喓喓　徒自らに鳴く
商聲聳中夜　商聲　中夜に聳え
蹇支廢前行　蹇支　前み行くを廢す
青髮如秋園　青髮　秋園の如く
一翦不復生　一たび翦れば復た生ぜず

少年如餓花　　少年　餓えし花の如く
瞥見不復明　　瞥見して復た明らかならず
君子山嶽定　　君子は山嶽のごとく定まり
小人絲毫爭　　小人は絲毫を爭う
多爭多無壽　　爭うこと多ければ壽無きことも多し
天道戒其盈　　天道　其の盈ちたるを戒む

（大意）

年が暮れて景色も自然の様子も乾き、秋風には武器の打ち合う音がする。機織り蟲は衣の無いことを愁えて織ることを急かし、草の中の蟲はただむやみに鳴いている。秋の物音は夜中に耳に集まり、萎えた足は前に進むこともかなわない。黑髮は秋の園の植物のように、一旦剪れば二度と生えてこない。若い時期は（水を與えられず）飢えた花のようで、ちらりと姿を見せただけでもう輝かない。立派な男子は山岳のように立ち場を變えないが、詰まらぬ人間はほんの僅かな利益を奪い合う。しかし奪い合ってばかりいれば、壽命も短くなるもの。天の道は滿ち足りることを戒めているではないか。

再び秋の乾いた景物を描くが、秋風に武器の音を聞く冒頭二句は特に印象的である。其二の骨を梳る寒風と趣は異なるが、同樣に加害者的な風の捉え方であろう。草木を枯らす風であるから、そこに武器を感じるのであり、また連作中に何度か詠われる劍や鐵のイメージとも響き合っている。そしてこの詩でも、後半は君子と小人とが對比され、前首同樣に戒めを言って終わる構造になっている。

其九

冷露多瘁索　冷露　瘁索すること多く
枯風饒吹噓　枯風　吹噓すること饒し
秋深月清苦　秋深くして　月　清苦たり
蟲老聲麤疏　蟲老いて　聲は麤疏たり
頳珠枝累累　頳珠　枝に累累たり
芳金蔓舒舒　芳金　蔓に舒舒たり
草木亦趣時　草木も亦た時に趣き
寒榮似春餘　寒榮　春餘の似し
自悲零落生　自ら悲しむ　零落せる生
與我心何如　我が心と何如ぞや

（大意）

冷たい露は命を凋ませ、草木を枯らす風は吹いてばかりいる。秋が深まって月は清く苦しげ、蟲は老いて聲もまばらになった。赤い木の實が枝に重なるように生り、金色の花が蔓に廣がって咲く。草木も時節を外すまいとして、寒い中に見せる姿は春の終わりのような華やかさ。枯れ行く生命を自ら悲しんでいるかのようだが、それは我が心のうちとどちらの思いが深いことか。

深まる秋の中で、最後の命を輝かせようとしている蟲、草の樣子が詠われる。この詩には社會的な視點が盛り込まれておらず、老いた蟲や草木の營みを靜かに見つめているような趣があるので、自らと比べる末二句もかえって印象的である。

其十

老人朝夕異
生死毎日中
坐隨一啜安
臥與萬景空
視短不到門
聽澀詎逐風
還如刻削形
免有纖悉聰
浪浪謝初始
皎皎幸歸終
孤隔文章友
親密蒿萊翁
歳綠閔以黃
秋節迸已窮
四時既相迫
萬慮自然叢
南逸浩淼際

老人　朝夕に異なり
生死　毎日の中
坐して一啜の安きに隨い
臥して萬景と與に空し
視ること短くして門に到らず
聽くこと澀りて詎んぞ風を逐わん
還た刻削せられし形の如く
纖悉の聰きこと有るを免る
浪浪として　初始に謝し
皎皎として　歸終を幸《ねが》う
孤り隔たる　文章の友に
親密たり　蒿萊の翁
歳の綠は閔《や》みて以て黃ばみ
秋節は迸《はし》りて已に窮まる
四時　既に相迫り
萬慮　自然《おのず》から叢がる
南のかた浩淼の際より逸れ

北貧磽确中
曩懷沈遙江
衰思結秋嵩
鋤食難滿腹
葉衣多醜躬
龘縷不自整
古吟將誰通
幽竹嘯鬼神
楚鐵生虯龍
忠生多異感
運鬱由邪衷
常思書破衣
至死敎初童
習樂莫習聲
習聲多頑聾
明明胸中言
願寫爲高崇

北のかた磽确の中にて貧し
曩懷　遙江に沈み
衰思　秋嵩に結ぶ
鋤食　腹を滿たし難く
葉衣　多くは躬に醜し
龘縷　自ら整えず
古吟　將た誰か通ぜん
幽竹　鬼神嘯き
楚鐵　虯龍生ず
忠生じて異感多く
運の鬱《ふさが》るは邪衷に由る
常に思う　破れし衣に書き
死に至るまで初童に敎えんと
樂を習いて聲を習う莫かれ
聲を習えば頑聾多し
明明たり　胸中の言
願わくは寫して高崇と爲さん

（大意）

老人の狀態は朝晩で異なる。生死が隣り合わせの毎日。坐れば一口の食物に安んじ、横になれば目に映るすべての物とともに（我が身も）空しくなる。視力は弱まって門までも屆かず、聽力は滯ってどうして風の音を追いかけられよう。刻まれた木像のような有樣なので、纖細な物事まで耳に屆いてくることは無くて濟んでいる。ハラハラと涙を落として人生の始まりに別れ、潔白な狀態で終わりを迎えたいと願う。ただ獨り文學の友と隔てられ、親密なのは田舍の爺さん。一年（を飾った草木）の緑は病み衰えて黄ばみ、秋の時節は走るようにもう終わりを迎えた。四季の交替がもう差し迫っているのだから、様々な思いが自ずとむらがり集まってくる。江南の水が廣々と廣がる岸邊を離れ、今この北方の石ころだらけの土地で貧しく暮らしている。若い日の思い出は遙かな川に沈み、衰えた今の思いが秋の嵩山に結ばれている。鍬を手に得る食物は腹を滿たせず、葉を綴った（ような粗末な）衣服はこの身にも醜いものばかり。そんな粗末な着物を整えようともしないで古風な詩を吟じても、いったい誰が分かってくれるだろう。薄暗い竹林に鬼神の嘯く聲がし、楚の鐵劍からは虬龍が飛び立つ（だけのこと）。忠義の心が生じると異樣な印象を持たれやすい。（我が）運命が開けないのは邪惡な考え（を持つ輩）のためなのだ。いつも思う、このことを破れた我が衣に書いて、死ぬまで習い初めの子供達に教えてやりたいと。音樂の道理を學んでも、演奏を學んではならない。演奏を學んでも（世の中は）一向に聞こうとしない輩ばかりだ。明らかなこの胸の言葉、書き寫して高く掲げていたいものだ。

連作中最長の作であるが、この詩では自らの生活を見つめようとしている。その中で江南への思いが詠われ、北と南が對比されているが、それは現狀を受け入れるしかないという諦觀であり、江南を思いつつ敢えて止まる意志を詠った「石淙」とは異なっている。表現としては、自らの詩に反應するのは鬼神であり、龍となって飛び立つ劍だという一節がやはり注目される。彼なりの自負であろう。その後は再び社會的な惡者に對する批判となるが、「樂」と「聲」

の對比は分かり難い。上記の解釋は取りあえずのものである。

其十一

幽苦日日甚　幽苦　日日に甚しく
老力歩歩微　老力　歩歩に微かなり
常恐暫下床　常に恐る　暫く床より下り
至門不復歸　門に至りて復た歸らざるを
飢者重一食　飢者は一食を重んじ
寒者重一衣　寒者は一衣を重んず
泛廣豈無涘　廣きに泛ぶも豈に涘《きし》無からんや
恣行亦有隨　行いを恣にするも亦た隨う有り
語中失次第　語中　次第を失い
身外生瘡痍　身外　瘡痍を生ず
桂蠹旣潛汚　桂蠹　旣に潛かに汚せば
桂花損貞姿　桂花　貞姿を損なう
詈言一失香　詈言　一たび香を失えば
千古聞臭詞　千古　臭詞を聞《か》ぐ
將死始前悔　將に死せんとして　始めて前悔あるも
前悔不可追　前悔　追うべからず

哀哉輕薄行　哀しい哉　輕薄の行
終日與駟馳　終日　駟と馳す

（大意）

人知れぬ苦しさは日々激しくなり、老い衰えた力は歩む毎に弱くなる。いつも心配なのだ、暫く寝床より下りて、戸口まで行ったらもう戻れないのではないかと。飢えた者には一度の食事も大切で、凍えた者には一枚の衣服も大切だ。廣い水面に浮かんでも岸が無いわけはないし、好きなように行動しても自ずと従う決まりはある。しかし話す言葉が順序を間違えると、身體の回りに傷跡ができる。桂の樹を蝕む蟲が目に見えないところを汚してしまえば、桂の花の貞潔な姿は損なわれる。讒謗の言もひとたび化けの皮がはがれれば、千年の後まで臭氣漂う言葉となって人々に受け止められる。死ぬ間際になって初めて以前の行いを悔いても、その後悔は追いつかない。哀しいことだ、輕薄な言行が、一日中四頭立ての馬車とかけっこしている。

老衰と貧窮を嘆きながら、後半では世上の輕薄な言動を擧げて批判する。しかし「詈言」の句は分かり難い。「香」とは何を意味するのか、孟郊一流の言葉遣い故に判斷が難しい。その後も「詈言」を發する輩のことと理解したが、批判の言葉としては流れが惡い印象もある。取りあえず、これも教誨的な内容と見ておきたい。

其十二

流運閃欲盡　流運　閃いて盡きんと欲し
枯析皆相號　枯析　皆　相號ぶ
棘枝風哭酸　棘枝　風の哭くこと酸たり
桐葉霜顏高　桐葉　霜の顏は高し

老蟲乾鐵鳴　　老蟲　乾鐵のごとく鳴き
驚獸孤玉咆　　驚獸　孤玉のごとく咆ゆ
商氣洗聲瘦　　商氣　聲を洗いて瘦せしめ
晩陰驅景勞　　晩陰　景を驅りて勞れしむ
集耳不可遏　　耳に集まりて遏むべからず
噎神不可逃　　神を噎《むせ》ばしめて逃るべからず
蹇行散餘鬱　　蹇行　餘鬱を散ず
幽坐誰與曹　　幽坐　誰か與に曹《とも》たらん
抽壯無一線　　壯を抽くに一線も無く
剪懷盈千刀　　懷を剪れば千刀に盈つ
清詩既名朓　　清詩　既に朓を名とし
金菊亦姓陶　　金菊　亦た陶を姓とす
收拾昔所棄　　收拾す　昔に棄てし所を
咨嗟今比毛　　咨嗟す　今　毛を比ぶるに
幽幽歳晏言　　幽幽たり歳晏の言
零落不可操　　零落して操るべからず

（大意）

流れゆく時間はきらりと閃いて盡きようとし、枯れたり裂けたりした草木はみな叫び聲をあげる。荆の枝に風は悲痛な泣き聲をあげ、桐の葉は霜が色を付けた顔を高く掲げている。老いた蟲は乾いた鐵の（音の）ような聲で鳴き、ものに驚く獸は比類無い玉（の音）のような聲で吼える。秋の氣はすべての物音を洗って痩せ細らせ、歳晩の陰氣は太陽を驅り立てて疲れさせる。（秋の物音が）耳に集まって止めようもなく、精神は息が詰まりそうになるがそれを逃れることもできない。覺束ない足取りでも、外へ出て有り餘る憂鬱を晴らそうとする。ひっそりと坐っていても、誰が友として付き合ってくれるのか。壯年の意氣を引き戻そうにも一筋の絲もなく、胸を塞ぐ思いを切り開こうとすれば千に及ぶ刀が必要になる。（私の）清らかな詩は謝朓の名を被っているし、黄金の菊（を愛する點）では陶淵明に匹敵するとも言われている。昔に捨てた物事を拾い集め（て當時を振り返ってみるが）、今と髪の毛の色を比べてみるとため息が出る。暗くかすかな（我が）歳晩の言葉、こぼれ散るばかりで取り集めようもない。

滅び行く季節の中で叫び聲をあげる草木や動物たちの有様から詠い起こすが、中で注目される表現は「老蟲」「驚獸」の二句だろう。とくに蟲の聲を「乾鐵」と鑛物的に捉えるのは、秋の氣に包まれて、すべてが乾燥しきっているかのようなこの連作の中でも際だつ感性である。一五句目、末の字を底本は「眺」に作るが、誤りと見て改めた。「詩清既名郊」という異文もあるようだが、次の句との對應から見て謝朓に比べるのが穩當であろう。陶淵明、謝朓への言及は他の詩でも見られる。最後の二句は、自分の言が聞き届けられないという嘆きかもしれないが、「老いし恨み」（巻三）で「子の文字を抄する無ければ、老吟は多く飄零たり」と詠うのを考え合わせると、作品が散逸してしまう恐れを言っているように思われる。「盧殷を弔う」の中で、子孫を持たない盧殷の詩業が後世に殘らないことを嘆いたが、それは孟郊自身の愁いでもあったのである。

其十三

霜氣入病骨
老人身生冰
衰毛暗相刺
冷痛不可勝
鬻鬻伸至明
強強攬所憑
痩坐形欲折
晩飢心將崩
勸藥左右愚
言語如見憎
聳耳噎神開
始知功用能
日中視餘瘡
暗鑠聞繩蠅
彼齅一何酷
此味半點凝
潛毒爾無厭
餘生我堪矜

霜氣　病骨に入り
老人　身に冰を生ず
衰毛　暗かに相刺し
冷痛　勝うべからず
鬻鬻として伸びて明に至り
強い強いて憑る所を攬る
痩せて坐せば　形は折れんと欲し
晩に飢えて　心は將に崩れんとす
藥を勸めて左右は愚かなり
言語は憎まるるが如し
耳を聳てれば噎びし神は開く
始めて知る　功用の能を
日　中して　餘瘡を視るに
暗きの鑠せば　繩たる蠅を聞く
彼の齅ぐこと　一に何ぞ酷《はなは》だしき
此に半點の凝を味わわんとす
潛毒　爾は厭く無く
餘生　我は矜れむに堪えたり

凍飛幸不遠　凍飛　幸いに遠からず
冬令反心懲　冬令　反って心に懲る
出沒各有時　出沒　各おの時有り
寒熱苦相凌　寒熱　苦ろに相凌ぐ
仰謝調運翁　仰いで謝す　調運の翁に
請命願有徵　命を請う　願わくは徵有らん

（大意）

霜の冷氣が病んだ身體に入り、老人の身體に氷ができる。衰えた毛は凍っていつのまにか肌を刺し、冷たさと痛さに堪えかねる。ため息をつきつつ身體を伸ばして明け方に至り、無理（に身體を動か）してなんとか頼りになる物をつかもうとする。痩せ衰えて坐っていれば身體は折れ曲がろうとし、老境に飢え（が重なっ）て心は崩れ落ちそうになる。周りの者たちは愚かしくも藥を勸めてくれるが、その言葉は私を憎んでいるかのようだ。（そんな言葉でも）耳をそばだてて聞くと塞がり噎んでいた心が開かれて、（物事の）效用というものを初めて知ったのだ。正午の日差しで（毛に刺されてできた）身體中の傷跡を見るが、（夕方）暗さが邊りを閉ざすと多くの蠅（が集まってくるの）が聞こえる。あいつらの血を嗅ぐ力はなんと凄まじいことか。この（身體中にある）小さく固まった血の痕を味わおうとする。ひそやかな害毒をお前達は飽くことなくまき散らし、僅かに殘った生命を私はなんとも愛おしく思う。凍った羽で飛ぶ距離は幸いにも遠くないが、冬が支配すれば（蠅どもも）振り返って心に反省することだろう。（詰まらぬ蠅どもも）出沒するにはそれぞれ時期というものがあり、暑さ寒さが（その時期に合わせて）ふさわしく力を競い合う。振り仰いで季節のめぐりを調節する天の翁に感謝する。そして（蝿を追い拂うという）命令を發して戴きたい、どうかその徵を顯してほしい（と願う）。

この詩には二箇所大きな異同があり、まず「聳耳」の句は「聳嘸神氣開」と作るテキストがある。いずれにしても見慣れない表現で分かり難いが、恐らく意味はそう大きく替わらないと判斷し、底本に從った。また「暗鏁」の句は「暗隙聞細蝿」と作るテキストがあり、こちらの方が理解しやすい。ただ「靑蝿」のイメージを使う點は變わらないし、『詩』「周南・螽斯」に基づいて「繩繩」を絶えない貌、衆多の貌と解すれば、底本の形でも解釋は可能であろう。したがっていずれも底本のままとした。內容は、前半では霜の冷氣に體毛が凍りついて我が身を刺すという、なんとも凄まじい情況が詠われるが、後半ではその傷口にたかる疎ましい蝿が描かれる。いささか自虐的な情景に見えるが、「靑蝿」のイメージを借りた讒人への批判をそこに重ねているのだろう。公憤によって「瘡」ができると詠う、「疾を訪う（訪疾）」（巻三）の「冷氣　瘡に入りて痛む、夜來　痛むこと如何。瘡は公怒より生ず、豈に私恨の多きを以てせんや（冷氣入瘡痛、夜來痛如何。瘡從公怒生、豈以私恨多）」という一節と通じる面が有ると思う。その點で、連作後半の社會批判の視點を受け繼ぐ詩と言えるが、老殘の描寫が生々しいだけに、蝿に對する憎惡のつぶやきにも異樣さを感じさせる。

其十四（既出二六八頁）

再掲出は行わない。先にも述べたが、ほとんど每句に「古」が言われていることが注目される。「古」の價値を說く敎誨の詩であるが、なぜそれまでに「古」を繰り返すのか、その價値がどこに有るのかを述べないままであるので、空疎な印象を免れない。

其十五

詈言不見血　　詈言　血を見ざるも
殺人何紛紛　　人を殺すこと　何ぞ紛紛たる
聲如窮家犬　　聲は窮家の犬の如く
吠竇何誾誾　　竇に吠ゆること　何ぞ誾誾たる
詈痛幽鬼哭　　詈痛めて幽鬼も哭し
詈侵黄金貧　　詈侵して黄金も貧し
言詞豈用多　　言詞　豈に多きを用いんや
憔悴在一聞　　憔悴は一聞に在り
古詈舌不死　　古詈　舌は死せず
至今書云云　　今に至るも書に云云たり
今人詠古書　　今人　古書を詠ずるに
善惡宜自分　　善惡　宜しく自ら分つべし
秦火不爇舌　　秦火は舌を爇《や》かず
秦火空爇文　　秦火は空しく文を爇けり
所以詈更生　　所以に詈は更に生じ
至今横絪緼　　今に至るも横《ほしいまま》に絪緼たり

（大意）

讒言は直接血を流さないが、それで人をどれだけ多く殺してきたことか。その聲は貧乏人に飼われる犬のようで、垣根の穴に隱れてキャンキャンと吠え立てる聲のなんとうるさいことか。讒言が痛めつけるので死者もなお泉下で泣き、讒言が侵すので黃金さえもその價値を失ってしまう。中傷の言葉は多くを必要としない。一言聞いただけで、人を憔悴させてしまうのだ。昔の讒者の舌は死んではいない。今になっても書物の中でしゃべり續けている。だから今の人は古の書物（にある出來事）を（題材に詩を）詠ずる時には、事の善惡を自分で判斷しなければならない。秦の（焚書の）火は（讒者の）舌を燒かず、ただ空しく（優れた）文章を燒いただけだった。だから讒言は次々と生れ、今になっても好き勝手に溢れ出てくるのだ。

この詩は「詈」が繰り返され、これに對する非難が明快に語られる。讒人に對する恨みを一氣に噴出させたかのような趣すら有る。「秦火」の二句は、あるいは先例があるのかもしれないが、なんとも痛烈な皮肉である。ここまで激しい批判を行うのは、自身に對する讒言の記憶も踏まえるのだろうが、韓愈が讒言によって降格させられたという事實を意識する可能性もあるだろう。これは制作時期とも關わるので、後でもう一度觸れたい。

秋の思いから、自分に害を加えようとする自然物への恐怖と憎惡が詠われ、それが社會的な加害に移って、最後は社會への訓戒と讒者への罵倒に至る、というのがこの連作の大まかな流れと言えよう。各篇の長さはまちまちであり、其一、二のように一〇句で終わるものが最も短く、一二句、一四句と伸びて、其十は三四句に及んでいる。前半に比べて後半の諸篇が長いのは、作品を重ねるうちに「懷い」がますます溢れてきたということなのかもしれない。表現は甚だ難解であり、意圖の捉えにくさと重なって、孟郊の連作詩の中でも最も理解しがたい內容であると言って過言ではない。ただ、そこで印象に殘るのは「秋月　顏色冰り、老客　志氣單なり。冷露　夢に滴りて破り、峭風　骨を梳りて寒し」（其二）や「老骨　秋月を懼る、秋月は刀劍の稜。纖威　干すべからず、冷魂　坐自らに凝る」（其六）

などの、加害者的な自然像であり、そして各篇に通底している老殘の思いである。また其十四の敎戒詩的な側面も、連作詩の中では「秋懷」だけに見られる點として注目される。友人や故鄉など外へ向かう思いを詠うことはほとんど無く、狹く閉ざされた空間に身を置いて秋の自然と對峙し、衰えた身を嘆いては社會に對して呪詛と敎訓を投げつけるかのような內容は、連作詩の中でもかなり異質である。これらの特徵から見ると、先の「感懷八首」とはかなり異なる要素を持った連作であると言えるだろう。

孟郊が自分の殼に閉じこもり、世間に對する呪詛や敎戒めいた言辭を弄するのは、山之內氏も指摘されるように、「偸詩」（卷三）「懊惱」（卷四）などの作にも見られ、おそらく晩年の詩の一つの傾向であったと思われる。そこに身體の衰えが加わり、官僚社會に認められない己の情況を老殘の身に象徵させて描いたのが、この「秋懷十五首」なのであろう。「感懷八首」が阮籍の「詠懷」や陶淵明の「擬古」を意識し、その傳統を踏まえつつ孤獨や不遇と向き合ったのに對し、「秋懷」は敢えて自らの「懷い」を前面に出し、獨自の回路を通して秋の自然と己の境涯を描き出している。それは「感懷」がすでに存在することを意識した上での選擇であったと思われる。二つの連作は、內容や表現の上では直接關連する點は少ないが、(7) 阮籍以來の傳統を意識した詠懷陳思の作品を先に書いていればこそ、敢えて獨自の世界に沒入できたのであり、その意味で「感懷」は「秋懷」の前驅的作品であると見ることができる。

この連作の制作時期について、華氏の年譜では母を亡くして家居して以降八年秋までの作と見、假に五年の條に繫屬している。但し華氏は、韓愈の「秋懷詩十一首」（『昌黎先生集』卷一）との關連にはとくに觸れていない。しかし二人の交友、および五言古詩の連作という共通性からは、相互に何らかの關係があると考えるのが自然であろう。(8) 韓愈の作の繫年については、元和元年に江陵から召還されて國子博士になった際と、元和七年に職方員外郎から再度國子博士に轉じた際との二つの說がある。元和元年秋であれば、孟郊と集中して聯句を制作した時期であり、「南山詩」のような雄篇も作っている。假にその時期であれば、孟郊の連作詩制作にも影響を與えたことが豫想されるが、おそらくそうではあるまい。作品のもつ雰圍氣が他の諸篇と異なるからである。「犀首は空しく飮を好み、廉頗は尙お能く飯す。學堂には日び事無ければ、馬を驅りて願う所に適かん」（其三）という閉塞感、あるいは「暮れの暗きに來客は去り、羣囂も各おの聲を收む。悠悠として宵の寂けさに偃し、亹亹として秋の明を抱く。世の累は忽ち慮いに進み、外の憂いは遂に誠を侵す。強き懷いは張れども滿たず、弱き念いは缺くるも已に盈てり。詰屈として語穽を避け、冥茫として心兵に觸る。敗るれば千金を棄てんことを虞れ、得れば寸草の榮えに比す。恥じを知るは勇と爲すに足り、晏然たれ　誰か汝を令せん」（其十）という憂いや不滿の念から考えれば、上奏文が事實無根と見なされて降格の憂き目をみた元和七年の作と考える方が、よりふさわしいだろう。そして孟郊の「秋懷十五首」も、おそらくこれを受けて作られたのではないか。其十五に見られる讒人への激しい怒りも、韓愈の降格處分を受けてなされた發言であると見れば理解しやすい。連作全體の雰圍氣はかなりの開きがあり、感情を抑えた韓愈の作と比べると、孟郊の作は全く異質なようだが、それは兩者の持ち味の違いであり、むしろ一方が他方の作を意識したために違いがより鮮明になった側面があると思われる。そして、推測に過ぎないことではあるが、先の「感懷八首」も「秋懷」連作のやり取りと關わっている可能性が高いと思われる。

内容から考えれば、韓愈の「秋懷詩十一首」と對應するのは「感懷八首」の方であろう。推定される制作年次が元和七年秋という點でも對應する。想像を逞しくするなら、阮籍の「詠懷」を意識しつつ、孤獨な秋を迎えた思いを詠った「感懷八首」が韓愈のもとに屆けられ、それに應えて「秋懷詩十一首」が作られたと推定することも可能ではないか。そして孟郊は、そのやり取りを踏まえて、自分の秋の思いを改めて「秋懷十五首」に表したのではないだろうか。老殘の思いが深まっていることから見れば、その制作時期は七年ではなく、翌八年であった可能性も高いと思われる。假に「感懷八首」、韓愈の「秋懷十一首」、「秋懷十五首」という順でのやり取りを想定できるとすれば、そこに連作詩に形をかえた聯句的なやり取りを見ることも可能であろう。孟郊の孤獨感、不遇感を、韓愈は傳統的な士大夫の秋懷として捉え直し、それを見た孟郊が獨特な感覺を働かせて非傳統的な秋懷を開陳して見せた、という流れを考えてみると、孟郊の「秋懷十五首」の內容の特異性も理解しやすいように思う。少なくとも、孟郊の「秋懷」を老いの繰り言として濟ませてはならないだろう。相手の句に應じて更に創意工夫し、發想を逞しくするという二人の聯句のやり取りを思い起こす時、韓愈に對して「いや、俺の秋懷はそんなもんじゃないよ」と言って、敢えて獨自の世界を示そうとした孟郊の姿が浮かんでくる。

注

（1）年譜の建中四年の項に擧げ、「詩中如《長安嘉麗地》、《河梁暮相遇》諸篇、多傷亂懷舊之辭。疑或作於建中四年至興元元年間涇原兵變、朱泚稱帝之後。時東野方旅居河南。今權繫之於本年下」と記す。また『孟郊詩集校注』の題解では「組詩疑當作於德宗建中四年至興元元年之間。攷東野一生所經歷的唐室重大離亂、祇有建中四年涇原兵變、擁立太尉朱泚爲帝一事。據詩中傷亂之辭推之、疑爲當時有感於藩鎭之變而作。時東野方旅居河南」と述べる。なお、韓泉欣氏『孟郊集校注』では、この連作の制作時期については一切觸れていない。

（2）この二句は、あるいは高適の「李雲南征蠻詩」（『全唐詩』卷二一二）の「遂令感激士、得建非常功」の二句を意識したものかもしれない。

（3）『校注』の題解では「此詩當爲建中三年東野旅居河南時所作。是時魏博、恆冀諸藩鎭方合謀擧兵抗唐、李希烈亦與聯合。作者在詩中對李希烈等叛亂勢力的分裂行爲表示了極大的義憤」と述べ、また年譜の建中三年の項では、より詳しく「〝兩河屯

兵〃乃指魏博、盧龍、恆冀諸藩鎭田悅、朱滔、王武俊等互相交結、與唐廷相抗衡。〃漢北兒〃則謂李希烈。按『舊唐書・德宗紀』〃建中二年六月、以淮寧軍節度使李希烈充漢南漢北諸道都知兵馬招撫處置等使。〃故東野以〃漢北兒〃稱之。後李希烈乃據其地與朱滔、李納等合謀稱兵抗唐。建中三年十一月、竝與田悅、朱滔、王武俊、李納等同稱王號。因此、『新唐書・德宗紀』特大書其事、〃建中三年十月、李希烈反。〃所載正與東野本詩中〃孟冬烽火〃之言相吻合。彼時東野方滯居河南、目見諸藩鎭與唐王朝互爭雄長、唐朝統治已有日趨動搖之勢、憤慨呼號、借以抒寫詩人悲時憂國的懷抱。其作時年月、以詩語推之、當即在本年冬」と記す。なお韓氏『孟郊集校注』も、この詩については同じ見解を取っている。

（4）『舊唐書』巻一二「德宗紀」の建中三年七月の條に「庚子、馬燧、李懷光、李抱眞、李芃等四節度使兵退保魏橋、朱滔、王武俊、田悅之衆亦屯魏橋東南、與官軍隔河對壘」と有る。また同年十一月の條には「是月、朱滔、田悅、王武俊於魏縣軍壘各相推奬、僭稱王號、滔稱大冀王、武俊稱趙王、悅稱魏王。又勸李納稱齊王。……丁丑、李希烈自稱天下都元帥、太尉、建興王、與朱滔等四盜膠固爲逆」と有る。

（5）「高きに登りて寒原を望む」以下の四句も、高所に居て作っている印象がある。後に見るように、高いところから眺め渡すのが感懷の一つの型ではあるが、ここには實際の體驗を反映している印象が強い。

（6）底本は「馬」であるが、『全唐詩』に從って「鳥」に改めた。

（7）先に見たように、「感懷」其六は秋月の明るさに一種の恐れを懷いているように讀める。詩全體の意圖はなお十分につかめないものの、月の白く冷たい輝きに不安を懷くのであれば、その點は「秋懷」詩に見える月の像と一脈繋がることと思われる。

（8）山之内氏は前掲論文の中で、兩者の關係について詳しく論じている。その大略を記せば、まず氏は雙方が互いの「秋懷」詩を見ていた可能性を述べ、「どちらが他の一方を意識したものか、かなりの興味を唆られずにおれないほど、この二つの連作の對照は際立っている」と指摘する。そして、韓愈の連作には全體を通ずる意識的な展開の仕方が見られず、その點で阮籍の「詠懷詩」等の先行作品のスタイルにより近いこと、一首の中の詩脈も、景物を詠う場合は景から情へというパターンがすっきりした形で採用されており、感慨を述べる後半部も末尾の一聯で意志的な抑制による確認に終わるというスムーズな流れ方を見せていることなどの點を擧げ、韓愈の抒情の動き方が「古典的ともいうべき端正な平衡感覺に支配されている」と述べている。更に韓愈の連作に見える自然像を檢討し、己の心に對してと同じく、自然に對しても一定の距離を保つことで「秋の寂寥に明確な形を與えようとしている」と述べ、またその內的告白の特色が「內と外との矛盾に搖れる精神の樣態をきわめて分析的に言語化してゆくやり方にある」と指摘するなど、樣々な角度から孟郊との差異を明らかにしている。最後に、この連作が孟郊と韓愈の「孟が悲愁の言を吐くたびに韓が寬解の詩を以て應える」という關係の「大規模な總仕上げ」であったと見、孟郊は「被疎外者の敗殘に居直ったところで詩を作る以外に俺には自己を實現する道がないのだよ、と獨語することしかできなかった」が、しかしそうでありながら「精神の境位が凝り固まった己れの詩が、韓愈の詩風とは對蹠的なメリットを持つことを明らかに自覺していた」と結論づけている。

（9）韓愈の「秋懷十一首」については、淸水茂氏の譯注がある（『中國詩人選集　韓愈』岩波書店、一九五八）ので、詳しくはこれに讓る。

第七節　江南への思い——「淡公を送る十二首」

一　蘇軾の評

連作詩のうち、孟郊の最晩年の作と見られるものに「淡公を送る十二首」（巻八）がある。これは江南へ帰る僧淡然への送別の作であり、中唐期以降増加する送僧詩の中でも連作形式をとる點で獨自性を持つが、それ以上にこの連作を著名にしているのは、宋の蘇軾がその「孟郊の詩を讀む二首」[1]において示した評價であろう。第一首では

夜讀孟郊詩　　夜　孟郊の詩を讀む
細字如牛毛　　細字　牛毛の如し
寒燈照昏花　　寒燈　昏花を照らし
佳處時一遭　　佳處　時に一たび遭う
孤芳擢荒穢　　孤芳　荒穢に擢きんで
苦語餘詩騷　　苦語　詩騷に餘る
水清石鑿鑿　　水清く　石は鑿鑿たり
湍激不受篙　　湍は激して篙を受けず
初如食小魚　　初めは小魚を食うが如く

所得不償勞　得る所は　勞を償わず
又似煮彭蟣　又た　彭蟣を煮て
竟日嚼空螯　竟日　空螯を嚼るに似たり
要當鬪僧淸　要は當に僧と淸きを鬪わすべきも
未足當韓豪　未だ韓の豪なるに當るに足らず
人生如朝露　人生は朝露の如し
日夜火銷膏　日夜　火は膏を銷かす
何苦將兩耳　何ぞ苦しんで　兩の耳を將て
聽此寒蟲號　此の寒蟲の號ぶを聽かんや
不如且置之　如かず　且らくこれを置き
飮我玉巵醪　我が玉巵の醪を飮まんには

と彼の詩を酷評するが、第二首では一轉して

我憎孟郊詩　我は孟郊の詩を憎むも
復作孟郊語　復た孟郊の語を作す
飢腸自鳴喚　飢腸　自から鳴き喚び
空壁轉饑鼠　空壁　饑鼠を轉ず
詩從肺腑出　詩は肺腑より出で

出輒愁肺腑　　出づれば輒ち肺腑を愁えしむ
有如黃河魚　　黃河の魚の
出膏以自煮　　膏を出して以て自ら煮らるが如き有り
尙愛銅斗歌　　尙お愛す　銅斗歌の
鄙俚頗近古　　鄙俚　頗る古に近きを
桃弓射鴨罷　　桃弓もて鴨を射ること罷れば
獨速短蓑舞　　獨速として短蓑にて舞う
不憂踏船翻　　船を踏みて翻るを憂えず
踏浪不踏土　　浪を踏みて土を踏まず
吳姬霜雪白　　吳姬は霜雪のごとく白く
赤脚浣白紵　　赤脚にて白紵を浣う
嫁與踏浪兒　　浪を踏むの兒に嫁與し
不識離別苦　　離別の苦しみを識らず
歌君江湖曲　　君が江湖の曲を歌えば
感我長羈旅　　我が長き羈旅に感ず

と、その愛すべき點を言う。ここで「尙お愛す　銅斗歌」と言うその「銅斗歌」が、「淡公を送る十二首」の中に含まれているのである。「復た孟郊の語を作す」と言うように、調べてみると蘇軾および宋人の詩には、孟郊の詩に特徴的と認められる語彙を使用する例が少なくない。その點は今後の問題點であるが、まずは蘇軾が好ましいと評價した俚歌の意義、およびそれを含むこの連作の特徴を明らかにしなければなるまい。そこで、これらの點を念頭に置いて、以下に「淡公を送る十二首」の內容、および孟郊と淡然の交流について檢討を行いたい。

二　淡然との交流

孟郊は當時の主要な詩人が概ねそうであったように、生涯に少なからぬ僧侶と交流している。中唐期を代表する詩僧の皎然と交流したのは若年であったが、晚年にも苦吟派として並稱される賈島（僧無本）、および淡然と親しく交流した。淡然は詩人としては必ずしも著名でなく、現存する作品もほとんど無い。しかし韓愈とも親しく交わっており、孟郊の晚年の交遊の中では輕視できない人物である。詳しい事跡は明らかではないが、幸いに曹汛氏に「淡然考」[2]が有るので、これを參照しつつ、孟郊との交流を中心に簡單に整理をしておく。

淡然（澹然とも書く）は俗名を諸葛覺（一說に珏）と言い、孟郊、韓愈の他に、賈島、李益らとも交流があった。『唐詩紀事』（卷三〇）の李益の項に「天津橋南の山中にて各おの一句を題して云う、野坐　苔石を分かち（益）、山行　菊叢を遶る（韋執中）、雲衣　惹きて破らず（諸葛覺）、秋色　望來空し（賈島）（天津橋南山中各題一句云、野坐分苔石（益）、山行遶菊叢（韋執中）、雲衣惹不破（諸葛覺）、秋色望來空（賈島））」という聯句が引かれており[3]、曹汛氏はこれを李益が河南少尹、韋執中が河南縣令であった元和五年九月の作と推定している。したがって、當時洛陽にいた孟郊、韓愈とも、この時すでに交流していたものと見られる。また時代は後になるが、唐末の詩僧貫休に「諸葛珏を懷う二首」詩（『全唐詩』卷八三〇）が有り、その第一首では「諸葛子は作者、詩は曾て我細かく看き。山を出でて因りて孟を覓め、雪を踏んで去きて韓を尋ぬ。謬獨　哭して錯たず、常流　飲むこと實に難し。知音は知りて便ち了す、歸去す　舊江の干《きし》（諸葛子作者、詩曾我細看。出山因覓孟、踏雪去尋韓。謬獨哭不錯、常流飲實難。知音知便了、歸去舊江干）」と詠い、三、四句目に對して「孟郊、韓愈と洛下にて遇う（遇孟郊、韓愈於洛下）」という自注が付けられている。また六句目には、「諸葛は曾て僧たり、名は然。詩有りて云う、到る處　自ら井を鑿つ、常流を飲む能わず、と（諸葛曾爲僧、名然。有詩云、到處自鑿井、不能飲常流）」という自注も有る。(4) 先の聯句の一句と、この貫休が注記した二句とが、現在知り得る淡然の作品であり、殘念ながら孟郊と關わって作られたものは傳わっていない。なお韓愈には「諸葛覺の隨州に往きて讀書するを送る（送諸葛覺往隨州讀書）」詩（『昌黎先生集』卷七）と「鼾睡を嘲る」二首（『全唐詩』卷三四五）が有り、錢仲聯氏はその『韓昌黎詩繫年集釋』において、前者を長慶三年、後者を元和二年に繫屬する。曹汎氏は前者を元和十一年の作と見ているので、繫年にはなお檢討の余地が有るようだが、少なくとも比較的長い期間の交流が有ったことは確かだろう。

ところで孟郊の側には、「淡公を送る十二首」の他にもう一首、淡然に贈られた詩が殘っている。それは從兄弟の子にあたる僧侶、悟空の僧坊で作られた「空姪の院に宿して澹公に寄す」（卷七）である。

夜坐冷竹聲　　夜坐　冷竹の聲
二三高人語　　二三　高人の語
燈窗看律鈔　　燈窗　律鈔を看
小師別爲侶　　小師　別に侶と爲る
雪簷晴滴滴　　雪簷　晴れて滴滴たり
茗椀乳華舉　　茗椀　乳華舉がる
磬音多風飆　　磬音　風の飆すること多く

聲韻聞江楚　　聲韻　江楚に聞こゆ
官街不相隔　　官街　相い隔てず
詩思空愁予　　詩思　空しく予を愁えしむ
明日策杖歸　　明日　杖を策して歸らば
去住兩延佇　　去住　兩りながら延佇せん

（大意）

夜に院中に坐していると清々しい竹の音が響き、氣高い僧侶二、三人の話し聲がする。貴方もきっと火を燈した窗邊で律宗の敎典を見、若いお弟子さんが別の席で看經の供をしているだろう。雪の積もった軒端から晴れて溶けた水が滴り、お茶を點てた椀には白い乳華のような泡が立つ。磬の音は風が翻して遠くへ傳え、その響きは江楚の地まで聞こえるだろう。都大路を隔てているわけではないのに、沸き上がる詩情を貴方と共に出來ないことが私を憂えさせる。明日貴方が杖をついて江南の地へと歸るなら、去る貴方と留まる私とは雙方が別れ難くたちもとおることになるだろう。

悟空についても詳しいことは分からないが、「昭成の閣に上らんとして得ず、從侄の僧悟空の院にて嘆嗟す（上昭成閣不得于從侄僧悟空院嘆嗟）」詩（卷九）によって、その院は洛陽の道光坊の名刹、昭成寺の屬院中に在ったと推定される。[5] 淡然がこの時どこに滯在していたのかは明らかでないが、「淡公を送る」の其七から見れば、この昭成寺であった可能性が高い。そしてこの詩は、末二句の表現から「淡公を送る」連作と同じく、淡然が越へと歸る折の作と見ることができる。恐らく昭成寺に淡然を訪ねて名殘を惜しみ、そのまま悟空の僧坊に泊まったものであろう。

　このように孟郊の側に二種の寄贈の作が殘ることは、淡然が彼にとって極めて親しい關係をきずいた詩僧であったことを窺わせる。どの程度の期間交流があり、また以前にも出會いと別れが繰り返されたのか否か、そうした詳しいことは分からないが、少なくとも現存する二種の作がいずれも淡然が歸郷するこの時に集中していることは、淡然との別れを惜しむ氣持ちが強かったことを示しているだろう。孟郊の連作詩の中で、送別の作はこの一組だけであり、その點からも淡然に寄せる思いの深さは窺える。

三　「淡公を送る十二首」

それでは連作の検討に移ろう。

其一

燕本冰雪骨　　燕本　冰雪の骨
越淡蓮花風　　越淡　蓮花の風
五言雙寶刀　　五言　雙寶刀
聯響高飛鴻　　聯響　高飛の鴻
翰苑錢舍人　　翰苑の錢舍人
詩韻鏗雷公　　詩韻は鏗たる雷公
識本未識淡　　本を識りて未だ淡を識らざれば
仰詠嗟無窮　　仰ぎ詠じて　嗟すこと窮まり無し
清恨生物表　　清恨　物表に生じ

朗玉傾夢中
常於冷竹坐
相語道意沖
嵩洛興不薄
稽江事難同
明年若不來
我作黄蒿翁
何以兀其心
爲君學虚空

朗玉　夢中に傾く
常に冷竹に坐し
相い語れば　道意沖《ふか》し
嵩洛　興　薄からざるも
江に稽《いた》るは　事　同じくし難し
明年　若し來らざれば
我は黄蒿の翁と作らん
何を以てか其の心を兀《たい》らかにせん
君が爲に虚空を學ばん

（大意）

燕の無本（賈島）は冰雪のような氣骨を持ち、越の淡然は蓮花のような風趣を持つ。ともに五言詩に優れ、まるで二振りの寶刀、聲を揃えて高く飛ぶ鴻のよう。翰林院の銭徽舍人、その詩は雷公の琴のような響きを持つ。彼は無本と面識が有っても淡然とは面識が無いので、仰いで淡然の詩を詠じては歎いてやまない。淡公と居ると、清らかな悲しみが高遠な境地に生じ、明るい玉のようなその容姿は夢の中でも心を惹きつける。いつも清々しい竹林のもとに坐し、ともに語り合えば佛道への思いが深まる。こうして嵩山、洛水の地で過ごした興趣は淺いものではないが、ともに江南へ行くことはなし難い。明年もし公が再び來ることが無ければ、私は死んで黄蒿の地に葬られる翁となっているだろう。何によって私の心を靜めようか、君によって私は佛の教えである虚空の道を學ぶことにしよう。

連作の導入をなす一首であり、淡然と自分との關係や、別れを惜しむ氣持ちが歌われている。冒頭で「燕本」、「越淡」と對比し、しかも五言詩の「雙寶刀」と表現していることは、淡然に對する挨拶を含むとしても、彼の詩に對する孟郊の評價を示すものとして注目される。「翰苑の錢舍人」は錢徽であり、孟郊は「宣州の錢判官の使院廳前の石楠樹に和す（和宣州錢判官使院廳前石楠樹）」詩（巻九）を作るなど、以前より交流が有った。その役職名から、この連作の制作時期は元和八年五月以降と判斷でき、かつ前章に引いた「空姪の院に宿りて澹公に寄す」詩に「雪簷」の語が見られることから、二人の別れはその年の冬のことと判斷される。[6] 孟郊は翌九年八月に山南西道節度使となった鄭餘慶の招きに應じる旅の途中で卒しており、この詩で「明年　若し來らざれば、我は黃蒿の翁と作らん」と言うのは、あくまで淡然に再度の來訪を訴えた表現であるが、あたかも死期の近いことを豫感していたかのような趣がある。

續く其二では、淡然の故郷である越の魅力を、淡然自身の魅力に重ねて歌う。

坐愛青草上　　坐《こと》に愛す　青草の上
意含滄海濱　　意は含む　滄海の濱
渺渺獨見水　　渺渺として　獨り水を見
悠悠不問人　　悠悠として　人を問わず
鏡浪洗手綠　　鏡浪は手を洗いて綠に
剡花入心春　　剡花は心に入りて春なり
雖然防外觸　　外觸を防ぐと雖然《いえど》も
無奈饒衣新　　衣の新しきことの饒きを奈んともする無し

行當譯文字　　行ゆく當に文字を譯し
慰此吟慇懃　　此の吟の慇懃なるを慰むべし

（大意）
淡公がとりわけ青い草原のほとりに居るのを愛するのは、大海原の濱邊への連想を含んでいるからなのだ。遙々とひとり遠くに水を見、悠然と構えて人のことなど問わない。鏡湖の波は手を洗い清める綠色、剡溪の花は心の中まで春にさせる。私は世俗の名利に觸れることを防ごうとしているけれども、新たに身にまとう衣の多さをどうすることもできない。淡公よ、行く行く佛の經の翻譯をして、この私の歌にこもる傷み憂える思いを慰めて下され。

五、六句は會稽の鏡湖と剡山を言うが、波と花は淡然の人となりの比喩にもなっているだろう。末四句はよく分からないが、外物の誘いを斷って、淡然の導きで佛教に歸依したいという意味であろうか。
次に蘇軾の言う「銅斗の歌」に當たる、其三から其五までの三首を一括して掲げる。

其三
銅斗飲江酒　　銅斗もて江酒を飲み
手拍銅斗歌　　手もて銅斗を拍ちて歌う
儂是拍浪兒　　儂は是れ拍浪の兒
飲則拜浪婆　　飲めば則ち浪婆を拜す
脚踏小舡頭　　脚は踏む　小舡の頭
獨速舞短莎　　獨速として短莎を舞わしむ

笑伊漁陽操　　笑う　伊の漁陽操の
空恃文章多　　空しく文章の多きを恃むを
閑倚青竹竿　　閑に倚る青竹の竿
白日奈我何　　白日　我を奈何せん

（大意）
銅の升で江の水を醸した酒を飲み、手で銅の升を叩いて歌う。俺は舟を漕ぎ波を打って生活している男兒。酒を飲めば波の神の浪婆を拜む。足は小舟の舳先を踏み、くるくるっと短い蓑を舞わせる。あの漁陽操の曲を奏した禰衡の、文學の才能の豐かさを過信して身を滅ぼしたことを笑うのだ。のんびりと青竹の棹に身を寄せれば、お天道様も俺をどうすることもできない。

其四
短莎不怕雨　　短莎　雨を怕れず
白鷺相爭飛　　白鷺　相爭いて飛ぶ
短楫畫菰蒲　　短楫　菰蒲を畫《くぎ》り
鬪作豪橫歸　　鬪いて豪橫と作《な》りて歸る
笑伊水健兒　　笑う　伊の水健兒の
浪戰求光輝　　浪に戰いて光輝を求むるを
不如竹枝弓　　如かず　竹枝の弓もて

射鴨無是非　　鴨を射て是非無きに

（大意）

短い蓑でも雨を恐れず舟を漕げば、白鷺が舟と先を争うように飛ぶ。短い棹で眞菰や蒲を掻き分け、眞菰や蒲との戰いに勝って豪傑の氣分で歸る。あの水兵たちが波間に戰い、榮えある功名を求めることを笑うのだ。そんな戰いよりも竹の枝で作った弓で、鴨を射て善惡に關わらない方がましと言うもの。

其五

射鴨復射鴨　　鴨を射て　復た　鴨を射る
鴨驚菰蒲頭　　鴨は驚く　菰蒲の頭
鴛鴦亦零落　　鴛鴦も亦た零落し
彩色難相求　　彩色　相求むること難し
儂是清浪兒　　儂は是れ清浪の兒
每踏清浪游　　每に清浪を踏みて游ぶ
笑伊鄉貢郎　　笑う　伊の鄉貢の郎の
踏土稱風流　　土を踏みて風流と稱するを
如何丱角翁　　如何ぞ　丱角の翁の
至死不裹頭　　死に至るまで頭を裹まざるに

（大意）

鴨を射て、また鴨を射る。鴨は眞菰や蒲のほとりでバタバタと飛び立つ。鴛鴦もやはり姿は稀になり、その鮮やかな色彩は求めがたい。俺は淸らかな波の男兒、いつも淸らかな波を踏んで動き回る。あの鄕貢の旦那が、土を踏んで風流だと稱しているのを笑うのだ。束ね髮のまま爺さんとなり、死ぬまで頭巾で髮を包まないのに勝りはしない。

この三首では、淡然を送るこの連作の主旨とは一見何の關係もない、水鄕の若者の樣子が描かれている。舟を操り、蓑を着て舞い、鴨を射る若者にふさわしく、用いられた言葉もやや卑俗である。自らを「拍浪の兒」「淸浪の兒」と稱する若者と、「漁陽操」「水健兒」「鄕貢の郎」が對比され、世俗的な權威や名利を嘲笑い、江南の水鄕であるがままに生活する者の優位性が歌われているが、しかしこの內容そのものに孟郊の作詩意圖が有るわけではないだろう。蘇軾が「江湖の曲」と言ったように、これらは恐らく若年時に耳に馴染んでいた江南の俚歌のスタイルを模したのだと思われる。淡然の歸鄕に觸發された江南への思いが、若年時への回憶を伴って、懷かしい俚歌に新しい詞をつけるという形で表れたのではなかろうか。そして曲調は自ずと別であったろうが、素朴な俚歌が讀む者の望鄕の念をもかき立て、蘇軾に「我が長き羈旅に感ず」と言わせたのであろう。蘇軾が好ましいと感じたのも、一義的にはこの點であったと思う。但し孟郊の集には、こうした俚歌のスタイルによる作品は他には無い。また望鄕と懷舊から作られたのであれば、その旨を記す序を付すなどして、俚歌を獨立した作品としていても良かったはずである。なぜこの送別の連作に組み込まれることになったのか。(7) その點は後に擧げる其七と合わせて考えてみたい。

その前に其六を見ておく。この詩では、義興縣に在る一族の莊園に預けた幼い娘のことが歌われている。

師得天文章　師は天の文章を得たり
所以相知懷　所以に相知りて懷うなり

數年伊洛同　數年　伊洛に同じうせしに
一旦江湖乖　一旦　江湖に乖る
江湖有故莊　江湖に故莊有り
小女啼喈喈　小女　啼くこと喈喈たり
我憂未相識　我は憂う　未だ相識らず
乳養難和諧　乳養するも　和諧し難きを
幸以片佛衣　幸わくは片の佛衣を以て
誘之令看齋　これを誘《いざな》いて齋を看《まも》らしめよ
齋中百福言　齋中　百福の言もて
催促西歸來　催促せよ　西歸し來るを

（大意）
老師は天が授けた文學の才能を持つ。だから知り合って、師のことが心に思われる。數年間この伊水、洛水の地でともに過ごしてきたのに、ある日急に江湖の地へと離れていってしまう。江湖の地には昔からの莊園が有り、幼い娘がわあわあと啼いている。心配するのは娘が私のことをまだ見分けられず、乳をやって育てようにも懐《なつ》きにくいであろうこと。願わくは娘に一着の袈裟をつけさせ、誘って潔齋を守らせてくれ。潔齋の折に幸い多い言葉をかけ、西の方洛陽にいる親のもとへ歸ってくるよう促して欲しい。

始めに詩に優れる淡然との交流と、突然の別れとが述べられ、その後で幼い娘のことが歌われている。「元魯山を弔う」の項に擧げた「義興の小女子に寄す」詩（巻七）に、この娘を思う氣持ちが述べられていた。最晩年に至って、江南に殘した人々や故郷への思いが頻繁に歌われるようになっており、(8) この一首もそうした思いの表われと言える。

それでは先の三首と關わる其七を見てみよう。

伊洛氣味薄　　伊洛は氣味薄く
江湖文章多　　江湖は文章多し
坐緣江湖岸　　坐するに江湖の岸に緣り
意識鮮明波　　意は鮮明なる波を識る
銅斗短簑行　　銅斗　短簑の行《うた》
新草其奈何　　新草は其れ奈何
茲焉激切句　　茲焉《これ》　激切の句
非是等閑歌　　是れ等閑の歌に非ず
製之附驛廻　　これを製して驛廻に附し
勿使餘風訛　　餘風をして訛《あやま》らしむる勿からん
都城第一寺　　都城　第一の寺
昭成屹嵯峨　　昭成　屹として嵯峨たり
爲師書廣壁　　師が爲めに廣壁に書し
仰詠時經過　　仰ぎ詠じて　時に經過せん
徘徊相思心　　徘徊す　相思の心
老淚相滂沱　　老淚　相い滂沱たり

（大意）

伊水、洛水の地は風氣情趣に乏しく、江湖の地は文學が豊かである。江湖の地の岸邊に坐れば、そこにうち寄せる波のように、新しい文學が次々と生まれることが心にはっきりと分かるだろう。銅の升、短い蓑の歌、この新作の出來映えはどんなものか。これは激しい胸のうちを込めた詩句で、なおざりな歌ではない。この作品を江湖へと歸る驛馬に渡し、彼の地の風氣が今後も變わることがないようにしたい。東都の街の第一の寺、昭成寺の建物は高く聳え立つ。老師のためにこの歌をその廣い壁に書き、時々にやって來てはそれを仰いで詠じよう。そして老師を思う氣持ちを胸にうろうろと歩き回り、老いた涙をはらはらと流すのだ。

先の俚歌三首をここでは「新草」と言う。しかも「茲焉　激切の句、是れ等閑の歌に非ず」と、それらが彼の思いの籠もった作であることを表明している。望郷の念だけで俚歌の歌詞を作ったのではなく、むしろ歌謠に新しい息吹を與えることを強く意圖しているということであろう。孟郊は五言古詩に個性を發揮するが、樂府作品にも獨特の味わいを見せている。「游子吟」「列女操」（共に巻一）が代表作に數えられるように、恐らく彼も自信を持つ分野だったのではなかろうか。だからこそ、續けて「これを製して驛廻に附し、餘風をして訛らしむる勿からん」と言っているのであろう。「江湖は文章多し」であり、若年時に彼は皎然らの詩會でそれを實感していた。その文學活動は今は行われていないが、傳統は脈々と續いているというのが彼の認識であったろう。それゆえの「餘風」であり、それを「訛」らせないために、驛馬によって自分の作を送り届けようという表現は、自分がその良き後繼者であるという自負を示している。また江南の文學のあり方を正しいものと言うことは、同時に皎然らの詩風、すなわち「江調」(9)こそが、彼の理想とする文學の一つのあり方であったことを物語ってもいる。淡然がそうした文學活動に直接關わっていたか否かは明らかでないが、江南出身の詩僧という點では皎然らと共通するのであり、彼が一定の理解を持っていればこそ、孟郊もこの送別の連作の中に俚歌を交え、若年時に親しんだ文學への思いを語ったのではなかろうか。

續く第八、九首では孟郊の故郷の湖州の寺の様子が追憶されている。

其八

江南寺中邑　　江南　寺中の邑
平地生勝山　　平地に勝山を生ず
開元呉語僧　　開元　呉語の僧
律韻高且閑　　律韻　高く且つ閑かなり
妙樂溪岸平　　妙樂　溪岸平らかに
桂榜復往還　　桂榜　復た往還す
樹石相鬪生　　樹石　相い鬪いて生じ
紅綠各異顏　　紅綠　各おの顏を異にす
風味我遙憶　　風味　我　遙かに憶う
新奇師獨攀　　新奇　師　獨り攀ず

（大意）

我が故鄕は江南の寺々の中にある村、（寺のおかげで）平らな土地に景勝の山ができている。中でも開元寺にいる呉の言葉を話す僧侶は、讀經の調子が高く、かつ長閑である。佛の玄妙な音樂が聞こえる谷川の岸邊の平らかなあたりを、桂の舟が何度も行き來する。そこは樹木と石が戰い合うかのように生じ、紅の花や綠の葉はそれぞれ他とは異なる様相を見せている。こうした風趣を私は遙かに思いやるだけだが、その地の新たな素晴らしさは老師がひとりで手にするのだ。

其九

報恩兼報徳　報恩　兼ねて報徳
寺與山爭鮮　寺と山と鮮やかさを爭《きそ》う
橙橘金蓋檻　橙橘　金にして檻《おばしま》を蓋い
竹蕉綠凝禪　竹蕉　綠にして禪を凝らす
經童音韻細　經童　音韻細く
風磬清泠翩　風磬　清泠として翩たり
離腸繞師足　離腸　師の足を繞り
舊憶隨路延　舊憶　路に隨いて延ぶ
不知幾千尺　幾千尺なるかを知らず
至死方綿綿　死に至るまで方に綿綿たるべし

（大意）

報恩寺と報徳寺、寺と山とが鮮やかさを競い合っている。橙と橘は金色の實をつけて欄干を覆い、竹と芭蕉は綠の葉を茂らせて、そこに禪機を凝らしている。お經を讀む童子のその聲は細く、風に乘る磬の音は清らかに響き渡る。離れがたい思いは老師の足に纏い付き、昔を想う氣持ちは老師の行く道につれて伸びてゆく。それはともに何千尺に及ぶのかも分からない。死ぬまで綿々と續くのだ。

其八の末二句、其九の末四句など、いずれも故郷への思いの強さが語られている。とくに其九の、「離腸」「舊憶」が淡然の足取りを追ってついて行くという表現は注目される。別れの思いは孟郊の作品にしばしばテーマとして描かれているが、望郷の念と重なったこの表現は、その中でも特に印象的である。

其十では、再び淡然の鄕里の越の様子が詠われるが、それは離れてもなお淡然を思う氣持ちを表すことに重點がある。

鄉在越鏡中　　鄉は越鏡の中に在り
分明見歸心　　分明に歸心を見る
鏡芳步步綠　　鏡芳　步步に綠に
鏡水日日深　　鏡水　日日に深し
異刹碧天上　　異刹　碧天の上
古香清桂岑　　古香　清桂の岑
明約徒在昔　　明約　徒らに昔に在り
章句忽盈今　　章句　忽ち今に盈つ
幸因西飛葉　　幸くは西飛の葉に因り
書作東風吟　　書して東風の吟と作せ
落我病枕上　　我が病枕の上に落つれば
慰此浮恨侵　　此の浮恨の侵すを慰めん

（大意）

老師の郷里は越州の鏡湖のそばにあり、（その鏡の中に）はっきりと、歸りたいという老師の心が見て取れる。鏡湖のほとりの草木は（春を迎えて）歩むたびに緑の色を見せ、鏡湖の水は日々（春の水を加えて）深さを増すことだろう。優れた佇まいの寺が青い空に届くかのように聳え、古くから變わらぬ香りが清らかな桂の生えた峯にただよう。明らかな約束はただ昔に交わされているだけで、つまらぬ學問が忽ちのうちに今の時間を滿たしてしまう。願わくは西へと飛ぶ葉に、東風によせた歌を書いて送ってくれ。それが私が病に臥す枕元へと届いたなら、この寄る邊ない恨みに苛まれる私を慰めてくれるから。

この詩の末四句で、別れて後も詩による交流を願う氣持ちが歌われている。遠く離れて詩をやり取りすることの難しさは承知した上で、なおそれを願うところに淡然との交流の深さがあらわれている。

最後に其十一、十二を續けて掲げる。

其十一

牽師袈裟別　　師の袈裟を牽きて別るに
師斷袈裟歸　　師は袈裟を斷ちて歸る
問師何苦去　　師に問う　何ぞ苦ろに去ると
感吃言語稀　　感吃　言語稀なり
意恐被詩餓　　意は恐る詩餓を被らんかと
欲住將底依　　住らんと欲して　將た底《なに》にか依る
盧殷劉言史　　盧殷　劉言史
餓死君已噫　　餓死して　君　已に噫けり

不忍見別君　　君と別かるるに忍びざれど
哭君他是非　　君を哭するは是非を他とす

（大意）
老師の袈裟を引っ張って名殘惜しく別れようとするのに、老師はその袈裟を斷ち切って歸ってゆく。老師に問う、なぜそうまでして去って行くのかと。感情が高ぶって、吃ったように言葉がほとんど出てこない。（老師が答えるのには）心に恐れているのは、詩を作るために餓えに追い込まれるということ。ここに止まろうとしても、さて何に頼れば良いのか。盧殷と劉言史は餓死し、君はすでにそのことを嘆いた。今ここで君とお別れするのは忍びないが、（二度と會えないまま）君を哭することになるとしても、それは是非善惡とは別のことだ。

其十二

詩人苦爲詩　　詩人　詩を爲すに苦しむ
不如脫空飛　　如かず　空に脫して飛ぶに
一生空鷕氣　　一生　空しく鷕氣す
非諫復非譏　　諫むるに非ず　復た譏るに非ず
脫枯掛寒枝　　脫枯　寒枝に掛かり
棄如一唾微　　棄つること一唾の如く微なり
一步一步乞　　一步　一步　乞い

半片半片衣　　半片　半片　衣す
倚詩爲活計　　詩に倚りて活計を爲すは
從古多無肥　　古より多く肥無し
詩飢老不怨　　詩に飢えて老いるも怨みず
勞師淚霏霏　　師が涙の霏霏たるを勞す

（大意）

詩人は詩を作ることに苦しむ。むしろ（蟬のようにこの身體だけを置いて、精神は）空へ抜け出して飛んで行くに越したことはない。一生の間、空しくため息をついているばかり。世を諫めるのでもなく、誇るのでもない。抜け殻となった身體は干涸らびて、寒々とした枝に掛かり、吐き捨てた唾のような微々たる存在でしかない。一歩一歩乞いて回り、半片の布を集めて着る。詩によって生活しようとする者は、昔から太ることは無いものだ。詩のために飢える生活を送って老いることは恨まないが、老師ははらはらと涙を流して下さる。

甚だ難解ではあるが、この二首は別れに際した兩者の言葉のやり取りを模したものと解釋してみた。ここで注目されるのは、詩人に對する孟郊の認識、すなわち世俗に受け入れられないその運命と、それゆえに不可避である飢餓との結びつきが示されていることである。(10)この點は先に述べたように、晩年の孟郊の詩にとくに顯著なテーマであった。ただここでは、直接自らのこととして言っており、かつそのような不遇、飢餓に苛まれることを承知しつつ、なお自らの生き方を守る意志が示されている點が重要であろう。詩人が飢餓を免れないとしても、彼は詩人以外ではあり得なかったのである。送別の連作の最後にそのことを言うのは、離別の悲しさや望鄉の念を越えて、なお自分本來の生き方を貫く姿勢を印象づけるものであろう。また其一で、今生の別れとなるかのような表現を用いたこととも照應するのかもしれない。死期を悟っていたと言うのは當たらないだろうが、再び會えないかもしれない親しい友人に、自らの生き方を全うする意志を傳えようとしたのだと思われる。

淡然を送る連作であるが、個々の內容を見れば、自身の故鄕への回憶、そして俚歌、莊園に預けた娘、さらに詩人としての生き方など、樣々な要素が込められた構成であることがわかる。そして全體を通じて、孟郊の江南の地への思い、淡然の歸鄕に觸發された望鄕と懷舊の念が強く表れ出ている。その中でも印象に殘るのは、蘇軾が注目した「銅斗歌」、およびそこに込められた江南の文學への思いと、最後の二首に示された詩人の運命を甘受する彼の覺悟ではなかろうか。皎然らの文學に對する回顧と詩人の運命に對する嘆きは、いずれも晩年の作品に比較的顯著に認められる點であり、當時の孟郊の關心事であったと思われるが、この連作ではその兩方が明瞭に示されている。これはやはり作品を贈った相手である淡然に對する、彼の認識の表れでもあるだろう。淡然は、皎然を直接識っていたわけではなくとも、そうした江南の文學、風氣を理解しうる詩僧であり、また洛下での不遇な生活を共にし、孟郊の詩作や生き方に共感を示す友人であった。少なくともそう受け止めたからこそ、この惜別の連作詩が作られているのだと思う。上述したように、淡然の事跡は斷片的にしか知り得ず、孟郊との交遊の具體的な情況もほとんど不明である。しかしこの「淡公を送る十二首」は、兩者の交流の深さと、孟郊における淡然の存在の重要性とを窺わせるに十分な內容を持つ作品であると言えよう。韓愈、鄭餘慶がいずれも長安へ轉任となった後、孤獨な晚年を送る孟郊が得た貴重な友人だったのである。

ところで孟郊の連作詩は一〇首までのものが大半であり、一〇首を超えるのはこれと「秋懷十五首」の二組だけである。しかも「秋懷」も元和七年か八年の秋の作と推定され、連作詩の中で最も遲い部類に屬する。一〇首という纏まりに収まりきらない饒舌さ、それは綿々と紡がれる思いを抑えきれない最晩年の精神状態を反映するものなのかもしれない。但し、秋の情景の描寫から、老殘の自覺、そして世道人心への敎戒、呪詛にまで廣がっている「秋懷」に對して、この連作は淡然を送るというテーマ故に、望鄉と回憶、そして惜別の思いに收斂する形でほぼ纏められている。それでもなお一〇首という區切りを超えたところに、江南の地に對する孟郊の思いの深さを讀みとることができるのではなかろうか。

注

(1)『蘇軾詩集』(中華書局本)巻一六。元豐元年の作である。

(2)『中華文史論叢』一九八七―一、一六五～一七八頁。

(3)『全唐詩』では巻七八九「聯句」二、李益の條に引く。

(4)錢仲聯氏は、後に擧げる韓愈の「嘲鼾睡」詩の集釋において、貫休とは時代が合わないのでこの詩は別人の作であると述べるが、曹汎氏は年齡は大きく離れていても出逢う可能性は有り、また貫休には「懷〇」と題する詩において、面識のない前人の詩作や事跡を歌う例もあるので、貫休の作と見ることに矛盾はないと説く。またこの詩の五句目にも自注が有り、『全唐詩』では「諸葛云、思牽吳岫起、吟索剡雲開」となっているが、四部叢刊本の『禪月集』(巻九)ではその前に「謬□(一字分空格)」と有るので、曹氏はこれは諸葛覺の逸句ではなく、謬獨一の諸葛を哭する詩であろうと推定する。いずれの點も曹氏の説に從った。なお宋の趙令時の『侯鯖錄』(巻七)にも、『大唐傳載』を引いて「傳載曰、僧淡然者爲詩曰、到處自鑿井、不能飮常流。與孟郊、退之爲洛下之游。退之作嘲淡然鼾睡詩是也」と記す。

(5)『唐兩京城坊考』巻五に據れば、道光坊は孟郊の住居が在った立德坊と同じく洛陽の東城の東、洛水の北の南北第一街に屬し、立德坊から北へ二つ目の坊に當たる。

(6)錢徽は、大曆十才子の一人である錢起の息子である。『舊唐書』巻一六八、『新唐書』巻一七七に傳が有る。進士及第後、貞元年間後半に宣歙觀察使の崔衍のもとで觀察判官・監察御史裏行を務めたことがあり（戴偉華氏『唐方鎭文職僚佐考』によ る）、孟郊の「石楠樹」の作はその當時になされた唱和である。また岑仲勉氏『翰林學士壁記注補』六に據れば、その翰林學士の任命と出院は、「錢徽、元和三年八月二十六日自祠部員外郎充。六年四月二十五日、加本司郎中。八年五月九日、轉司封郎中知制誥。十一月、賜緋。十年七月二十三日、遷中書舍人。十一月、出守本官」であったという。中書舍人となったのは元和十年七月であるが、曹汛氏は「淡然考」の中で、知制誥も詔敕の起草に關わる點で中書舍人と變わらないことから、知制誥の職に就いたことで「翰苑錢舍人」と稱したと見ており、恐らくそれが正しいであろう。したがってこの連作の制作時期は元和八年五月以降であり、しかも「宿空姪院寄澹公」詩の「雪簷」の語は、『舊唐書』卷一五「憲宗紀下」に「（八年、冬十月）丙申、以大雪放朝、人有凍踣者、雀鼠多死」との記述が見られるように、大雪が降った元和八年冬と承應するので、淡然と別れたのが、この年の冬であったと判斷されるのである。

（7）宋、國材・劉辰翁評、明、凌濛初校『孟東野詩集』（明刋本、內閣文庫藏）では、第三首に「古甚、似謠。以後三首不復似贈僧語、不知何所指、疑此樂府別題誤入耳」との評語が有り、混入を疑っている。

（8）この時期には、親族や江南の故人を思う詩が多い。この連作の少し前には弟の郢と淚ながらに別れている（卷八「留弟郢不得送之江南」）。他に「憶江南弟」（卷七）、「弔江南老家人春梅」（卷十）などの作もある。

（9）第一章の皎然との交流の項を參照。

（10）其十二の「一生　空しく讜氣す、諫むるに非ず　復た譏るに非ず。脫枯　寒枝に掛かり、棄つること一唾の如く微なり」の一節は、同じ時期の作と見られる「秋懷」に示された讒者への憤りや社會への教戒と比べると、まるで別人のようである。しかしこれも孟郊の感慨であり、作詩の背景や見せる相手に應じて、示される思いも表現も異なるという好例だろう。

第八節　その他の連作詩――「花を看る五首」と「濟源の寒食七首」

十首前後に及ぶ本格的な連作詩は、これまで見てきた十組の作品であるが、これ以外にも「花を看る五首」「濟源の寒食七首」(ともに巻五)の二組の連作詩がある。これらについても簡單に見ておきたい。

まず「花を看る五首」であるが、制作時期は其三に「諫郎の過る」とあることから、諫議大夫から常州刺史に出た孟簡がその途次に孟郊の元に立ち寄った元和六年であり、芍藥が詠われていることから、その晩春の作であったと判斷される。以下に一括して作品を掲げるが、實はこの連作詩は詩の區切り方に若干の異說がある。それは其三と其四の分け方で、まず華忱之校訂本は其三を六句で切り、其四を十句と見る。黄氏士禮居舊藏宋刻本は其三を十二句、其四を四句で區切っている。洪邁の『萬首唐人絶句』でも其四を絶句として採錄している。また『全唐詩』(巻三七六)は其三、其四とも八句ずつに區切る。ともに平聲歌韻であるため、內容で判斷をすることになるが、意味の區切りが必ずしも明瞭でないため、こうした異說が生じることになったのであろう。ここでは華校本に從わず、意味の繫がりから宋刻本の切り方を採用した。

其一

家家有芍藥　　家家に　芍藥有り
不妨至溫柔　　妨げず　溫柔に至るを
溫柔一同女　　溫柔　一に女に同じ

紅笑笑不休　紅笑　笑いて休まず
月娥雙雙下　月娥　雙雙として下り
楚豔枝枝浮　楚豔　枝枝に浮かぶ
洞裏逢仙人　洞裏　仙人に逢わば
綽約青宵遊　綽約として青宵に遊ばん

（大意）

どの家にも芍藥の花が咲く。（これを見ていると）淵柔鄉に至ることも何ら支障がない（と思われる）。穩やかで素直な樣子は女性と同じで、紅をつけて笑い、笑ってやむことが無い。月の仙女が竝んで降り立ったのかと思い、また楚の美女が枝枝に現れたのかと思う。もし（この花が）洞窟で仙人に逢ったなら、豔やかに愼ましく（仙人と共に）青く淸らかな夜に出かけることだろう。

其二

芍藥誰爲婿　芍藥　誰か婿と爲る
人人不敢來　人人　敢えて來らず
唯應待詩老　唯だ應に詩老を待ちて
日日殷勤開　日日　殷勤に開くべし
玉立無氣力　玉立して氣力無く
春凝且裴徊　春凝りて且に裴徊せんとす

將何謝青春　　何を將てか青春に謝せん
痛飲一百杯　　痛飲す　一百杯

（大意）
この芍藥の花は誰が婿となるのだろうか。人々は敢えて（花の婿として）やって來ようとしない。（芍藥は）きっと老いた詩人を待って、毎日心をこめて花を開くのであろう。玉のように美しく立ちながら（花は）氣力無く（なよなよとして）、春がそこに凝ったようで、（私は）周りを（離れがたく）歩いてみたくなる。いったい何によって若々しい春に感謝の意を表そうか、（それには）百杯の酒を痛飲することだ。

其三
芍藥吹欲盡　　芍藥　吹きて盡きんと欲す
無奈曉風何　　曉風を奈何ともする無し
餘花欲誰待　　餘花　誰を待たんと欲す
唯待諫郎過　　唯だ諫郎の過るを待つ
諫郎不事俗　　諫郎　俗を事とせず
黃金買高歌　　黃金もて高歌を買う
高歌夜更清　　高歌　夜に更に清く
花意晚更多　　花意　晩に更に多し
飲之不見底　　これを飲むも底を見ず

醉倒深紅波　　醉いて倒る　深紅の波に
紅波蕩諫心　　紅波　諫心を蕩かすも
諫心終無它　　諫心は終に它無し

（大意）

芍薬の花は風が吹くと散りそうであるが、明け方の風を防ぎようもない。散り殘った花は誰を待とうとするのか。ひたすら諫官殿が立ち寄るのを待っているのだ。諫官殿は俗事にかかずらわることなく、黄金を惜しまずに高らかな歌聲を買い求める。高らかな歌は夜に一層清く、花の風情は晩に一層深まる。酒を底なしに飲んで、醉って深紅の花の波の中に倒れ込む。紅の花の波は諫官殿の心を搖さぶるが、正しい心はついに變わることがない。

其四
獨遊終難醉　　獨遊　終に醉い難し
挈榼徒經過　　榼を挈えて徒らに經過するのみ
閑花不解語　　閑花　語を解せざるも
勸得酒無多　　勸め得たり　酒の多きこと無きを

（大意）

獨り遊びに出るのでは、結局のところ醉いにくい。酒樽を提げて、ただあちこち歩き回るだけ。花はしずかで言葉を理解しないが、（それでも）酒を飲み過ぎてはいけないと勸めてくれる（かのようだ）。

其五

三年此村落　　三年　此の村落にあり
春色入心悲　　春色　心に入りて悲し
料得一孀婦　　料り得たり　一孀婦の
經時獨淚垂　　時を經て獨り淚の垂るるを

（大意）
（あれから）三年の間、この村里に居て、春の景色が訪れると心に悲しみが呼び起こされる。寡婦が時を經てもなお獨り淚を垂れる、その氣持ちがよく分かるのだ。

其一、二は芍藥の美しさを詠い、また其五は春に幼子を亡くしたという消えぬ思い出を語る。間の其三、四がやや讀み難いが、取りあえず諫官であった孟簡を迎える其三と、痛飲したくともできないことを言う其四とに分けてみた。全體として、春の盛りに美しく咲く芍藥の姿から、近く訪れるであろう孟簡を迎える意を述べ、しかし春の悲しい思い出から、孟簡のように痛飲することはできない胸の内を言って締め括るという流れが讀み取れる。「看花」の語は、一般に美しい花を愛でる場合に用い、詩題とするのも珍しくはない。ただこの連作は、芍藥の美しさを描き、その芍藥が體現する春を愛でつつ痛飲する樂しさを知りながらも、心の中は幼兒を失った悲しい思い出になおも領されていることを言うことに主眼が有る。ある意味で「杏殤」の續作とも言え、孟郊にとって子を亡くした悲しみがいかに重いものであったかを窺わせている。(1)

次に「濟源の寒食七首」であるが、これは制作時期を特定する材料が乏しい。華譜は元和五年以降、概ね七、八年頃と見ている。「濟源の春」「枋口に遊ぶ」「王二十一員外涯と枋口の柳溪に遊ぶ（與王二十一員外涯遊枋口柳溪）」（いずれも巻五）などの作と同時期とすれば、その繫年は妥當であろう。なお、孟郊の連作詩は五言古詩が大多數であるが、唯一この連作だけが七言古詩形である。しかも七絕のように四句ずつの整った連作であり、その點で異彩を放っている。理由は明らかではないが、恐らく連作詩の新しい試みとして七古を用いたのであろう。

それでは、以下に七首を一括して掲出する。

其一

風巢嫋嫋春鴉鴉　　風巢　嫋嫋として　春に鴉鴉たり
無子老人仰面嗟　　子無きの老人　面を仰ぎて嗟く
柳弓葦箭覷不見　　柳弓　葦箭　覷れども見えず
高紅遠綠勞相遮　　高紅　遠綠　相遮ぎるを勞す

（大意）
風に吹かれる巣はゆらゆらとして、幼鳥がアーアーと鳴いている。（それを聞いて）子のいない老人は振り仰いで嘆く。（子供が生まれた家で行う）柳の弓と葦の矢（で邪氣を祓う行事）は見ようにも見ることができない。高く咲く花、遠くまで續く綠が、わざわざ（その家の行事を）遮ってくれている。

其二

女嬋童子黃短短　　女嬋　童子　黃短短
耳中聞人惜春晚　　耳中　人の春晚を惜しむを聞く

逃蜂匿蝶踏地來　逃蜂　匿蝶　地を踏みて來り
拋卻齋糜一瓷碗　拋卻す　齋糜　一瓷碗

（大意）
女のように可愛い（道觀の）童子は着ている黄衣も短く、人々が春の暮れゆくのを惜しむ聲に耳を傾けている。しかし逃げる蜂、隱れる蝶（を見れば）、それらを追って、齋（とき）の粥を入れた碗を放り出して、駈けてくる。

其三
一日踏春一百回　一日　春を踏むこと　一百回
朝朝沒腳走芳埃　朝朝　腳を沒して　芳埃に走る
飢童餓馬掃花餵　飢童　餓馬　花を掃きて餵《やしな》う
向晩飲溪三兩杯　晩に向んとして　溪に飲む　三兩杯

（大意）
一日のうちに春を求めて廻ること百度。毎朝、春の塵の中に足を沒して走り回る。飢えた童僕、餓えた馬に、花びらを掃き集めて食べさせ、夕暮れ近く、溪流の側で二三杯の酒を飲む。

其四
莓苔井上空相憶　莓苔　井上　空しく相憶う

轆轤索斷無消息　　轆轤　索斷たれて　消息無し
酒人皆倚春髮綠　　酒人　皆倚る　春髮の綠なるに
病叟獨藏秋髮白　　病叟　獨り藏す　秋髮の白きを

（大意）

苔むした井筒の邊りを見て（ここに暮らしていた人を）空しく思いやる。轆轤は綱が切れて（その人は）どこへ行ったか消息もない。酒飲みは皆、若々しい黑髮を恃んでいるが、病んだ翁は獨りだけ、衰えて白くなった髮を蓄えている。

其五
長安落花飛上天　　長安の落花　上天に飛び
南風引至三殿前　　南風　引きて至る　三殿の前
可憐春物亦朝謁　　憐むべし　春物も亦た朝謁するを
唯我孤吟渭水邊　　唯だ我のみ　孤り吟ず　渭水の邊

（大意）

長安の落花は（天子の居る）上天へと飛び、南の風が引き連れて宮中の三殿の前に至る。すばらしいことだ、春を彩る物たちも天子に朝謁が許されるとは。私だけは（太公望と違って）見出されぬまま渭水のほとりで獨り詩を吟じている。

其六

枋口花間掣手歸　　枋口　花の間に　手を掣《たずさ》えて歸る
嵩陽爲我留紅暉　　嵩陽　我が爲めに紅暉を留む
可憐躑躅千萬尺　　憐むべし　躑躅　千萬尺
柱地柱天疑欲飛　　地に柱し天に柱して　飛ばんと欲するかと疑う

（大意）

枋口の花の中を、手を攜えつつ歸ってくる。（見やれば）嵩山の南には私のために赤い太陽の光が留められている。すばらしいことだ、（ここ枋口では）山ツツジが千萬尺もの高さまで咲いており、大地と天を支える柱のように竝んで、飛び立つばかりの勢いを見せているとは。

其七

蜜蜂爲主各磨牙　　蜜蜂　主と爲りて　各おの牙を磨き
咬盡村中萬木花　　咬み盡す　村中　萬木の花を
君家甕甕今應滿　　君が家の甕甕は今は應に滿ち
五色冬籠甚可誇　　五色の冬籠　甚だ誇るべし

（大意）

蜜蜂が中心となってそれぞれ牙を磨き、村中の萬もの樹の花を咬み盡くしてしまう。（この春）君の家の甕という甕は今やすべて滿ち、冬に釀した五色の酒が誇らしげに竝んでいることだろう。

この連作でも、其一は春に子を亡くした悲しい記憶が詠われている。しかも始めの句は、表現の上でも「杏殤」を承けている。時間の經過とともに悲しみは濾過されてきているのだろうが、それでもなお深い心の傷として殘っていたことが窺える。其二で童子が詠われるのも、亡くした子を思い出す心の動きかもしれない。其三は、そうした思い出を忘れようとするのか、無理にも踏青を樂しもうとする樣子が窺われる。其四はこの地に以前居た知り合いを思い出しているが、その記憶は恐らく若年に遡るのだろう。老いの自覺とも言えよう。其五は朝廷に招かれることのない境遇を花に引き比べて嘆いている。この嘆きは同じ頃の作である「教坊の歌兒」（卷三）(2)により明瞭に詠われているが、花と對比した點では、嘆きはより深いと言えるかもしれない。其六は濟源縣の景勝地である枋口の素晴らしさを詠う。しかし躑躅の描き方には、前首の嘆きを引きずっている印象がある。其七の「君」は具體的には明らかでないが、恐らく特定の人であり、孟郊はその人の家を訪ねているのだと思われる。全體としては、その題のように濟源縣での寒食節を目に觸れる物に卽して詠い、自らの不幸、不遇を嘆く作品と言うことができよう。

「花を看る五首」「濟源の寒食七首」の二組の連作詩は、作品が少なかったり、篇幅が短かったりで、いずれも他の本格的な連作詩に比べると迫力に乏しい。それは事柄に卽して作られた連作であり、かつ背景となる事柄も鄭餘慶の來臨を喜ぶ「立德の新居」や、嬰兒あるいは友の死を悼む「杏殤」「盧殷を弔う」などが持つ特殊性に比べて、より日常に近いものであることも作用しているのだろう。孟郊の連作詩の中では一般的な作品と言えるが、こうした連作が存在することで、逆に本格的連作詩の個性がより際だってくるように思われる。

注

（1）唐詩における芍藥のイメージについては、拙稿「唐詩における芍藥の形象」（『中國學志』需號、大阪市立大學中國學會、一九九〇）を参照されたい。

（2）「十歳小小兒、能歌得聞天。六十孤老人、能詩獨臨川。去年西京寺、衆伶集講筵。能嘶竹枝詞、供養繩床禪。能詩不如歌、悵望三百篇。」

第九節　小　結

連作詩を取り上げた第三章の纏めとして、孟郊の連作詩の特徴を整理しておく。

阮籍の「詠懷」詩はもとより、張九齡の「感遇」、李白の「古風」などでも、從來の連作詩は題名を同じくしながらも個々の作品の獨立性が高く、かつ内容にも廣がりがあり、また制作時期も比較的長い期間に及ぶことが一般であった。十首前後という比較的小さな纏まりではあるが、あるテーマのもとに短時日で作られる文字通りの連作詩は、孟郊以前にはあまり多くない。しかも五言古詩という、近體詩に比べてより自由な形式によって、篇幅に縛られずに思いを紡いでゆくというやり方は、むしろ新しい試みだったと思われる。そして遊適、居宅、弔意、詠懷、送別など、様々なテーマを取り上げていることも、從來に見られない新しさであり、これらの點に孟郊の連作詩の大きな特徴がある。

連作の構成にも新しさが認められる。時間的な流れを持つストーリーが讀み取れる「寒溪」は特に注目されるが、他の作品も概ねテーマに即して纏められており、内容にある程度の廣がりを持たせつつ、求心力が保たれている。むしろ纏まりを維持しながらも、平板に陥らないために、連作毎に構成上の工夫がなされているように思われる。「元魯山を弔う」や「峽哀」では一部に連想を働かせたような運びが見られたし、「淡公を送る」では江南への思いが様々な形で詠われていた。また「秋懷」では、秋の感慨から秋の自然、そして社會へと展開して、感情や表現が次第に増幅されるという具合である。聯句でも作品毎に新しい工夫が試みられていたが、連作詩においてもそれは同様であったようだ。

彼がこの形式に己の個性を見出した背景には、「石淙十首」の項で検討したように、韓愈と集中的に行った聯句の經驗が作用していたと思われる。第二章で整理したが、韓孟聯句は様々な點で新しい試みを行った。そして目新しい詩語、奇抜な表現、多彩なテーマなどの點は、いずれも連作詩に應用されている。しかも詩語、表現においては、聯句さえも上回る個性を發揮し、獨特の世界を作り出すことに成功している。聯句という實驗で得られた成果を、正統的な詩作において實らせ、自らの主張として對社會的に發信したのである。淡然との送別の作である「淡公を送る」、鄭餘慶に獻じられたと見られる「立德の新居」「元魯山を弔う」はもとより、「感懷」「秋懷」「峽哀」の諸作も、讀者を想定して自らの思索、身世の感を述べ、詩人としての個性を訴える目的で作られたものであろう。その點で、遊戯であることを前提としている聯句とは異なり、孟郊が詩人としての本領を示した作品群と言うことができる。

ところで、連作詩が彼の晩年、元和年間の洛陽での生活の中で集中的に生み出されたのには、聯句の影響だけでなく、詩想を練るそのあり方が、年齢とともに變化していたという可能性も考えられる。連作詩はあるテーマのもとに、類似した情景、感慨が重層的に繰り返される例が多いが、そのように一篇の作品に收めきれず、何度も詠わずにいられなくなるのは、晩年の精神のあり方と關わっているかもしれないからである。また篇幅に着目するならば、序章にも述べたように孟郊がそもそも長編を得意としていなかったという點をもう一度指摘しておかなければならない。彼の詩は、形式から見ると五言古詩が大半であり、近體には典型的な作例が見られない。しかしその一方で、長編の作品も少ないのである。集の中で一番長い作品は、樂府は「古意」（卷二）の三四句、詩は「翰林の張舍人に遺らるるの詩に報い奉る（奉報翰林張舍人見遺之詩）」（卷七）の四四句であって、三〇句から四〇句の中編は少なくないものの、百句前後に達するような長編は一首も殘されていない。同時代を見れば、元稹、白居易、劉禹錫など、古體近體を問わず長編の詩を數多く殘した詩人達がおり、友人の韓愈も同樣であった。また韓愈の「南山詩」（『昌黎先生集』卷一）、張籍の「退之を祭る」（『全唐詩』卷三八三）、盧仝の「月蝕詩」（同卷三八七）などのように、とりわけ長い詩に自らの個性を打ち出そうとした例も少なくない。そうしてみると、孟郊は古詩を自分のスタイルとしていながら、反面長編はあまり得意ではなかったと言えるだろう。論理性よりも倫理性、全體の構想力よりも奇拔な表現力で勝負をしている印象が強い。論理的枠組み、雄大な構成力をもって長編の文學作品を作るのは、どうやら苦手であったようだ。そうであれば、一つのテーマを息長く描くために連作形式が求められたという側面も指摘できるのではないか。孟郊が連作の制作を始めたのは、聯句の體驗が大きな契機となったと考えるが、一方で彼の詩の本來のスパンが比較的短かったことも、その一因であった可能性が有る。

連作を中心とする晩年の詩作を考える上で、忘れてはならない出來事が二つ有った。その一つであり、かつ孟郊にとって最も深刻な出來事は、「杏殤九首」に詠われた嬰兒の死であった。可愛がっていた幼子を亡くし、その直後に生まれた嬰兒たちもたて續けに亡くしたことは、老境にさしかかった孟郊にとって非常に大きな打擊であった。「花を看る」「濟源の寒食」など、春に作られた連作ではその悲しみが繰り返されている。後嗣を奪われたという事實は、何よりも重く彼の心にのしかかり、その詩作に濃く影を落としたのである。「盧殷を弔う」で彼も後嗣が居ないことに強く同情し、「元魯山を弔う」で魯山の生き方を仰ぐのも、子のいない境遇が重なっているからであり、その辛さを共有しながら「詩人」の運命を問い、古の道を守ることで、自分の姿勢の正しさを自ら確認しようとした印象がある。そして、霜によって花が散らされ、春が殺されたと詠ったことが、やがて老殘の身に迫る自然の脅威として風や露や月を描くことへと發展し、孟郊獨特の加害的な自然像を作り上げる背景となったことにも注目しなければならない。それはまた天に對して冤罪を告發するという發想に繫がり、さらに社會的な冤罪へと發展して、正しい道を阻害する惡者、すなわち讒人への憎惡として噴出しているのである。

晩年におけるもう一つの大きな出來事は、元和六年の韓愈、鄭餘慶の轉任であろう。いずれも朝官への復歸であったが、それは母の喪が明けてもなお無官であった孟郊の嘆きを誘い、二人が演出してくれた洛陽での束の間の平安が完全に終息したことを自覺させて、身邊蕭條の思いを強めさせることにもなった。溧陽尉の時もそうであったが、孟郊は官職を得た後でも不遇な情況から逃れることができなかった。それは官界で身を處す能力の乏しさに起因することであろうが、彼自身そのことを自覺し、心を痛めていたと思われる。それ故、最も信賴し、かつ期待する二人が相次いで長安に戻ったことは、河南府への再任の希望が斷たれるとともに、ひとり取り殘される無念さを懷かせることになっただろう。孤獨と不遇の思いが強く表れた「感懷」「秋懷」を始め、後半の作品の多くを韓愈と鄭餘慶との關係に置いて見ようとする筆者の見解は、あるいは牽強の誘りを受けるかもしれないが、しかし孟郊の視線の多くが二人に向けられている印象は拭えない。孤獨感、不遇感、そして官途への渴望を表す飢餓感が、「峽哀」や「秋懷」に見られる奇矯な自然の姿を作り出し、強い自己主張をさせることに繫がっているように思われる。そして孟郊はこれらの連作を自らの詩作の精華と認識し、韓愈と鄭餘慶だけはそのことを理解してくれると考えていたのではなかろうか。

孟郊略年譜

〔凡　例〕

一、本譜は華忱之「孟郊年譜」（華忱之、喩學才校注『孟郊詩集校注』に附載。人民文學出版社、一九九五）を基礎として、これに改訂を加えた。

二、作品の題目、巻數などは華忱之校訂『孟東野詩集』（人民文學出版社、一九五九）に從った。また繫年作品の順序も同書での排次に據った。

三、作品の繫年などは、一部を除いてすべて推定であり、事跡も推定した部分が少なくない。それ故、疑問の殘る點も敢えて（？）などの記號を附さなかった。

○玄宗天寶十一載（七五一）一歳

〔事跡〕

生まれる。字は東野、排行は十二。父は庭玢、母は裴氏。兄弟には酆、郢の二弟がいる。故鄕は湖州武康縣とされるが、生地は父の任地であった蘇州崑山縣であったか。

韓愈「貞曜先生墓誌銘」（『昌黎先生集』巻二九）云「唐元和九年、歳在甲午八月己亥、貞曜先生孟氏卒。……父庭玢、娶裴氏女、而選爲崑山尉、生先生及二季酆郢而卒。……母卒五年、而鄭公以節領興元軍、奏爲其軍參謀、試大理評事。挈其妻行之興元、次于閿鄕、暴疾卒、年六十四。」

『新唐書』巻一七六「孟郊傳」云「孟郊者、字東野。湖州武康人。」

『大淸一統志』巻二二二「湖州府・古蹟」云「孟郊故宅、在武康縣西二里、有孟井。」

陸長源有「酬孟十二新居見寄」詩（『全唐詩』巻二七五）

○德宗建中三年（七八二）三十二歳

〔事跡〕

この時期、叔父の孟簡とともに、嵩山山中で科擧受驗のための勉強をしていた。

『舊唐書』卷一六〇「孟郊傳」云「孟郊者、少隱於嵩山、稱處士。」

『新唐書』卷一七六「孟郊傳」云「少隱嵩山。性介、少諧合。」

〔繫年作品〕

「殺氣不在邊」（卷一）「百憂」（卷二）「感懷（孟冬陰氣交）」（卷三）

○建中四年（七八三）三十三歳

〔記事〕

孟簡、科擧受驗のため嵩山を出る。

〔繫年作品〕

「山中送從叔簡赴擧」「山中送從叔簡」（共に卷七）

○德宗興元元年（七八四）三十四歳

〔事跡〕

前後數年の間に、湖州に往來して皎然、陸羽、陸長源、鄭方回、湯衡らと交流。

「送陸暢歸湖州因憑題故人皎然塔陸羽墳」詩（卷八）云「昔游詩會滿、今游詩會空。……杼山塼塔禪、竟陵廣宵翁。」

「逢江南故晝上人會中鄭方回」詩（卷一〇）云「相逢失意中、萬感因語至。追思東林日、掩仰北邙淚。」

〔記事〕

孟簡進士登第。引き續いて服喪す。

李觀「貽先輩孟簡書」（『全唐文』卷五三三）云「僕長於江表、今未弱冠。自謂來者晚遭知音。比見吳中人談足下、美不容口。僕外氏河南行軍司馬、舊與足下遊揚善聲。僕每懷殊節、不履常跡、立名委運、求友勝己。是以昨書徒步奉尋所居、將拜足下先丈人之靈、問足下不滅之戚。如何稱惓哭泣、輒安牀褥、辭以有疾、坐而誣我。人子喪禮、豈其然乎。」

韓愈「李元賓墓銘」（『昌黎先生集』卷二四）云「年二十四、擧進士。三年登上第、又擧博學宏詞、得太子校書。又一年、年二十九、客死於京師。」

〔繫年作品〕

「舟中喜遇従叔簡別後寄上時従叔初擢第郊不從行」（巻七）

○徳宗貞元元年（七八五）三十五歳

〔事跡〕

上饒に陸羽を訪ねる。

權德輿「蕭侍御喜陸太祝自信州移居洪州玉芝觀詩序」（『權載之文集』巻三五）云「太祝陸君鴻漸、以詞藝卓異。……嘗考一畝之宮于上饒、時江西上介殿中蕭侍御公瑜權領是邦、相得甚歡。會連絡帥大司憲李公入覲於王、蕭君領察廉留府、太祝亦不遠而至、聲同而應隨故也。」

『舊唐書』巻一二「德宗紀上」云「貞元元年、……四月、……鄂岳李兼爲江西觀察使。」

信州刺史から江淮轉運副使となった陸長源に詩を贈る。

『舊唐書』巻一四五「陸長源傳」云「歷建、信二州刺史。浙西節度韓滉兼領江淮轉運、奏長源檢校郎中、兼中丞、充轉運副使。」

『舊唐書』巻一二「德宗紀上」云「（貞元元年）七月、丙午、以鎭海軍、浙江東西道節度使韓滉檢校尙書左僕射、同平章事、江淮轉運使。」

〔繫年作品〕

「題陸鴻漸上饒新開山舍」（巻五）「贈轉運陸中丞」（巻六）

○貞元二年（七八六）三十六歳

〔記事〕

韓愈、受驗のために上京。李觀もこの頃上京。

韓愈「祭十二郎文」（『昌黎先生集』巻二三）云「吾年十九、始來京城。其後四年、而歸視汝。」

○貞元三年（七八七）三十七歳

〔事跡〕

秋、湖州にて鄉貢進士に擧げられる。上京する前に皎然を訪ねる。

上京後、包佶に援引を求める詩を贈る。

〔記事〕

韓愈初めて進士科に應じて落第。

韓愈「殿中少監馬君墓誌」（『昌黎先生集』巻三三）云「始余初冠、應進士貢在京師、窮不自存、以故人稚弟拜北平王於馬前。王問而憐之、因得見於安邑里第。王軫其寒飢、賜食與衣。」

又「歐陽生哀辭」（『昌黎先生集』巻二二）云「貞元三年、

余始至京師擧進士、聞詹名尤甚。」

〔繫年作品〕

「湖州取解述懷」（巻三）「上包祭酒」（巻六）

〔知友作品〕

皎然「五言答孟秀才」（『晝上人集』巻一）

○貞元四年（七八八）三十八歳

〔事跡〕

初めて進士科に應じて落第し、歸鄕。

この時、萬年縣令であった陸長源、侍御史の劉復らに詩を贈る。

『舊唐書』巻一四五「陸長源傳」云「（充轉運副使。）罷爲都官郎中、改萬年縣令。」

河陽節度使となった李元淳（長榮）に詩を贈る。（あるいは翌年か）

『舊唐書』巻一三「德宗紀下」云「（貞元四年）十月、丙戌、以右神策將軍李長榮爲河陽三城懷州團練使、仍賜名元（淳）。」

〔記事〕

韓愈は本年二度目の受驗で落第。

〔繫年作品〕

「長安羈旅行」「長安道」「貧女詞寄從叔先輩簡」（共に巻一）「古興」（巻二）「失意歸吳因寄東臺劉復侍御」「下第東南行」「歎命」「長安旅情」「長安羈旅」「渭上思歸」（共に巻三）「上河陽李大夫」「贈萬年陸郎中」（共に巻六）

○貞元五年（七八九）三十九歳

〔事跡〕

夏、蘇州に行く。（あるいは翌年か）

〔記事〕

韓愈、三度目の受驗に落第。

〔繫年作品〕

「蘇州崑山惠聚寺僧房」「題從叔述靈巖山壁」（共に巻五）

○貞元六年（七九〇）四十歳

〔事跡〕

蘇州刺史の韋應物を訪ねる。

韋應物「送雲陽鄒儒立少府侍奉還京師」詩（『韋蘇州集』巻四）云「建中即藩守、天寶爲侍臣。……省署慚再入、江海綿十春。」

〔繫年作品〕

「贈蘇州韋郎中使君」（巻六）「春日同韋郎中使君送鄒儒立少府扶侍赴雲陽」（巻八）

○貞元七年（七九一）四十一歳

〔事跡〕

春、李觀は長安から邠寧軍に行き、族兄の李益を尋ねる。孟郊も恐らくこれに同行し、軍中の郎中二十二叔と監察十五叔を尋ね、その後朔方軍まで足を伸ばしたと見られる。

李觀「報弟兌書」（『全唐文』巻五三三）云「六年春、我不利小宗伯、以初誓心不徒還、乃於京師窮居、讀書著文、無闕日時。是年冬、復不利見小宗伯。嗚呼天難諶、命難言、聖人且猶盤桓、我安得如料而決志哉。但堅節不去、躁機不來、兢兢而強、勉勉而爲耳。於時顧逆旅而無聊、圖侯時而尚遐、發能遷之慮、緘莫知之嗟。乃以其明年司分之月、乘罷驢出長安、西遊一二諸侯、求實於囊。往復千里、投身甚難。……行至八月、天地凄涼、葉下西郊、我在空房、晨起吟詠、閒乎無人、夜臥不寐、寒漏自長、意可覆也、難可縷陳。……」

同「邠寧慶三州節度饗軍記」（同巻五三四）云「於時歳紀協洽、國家郊祀之明年、觀布衣來遊賓公之筵。宗盟兄侍御史益有文行忠信而從朗寧之軍、惡羣小之日取媚也。故不自書、命觀書之。」

『舊唐書』巻一三「德宗紀下」云「（貞元六年）十一月庚午、日南至、上親祀昊天上帝於郊丘。禮畢還宮、御丹鳳樓宣赦、見禁囚徒減罪一等。立仗將士及諸軍兵、賜十八萬匹。」

「邀花伴」詩（巻四）題下注云「時在朔北。」

秋以降、林藻兄弟と交わる。

徐松『登科記考』巻一二「貞元七年、進士三十人。……林藻。（注）按、藻、披次子。」

又「貞元四年、明經科。林蘊。（注）明、林俊、見素文集、蘊、字夢復、披第六子。」

〔繫年作品〕

「邊城吟」「新平歌送許問」（共に巻一）「登華巖寺樓望終南山贈林校書兄弟」「遊終南山」「遊終南龍池寺」「邀花伴」（共に

卷四）「題林校書花巖寺書窗」（卷五）「抒情因上郎中二十二叔監察十五叔兼呈李益端公柳縝評事」（卷六）「監察十五叔東齋招李益端公會別」（卷八）「終南山下作」（卷九）

○貞元八年（七九二）四十二歳

〔事跡〕

進士科に應じて再び落第。

李觀の推薦を受け、梁肅に詩を贈る。

李觀「上梁補闕薦孟郊崔宏禮書」（『全唐文』卷五三四）云「今有孟郊者、有崔宏禮者。俱在擧場、靜而無徒、各以累擧、可嗟甚焉。孟之詩五言高處、在古無二、其有平處、下顧兩謝。」

盧虔と交流し、その復州刺史赴任を送る。

韓愈、李觀の推薦により、徐州に徐泗濠節度使の張建封を訪ねる。

韓愈「孟生詩」（『昌黎先生集』卷五）云「我論徐方牧、好古天下欽。竹實鳳所食、德馨神所歆。……子其聽我言、可以當所箴。既獲則思返、無爲久滯淫。卞和試三獻、期子在秋碪。」

『舊唐書』卷一四〇「張建封傳」云「貞元四年、以建封爲徐州刺史、兼御史大夫、徐泗濠節度、支度營田觀察使。……七年、進位檢校禮部尙書。」

〔記事〕

韓愈、李觀は進士に登第する。

韓愈「答崔立之書」（『昌黎先生集』卷一六）云「四擧而後有成、亦未卽得仕。」

又「歐陽生哀辭」（『昌黎先生集』卷二二）云「八年春、遂與詹文辭同考試登第、始相識。」

孟簡、李觀は本年に宏詞科に登第、韓愈は落第する。

李觀「上陸相公書」（『全唐文』卷五三三）云「卽思歸還、供養庭闈、俯仰淹留、復以逾時、乃應選科。不自計量、幸去衣褐爲吏、於公益用感遇無窮也。」

『唐詩紀事』卷四〇「陸復禮」條云「貞元八年、宏詞試中和節詔賜公卿尺詩云、……。是歲復禮第一人、李觀、裴度次之。」

李觀有「試中和節詔賜公卿尺詩」（『全唐詩』卷三一九）

五月、祕書監包佶卒す。

權德輿「祭祕書包監文」（『權載之文集』卷四八）云「維貞元八年、歲次壬申、五月朔日、太常博士權德輿等敬祭於故祕書包七丈之靈。」

〔繫年作品〕

「湘絃怨」「楚竹吟酬盧虔端公見和湘絃怨」（共に巻一）「落第」「夜感自遣」「再下第」「下第東歸留別長安知己」（共に巻三）「贈李觀」「古意贈梁肅補闕」（共に巻六）「答韓愈李觀別因獻張徐州」「答盧虔故園見寄」「送盧虔端公守復州」「感別送從叔校書簡再登科東歸」（共に巻七）「送從叔校書簡南歸」「張徐州席送岑秀才」（共に巻八）「哭祕書包大監」（巻一〇）

〔知友作品〕

韓愈「長安交游者贈孟郊」（『昌黎先生集』巻一）「孟生詩」（同巻五）

○貞元九年（七九三）四十三歳

〔事跡〕

正月五日、孟簡らと慈恩寺に題名す。

柳珹、摹雁塔題名殘拓本云「祕書省校書郎孟簡、進士孟郊、進士崔玄亮、進士崔寅亮、進士崔純亮。貞元九年正月五日。」（『全唐文補編』中七八八頁引。一部は『登科記考』巻十四、四表、貞元十二年の孟郊の條に引く）

早春、受験前に復州刺史の盧虔に「寄盧虔使君」詩を寄せ、訪問の打診をする。

三度目の落第。共に落第した崔純亮に詩を贈る。

落第後、復州に盧虔を訪ねる。

夏、復州を出て、洞庭湖付近を旅する。

山南東道節度使の樊澤に援引を求める詩を贈る。

『舊唐書』巻一二二「樊澤傳」云「（貞元）三年、代張伯儀爲荊南節度觀察等使、江陵尹、兼御史大夫。三歳、加檢校禮部尚書。會襄州節度使曹王皐卒於鎭、軍中剽劫擾亂、以澤威惠素著於襄漢、復代曹王皐爲襄州刺史、山南東道節度使。」

又、巻一三「德宗紀下」云「（貞元八年）二月、丙子、以荊南節度使樊澤爲襄州刺史、山南東道節度使。」

洞庭から北へ向かい、秋、汝州に陸長源を訪ねる。

『舊唐書』巻一四五「陸長源傳」云「（改萬年縣令、）出爲汝州刺史。」

〔記事〕

韓愈、再度宏詞科を受験して落第。

韓愈「上考功崔虞部書」（『昌黎先生集』外集巻二）云「愈今二十有六矣、距古人始仕之年向十四年、豈爲晩哉。……驅馬出門、不知所之、斯道未喪、天命不欺、豈遂殆哉、豈遂困哉。」

〔繫年作品〕

「楚怨」（巻一）「遊韋七洞庭別業」（巻四）「汝州南潭陪陸中丞公讌」（巻五）「鵶路溪行呈陸中丞」「獨宿峴首憶長安故人」「自商行謁復州盧使君虔」「夢澤行」「京山行」「旅次湘沅有懷靈均」「贈崔純亮」「獻漢南樊尚書」（共に巻六）「寄盧虔使君」「送任齊二秀才自洞庭游宣城」（共に巻七）「贈竟陵盧使君虔別」（巻八）

○貞元十年（七九四）四十四歳

〔事跡〕

陸長源の世話になって、汝州に滞在する。

〔記事〕

韓愈、三度宏詞科を受験して落第。

『昌黎先生集』巻一四有「省試學生代齋郎議」「省試顏子不貳過論」（題下有「貞元十年應博學宏詞科作」之注記。）

李觀卒す。

韓愈「李元賓墓銘」（『昌黎先生集』巻二四）云「年二十四、擧進士。三年登上第、又擧博學宏詞、得太子校書。又一年、年二十九、客死於京師。」

〔繫年作品〕

「汝州陸中丞席喜張從事至同賦十韻」「夜集汝州郡齋聽陸僧辯彈琴」「遊石龍渦」（共に巻五）

○貞元十一年（七九五）四十五歳

〔事跡〕

受験のため、汝州から長安に出る。

「汝墳蒙從弟楚材見贈、時郊將入秦、楚材適楚」詩（巻七）云「汝水忽凄咽、汝風流苦音。北闕秦門高、南路楚石深。」

李觀の墓に參る。

黔中經略觀察使の王礎に詩を贈る。

『舊唐書』巻一三「德宗紀下」云「（貞元）十一年春正月、以祕書少監王礎爲黔中經略觀察使。」

〔繫年作品〕

「贈黔府王中丞楚」（巻六）「汝墳蒙從弟楚材見贈、時郊將入秦、楚材適楚」（巻七）「哭李觀」「弔李元賓墳」（共に巻一〇）

○貞元十二年（七九六）四十六歳

〔事跡〕

進士に登第する。知貢擧は禮部侍郎の呂渭。

續けて吏部試を受驗して落第したと見られる。

「寄張籍」（五言）詩（巻七）云「君其隱壯懷、我迹逃名稱。」

落第した崔寅亮に詩を贈る。

秋、鄉里へ歸る途中、和州に張籍を訪ね、詩の贈答をする。

張籍「贈孟郊」（『張司業集』巻七）云「歷歷天上星、沈沈水中萍。幸當淸秋夜、流影及微形。君生衰俗間、立身如禮經。淳意發高文、獨有金石聲。才名振京國、歸省東南行。停車楚城下、顧我不念程。寶鏡曾墮水、不磨難自明。苦節居貧賤、所知賴友生。歡會方別離、戚戚憂慮幷。安得在一方、終老無送迎。」

〔記事〕

七月、韓愈は董晉に招かれ、宣武軍觀察推官となる。

李翺「故正議大夫行尙書吏部侍郎上柱國賜紫金魚袋贈禮部尙書韓公行狀」（『李文公集』巻六。以下は「韓公行狀」と略稱する）云「汴州亂、詔以舊相東都留守董晉爲平章事、宣武軍節度使、以平汴州。晉辟公以行、遂入汴州、得試祕書省校書郎、爲觀察推官。」

〔繫年作品〕
「登科後」（巻三）「同年春讌」（巻五）「擢第後東歸書懷獻座主呂侍郎」（巻六）「寄張籍（夜鏡不照物）」「送別崔寅亮下第」（共に巻七）「送韓愈從軍」（巻八）
〔知友作品〕
張籍「贈孟郊」（『張籍詩集』巻七）

○貞元十三年（七九七）四十七歳
〔事跡〕

初夏、宣武軍行軍司馬の陸長源を賴って汴州へ行く。陸と詩の唱和をする。

『舊唐書』巻一四五「陸長源傳」云「貞元十二年、授檢校禮部尙書、宣武軍行軍司馬。」

汴州で韓愈と再會。韓愈に張籍を推薦する。

韓愈「此日足可惜一首贈張籍」（『昌黎先生集』巻二）云「念昔未知子、孟君自南方。自矜有所言、言子有文章。」

秋以降、汴州を離れる意を固める。

韓愈と初めて聯句を試みる。

本年、獨孤郁、柳淳らに詩を贈る。

〔繫年作品〕

「樂府戲贈陸大夫十二丈三首」「夷門雪贈主人」（共に卷二）「新卜青羅幽居奉獻陸大夫」（卷五）「贈主人」（卷六）「酬李侍御書記秋夕雨中病假見寄」「大梁送柳淳（先）入關〈先は衍字〉」（共に卷七）「和薛先輩送獨孤秀才上都赴會」「與韓愈李翶張籍話別」（共に卷八）「有所思聯句」「遺興聯句」「贈劍客李園聯句」（共に卷一〇）

〔知友作品〕

陸長源「樂府答孟東野戲贈」「酬孟十二新居見寄」「答東野夷門雪」（共に『全唐詩』卷二七五）

○貞元十四年（七九八）四十八歳

〔事跡〕

初春、汴州を離れる。

李翶の推擧を受け、再び徐州に張建封を訪ねる。

李翶「薦所知於徐州張僕射書」（『全唐文』卷六三五）云「茲有平昌孟郊、貞士也。伏聞執事舊知之。郊爲五言詩、自前漢李都尉、蘇屬國、及建安諸子、南朝二謝、郊能兼其體而有之。」

『舊唐書』卷一四〇「張建封傳」云「十二年、加檢校右僕射。……建封在彭城十年、軍州稱理。復又禮賢下士、無賢不肖、游其門者、皆禮遇之。天下名士嚮風延頸、其往如歸。」

從弟孟寂の科擧受驗を送る。孟寂は張籍とともに翌年の進士科に及第。

張籍「哭孟寂」詩（『張籍詩集』卷六）云「曲江院裏題名處、十九人中最少年。」

本年、山南東道節度使の于頔に援引を求める詩を贈る。

『舊唐書』卷一三「德宗紀下」云「（十四年）九月、……丙辰、以陝虢觀察使于頔爲襄州刺史、山南東道節度使。」

〔繫年作品〕

「清東曲」（卷一）「南陽公請東櫻桃亭子春讌」（卷四）「上張徐州」「獻襄陽于大夫」（共に卷六）「送孟寂赴擧」「汴州別韓愈」（共に卷八）「遠游聯句」（『昌黎先生集』卷八）

〔知友作品〕

韓愈「醉留東野」「答孟郊」（共に『昌黎先生集』卷五）

李翶「薦所知於徐州張僕射書」（『全唐文』卷六三五）

○貞元十五年（七九九）四十九歳

〔事跡〕

越へ遊ぶ。

韓愈「此日足可惜一首贈張籍」詩云「東野窺禹穴、李翺觀濤江。」

二月、宣武軍に亂が起こり、陸長源が殺される。韓愈は徐州へ逃れる。孟郊は江南で汴州の亂を聞き、陸長源を悼み、韓愈、李翺を案じて詩を作る。

『舊唐書』巻一三「德宗紀下」云「（十五年）二月、……丁丑、宣武軍節度使、檢校左僕射、平章事、汴州刺史董晉卒。乙酉、以行軍司馬陸長源檢校禮部尙書、汴州刺史、御史大夫、宣武軍節度支營田、汴宋亳潁觀等使。……是日、汴州軍亂、殺陸長源及節度判官孟叔度、丘穎、軍人臠而食之。」

李翺「韓公行狀」（『李文公集』巻六）云「晉卒、公從晉喪以出。四日而汴州亂、凡從事之居者、皆殺死。武寧軍節度使張建封奏爲節度推官、得試太常寺協律郎。」

「汴州離亂後憶韓愈李翺」詩（巻七）云「會合一時哭、別離三斷腸。……食恩三千士、一旦爲犲狼。」

蘇州にて韋夏卿を頼る。韋夏卿は十六年五月に蘇州刺史から徐泗濠行軍司馬に轉じ、ついで吏部侍郎となっている。韋夏卿の轉任が決まるまで世話になっていたか。

「上常州盧使君書」（巻一〇）云「小子嘗衣食宣武軍司馬陸大夫、道德仁義之矣。陸公既沒、又嘗衣食此郡前守吏部侍郎韋公、道德仁義之矣。韋公既去、衣食亦去。」

〔繫年作品〕

「亂離」（巻三）「越中山水」「春集越州皇甫秀才山亭」（共に巻四）「汴州離亂後憶韓愈李翺」（巻七）「爛柯石」「噴玉布」「姑蔑城」「崢嶸嶺」（共に巻九）

○貞元十六年（八〇〇）五十歳

〔事跡〕

韓愈より書が届く。

韓愈「與孟東野書」（『昌黎先生集』巻一五）「足下才高氣清、行古道、處今世。無田而衣食、事親左右無違。足下之用心勤矣、足下之處身勞且苦矣。……去年春、脫汴州之亂、幸不死、無所於歸、遂來于此。……到今年秋、聊復辭去、江湖余樂也、與足下終幸矣。……春且盡、時氣向熱、惟侍奉吉慶。」

韋夏卿の轉任後、常州刺史の盧某（盧挺か）に書を獻ずる。

『新唐書』巻七三上「宰相世系表三上」云「范陽盧氏……

挺、常州刺史。」

朝官に倣って新羅への使者韋丹を送る詩を作る。

『舊唐書』卷一三「德宗紀下」云「(十六年) 四月、……以權知新羅國事金俊邕襲祖開府檢校太尉、雞林州都督、新羅國王。」

韓愈「唐故江西觀察使韋公墓誌銘」(『昌黎先生集』卷二五) 云「新羅國君死、公以司封郎中兼御史中丞、紫衣金魚往弔、立其嗣。……至鄆州、會新羅告所當立君死、還拜容州刺史、容管經略招討使。」

「奉同朝賢送新羅使」詩 (卷八) 云「淼淼望遠國、一萍秋海中。……送行數百首、各以鏗奇工。」

〔繫年作品〕

「奉同朝賢送新羅使」(卷八)「上常州盧使君書」「又上養生書」(共に卷一〇)

〔知友作品〕

韓愈「與孟東野書」(『昌黎先生集』卷一五)

○貞元十七年 (八〇一) 五十一歲

〔事跡〕

洛陽での詮選に應じ、溧陽縣尉を授かる。

韓愈「貞曜先生墓誌銘」(『昌黎先生集』卷二九) 云「年幾五十、始以尊夫人之命來集京師、從進士試、既得即去。間四年、又命來選爲溧陽尉、迎侍溧上。」

韓愈「送孟東野序」(『昌黎先生集』卷一九) 云「東野之役於江南也、有若不釋然者、故吾道其命於天者以解之。」

〔記事〕

韓愈は身言書判科を受驗して落第。

韓愈「將歸贈孟東野房蜀客」(『昌黎先生集』卷五) 云「倏忽十六年、終朝苦寒飢。宦途竟寥落、鬢髮坐差池。」

〔繫年作品〕

「初於洛中選」(卷三)

〔知友作品〕

韓愈「將歸贈孟東野房蜀客」(『昌黎先生集』卷五)

○貞元十八年 (八〇二) 五十二歲

〔事跡〕

母を伴って、溧陽縣尉の職に就く。

韓愈「祭十二郎文」（『昌黎先生集』巻二三）云「去年孟東野往」

〔記事〕

韓愈、四門博士となる。

李翺「韓公行状」（『李文公集』巻六）云「選授四門博士。」

〔繫年作品〕

「遊子吟」（巻一）「同溧陽宰送孫秀才」「溧陽唐興寺觀薔薇花同諸公餞陳明府」（共に巻八）

〔知友作品〕

韓愈「送孟東野序」（『昌黎先生集』巻一九）

○貞元十九年（八〇三）五十三歳

〔事跡〕

溧陽縣尉の職に在り。

韓愈の甥の韓老成卒し、使者を送ってその家を弔問する。

韓愈「祭十二郎文」（『昌黎先生集』巻二三）云「去年孟東野往、吾書與汝曰、……孰謂少者歿而長者存、彊者夭而病者全乎。嗚呼、其信然邪。……東野之書、耿蘭之報、何爲而在吾側也。嗚呼、其信然矣。……東野云、汝歿以六月二日、耿蘭之報無月日。蓋東野之使者不知問家人以月日、如耿蘭之報不知當言月日、東野與吾書乃問使者、使者妄稱以應之耳。」

不行跡を咎められ、尉としての半俸を減じられる。

『新唐書』巻一七六「孟郊傳」云「縣有投金瀨平陵城、林薄蒙翳、下有積水。郊間往坐水旁、裴回賦詩、而曹務多廢。令白府以假尉代之、分其半俸。」

〔記事〕

韓愈、監察御史となるも、冬、陽山令に左遷される。

李翺「韓公行状」（『李文公集』巻六）云「遷監察御史。爲幸臣所惡、出守連州陽山令。」

『新唐書』巻一七六「韓愈傳」云「遷監察御史。上疏極論宮市、德宗怒、貶陽山令。」

〔繫年作品〕

「送靑陽上人游越」（巻八）「溧陽秋霽」（巻九）

○貞元二十年（八〇四）五十四歳

〔事跡〕

溧陽縣尉の職を辭す。孟簡が送別の序を作る。
孟簡「送東野奉母歸里序」（清、凌錫麒『德平縣志』卷一一「藝文」引）云「秋深木脫、遠水涵空、升高一望而客思集矣。而東野於此時復奉母歸鄕、臨崖岐枎、贈別之詩於是焉作也。夫道茂者隨物而安、學至者緣情而適。東野學道守素、既以母命而尉、宜以母命而歸、應不效夫哭窮途歌式微者矣。若夫悲秋送遠之際、瞻顧黯然、此江淹之所以銷魂也、況吾儕乎。」

〔繫年作品〕
「招文士飮」（卷四）「連州吟三章」（卷六）「和宣州錢判官使院廳前石楠樹」（卷九）

○貞元二十一年〈順宗・憲宗永貞元年〉（八〇五）五十五歲

〔事跡〕
母を奉じて常州義興縣の莊に歸る。

〔繫年作品〕
「退居」（卷二）「乙酉歲舍弟扶侍歸興義莊居後獨止舍待替人」（卷三）

○憲宗元和元年（八〇六）五十六歲

〔事跡〕

長安へ出る。

韓愈と長安で再會し、秋に集中的に聯句を作る。

十一月、韓愈の推薦で河南尹の鄭餘慶に招かれ、河南水陸運從事、試協律郎となる。

『舊唐書』卷一五八「鄭餘慶傳」云「憲宗嗣位之月、又擢守本官平章事。……尋而餘慶罷相、爲太子賓客。其年八月、……乃改爲國子祭酒、尋拜河南尹。」

『舊唐書』卷一四「憲宗紀上」云「（元和元年十一月）庚戌、以國子祭酒鄭餘慶爲河南尹。」

韓愈「貞曜先生墓誌銘」（『昌黎先生集』卷二九）云「去尉二年、而故相鄭公尹河南、奏爲水陸運從事、試協律郎。」

韓愈「薦士」（『昌黎先生集』卷二）云「有窮者孟郊、受材實雄驁。冥觀洞古今、象外逐幽好。橫空盤硬語、妥帖力排奡。……酸寒溧陽尉、五十幾何耄。孜孜營甘旨、辛苦久所冒。……廟堂有賢相、愛遇均覆燾。」

〔記事〕
韓愈、六月十日に國子博士となる。
『新唐書』卷一七六「韓愈傳」云「元和初、權知國子博士。」

〔繫年作品〕

「寒地百姓吟」（巻三）「靖安寄居」「遊城南韓氏莊」「石淙十首」（共に巻四）「題韋少保靜恭宅藏書洞」（巻五）「會合聯句」「納涼聯句」「同宿聯句」「雨中寄孟刑部幾道聯句」「秋雨聯句」「城南聯句」「鬭鷄聯句」「征蜀聯句」「莎柵聯句」（共に『昌黎先生集』巻八）

〔知友作品〕

韓愈「薦士」（『昌黎先生集』巻二）

○元和二年（八〇七）五十七歳

〔事跡〕

河南水陸運從事、試協律郎の職に在り。

洛陽の立徳坊に新居を構える。

冬至の日、鄭餘慶の光臨を得る。

「立徳新居十首、其九」（巻五）云「玉蹄裂鳴水、金綬忽照門。拂拭貧士席、拜候丞相軒。徳疎未爲高、禮至方覺尊。豈惟耀茲日、可以榮遠孫。如何一陽朝、獨荷衆瑞繁。」

韓愈「貞曜先生墓誌銘」云「（鄭公）親拜其母於門內。」

居宅の前の川端に生生亭を築く。

〔記事〕

韓愈、願い出て洛陽勤務となる。

李翶「韓公行狀」（『李文公集』巻六）云「入爲權知國子博士。宰相有愛公文者、將以文學職處公、有爭先者、構公語以非之。公恐及難、遂求分司東都權知。」

〔繫年作品〕

「晚雪吟」（巻三）「生生亭」「立徳新居十首」（共に巻五）

○元和三年（八〇八）五十八歳

〔事跡〕

河南水陸運從事、試協律郎の職に在り。

幼子、嬰兒を立て續けに亡くす。

韓愈「孟東野失子幷序」（『昌黎先生集』巻四）序云「東野連產三子、不數日輒失之。幾老、念無後以悲。其友人昌黎韓愈、懼其傷也、推天假其命以喻之。」

登封縣の尉となった盧殷と交流する。

韓愈「登封縣尉盧殷墓誌」（『昌黎先生集』巻二五）云「與諫議大夫孟簡、協律郎孟郊、監察御史馮宿好。期相推挽、卒以病不能爲官。」

〔繫年作品〕

「同從叔簡酬盧殷少府」（卷七）「悼幼子」「杏傷九首」（共に卷一〇）

〔知友作品〕

韓愈「孟東野失子幷序」（『昌黎先生集』卷四）

○元和四年（八〇九）五十九歲

〔事跡〕

正月、母裴氏を亡くし、職を辭して服喪す。

韓愈「貞曜先生墓誌銘」（『昌黎先生集』卷二九）云「母卒五年、而鄭公以節領興元軍、奏爲其軍參謀、試大理評事。」

嶺南節度使の幕僚として赴任する李翺の弔問を受け、韓愈と共に景雲山居まで同行して別れる。

李翺「來南錄」（『全唐文』卷六三八）亦云「元和四年正月乙未、去東都。明日及故洛東、弔東野、遂以東野行。黃昏到景雲山居、詰朝登上方、南望嵩山、題姓名記別。既食、韓、孟別予西歸。」

本年、もしくは翌年、韓愈の子の昶の詩才を褒める。

「喜符郎詩有天縱」（卷九）云「自悲無子嘆、喜姤雙喈喈。」

〔記事〕

韓愈、都官員外郎となる。引き續き洛陽勤務。

李翺「韓公行狀」（『李文公集』卷六）云「三年改眞博士、入省爲分司都官員外郎。」

〔繫年作品〕

「送李翺習之」（卷八）「喜符郎詩有天縱」（卷九）

○元和五年（八一〇）六十歲

〔事跡〕

母の喪に服す。

〔記事〕

十月、盧殷卒す。

韓愈「登封縣尉盧殷墓誌」（『昌黎先生集』卷二五）云「元和五年十月日、范陽盧殷以故登封縣尉卒登封、年六十五。」

冬、韓愈、河南縣令となる。

李翺「韓公行狀」（『李文公集』卷六）云「改河南縣令。日以職分辨於留守及尹、故軍士莫敢犯禁。」

本年、盧仝は居を洛陽里仁坊に移す。

盧仝「冬行」三首（『全唐詩』巻三八八）其二云「長年愛伊洛、決計卜長久。賖買里仁宅、水竹且小有。賣宅將還資、舊業苦不厚。……揚州屋舍賤、還債堪不了。此宅貯書籍、地濕憂蠹朽。……何當歸帝鄉、白雲永相友。」

〔繫年作品〕
「嚴河南」（巻六）「忽不貧喜盧仝書船歸洛」（巻九）「弔盧殷十首」（巻一〇）

〔知友作品〕
盧仝「孟夫子生生亭賦」（『玉川子集』巻二）

○元和六年（八一一）六十一歳

〔事跡〕

春まで母の喪に服す。

常州刺史として赴任する孟簡を孝義渡まで送る。

『舊唐書』巻一六三「孟簡傳」云「王承宗叛、詔以吐突承璀爲招討使。簡抗疏論之、坐語訐、出爲常州刺史。」

陸暢が江南に歸るのを送り、皎然、陸羽の塚に詣でることを依頼する。

「送陸暢歸湖州因憑題故人皎然塔陸羽墳」詩（巻八）云「昔游詩會滿、今游詩會空。……杼山塼塔禪、竟陵廣宵翁。」

十月、鄭餘慶が吏部尚書として長安に戻り、壽安の渡しまで見送って詩を贈る。

『舊唐書』巻一四「憲宗紀上」云「（元和六年十月）戊辰、以東都留守鄭餘慶爲吏部尚書。」

〔記事〕
秋、韓愈は職方員外郎となって長安へ戻る。
李翺「韓公行狀」（『李文公集』巻六）云「入爲職方員外郎。」
本年の春、賈島（僧無本）は洛陽に韓愈、孟郊を訪ねる。韓愈の轉任にともなって長安に移った後、冬に范陽に歸る。

〔繫年作品〕
「看花五首」（巻五）「戲贈無本二首」（巻六）「送諫議十六叔至孝義渡後奉寄」「至孝義渡寄鄭軍事唐二十五」（共に巻七）「送陸暢歸湖州因憑題故人皎然塔陸羽墳」「壽安西渡奉別鄭相公二首」（共に巻八）「弔元魯山十首」（巻一〇）

〔知友作品〕

韓愈「送無本師歸范陽」「送陸暢歸江南」（共に『昌黎先生集』巻五）

張籍「送陸暢」（『張司業集』巻六）

賈島「寄孟協律」「投孟郊」（共に『長江集』巻二）

○元和七年（八一二）六十二歳

〔事跡〕

前年の十二月、東都は嚴寒に襲われる。初春に「寒溪九首」を作る。

援引を求めて李光顏、田興ら各地の有力者に詩を贈る。

『舊唐書』巻一六一「李光進傳」云「（元和）六年、……詔以光進夙有誠節、克著茂勳、賜姓李氏。其弟光顏除洺州刺史、充本州團練使。」

『舊唐書』巻一五「憲宗紀下」云「（元和七年）冬十月乙未、魏博三軍舉其衙將田興知軍州事。……甲辰、以魏博都知兵馬使、兼御史中丞、沂國公田興爲銀青光祿大夫、檢校工部尙書、兼魏州大都督府長史、充魏博節度使。……（八年二月）辛卯、田興改名弘正。」

秋以降、韓愈と連作詩をやり取りする。

〔記事〕

二月、韓愈は國子博士に降格となる。

李翶「韓公行狀」（『李文公集』巻六）云「華州刺史奏華陰縣令柳澗有罪、遂將貶之。公上疏請發御史辯曲直、方可處以罪、則下不受屈。既柳澗有犯、公由是復爲國子博士。」

『新唐書』巻一七六「韓愈傳」云「華陰令柳澗有辠、前刺史劾奏之、未報而刺史罷。澗諷百姓遮索軍頓役直、後刺史惡之、按其獄、貶澗房州司馬。愈過華、以爲刺史陰相黨、上疏治之。既御史覆問、得澗贓、再貶封溪尉、愈坐是復爲博士。」

劉言史卒す。

皮日休「劉棗強碑」（『皮氏文藪』巻四）云「故相國隴西公夷簡之節度漢南也、少與先生游、且思相見。……先生由是爲漢南相府賓冠。……相國不得已而表奏焉。詔下之日、先生不恙而卒。……墳去襄陽郭五里、曰柳子關。」

『舊唐書』巻一五「憲宗紀下」云「（元和八年正月）癸未、以山南東道節度使李夷簡檢校戸部尙書、成都尹、充劍南西川節度使。」

〔繫年作品〕

「感懐八首」（巻二）「秋懐十五首」（巻四）「寒溪九首」（巻五）「寄洺州李大夫」（巻七）「魏博田興尚書聽嫂之命不立非夫人詩」（巻九）「峽哀十首」「哭劉言史」（共に巻一〇）

〔知友作品〕

韓愈「秋懐十一首」（『昌黎先生集』巻一）

○元和八年（八一三）六十三歳

〔事跡〕

春、王涯と濟源、枋口に遊ぶ。

『舊唐書』巻一六九「王涯傳」云「元和三年、爲宰相李吉甫所怒、罷學士、守都官員外郎、再貶虢州司馬。五年入爲吏部員外、七年改兵部員外郎、知制誥。」

秋、陝虢防禦使の竇易直に詩を贈る。

『舊唐書』巻一五「憲宗紀下」云「（元和八年九月）戊辰、以給事中竇易直爲陝虢防禦使、仍賜金紫。」

冬、越に帰郷する僧淡然（諸葛覺）と別れる。

本年、江南の親族や長安の張籍らに詩を寄せる。

〔記事〕

韓愈、比部郎中、史館修撰となる。

『新唐書』巻一七六「韓愈傳」云「既才高數黜、官又下遷、乃作進學解以自諭。執政覽之、奇其才、改比部郎中、史館修撰。」

房次卿（蜀客）死す。（あるいは前年か）

〔繫年作品〕

「濟源春」「濟源寒食七首」「遊枋口」「與王二十一員外遊枋口柳溪」「與王二十一員外涯遊昭成寺」（共に巻五）「贈韓郎中愈二首」（巻六）「寄張籍（未見天子面）」「寄義興小女子」「憶江南弟」「宿空姪院寄澹公」「寄陝府竇給事」（共に巻七）「送淡公十二首」（巻八）「上昭成閣不得於從姪僧悟空院嘆嗟」（巻九）「弔房〔十〕五次卿少府〈「十」は衍字〉」（巻一〇）

〔知友作品〕

韓愈「江漢一首答孟郊」（『昌黎先生集』巻一）

○元和九年（八一四）六十四歳

〔事跡〕

三月、鄭餘慶が興元尹、山南西道節度使となり、興元軍參謀、試大理評事として招聘される。八月己亥、赴任の途中、河南閿鄉縣で病沒す。

『舊唐書』巻一五「憲宗紀下」云「(元和九年三月)辛酉、以太子少傅鄭餘慶檢校右僕射、興元尹、山南西道節度使、代趙宗儒爲御史大夫。」

韓愈「貞曜先生墓誌銘」(『昌黎先生集』巻二九)云「唐元和九年、歳在甲午八月己亥、貞曜先生孟氏卒。……母卒五年、而鄭公以節領興元軍、奏爲其軍參謀、試大理評事。挈其妻行之興元、次于閿鄉、暴疾卒、年六十四。」

鄭餘慶、韓愈、樊宗師ら後事をなす。

韓愈「貞曜先生墓誌銘」(『昌黎先生集』巻二九)云「無子、其配鄭氏以告、愈走位哭、且召張籍會哭。明日使以錢如東都供葬事、諸嘗與往來者咸來哭弔韓氏、遂以書告興元尹故相餘慶。閏月、樊宗師使來弔、告葬期、徵銘。……鄷郢皆在江南、十月庚申、樊子合凡贈賻而葬之洛陽東其先人墓左、以餘財附其家而供祀。」

韓愈「與鄭相公書」(『昌黎先生集』巻一九)「舊與孟往還數人、昨已共致百千已來、尋已至東都、計供葬事外尚有餘資。今裴押衙所送二百七十千、足以益業、爲遺孀永久之賴。孟氏兄弟在江東未至。先與相識、亦甚循善。所慮才幹不足任事。鄭氏兄弟惟最小者在東都、固如所示、不可依仗。孟之深友太子舍人樊宗師、比持服在東都、今已外除、經營孟家事、不啻如己。前後人所與及裴押衙所送錢物、竝委樊舍人主之、營致生業、必能不失利宜。候孟氏兄弟到、分付成事、庶可靜守、無大闕敗。」

『明一統志』巻二九「河南府・陵墓」云「孟郊墓、在府城東北。郊、唐文人、韓愈作誌。」

〔繫年作品〕

「答盧仝」(巻七)「送鄭僕射出節山南」(巻八)

〔知友作品および哀悼詩〕

韓愈「貞曜先生墓誌銘」(『昌黎先生集』巻二九)

賈島「哭孟郊」(『長江集』巻二)「哭孟協律」(同巻三)

王建「哭孟東野」二首(『全唐詩』巻三〇一)

後書き

孟郊との付き合いは三十年以上になるが、長くなると似てきてしまうものなのか、それとも次第に夢中になって周りが見えなくなってしまうのか、孟郊を對象に書物を著すことに自分では何の不思議さも感じなくなっていた。しかし書物として出來上がった今になって、題名や目次を見て憮然たる思いを懷かれる方は少なくないだろうし、まして少しでも讀んで下さった方は、孟郊の詩の蘇軾における如く、「竟日　空螯を嚼る」という思いに囚われるであろうということに、ようやっと氣がついた。まったく鈍感なことである。蛸壺的研究という貶辭が有るが、正しくそれに當たるのかもしれない。だが正直なところ、それが惡いとも思っていないので、敢えて厚顏さを貫き通すこととしたい。これは孟郊との交遊の記錄であり、私にとって一定の意味が有るからである。

卒業論文のテーマを考えた時、その候補として孟郊を擧げて下さったのは前野直彬先生であった。當時私は李商隱に魅せられていたが、その難解さから卒論で對象とすることには躊躇されたので、先生にご相談をし、中唐期の個性的な詩人から研究を始めるようご示唆を戴いたのであった。先生からは、孟郊について直接のご指導を戴く機會は少なかったが、授業や讀書會で樣々な作品を讀んで戴いた。曲がりなりにも中國の古典を讀むことができるようになったとすれば、それは先生のご薫陶の賜物である。あるいは先生は、適當な時期に孟郊から離れ、李商隱や他の詩人たちに進むようにとのお考えだったのかもしれない。孟郊にここまで拘り續けた私を天上からご覽になって、苦笑いをされているかもしれない。

卒論で孟郊を取り上げると決めた時、それは惡くない選擇だと勵まして下さったのは山之內正彥先生である。先生にはご一緒に孟郊の詩を讀んで戴いたり、玉論を頂戴したり、樣々な面でご指導を賜った。先生にも、數多くの作品を讀む機會を與えて戴いたが、中國の古典文學だけでなく、そもそも文學について考えるという第一步から敎えて戴いたと感じている。にも關わらず、およそ「詩」と無緣な論文しか書けないまま今に至っていることを恥ずかしく思う。先生に果たしてご覽戴けるのだろうか。蘇軾のように、「如かず　且らくこれを置き、我が玉卮の醪を飲まんには」とおっしゃるかもしれない。

本書では、孟郊の作品のうち聯句と連作詩に重點を置いたが、聯句を詳しく讀むようになったきっかけは、川合康三氏との勉強會であった。川合氏が京都大學に戾られた時、今は取り壞された舊文學部棟の一室で、氏が韓愈、私が孟郊の句を擔當して讀み始めたのだった。やがて參加者が增え、愛甲弘志氏のお世話で京都女子大に場を移し、聯句を讀み終えた後は『御覽詩』や皎然の詩に對象を變えつつ、今の東山之會に繫がっている。この聯句の會、とくに川合氏との勉強の場が無ければ、聯句と連作詩について、ここまで考えることは無かったと思う。また川合氏には本書の內容をもって學位審査をお願いした。京都大學の卒業生でもないのにご無理をお願いしたのは、氏が唐代文學研究の第一人者であるからに他ならない。審査を戴けたことは私にとってこの上ない幸せであったが、しかしお忙しい氏に貴重なお時間を割かせてしまったことは、本當に申し譯なく思っている。心から感謝申し上げたい。また學位審査に際しては、京都大學の池田秀三、平田昌司兩敎授からも、幾多の貴重なご敎示を賜ることができた。異なる專門分野の先生からのご指摘には、眼を洗われるような思いをした。本書には、試問で戴いたご指摘をできるだけ反映させようと努めたが、力不足で十分に取り入れられなかった箇所も少なくない。また本來そのことを明示するべきであるが、十分に生かし切れない狀態ではかえって失禮に當たると思い、敢えて注記しなかった箇所も有る。この場を借りてお禮とお詫びを申し上げたい。

本書の刋行には、汲古書院社長の石坂叡志氏のご盡力を賜った。氏には私が大學院生の頃から、三十年以上に亙ってご厚誼を戴いて來た。私にとって兄のような方である。今回も氏のご厚意に甘えて、このような賣り物にならない書物の刋行をお願いしてしまった。本當に申し譯なく思っている。石坂氏を始め、編集を擔當して下さった小林詔子氏、販賣でご苦勞下さる三井久人氏ら汲古書院の方々に、心からの感謝を申し上げたい。

著者略歴

齋藤　茂（さいとう　しげる）

1950年生。唐宋文學專攻。
著書に『韓退之』（前野直彬氏と共著、集英社、1983）、『教坊記・北里志』（譯注、平凡社、1992）、『妓女と中國文人』（東方書店、2000）などが有る。

孟郊研究

平成二十年十月十六日　發行

著　者　齋　藤　　茂
發行者　石　坂　叡　志
整版印刷　中台整版
　　　　　モリモト印刷

發行所　汲　古　書　院
〒102-0072　東京都千代田區飯田橋二－五－四
電　話〇三（三二六五）九七六四
ＦＡＸ〇三（三二二二）一八四五

ISBN978－4－7629－2847－5　C3098

KYUKO-SHOIN, Co.,Ltd.　Tokyo

人名索引

ハ行

マ行

ヤ行

ラ行

ワ

作品題名一覧

【凡　　例】

本一覧は、作品題名、（巻數）頁數の順になっている。
頁數の＊は、全體または一部の譯があることを示す。
巻數のH-8は、韓愈の『昌黎先生集』巻8に收める意。

五畫

六畫

七畫

八畫

九畫

十畫

十一畫

十二畫